U0651166

林语堂

著

张振玉

译

风声鹤唳

A Leaf in the Storm

CNS
PUBLISHING & MEDIA

湖南文艺出版社
HUNAN LITERATURE AND ART PUBLISHING HOUSE

博集天卷
CS-BOOKY

/壹/

　　嘴里含着烟斗，双手插在裤袋内，博雅优哉地走出东北城郊的"王府花园"，准备去陪好朋友老彭吃晚饭，这已经成为一种习惯了。沿途是相当荒凉的地区，必须穿越几片荒地。

　　北平的十月天，通常都是干爽宜人的好气候，晚风略显寒意，和战争爆发之前并没两样。秋天的太阳把泥土晒成干灰色。现在是黄昏时分，石青色的墙壁与屋上的瓦片在轻柔的光线下，和光秃的地面融为一体，迅速笼罩的夜色将远方的天际线吞蚀得更模糊。四周一片死寂，几盏街灯尚未启亮，几只乌鸦在附近树枝呱呱叫着打破沉静，如果仔细倾听，可以听到一座将入梦的城市发出微弱、幽远且和谐的声音。

　　博雅在暮色里走了四分之一里，只遇到两三位返家的穷人，他们头垂得很低，和他一样默默地走着，手里提着油壶和荷叶包的晚餐。一位穿着黑色制服、面带倦容的警察站在街角，友善地和他说话。死寂的气氛很恐怖，就像和平一样；而和平与死亡气息却又如此相似。但是他却喜欢选这个时候出来散步，享受凉爽刺人的夜风及城市生活的奥秘逐渐在他身边围绕、加深的乐趣。

一直走到南小街，他才看到了生命的迹象。一长排街灯都亮着，专为穷人而摆设的小吃摊上的油灯，正在黑夜中闪闪发光。这是一条长且窄，没有铺设柏油的小巷子，仅仅十到十二尺宽，南北向，与哈德门街平行。老彭的家就在这条小巷子附近，距离东四牌楼不远，在更南面的住宅街，目前大部分已被日本人占用了。沿路有多辆黄包车慢慢走着，部分熄了灯靠在路边歇息。为了省油，车夫只有等客人雇车后，才肯点起油灯。

往左转，他到了老彭家，巷道窄得连一辆黄包车都难以通过，四周好暗，到达时他差一点撞到了门阶。

他在大门的铁环上敲了敲，随即听到里面有咳嗽声，他知道是老彭的老用人。

"谁啊？"老用人喊道。

"是我。"

"是姚少爷？"

"嗯。"

又是一串剧烈的咳嗽声，门锁慢慢拉开了。

"老爷在吗？"博雅问。

"他今天早上出去了，还没回呢。进来吧，秋天的夜真是冷。他会回来吃晚饭。"

博雅穿过庭院，跨入客厅。简单的家具，令屋内显得相当空旷。一张廉价的漆木方桌，几张铺上深蓝布垫的竹椅，以及一张摇摇晃晃的旧扶手椅，一看就知道是花几十块钱到回教市集上买来的二手货。每次博雅一坐上去，弹簧就咔叽地响，陷向一边。布套上有几个香烟熏烫的烟孔，每当他一调换坐姿，就能感觉到里面的钢丝动来动去。每次老彭需要轻松一下，就坐这张椅子。几个湘妃竹制成的书架排列在北面墙边，上面杂乱地堆满了书籍、杂志和唱片。书本种类均属特殊，由家禽、养蜂到佛教书刊皆备。博雅曾注意到一本翻旧了的《楞严经》，知道老彭是禅宗佛教徒，但是却奇怪何以彼此间从未讨论过佛教。屋子角落有一架漆了鲜红色漆的唱盘，与其他的家具显得十分不协调。

木桌上摆了两副碗筷、小茶杯、白铁酒壶和几个三寸长的盘子，上面装有酱菜和生姜，但是饭菜尚未上桌。博雅知道老友等他吃饭，有多少个夜晚，就在这张饭桌上，两人用这些茶杯对酌，谈论战争和政治，直到喝过头了，彼此就相对饮泣。然后他们闭口不发一言，继续喝酒。愈喝泪水愈多，两个人甚至互坐对视半小时而不说一句话，他们尽情挥泪，倾听对方的呼吸声。据说人在忧愁时喝酒流泪是有好处的，他们正需要这样，也喜欢这样，尤其当二十九军撤走，北平沦陷的头一个星期，他们更常如此。古人称这种方式的喝酒为"愁饮"，但是博雅和老彭应再加个"对"字，称为"对愁饮"。隔天，其中一人会向对方说："我们昨夜的'对愁饮'不是不错吗？你很忧愁，我一看你的脸，便忍不住落泪。事后我觉得好多了，睡了个好觉。"最近他们没有这种习惯了，但是只要一块儿吃饭，仍小喝几杯。

老用人端壶热茶进来，倒了一杯说："老爷快回来了。"

博雅坐在咔叽响的扶手椅上，拿起上面放的报纸，准备看报。但不久这份报纸就从手中滑落到地面。他坐着默想着一件奇妙的事情，这件事对他而言较报上的战争消息来得更重要。自从几年前认识老彭后，这个人就深深吸引住他。他难以相信如此空旷的屋子内住着一位如此无名的伟人，这是他所认识的唯一快乐的人，既无妻子也没小孩。过去博雅从未结交过这样的朋友，一个了解自我，孔老夫子所谓"无忧无惧"的君子。

北平人并不认识老彭，他没特殊事迹，他的对外活动一再失败。过度的热忱结果往往是幻灭，并耗掉了他一半财产。十多年以前，他就想到在北平种番茄。因为当时没有第二人会想到这念头，他确定这是赚钱的好主意。理由既简单又清晰，北平——当时还叫北京——出产甜柿子，番茄别名"西红柿"，因此北京应该长得出甜番茄来。他忽略了柿子长在大树上，番茄却长在小树上。北京不长番茄，起码在他的土地上就长不出，于是番茄园叫他赔了好几千块。他的下一个投资是进口来亨鸡，用鱼肝油当饲料，但是所生产的鸡蛋太贵了，无法和一块钱五十枚的土产鸡蛋竞争，土产鸡蛋在夏季甚至一块钱可以买到一百个，他毫无运销成本的观念。接着而来的空中楼阁是养蜂酿蜜，又是北京人民未想过的念头。在一连串的冒险失败后他学聪明了，将所剩余的钱财全部存入银行，再也不受失望打击，开始无忧无虑地过日子了。博雅叫他老彭或彭老，老朋友们常如此互称。

老彭的太太在十年前、老彭三十五岁的时候就过世了。老彭曾自告奋勇地教她学校用的三十九个注音符号，结果却徒劳无功。他的英雄气概十足，买回学校用的图表挂在墙上，又亲自在符号边加注图说，他太太也极英雄式地奋力学习那三十九个符号，却始终无法学会。拼音不仅需要想象力，并且需要一点抽象的思考力。她虽学过了符号的发音，然而老拼不出字音来。ㄇㄧㄥ三个注音符号凑在一块儿硬是没法念成"鸣"音，一点法子都没有。看到老彭艰辛地教他忠实旧式社会的胖太太，真令人同情，看到已过学龄的她还拼命学ㄅㄆㄇㄈ，更叫人感动。

"ㄇㄧㄥ拼起来是什么？"他太太老是问道。

"ㄇㄧㄥ——鸣。"他几乎说了五十遍。

"为什么呢？"

"因为如此，所以ㄇㄧㄥ就念'鸣'。"

"这是什么外国玩意儿？我搞不懂。我喜欢孔子的汉字。天就是天，地就是地，你一学就会了。"

"不过ㄊㄧㄢ拼起来就是'天'。"

"别把我给搞混了，我不学了。"

"你一定得学，这就是教育。"

"就把我也当作你的失败之一吧，我的好人儿。我就从未反对过你经营番茄园和养鸡场什么的。现在让我停吧。"他太太说。因此他只好放弃了。不过，他说给不识字的太太上课很有趣。他太太过世后，他慎重地埋葬，从未有过再娶的念头。

此后他曾尝试改善注音符号写法，使之连乡下人都易学，但他又失败了。

由于一无建树，北平人都不认识他。他有一些政治圈内的朋友，也认识一些黄埔军校毕业生，他和广西柳州的白将军私交很好，都是广西同乡。但是他从未想过投身政坛，这是他的聪明之处。若非现在发生这场战争，他将会默默无闻地死去，笔者可能也不会写下这个故事了。

已经七点了，老彭还没回来。博雅急需和老彭谈谈，有时都快耐不住了。自从北平沦陷，他的亲人南迁，博雅已经无人可谈了。他通常白天待在室内，感觉像个俘虏留在自己的花园住宅中，只有到晚上他才冒险溜出门，来看老彭。在他的朋友面前，他感到可以尽情畅谈并被了解，能够提出问题并得到肯定答案。由于他的寂寞，加深了他们的友谊，他急盼与老彭交换意见，听他的意见，并得到忠告。

很多人都认为博雅是个纨绔子弟，一个典型的富家少爷，整日混迹脂粉群中，他知道这是他所作所为的应得结果。他想起今天下午和梅玲会面的情景，这几天他已觉得爱上她了，不晓得老彭对梅玲看法如何。他俩生活大不相同，他年轻高大，称得上英俊潇洒，自幼成长于豪华气派的大富家庭中，对艺术、文学、生活情趣都有讲究的鉴赏力；老彭则是一个苦行者，外表邋遢又不重物质享受，一个四十五岁的独身主义者，生活避开所有女人，然而他却察觉在老友身上有个伟大而慷慨的灵魂，心智有些不切实际，心灵却和孩子般温柔。博雅的禀赋与修养极佳，善于交际，对于女人了解广泛，自他祖父姚老先生处承袭了些许神秘气息。这使他和老彭相类似，让他能够立刻了解并欣赏老友禀赋上与人所不同的特质。老彭差一点就能改变他嘲讽人生的态度——这是像他这样的年轻人所难免的发展倾向。

有一次老彭招来附近四五个学生，其中还有几个是学徒，在他自己的家里免费教课，结果为他带来数不清的麻烦。他再一次试图教授注音符号，但是一些店主抱怨说，他们的学徒从此逃避早起干活了，另有部分人发现他们学的不是孔子的正规汉字，他们一个接一个退出，最后只剩下一个二十三岁的笨青年留下。博雅看他每晚坐在那儿，用功苦读，老彭则以无比的耐心试图在他闭塞的心智中注入慧光。因为现在他是唯一的学生，又要求教导一千个汉字，老彭担负起这件繁重的工作，努力地教导他，他知道即使运气好些也要六个月的时间才能教完。小伙子坐在那儿学习写字，握着的笔似有百斤重，在灯光下额头不停淌汗。"何用之有？"博雅问道，"浪费每晚最宝贵的时光给一个什么都学不来的笨脑袋？就算多了一个这种人会读会写，对整个社会又有何益呢？"

"亲爱的朋友，你看不出其中的意义，我却看得出。"老彭回答说，"你看不出这个人的心灵变化。这是一个正在奋斗的心灵。何以他的生命就较你我来得没有价值呢？你能说出其中差异吗？他很笨，他卑微。前两天我失去耐心问他是否仍想学完，他简直吓坏了，求我不要放弃他，我看到他眼中的泪光。他说他无法花钱上学，这是他唯一的机会。'怎么回事？'我问他。他原原本本告诉我，他爱上一位邻居的女儿，除非他学会读和写，否则别想娶她。你知道这件事对他的意义？如果借着我的努力帮他娶到这个女孩子，对他的未来又有什么影响？你们有钱人家有时花上千元、万元去娶个女孩子，何以见得这件事情对他而言价值会略逊于我们任何人呢？你能告诉我其中有何不同吗？有些人甚至情愿为爱自杀呢！"

"你认为你一中断课程他就会自杀？"

"或许不会。但可能改变他一生——那个女孩也许不会嫁给他。"

就这样老彭继续教了他六个月，从冬天到春天，只为了使这位诚实的笨小子能娶到老彭素未谋面的女孩。冬天的几个月里，老彭买了顶帽子作礼物送他，这是他一生中唯一的一顶帽子。在这个年轻人结婚当天，老彭穿上最好的长袍参加婚礼，以"老师"身份被介绍给新娘，新娘向他致以了谢意。老彭那时发现她轮廓虽好，却是个麻子。他有些失望，但是对自己说："这有什么关系吗？麻子通常都很精明。这还是个有野心的女孩子呢。"女孩子有几百块钱，这就是何故她还能自己选丈夫的原因，婚后她开了间店给他。笨小子结婚那天戴着这顶帽子，此后只有重要场合才戴，也不再买第二顶帽子，以感念老师的恩德。老彭获得了小两口终身的感激与忠心，也觉得他六个月连夜的辛劳都有了价值。

没啥事可做，博雅眼光落在书架上的《楞严经》上。对老彭性格上存有的好奇感促使他翻开书，想瞧瞧佛教对老友的性格究竟有何影响。他很快地翻着书，发现里面全是有关生、死、忧患和对错误认知的感觉等。但是一大堆的梵文姓氏和术语使他没有办法读下去，如同在阅读一份密码电报，或是一个中国人在看一份日本报纸一样。当他正要合上书本，放回原位时，突然看到第一部分的"淫女"字样，他稍看了一会儿，那是一段故事叙述文字，很容易读。他顺着书页读下去，书中提到一群会集在佛祖面前悟道的圣者，但佛祖心爱的门徒阿难陀，那位聪明的年轻人一直未出现，而是在城市中四处行乞：

> 阿难因乞食次，经历淫室，遭大幻术。摩登伽女以娑毗迦罗先梵文天咒，摄入淫席，淫躬抚摩，将毁戒体。如来知彼淫术所加……坐宣神咒。敕文殊师利将咒往获。恶咒消灭，提奖阿难及摩登淫女，归来佛所。

他将书放回原位。日后每当想起这个故事，就感觉老彭是文殊师菩萨。

陷入沉思中，博雅没有注意到时间的消逝。老彭回来的时候已将近八点了。

"抱歉我回来迟了。"老彭道。焦虑的高音调，带点女性化，和他的身高颇不调和。他的声音平常很低，但是激动时，和孩童般尖锐，显得很紧张，有些句子说起来由高音起，而由低音结束；有时候他的声音裂开了，很像声带同时发出高低音来。在他情绪愈激动时，由高音到低音的变换就愈频繁，那时高音就会有些不灵光，低音倒不会。他穿着一件褪色的旧棉袍，两边经过整季的尘土，已经有些破旧了。他的外表不吸引人，与不凡的身材无法联在一块儿。由于近视，他脸上挂着一副银边眼镜，给人认真的感觉，高高的额头上布满了皱纹，更令人加深了这份印象。他前额微秃，稀疏的灰发长长地披在脑后，不分边，使他的高额头更加醒目。这是最实用的发型，根本不用梳；也可以说，他习惯于一面说话一面用手指拨发，等于每天都梳了千百回。他四方脸，稍微胖了些，脸上有一种安详认真的表情，笑口常开，颧骨高，眼睛深陷，鼻子平广，嘴巴的形状很讨人喜欢，中间突出，两边向下弓，像鲤鱼唇似的，下巴宽广低垂。脸上的肌肉所形成的线条和沟纹，显得又亲切又和善。面额的皮色既平滑又白皙，在他这种年纪极为少见。由于他天生胡子就不多，于是听任薄薄的短须长出，自成一格，也不经常修剪，以至于短须两边便像括弧般围绕中央部分。当他笑时双唇往后缩，露出粉红色的上牙床和一排整齐的牙齿，牙齿由于抽烟过多而泛黄了。然而在他脸上总有法国人所谓"意气相投"的和善感觉，加上高高的额头和粗粗的灰发，他的脸更给人有一种属于自我的精神美。有时候，当他谈到自己喜欢和感兴趣的事物，灵活的嘴唇便形成一个圆圆的隧道。他的穿着唯一受到西方影响的，就是那双特别宽大的皮鞋，这是他特别定做的，他坚持脚趾必须要有充足的空间。"是脚来决定鞋子的形式，而非鞋子决定脚的大小。"他说。他从来不懂把鞋带绑紧，所以常常停在马路中央系鞋带，也学会不系鞋带慢慢地走。有一段时间，博雅还曾看过他一只鞋根本没有鞋带在四处逛，就只为了鞋带断了而他从未想起要买，最后博雅便买了一副新的鞋带当礼物送他。

老用人端盆热水进来，放在靠近唱机一角的脸盆架上。当老彭发出很大声响、精神爽利地洗漱时，用人忙着摆上饭菜。

"你办好了？"博雅问道。

"嗯，给我两千块钱。"他的朋友回答说，拧着毛巾，他似乎不想多说。

"做什么用？"

"她需要弹药，她必须把弹药送到西山去。"

博雅先坐下，老彭也到了桌边，他的脸色清新愉快，一心急着想吃东西。

"她说东北大学有很多年轻学生和老师准备加入，但是他们都没有枪。"

用人来倒酒，博雅看了看老彭，又看了看用人。

"没关系。这世界上再没有比他更忠实的仆人了。"老彭说完又接着说，"我憎恨这种杀戮。但是如果你和我一样到乡间看看，看看什么事发生了，恐怖屠杀造成的无家可归景象，你就会明白我们的同胞必须要有自卫的能力。我对人们唯一感兴趣的是——他们的遭遇。这不是两军作战，这是强盗行径。毫无防御力的摧毁，一个个村庄完全被烧毁。"

他们举杯，默默喝了一阵。

"你有什么样的感觉？"老彭追溯着，继续他的话题，"如果你看到路边残缺不全的少年尸骨，枯槁的农妇尸身，有的面孔朝上，有的面孔朝下，他们犯了什么错而遇害呢？而且孩童、女人、老人、年轻人，全村无家可归，在路上流亡，不知何处是归处！你自己说，这些可怜、和平的受难者何辜呢？你答不出。你干脆不去想它，这就是我为什么回来，好多事情要为他们去做。"

"你打算做什么呢？"

"一点点。我担心只能做到一点点，我用尽全力也只能帮助少数几个人。问题太大，一个人绝对解决不了。好几百万的难民前往内地又要住哪儿呢？但是我们可以帮助几个人，帮助他们活下去，为人类犯下的罪恶来行善事。我要把我所有的钱统统带到后方，同时看看我能做些什么。我提醒你，这些都是人——兄弟、姊妹、丈夫、妻子、祖母——都想活下去，这是我的职责。我不像你，我毫无牵挂，可以去任何我想去的地方，停留在任何需我停留之处。"

博雅受到震撼，他从来不会以如此人道与个人的观点来看战争。他注意战况进展，他研究地图，估计战斗中的兵力，分析蒋介石的声明，并预测可能的发展，从而分析出自己对这场战争的看法。没有一项细节，没有一次战役或军队的部署，曾逃出他的关心。他得到一个结论，那就是固守上海是战术上的失策，绝对支持不了多久。在他的战局观中，甚至还渗入不可估量的军力——民众士气的力量和敌军在北平等地的行为。这些使他获致了一项乐观的结论，那就是按照他的战略观，日本永远不能征服中国。他颇感欣慰的是，过去和蒋介石委员长作对的广西李将军和白将军，不但组成联合战线，并将他们的广西部队全部投入了抗战行列，尤其被误认为汉奸、在二十九军撤退后接掌北平的张自忠将军，乔装改扮骑脚踏车逃到了天津的消息，更令他又惊又喜。这令他对自己的看法更具信心和勇气，也唯有如此地全民一心，才能支持他所持的中国将获胜的观点。这是哲学化、纯战略性地对战争的观点，但是事实上，他的观点涉及城市里的烧杀、无数人的无家可归，可他从来没有想到像老彭一样，用纯人道观点来看战争。他的心智，有着神秘的倾向，只看见群体而未见个人，在两个国家意志的冲突中，他视百万人民的南迁为全国性的戏剧，他从未将之看作是人类的戏，演员都是"兄弟、姊妹、丈夫、妻子和祖母们"。

当博雅听到老彭说出这些字眼，这场战争立刻成为个人化、活生生的了，没有一样东西可以冷静地分析了。他突然间看到，这些不断迁移、奋斗、生活、欢笑、希望和垂死，迎接艰苦牺牲的无数难民，每个人都要扮演一出热烈的人类生活剧，有着战时爱人、亲友间种种离别和团聚的奇妙欢乐与失望。似乎他所有的推理、图表、地图、战略都只是一种非个人的爱国主义，由知识分子所产生的，像帘幕般，使他避开任何种类的个人行动。他的知性因迷惑看不到的地方，老彭却用心灵感受到了，此刻正以简单、亲切、令人难以抗拒的方式传达给他。他想要分析这场人类的戏剧和冒险。他本能地喜欢上这项行动的未来希望，这些能满足他高大身躯的内在需要。他的眼睛闪耀着光芒。

"告诉我你打算干什么？怎么做？到哪里做？"

"我要到内地去，那儿问题最严重。那里是最能行善的地方，可以救最多的人。"

"战线上？"

"嗯，战线上。"

"而你没有计划，没有组织。"

"没有，我不相信组织。对我而言没有委员会，由一个人做着计划，却叫其他人去完成。除非和人民生活在一起，一个人又如何能事先知道哪儿最需帮助，要怎样帮法呢？我不要人命令。"

"这样做对国家又有多大利益呢？"

"我不知道，但是多一个小孩儿得救也是一件大好事。"

"个人的生命真有如此重要吗？"

"是的。"

对真理做归纳和辩论是毫无意义的，但是在对一件真理给予真诚声明、并将付诸行动的时刻，发言者的面孔和声音就会有着无比的力量和真实感。

"你什么时候动身？"

"一拿到钱就走。银行业务瓦解了，我只能将钱汇到上海。"

吃过晚饭博雅点上烟斗，静坐沉思。老彭站在房子中间抽烟，靠近灯光看报。除了报道日军胜利的"都美报道"外，没啥新闻可看。他把报纸放在桌上，在房间内踱来踱去，然后再点上根烟，坐到一张藤椅上，透过他的大眼镜，用眼睛注视博雅。

"你知道这位裴老太太是个奇女子。她是个老女子，五六十岁，完全目不识丁。她躲在这个城内，我佩服她的勇气。当我去看她的时候，她并没向我求助。她只是需要，没有人能够拒绝她。"

"你答应给多少？"

"我答应筹两千块给她——我心里也把你计算在内。"

"那不成问题……她打算到哪儿去买弹药？"

"就在城里。弹药一大堆，二十九军抛弃的，被傀儡警察收去了。如果你找对门路付钱，你就能得到。她打算亲自运往山上自己部队去。"

"她长得什么样子？是不是很壮，像我们知道的女土匪？"

"你完全错了。她看来就像一位甜蜜、可敬的祖母，走起路来步伐稳健。"

"真了不起！"

"她是满洲人，自一九三二年起就从事这项工作。东北人已尝过日本人统治，知道在他们底下是什么滋味。我告诉她我在郇县所看到的情形，奸杀掳掠。她说这些事在东北已是老故事了，对中国其他地区而言还只是刚开始呢。她太了解日军了，她还说了一件有趣的事：'该死的日本人比我们的强盗更坏！假若没有打仗，我们或许听信传闻，一直怕他们。但是当你看到他们屠杀、掠夺、威吓老弱妇孺，没有半点君子风度，你就不再怕他们了，你只会瞧不起他们。上天赐给我们这场战争，让我们的人民和军人并肩作战，看谁才是最优秀的人种。'她说，'当一个民族看不起某个征服者时，对方不可能征服他们。'"

"这完全符合我的理论，"博雅道，回复到他哲学化的心境，猛抽他的烟斗，"这十分明显，如果我们遵循这种正确战略，我们会赢。这是我们的唯一致胜之道。"

"以后再谈你的战略吧。"老彭道。

"我们必须了解这场战争的特殊性，"年轻的博雅说道，"这不是通常所说的战争，战场上两军势均力敌的战争，这将是一场全民加入的战争。日本人将拿下上海，随后攻下南京，再封锁海岸线，这事像白天般清楚。然后我们看会有什么事发生。假设中国人精神崩溃，中国便完了，但是如果没有，这场战争就变成一个全然不同的问题。整个儿的海岸要放弃，所有沿岸城市被敌人攻占，千百万市民不是接受奴役，就是逃到内地去。战争的担子就落到一般百姓身上，而一般人民也必须能够挑得起，必须忍受可怕的艰辛和匮乏。但是为了有勇气来承担这些苦难，每一个中国人都要恨日本人才行。因此，日本兵就得继续像现在这样，维持兽性和暴行。城市必须烧毁，老家必须放弃，农人必须离开他的农场和牲口。没有一个人情愿如此做。你曾读过《战争与和平》，俄人并非有计划故意烧莫斯科。除非敌人格外残忍，你不能叫老百姓逃离家园。每场战争都免不了杀戮和残暴，光这些还不够，人民一定会被视为奴隶；任何人不管附敌或抗敌都不安全，无论是农夫或商人的女儿、母亲和姊妹，谁也不安全。不过就这样也无法迫使人民放弃家园、焚毁城市，每个被迫逃亡的人都必然有段非常羞辱、非常不人道的经验，在进一步受辱和流亡作难民之间，别无其他选择。就连这些还不够，人民必须见到极端可厌、触犯他们的固有伦常关系和道德良心观念之事才行。"博雅继续用冷静的态度分析着，"我的意思是，妻子在丈夫面前遭人强暴，女儿在父亲面前被人蹂躏，婴儿腹部用刺刀戳入，战俘被活活烧死或活埋，甚至彼此间相互挖掘对方的坟墓。还要有公开的交媾。怪了，你说，这对日本兵要求太多了，使他们看来不像是征服军，反倒像野兽。但是这些一切都发生了。而且最要紧的，这必须无阶层划分：敌人不仅强奸农人的女儿，也同样打劫富人；大公司必须没收，小店铺也被劫掠；动产必须被烧或破坏；敌人必须像最可恶的强盗。那么所有的军事行动都失去了意义。"

"你根本不知道你自己会怎么说。"老彭说，"我告诉你郇县农夫告诉我的。日本兵宰了一头母牛生吃它。农夫看到他们抓起母牛，倒挂在一根柱子上，切割它。每位军人都用刺刀插入它的关节，切下一片肉来生吃，母牛痛苦号叫，军人却在旁边大笑、大闹、玩柔道。你想想农夫的心情怎样。"

"我没想到日本兵如此之坏。"博雅说，"日本人既以天皇为名，如果他们想征服中国，何以让日本兵如此丢人现眼呢？日本军队确实比大家想象中还糟糕。因此本来我不敢确定说我们会赢，现在却有信心了。这场战争结束后，我将去日本，好好研究这个国家。"

博雅停了停，他的烟斗已熄了火。老彭一直在注意倾听，发觉他朋友的声音出奇的平静，和强烈的话题不太相称。

"你把人类的苦难说得太轻松了，博雅弟。听你说似乎是你希望这些酷行和痛苦降临在我们的人民身上一样。"

"我并不希望这些降临在我们的人民身上，我只是在叙述这场战争的特质，以及牵涉的因素。你承认吧，这是一场全民战争。"

老彭额上的皱纹加深了。"是的，嗯，一场全民战争。除非你到乡下去看，你才知道自己在说什么……但是这一场可怕的民族仇恨——不知将持续多久！我想经过五十年我们的人民也难忘怀他们所看到的，以及他们所经历的。这对日本人十分不利，你知道吗？我们的人民对这些跨海而来的邻人将给予很低的评价。同时别忘了：仇恨也许可以忘却，鄙视则否。一旦你对敌人失去敬意，就永远不再复存。裘老太太是对的，一个民族若瞧不起某征服者，你不可能征服他们。"

"日本人必须要了解这点，"博雅说，"归根结底，他们之所以对皇军荣誉那样敏感，坚持老百姓要向哨兵行礼，来恢复他们的自尊心，就是这个道理。"

"但是对你的战略观点而言呢？"

"刚才我只说了一半——我们的同胞必须能够担负起来，这点我敢确定，不能确定的是另一半。如我所说，这是一场独特的战争，历史上不可能再给我们第二个例子。假如日本人征服海岸，我们的人民移居内地，只留下一片焦土；假如我们愿意烧毁自己的城市，千百万人民愿意放弃或离开家园；假如我们的士气没有崩溃，军人不畏日军，人民团结奋战到底，成功还要取决于几个因素。日本人封锁海岸线，试图侵入大陆，结果愈陷愈深。我们有整个大陆足供退守；我们有土地，这就表示我们有时间。我们必须牺牲部分土地，以赢取时间战斗。我们必须利用土地、人数的天然优势，拟订拖延抵抗的策略，否则我们就失败了。我们的海岸和长江，整个长江盆地，都很容易受害，但是其他的疆土却多山多艰险。为了使敌人蒙受最重损失，设法延缓他们的攻势，我们必须保留主力，补充精良的新兵。但是既然我们要抗战下去——我们唯一的希望是形成长期战争——我们必须在内陆建立一个完整的国家。这就表示我们同一时间内必须做两件事。我们一面抵抗侵略者，一面开拓内地，组织一个抗战物质基地。过去可曾有过如此的战争吗？想想有多少事必须做的，开路，挖河，发展通信，设立新工业中心，训练新兵，组织人民、学校和政府迁移内陆，防止传染病；同时，在沦陷区附近留下游击队和正规军以骚扰敌军，不让他们有机会巩固利益。敌人在占领区内也必须继续他们的强盗般行径，就像他们现在的所作所为。我们的将领必须不叛国，唯有靠坚强勇敢的领导维持高旺的士气，这一切才有可能——如果人民稍有存疑，如果他们认为他们的领袖不会贯彻始终，或者动摇了决心，他们就不愿意牺牲一切。只有如此中国才能打赢。我们的人民必须非常好，非常好，而日本兵要很坏，很坏，然后这些才可能发生。如果我们能全部做到，那将是历史上最伟大的奇迹。"

"博雅，跟我来。"老彭说，"我们能一起做点事，这地方把你憋住了，你从未曾去过内地。你是个很好的战略家，但是光说又有何用？那边的一切又不同了，你会觉得更好些。旅行，看看人民，做点事，我需要你相伴。说来真傻，"老彭继续说，"过去我们经常饮酒哭泣，以后我们晚上相聚共饮，但是不再哭了如何？"

"我一直在考虑。"博雅缓慢地说。

"我知道你的困难所在。你太有钱——你和你的太太以及生活方式。"

"问题不在这儿。"

"你脚上的那双皮鞋就可以拯救两个孤儿的性命——我是说命呢。把你太太带来，她看来像是个坚强的人，又是大学毕业生，我将从事的工作需要这一类的女人。"

"你误解我了，"博雅说，"我和你一样无拘无束，我也许会参加你的工作，但是至于我太太，根本没任何可能。她太有钱了，不像我。我甚至不能和她讨论这件事。我一直独自想这些问题，都快想出病来。"

"怎么回事呢？

"婚姻是件怪事情。我想要娶一个美丽的躯体，我娶到了。她在学校是篮球队员——大腿很美，全身都很不错。嗯，婚姻改变了她，也许是我改变了她，但是一切都过去了。我知道我会对她冷酷，但是我也没法子，你知道我并非一个理想丈夫。她知道这点。现在，又有了梅玲。"

"梅玲是谁？"

"她是我舅妈罗娜的朋友，过去三个星期来她一直住在我家。她想去上海，但是没人陪她去，她由我们照顾。也可以说是由我照顾，我太太大概也起了疑心。"

"噢，我明白了。年轻人的烦恼。"

"我想最近这几天我恋爱了。她真美，以至于我不敢相信我的感官……这种幻觉和她的神秘——对她我几乎一无所知——有时候叫我害怕。我对我自己说：'她不是真有其人。'等我看她，她又是如此真实。有时候她很单纯，孩子气，有时候又很世故，很深沉。她的眼睛看来悲伤，但是她的嘴唇充满喜气。我喜欢她的悲伤和喜悦，我没法想，只是在她面前感到快活。如果这就是爱，那么我恋爱了。"

老彭用深深关怀的眼光看着朋友："你要带她去上海？"

"我也许会这么做。我太太想回上海娘家去，一直要我带她回去，梅玲也可以跟我们走。别笑，我送太太到娘家，我就自由了。"

"你不是遗弃她吧？"

"也许就是这样。有时候我怪自己，我们也曾度过一段快乐的时光。当我接受戒除海洛因治疗时，她对我真好。但是现在一切都过去了，我曾对她说过些粗话，她一定伤心死了。但那是在一年前，从此以后我就看到她自己寻乐、宴客，享受她该死的财富——我的财富。"

"你认为这样不对吗？"

"我的老天爷，她对财富有多自满！她举行大型宴会，请她所有的朋友——一切都为了炫耀——她也不和她们交谈，只是沾沾自喜地露出蠢笑，看客人交谈。我告诉你，她真蠢，蠢得连社交都不会。过去她喜欢运动，但是现在为了留指甲而放弃了。除了宴会、闲聊和大堆烦人的珠宝，她对啥都不感兴趣。我能和她谈什么呢？你绝不会娶到像这样一种受过教育的女孩。"他强调"受过教育"的字眼时，显得很轻蔑，"结婚究竟所为何来呢？给予或取得，是不是呢？以前大家庭的婚姻有个目的，就是生子奉亲。或者如果你娶了妾，她会尽力来取悦你，使你得到一些回报。姬妾总是尽力侍候你，给你快乐，不管怎样她总不会采取妻子的态度。是不是因为她有一张结婚证书，她就全然享用你的一切而不必有所回报。太太受到的保护太多，她太肯定自己了，这就是她的问题所在。"

"这些也许都是事实，也许她很笨，但是一个贫家女嫁入你们豪富之门，难免会有些眼花缭乱，也别怪她。"

"贫家女是不该嫁入豪富之门的，她消受不了。"博雅露出痛苦的表情。

"唉，作为你的朋友，我真不知该怎么说才好。你的太太可能是块瑰宝，也可能是垃圾。我和她仅有一面之缘。但是梅玲又如何呢？你打算如何对她？"

"哦，梅玲，我拿不定主意。"

"你有什么困难？"

"也许这是我自己的想象。她是罗娜的朋友，罗娜邀她来我们家住，她从不提她家里的事，也许罗娜有意要她嫁给我。你知道罗娜的。"

"你该不是说你舅妈故意和你太太作对？"

"她若有意，我也不意外。"

"会不会因为你很有钱而太多疑了？"

"也许我是。但她娇小迷人，像南国佳丽。你知道，有时候她看起来像个天真无邪的少女——噢，我真不知如何来形容她。"

"你真认为你能继续研究战略，同时又和女人厮混？"

"如果她属于这个类型，就可以。不过这一切都是我的幻想——我甚至还没向她求爱哪。我带她们俩去上海，我有事和上海的阿非叔叔商量。如果万事皆顺，我会加入你的行列。你能否陪我到上海？"

"我恐怕不能，我要沿着战线走。"

博雅看看表，起身要走。如果他待过了十点后，他就回不了家了。他站在门边，老彭用手拍在他肩上问道："梅玲长得什么模样？"

"你是指什么？"

"我是指她属于哪一类型？你说很娇小？"

"嗯。"博雅回答，很意外地，"像只在手上喂养的小鸟。"

"那就有点意思了，再多形容些。"

"我能说什么呢？她总是笑得很甜，习惯咬指甲。"

"噢，"老彭说，停了一下，似乎他试图勾绘出未谋面的女子的容貌来，"除非你发现自己对她有反感，否则你得认真对待她。"

"你是面相家？"

"不，只不过善解人心而已。"

"但你没看过她呀。"

"你所说的就够了，她也许会改变你的命运。我已经了解你，因此我想我也认识二分之一的梅玲，所以你将要做的我也清楚了四分之三。"

"你想不想见见她，看看她？我需要你的忠告。"

"那倒不必。只要告诉我她的声音像什么？"

"像汩汩的流水般。"

老彭敏感地向上望，仿佛得到某些意义。

"她耳朵下面有颗红痣。"博雅想了想又补充说。

老彭对所听到的这些增述并不感到如何，他仅说："噢，你得认真对待她。你永远不明白一个女人有多大的力量。"

/ 贰 /

　　在暗巷里，博雅慢慢走回家，内心既困惑又激动。他先天体格健壮，十月天的夜晚也不必添外衣。走了不远，又来到南小街。路灯隔得老远，以至于他几乎看不清路，而路面又崎岖不平。为了专心思考，他慢慢地走着，不用手电筒，也不在意凹凸不平的路面和骡车、黄包车在泥土中留下的沟纹。专等黄包车夫光顾的小吃摊稀疏地开放着，模糊的油灯散放着一股股蓝烟，在黑夜五十码外都可瞧见。

　　临别时老彭说的话使他大惑不解。真是怪人，老彭。他说梅玲也许会改变他的命运。当然啦，老彭全然了解他，但是他没见过梅玲，只听到他谈起她。老彭说得这么清楚，是否他觉得咬指甲代表什么意义？博雅本来是找他征询意见的，后来忘了，谈起战局，分手前才说了几句和梅玲有关的话。更奇怪的是，老彭似乎不反对他抛弃妻子。他说凯男也许是块宝，也许是垃圾。可能老彭已经断定她是垃圾，没有说出来罢了。真是怪人，老彭！

　　走出南小街的转角处，他又看到那警察，警棍系在腰间，身子斜倚在柱子上。在冷风吹袭下发抖，似乎要睡着了。

"今晚怎样？老乡？"

警察连忙起身敬礼，直到认出是他，露出了友善的笑容。

"回家，老乡？"

"是的。"

博雅塞了张一块钱的钞票在他手上，警察说了几句感激和不敢当的话后，就收了下来。

"少爷，你真好。我老是拿您钱，一家五口，也没办法！"警察不好意思地说，"我们的游击队还在门头沟吗？"

"听说还在。晚安。"

"夜里要小心。"

"我有手电筒。"

博雅继续走，穿过他熟悉的泥土巷和荒地。夜一片死寂。以往遍布各胡同的夜宵摊已经散了，因为晚上有戒严令。天空很晴朗，北平的秋天一向如此。博雅靠着星光行走，没有开手电筒，他不想引人注意。为什么他说梅玲会咬指甲，当老彭要他形容她时？这是否表示她的教养、脾气、任性或天真？还是她的魅力？不错，梅玲老是咬指甲，然后露出柔和的浅笑。他现在肯定要去内地了——老彭的几句话打动了他——老彭还问他，他能否一边继续战略分析，一边谈恋爱。他确定凯男，他的太太，不想跟他一块儿去内陆，梅玲会吗？

到达家门，他的思绪才停止。门房老林，在惯常的时间等他回家，过来开门。"安适园"又名"王府花园"，包括十几个院落，大大小小，由回廊、月门、圆石小径和别院隔开，非常宁静，人在其中恍如与世隔绝。自从他的亲人们南迁，有半数以上的庭院都已荒弃了。空寂院落的回音和他手电筒照射的幻影，真会把陌生人吓坏。他知道冯舅公一定会等回来。凯男一直不高兴，因为自从北平沦陷，最年长的冯舅公曾告诉过她，不能再开宴会，也不能再接待日常访客，并且不要出门。白天正门常常锁上，家人和仆佣都走后院边门，著名的"桃云小憩"。现在在这荒废宅院中只住了九个主人和几个用人，听不到小孩的声音。有冯舅公夫妇，他们的儿子冯旦和冯健，冯旦的太太罗娜，他叔叔阿非的旗人岳丈董氏夫妇，博雅自己的太太凯男。舅公是一个六十多岁的商人，由于天生的脾气和教养，做人十分谨慎，甚至警告他们别用电话，除了较特殊的场合。

"你们年轻人，千万别在电话里谈论政治和时局。"满头灰发的舅公说，他说话的样子很紧张，"要不是美国国旗我们不可能平安住在这儿。可能当局已经收去，用来驻军，那我们要上哪儿去？博雅，还有旦儿、健儿，你们年轻人，我警告你们，还有你们妇道人家，要记住我们生活在什么时代。""当局"一词是惯常提到日本人或傀儡政府时的称呼，他永不会用"敌人"，也不直称"日本人"。老人家对儿子、儿媳的安全顾虑真可怜。虽然这座园宅属于姚家，博雅是长孙，冯舅公只是博雅过世祖母的弟弟，但是他年事最长，实质上是家庭的领导人。不过老人家这份谨慎忠告只加深了儿孙们的困惑，使他们感觉好像被拘禁在家里，年轻女人更是无聊，因为她们之中没有人有孩子。博雅夜访老彭已成为他唯一的消遣，舅公对姚家的孙儿比对自己的儿子更加尊重，虽然不大赞成，却并没有干涉。

他转身尚未走到自己房间，就听到远处院落传来的麻将声，他知道太太小姐们正在通宵雀战，打发时间。雀局通常进行到凌晨时分，博雅以前从来不参加，直到最近梅玲来以后，才偶尔例外一下，这点使得他的太太很懊恼。过去他常常熬到很晚，读蒋介石的《大学》和《中庸》注解，而他太太不是睡觉就是和罗娜、舅妈及旦舅舅打牌。他的太太不赞成他读蒋介石的著作，他也不赞成太太打麻将，常回绝加入战局。但是自从梅玲来到罗娜家后，他已经加入多次，而且看来十分尽兴，他甚至不费心解释他对麻将改变观念的原因。他总是赢。

他走进庭院，麻将声愈来愈大，他可以听到罗娜细细、尖锐的笑声，和梅玲特有的温柔笑声。女性们玩得入迷，直到他站到她们面前，她们才发觉他的到来。梅玲招呼他："博雅，要不要加入我们啊？"

"老人家问你回来没，好多次了呢，"罗娜转身说，"你知道他老问，我告诉他不用担心。"

博雅只说了声："噢！"便站在一旁静静观看全桌景象。他太太根本忽视了他，仿佛妻子天生有权力忽视丈夫似的。她目不转睛地注视着牌局，常使博雅惊奇的是，连最基本的算术都弄不清楚的凯男，却能算出麻将的积分。冯健，这位年仅二十二岁的年轻人也陪她们玩。梅玲热情地望着博雅，对他全心全意地爱慕。她的头倾向一旁，博雅在披肩的长发下看到她耳下有颗红痣，从开始他就被它迷住了。这张成熟的少女脸蛋被人仔细地瞧，也不害羞。这也可以说是一张爱情邀请帖般的脸孔。

"找张椅子坐嘛，"罗娜恳切地说，"打完这一圈，你可以接我的，或者杰米的。"

"不，谢谢你，今晚我不想玩。"

罗娜只有二十五岁，具有年轻女子周旋在青年男性群体中的自在风度、愉快、善于交际，随时供人以淑女般侍奉。她是没有读过大学的高中毕业生，性格属于所谓的平衡型，没有冲突、禁忌、情结或忌讳。摩登女人的世界对她而言是个好世界。她爱慕西方和一切新潮事物。她倒并非女权运动者，她只是喜爱西方，相信女人乐园已降临到西方。她有个观念，认为西方的男人举止都很绅士，她对西方的女性极其崇拜，似乎她们都是体格棒、强壮无拘束的女性，这些都使她感到极愉快和自信。如果要罗娜为女性问题，古代或现代的，诸如女性投票权、职业权、甚至离婚和"双重道德标准"的问题而烦恼，那是不可能的。每一个问题西方都已经解决了：男人承认压迫女人是错误的，没有争论的余地；

中国妇女只要相信女人的黄金时代已经来临，都是受了西方的影响，并支持这个信念就对了。但是这些都已化为几件简单的事情，例如先上车，让人代穿外套，男人入屋时不需起立欢迎，和人握手时考虑对方父亲或叔叔的身份而决定，随时观察丈夫的行为，有权拆开丈夫的信，而不让对方拆开自己的信件，等等。明了西方文明没什么难的。

她的名字"罗娜"，容易叫人想起洋名字，对中文而言这个名字是无意义的。她嫁给冯旦，就叫她丈夫"唐"。她替小叔冯健想了一个英文名字叫"杰姆斯"，是基于同样的女性倾向。这一对中英文名字发音居然如此相似，对此她很得意。"杰姆斯"改变为"杰米"，冯健很喜欢它，因为罗娜总是很仁慈很慷慨地对待他，很快乐地为冯健选了一个英文名字，由此可知罗娜的脑袋和心计的单纯。虽然她的英文知识只到"英语会话手册"的程度，但她和许多上过沿海教会中学的摩登女士一样，英语发音非常准确。听罗娜叫她公公"爸爸"，这是很有意思的。她常谈起"西方文明"，而且常简化为"文明"一词。"文明"及"文明现代化"的问题很简单，当安普拉或布宜诺斯艾利斯的妇女要宣告进步，最重要的就是用这个名义。去过几次美容院就可完成心灵蜕变，加上有勇气在公共场合中在男人的怀里公开出现，让丈夫抱抱孩子，以及掌握一些有关维生素的知识就够了。每天勤读现代母性技巧、身怀六甲的罗娜，天天早上必定喝橘子汁，因为里面含有维生素。

罗娜命令一个女仆去转告舅公，博雅已经回来了。博雅坐在椅子上看牌，每一位女士好像都在注意博雅的存在，因为他是女性注意的一型。梅玲问他是否舒适，罗娜也一边打牌，一边问他需不需要一些茶水或水果。凯男也不说话，只怀疑他为什么留在这儿，又不打牌。她很高兴自从老彭回城后，他每晚都把时间花在外面，而不愿在家。

博雅的目光离不开梅玲，罗娜和梅玲两人都穿着两边开了高衩的旗袍，罗娜还穿了一双红绒鞋子。罗娜的面孔不算是特别漂亮，她体形瘦长、肤色润泽、容貌清秀，任何少女如果用唇膏和眉笔来装饰自己，都可弄得漂漂亮亮。就是在家中，罗娜也不会忽视她的外表。然而灿烂的黑发、柔嫩的脸颊、持久的微笑使得梅玲更加艳丽，这表现在一个二十二岁美女身上，我们可以称它为一种艳光。她外表的皮肤像是吸收了一层柔和的光，和面霜、脂粉装扮出来的面貌完全不一样，它们之间的差别不下于真假之分。唇上的绛脂和耳际下的红痣更加衬托出她白皙的脸孔，醒目地包围在一头乌黑的柔发中。她的眼睛稍有瑕疵，如果再严重的话，就算是斜眼了，还好她的症状不重，反而使她的面孔个性让别人学不来了。

"碰！"凯男发出一个含有报复语气的声音。

"嗬！"梅玲接着发出一声得意的轻笑，接着把牌掀倒。

接着大家洗牌的时候，梅玲说："博雅兄，我很想看看那张红玉的画像。"

"你还没看过吗？"博雅问她。

"没有，春明堂锁了。"罗娜接着说。

梅玲想继续聊天，她那娇嫩的声音很容易地传遍全室："我看那本相簿，有一位很美丽的少女，那是红玉吗？"

"我不知你指的哪一张，"罗娜说，"就在底架上，博雅。"

"我们还要继续打牌吗？"凯男显出不悦的样子。

"噢，那让我们休息一会儿吧！"梅玲回答说。

博雅站起身，手执着一本黑色表皮的相簿，开始一页页地翻着，且对着自己微笑。

"我想再看一遍。"梅玲说完，起身离开自己的座位而坐到博雅的旁边。她穿着一件黑缎的旗袍，博雅感受到软软的触感，觉得温暖舒适。"让我来找。"梅玲说。她翻过每一页照片，博雅看着她那一双柔白的手，其中一只食指指甲被她咬断，破坏了手部完美。梅玲脸上表示出激动、兴奋和好奇，一边自言自语，一边发出笑声，博雅在旁闻到一股扑鼻的微香。"那不是红玉吗?"梅玲小声地说。

"不,那是木兰姑姑,是她年轻时的照片。"

他们又很快地进入沉默和轻笑中。

博雅滔滔不绝,上一代的照片,他们的打扮,使他们觉得好笑。里面有红玉和她的弟弟旦、健两兄弟小时候的照片,还有博雅的叔叔、姑母们。梅玲对博雅告诉她的有关照片上人物的故事很有兴趣,尤其是对十九岁为表哥阿非自杀的红玉更感好奇。他们翻到红玉的照片,她开始凝视好一段时间。

"你为什么对红玉如此有兴趣?"博雅问。

"因为她的生命好浪漫、好感伤,罗娜已经告诉我一切了。我能不能看到她的画像?"

"当然可以,明天我们可以带你去看,不过我打断了你们的牌局。"

梅玲缓缓地走向牌桌。过了不久,博雅又静静地看了一会儿牌,梅玲故意装着专心在打麻将,然而她的眼睛不停地注意他的存在,她的嘴唇也显示出冒险的笑容。他说声晚安,回到自己的房间,仍然有一股柔软的热流在他右侧的身体流动。

第二天的午饭后,博雅到了罗娜的院子来与梅玲约会。他发现罗娜夫妇和梅玲还在午餐,就步行到冯舅爷的住所请安,顺便学习一些新的商业事情。

冯老爷虽年过六十,还颇能管事,早上通常到店里去。这种固定的习惯可能对他的健康有好处,一年三百六十五天都很少迟到。说来奇怪,他自己虽然很守时,却允许儿子们过着胡乱的日子,不过这可以用他溺爱子女来解释,直到晚年这份爱心仍是他生活的主要动力。他让两个儿子读完大学,却不指望他们接替他的生意。虽然他不承认,事实上他对儿子颇存敬畏,他们都受过现代教育,而他连旧式的学堂都没有上过。旦儿似乎能讨论很多他不知道的事,他在学校成绩似乎不错,得过很多奖赏。不过这一切对年轻人可以说是不幸，他似乎因此丧失了家中长辈的适当指导。现代很多年轻人都有这种情形。老辈和小辈间知识的鸿沟使父母对年轻人不再有影响的力量，他们认为自己在大学读到许多常识，但是仪态粗野，对生活的基本规则也完全不在乎。冯旦很自负，讲话也养成了故作成熟、愤世嫉俗的习惯。冯老爷一生为儿子做牛做马，到老还要关心他们的福利，结果却落得纵容他们、畏惧他们。冯旦又娶了一个十足现代化的罗娜，他的态度不求管制他们，只求躲开他们。如果他对他们懒洋洋的生活发火，不满意他们的打牌、迟起，唯一的法子就是骂他无辜、胆小的老婆出气。

罗娜对公公、婆婆采取彼此平等、独立的态度。她抱定非常简单的生活哲学，"谁对我好，我就对谁好。"她常把这句话大声说出来，即使当着父母面。虽然她和翁姑相安无事，功劳确在她婆婆而不在自己。她声音和脾气都很大，老头子很怕她，因为她一发牢骚，就很大声地说出来，连在冯老太太的庭院也听得一清二楚。这就是她求公平、摊开一切的想法。婆婆一生习惯顺从别人，总是保持静默。冯老爷在太太面前抱怨这对年轻夫妇的作风，但在冯旦面前，尤其在罗娜面前，他就恢复温和的态度。于是冯旦和罗娜照样我行我素，老两口也自顾自过着完全不同的生活。冯老爷对博雅一向很客气。

"博雅，"他用特别亲切的态度说，"你应该非常小心，现在晚上外出不方便。"

"我很小心，舅公。我不能整天待在家中，总得找人谈谈。我只去看老彭。"

"不过别到夜总会去，和'当局'的醉兵混在一起胡闹。"

"这点你可安心。"

冯老爷靠上来，在他耳边偷偷说："你知道，旦儿、健儿年纪小，我把他们留在家中。但是屋里有这么多的年轻女子，我怕她们乱跑被'当局'看到。你应该帮我劝她们留在屋内。只要肯留在家中，随她们打麻将或别的事都可。"他又压低了声音耳语般说，"还有那个年轻的女人，罗娜的朋友，她不是我们的亲戚。她何时走呢？你能否问罗娜？"

"哦，"博雅笑着说，"她在等人带她出城，陪她去上海。我太太一直想回南部娘家，我倒可以带她俩一起去。"

"带她们离开这儿，愈快愈好，这可减少我的忧愁。"

冯太太对丈夫说："要是罗娜听到你这句话，又要麻烦了。博雅，你知道该如何说，可别说是舅公说的。"

罗娜这边已经吃完午饭，正在讨论战局。乐亭镇经过一个多月激战，已经易手两三回了。

"我们的军人在打仗？"梅玲说。

"中国怎么能打呢？"冯旦惯用假成熟、偏激的语气说话，从鼻孔发出一阵舒服的冷哼，"简直愚蠢嘛。你提到中国的空军，为什么他们不去炸停在黄浦的日本旗舰'出云号'呢？那艘船已停在那儿有两个月了。"

"我们的人有一天晚上不是想在船下放地雷吗？"梅玲问道。

"是啊，"冯旦哼了一声说，"他们还没有走到可以放地雷的距离，日本兵就把探照灯转向河中舱板上的一群人身上。我们在对岸的人员看见了，一时没了主张，就扭动开关，地雷爆炸，把我们的人都杀死了。真幼稚。"梅玲不说话，冯旦又说下去："我们的人员训练不足，我们的人民太无知了，有多少士兵受过中学教育？有多少受过大学教育？他们对现代战争知道些什么？如果我是日本将军，放弃上海，直驶长江，截断后路。"

这时博雅回来了。冯旦猛然打住，虽然博雅是他的外甥，他却很怕和他交谈。博雅也不想和冯旦讨论战事。梅玲摸摸脸，用迷人的微笑看看博雅。

"噢，我们正在讨论战事。说说你的看法。"她的口气和眼神表示她很重视博雅的意见。

"你们在谈什么？"博雅说。他看见冯旦满面通红，为话题中断而有点不高兴。

"冯旦说我们的人民教育程度差，士兵对现代战争一点都不懂。"

"那不是很理想吗？"博雅以权威的口气说，"他们无知，不知道敌军大炮和飞机的威力，所以他们不知道什么时候会打败，因此才能在海、陆、空军的联合炮击下守了两个月。他们不知道，也永远不会知道，所以他们会继续战斗下去。"

冯旦被这一番话激怒了，不觉克服了他对博雅的恐惧说："那为什么蒋介石让我们的军人大量被杀，几天内一师又一师地毁灭？"

博雅不打算争辩。他相信江湾的战线在海军大炮的射程内，可能守不住，坚守这一线也许是战略上的失策。但是冯旦用偏激的口气来批评他心目中的英雄蒋介石，使他大不高兴，他现在一心要维护他的观点。

"哎，蒋介石也有他的理由。政治上的理由，国际上的理由，甚至军事上的理由，士气就是一切。我们虽然损兵折将，但却因我军的勇敢而士气大增。这是长期的战争，为了长期抗战，军民的信心必须先建立起来，这次是增长士气的第一步。"

冯旦脸紧绷着，但是没有再说什么。

"来吧，"博雅对梅玲说，"你要看春明堂，罗娜舅妈，你要不要一起来？"

"不，那张画像我看了好多回了。"

于是梅玲陪博雅走了。她穿一件细致的法国针织衫，是她在摩瑞森街一家商店买的；她还戴了一个玛瑙镯子，和她白白的臂膀很相配。她快步向前走，和博雅慢吞吞的步子完全不同。博雅穿了一套运动衫，法国绒裤和牛津运动鞋，似乎很适合他慵懒、高大的体格，他比身边人足足高出一个头。他从留英的叔叔阿非那儿学来了英式的打扮。

他们必须穿越回廊、边门，经过好几座庭院，才能来到高大的榆树、松柏夹道的小径，春明堂大约在走道东边五十码的地方。

"听到冯旦说，如果他是日本将领，他要如何如何，真叫我气愤填膺。"这是梅玲首次表示对冯旦的看法，似乎这使两人更加亲密了。不过梅玲早已发现，博雅十分不尊敬冯旦。

"他说了什么？"博雅漫不经心地问她。

"他说如果他是日本将领，他会放弃上海，直驶长江，切断我军的后路。"

"你相信一切都这么简单吗？"

"不相信。但我最不喜欢他说话的口气。"

"你不喜欢他，对不对？"

"不喜欢。他似乎什么都知道，或是自以为是。"

"你喜不喜欢他弟弟？"

"你是指杰米？"

"是的，叫他冯健吧。"

梅玲笑了笑，有些脸红。他们四目相投。

"我想他爱上我了。"

"你怎么会这样想呢？"

"哦，女孩子永远看得出来。他很腼腆，而且愿意为我做任何事情。"

"你介意吗？"他们目光再度接触，梅玲笑了。

"哦，他好幼稚，好敏感——脸红得像大闺女似的。"

博雅叹口气："他还不坏，比他哥哥讨人喜欢。"

梅玲又发出低柔的笑声："杰米——你要我叫他冯健——满头的霜发，叫我很不舒服。"

这样交换了意见，使彼此好感骤增。共同批评第三者通常都意味两个谈话者彼此恭维，这是一切女人闲谈的基础。表示你们俩都不喜欢同一个人，是轻易表达出你们互相喜欢的一个好方法。梅玲很圆滑，不提凯男。她真心喜欢博雅，喜欢他的教养和坚定、明晰的意见，等她听到博雅弹钢琴，惊奇地发现他不用乐谱就弹出不少曲子时，对他也就更佩服了。博雅也对梅玲着迷。她娇小玲珑。似乎娇小有不少益处。娇小令人想保护，站在高大的男人身边却令人想起甜蜜的奉献，高大的男人都喜欢娇小。还令人联想到身心敏捷。而梅玲的明眸、巧笑和戏谑的神情却显示出她的聪明，她是一个双眼灵慧、脆弱、悦人的艺术品，是江浙一带常见的南国佳人。

走出秋柏飘香的幽径，他们沿着一条小路向东行，一路上青草萋萋。到了大门边，博雅伸手推门，带梅玲走进石头院子，里面仿佛是几百年未曾有人住了。

春明堂曾是清朝亲王的宴客大厅。后来博雅的祖父买下园地，就把这儿当作姚家的祖祠。大柱子和木造的部分与城市中其他的亲王府同一格局。屋门因日晒雨淋，年代久远，已呈现干裂的粉红色斑纹，如今门扉深锁，由上门框的镂花处看去，里面是一片漆黑。

博雅拿出一把将近七寸长的钥匙，把锁打开。他推开木门嘎嘎响的重门，梅玲一不小心在特高的门槛上摔了一跤。这个建筑物似乎是为作难人造的。博雅奔上前扶她。

"受伤没有？"

"没有，谢谢你。"梅玲抬头对他笑笑。

博雅心跳加速了，这是他俩首次在黑暗的大厅里单独相处。里面有瓦片、粉墙和旧木的气味，家具上也盖上一层厚灰。桌上摆着一尺半高的景泰蓝香炉和一对白蜡烛台，台上插有半截红烛。后面墙边有几个木制的神牌，绿底用金字写上祖先姓名。三十尺的高墙上挂着博雅祖父的画像，浓眉雪白，锐利的双眼上有眼泡浮现，还蓄了长长的白发。这张画像挂于博雅父母亲体仁和银屏放大照的上端。旁边有一幅卷轴，里面是一张少女像。被画像中老人的眼睛震慑了，梅玲惊叫说："那是你祖父吗？"

"是的，"博雅骄傲地说，"邻居都叫他老仙人。他是一个了不起的人物。我小时候他就不知去向，入山朝圣了。你如果看看他的长髯底下，你会发觉他穿着和尚的衣服。他叫家人不要找他，他十年后自会回来。他真的回来了。我二十岁那年，我们正在纪念我母亲二十年忌辰，他突然回来了，穿着和尚的衣服。想想我们多惊奇、多高兴！他具有一股我们无法了解的气韵——至少我年岁更大才慢慢体会出来。他对我很和气，不过很疏远。你知道，不明了的事会使你夜夜睡不着。他是一个巨人。"

梅玲诧异地听着。后来她看到那幅卷轴，连忙走上去。

"这是红玉！"她惊呼道。高顶的大厅光线仍然很模糊，那幅肖像是水彩和工笔绘成的。梅玲走近去，看见一个少女穿着明代服装，梳着明朝的高髻，站在一个红栏杆的曲桥上，下面有几条黑红花的金鱼在莲花池里戏水。头上是一棵柳树，背景空白，让人想起一片浓雾，只有两三处淡色的泼墨，显示出远山的情景。那个少女有一张蛋形脸，眉毛轻锁，正低头看手上的一卷薄书，另一只手举起摸头发。梅玲站着看了一会儿，她有意无意地靠向博雅说："她真美！他们为什么替她画像，而不用放大照片呢？"

"她爱读明代的传奇故事，"博雅说，"我记得珊瑚姑姑曾经告诉我，她生病的时候在床上读了不少。她死后，木兰、莫愁、珊瑚姑姑、阿非本人都一致觉得，纯中国的画像比较合适，所以我们请了一个艺术家绘下那张古装、古景的画像。"

"她是冯旦的姊姊。"梅玲说。

"是啊，真令人难以相信，她比他大了十岁左右，她和她弟弟们竟完全不一样！"

"你很佩服她，是吗？"

"是的。她为爱自杀，我猜她很聪明。"

"你们家真是爱情世家，所以红玉也就深深迷住了我。但是她和阿非为什么不结婚呢？这是表兄妹恋爱，对不对？"梅玲天真直爽，一心要探究这件家庭故事。

"发生了一场误会，我现在的婶婶宝芬介入了。不过也不全是这么一回事，事情发生的时候，我还很小，我九岁那年听到她自杀，简直吓坏了。直到现在我还想弄清这件事情，我觉得我们的家人充满了神秘。珊瑚姑姑曾经谈起一些他们的恋爱史，但是我长大以后，自己又想出一件事情，我怀疑是祖父不赞成。我总觉得，祖父像一个幽灵，什么都不管，却控制了家中的一切。他只是住在这个院子里，潜心思考，让一切顺自然发展，这不是很怪吗？"

"为什么没有你祖母的遗像？"

博雅脸色变了："你为什么对我们家的历史这么感兴趣？"

"我不知道，对我来说，拥有一个大家庭好奇妙。我但愿能知道你姑姑、叔叔的一些故事……我爱听故事……尤其是已故上一代的，我们的时代变得太快了。"梅玲的声音充满兴奋。

博雅不禁把梅玲和凯男的心境做了一番比较，凯男活在现时里，而且非常满足。"我自己也不知道整个故事。我生得太晚了。"他似乎轻松了些，进入忘我境地，边思考边说，"你问起我祖母，那对我可是一大悲剧。"

梅玲显得很困惑："一个悲剧？"

"你看我母亲那张可怜的照片。她也是自杀死的。我是一个孤儿，我出生几个月我母亲就死了，父亲在我四岁时去世，珊瑚姑姑抚养我长大。我想祖母在世的最后十年里，我仅见过她两三面——她和红玉阿姨同年去世，她一定是个可怕的女人。整个童年我听人谈起我的母亲，像鬼魂似的。"

"罗娜从来没有告诉我这些。"梅玲更兴奋了。

博雅脸色变得非常严肃。"她怎么会讲呢？一切都发生很久了。她什么都不知道，我猜旦舅舅都不见得知道，我也怀疑自己知道多少……等我长大问起，珊瑚姑姑曾谈过一些……你知道，我妈是侍奉我父亲的贴身丫鬟，他们恋爱了……这又有什么不对呢？祖父走后不晓得是祖母将她赶走，还是她自己失踪，反正也无关紧要……后来我出生了，祖母硬把我抓来，将我带回家，却不让我母亲进门……于是我母亲就上吊自杀了。"虽然这件事已过去很久了，博雅谈起他母亲，仍不免带有浓厚的情感，"后来那个老笨蛋很怕母亲的灵魂来找她。她怕黑，每天晚上都要人做伴。据说母亲曾诅咒这一家人，说她变鬼也要追祖母到死。有一天她去看一位女术士，自以为和母亲的鬼魂搭上了话，从此她就失去了言语的能力，非常怕黑。她不准我走到她看得见的地方，因为她对母亲的恐惧和憎恨已延伸到我身上，仿佛我也是鬼魅似的。想想看这对我的童年有多大的影响……不过这个老妇人折磨我母亲，可真遭到了报应。有一天——就在她死前几天，大家正准备红玉的葬礼，珊瑚姑姑在祖母房间内忙得要命——我一个人觉得很寂寞，就去找珊瑚姑姑。祖母看到我，不觉大叫：'博雅是来向我讨命的，把他带走！'在我整个童年中，从来没有像那一刻那么恐惧。我真恨她！啊，因为我吓着了她，她又会说话了，不久就撒手西归……她死我真高兴！从此以后，也就是九岁开始，我才有了正常的生活。我不肯拜祖母，从来不拜。我发誓要恢复母亲在先人中的地位，就把她的照片挂在别人上面……那就是她。"

博雅用平稳的语气说话，梅玲似乎完全领会了他对父母的深深敬意。她仰头看银屏，一个大眼丰唇，穿着高领缎裳的女子。博雅在遗像前立正鞠了三个躬，梅玲也不自觉地跟着行了几个礼。她一面鞠躬，一面看出博雅和他父亲长得很像。他父亲体仁的照片有一张英俊、有朝气的面孔和高高挺直的鼻梁。两人相像的地方很明显，只是他父亲留了一小撮胡须。照片中的体仁也穿西装，如果博雅留上胡子，那两人就简直是一模一样了。

"你父亲好英俊！"梅玲说，"他和你很像。"

博雅低头看她，笑笑说："谢谢你。他当年一定是高贵勇敢的青年。"

"他怎么死的？"

"骑马摔死的。"

"他很多情，对不对？"

"是的，我想是吧！珊瑚姑姑并没有告诉我一切。我父亲和母亲之间的爱情一定很伟大。"

梅玲非常感动。他们走到屋外，她站在门廊上思索，一边咬指甲，博雅小心地把门锁上。她一脸激动的神色。

"好啦，现在你知道我家的历史了，都锁在那儿。"

户外的空气和清爽的秋阳使他们又呼吸到现实世界的气氛。

"你喜不喜欢红玉的肖像？"两人走下了大理石台阶，他问道。

"哦，喜欢。"梅玲恢复了往常的笑脸说，"我正在想你父亲和母亲……"

"抱歉我对你唠叨自己的身世。我们还是换个话题，坐在这里吧！"博雅说。

他由口袋里拿出一条手帕，铺在隆起的石灰花坛上。

"告诉我你为何要咬指甲。"

梅玲笑笑："哦，我不知道。我老是这样。"

"是不是会帮你思考呢？"

"可能吧。只是一种习惯。"

"你在想什么？"

"想你的家庭。你有这么一个家庭，这么漂亮的姑姑、阿姨，这样的园子……恋爱……自杀……古老的大家庭就该有这些。"梅玲眼睛湿湿的，博雅日后才了解原因。

"时代不一样了。"博雅叹着气说，"我是长孙，这座园子现在已经荒废了，我的叔叔、婶婶、姑姑都到南方去了……我也要南迁。战事进行着，这座园子会有何遭遇呢？"

梅玲似乎掉入沉思中。在她的面前，博雅有心情谈起他不想对太太或罗娜诉说的旧事，梅玲似乎能了解人意。"和平的日子永远不再来了，良辰美景奈何天。"他引《牡丹亭》的句子说。

梅玲指指花坛上零零落落的牡丹说："我们简直像'白发宫女话玄宗'嘛。"这是白居易的一句名诗，虽然家喻户晓，博雅仍旧很吃惊。

"哦，你引白居易，我引汤显祖。"博雅说。秋阳落在梅玲的秀发上，石头院子里只有他们两人，他无法拂去他对梅玲的好奇感，如今她坐在这儿，青春和秀雅的气质都是活生生的。他不自觉吟诵道："国破山河在，城春草木深……老一代已经走了……我们是年轻的一代。"博雅不经意用了"我们"二字，照他说话的态度来看，他似乎把梅玲也包括进去了。她抬头看看，这很像某种场面的开始。

"怎么说我们？"她愉快地问道。

博雅身子向后挺了一下，他不想破坏此时的气氛。但是他说："我们还年轻，我的姑姑、叔叔也曾年轻过。你不相信一百年前满洲皇子和公主们曾在这园子内谈情说爱吗？时代并没有差别……"博雅静静地说下去，"每一代都有他们的故事、爱情、传奇和纠纷……只有这园子、树木、花鸟没变……梅玲，这座花园是谈情说爱用的……你不觉得……我们俩怎么会在这儿？"

他停下来，深深凝视梅玲的双眼，用手臂环着她细小的肩膀，她的身体颤了一下。

"你太太呢？"她柔声问道。

"为什么要提她？"

"她是你太太。"

"我从未爱过她。"他坐在她身旁，弯身贴近她的面颊，闻着她颊上的芬芳。说来奇怪，女人扮着受诱惑的角色，其实就是勾引人，这是自然的法则。梅玲不知是矜持，还是出于女性的本能，他俯身向她，她的身体并未做出回应的姿态或动作，只是静坐着，非常高兴，可见她需要人爱。

"谈谈你自己吧。"博雅耳语说。

"我没有你这样的家，我的故事除了我自己，谁也不会感兴趣的。"

"你很好。也许你家不太吸引人，但是我对你感兴趣。告诉我一点嘛。"

"真的没什么好说的。"梅玲答道，她小心地审视博雅的面孔，"你不生气吧？"

"噢，不。我很高兴认识真正的你。"

"我们该走了吧？"她站起来说。

博雅领她走出院子，把门关上。他送她回到庭院，就回到自己的房里去了。

/叁/

　　下午两点半。凯男坐在她的梳妆台前，卷她的头发，对她的头发她有点生气。问题出在她有一张长脸形，轮廓宽而明晰，黑眉和大眼睛。她留短发，整个向后梳。梅玲的长发曲卷披肩，配上圆圆的小脸非常合适。凯男尽力使她的头发向后梳拢，但是似乎仅仅强调了她的脸型。如果博雅肯劝她和叫她在耳后弄上几小撮鬈发，一定非常合适。但是博雅不在意，而她又不像罗娜和梅玲懂得女性打扮的要诀，不知如何做才好。她站在落地镜前面，显得比以往更高了些。

　　博雅回来，仍在想着梅玲，不知道要如何了解她。对于太太他有种犯罪般的异样感觉，以往他从八大胡同的风化场合回来，从来没有歉疚，这股感觉对于他来说很陌生。他也没做什么，只不过带梅玲去看祖祠，和她略微调情一番，但是在他心目中已经和她做爱了，而似乎他实际上已经如同和她做爱了。他对梅玲的着迷，自己也觉意外。

　　"你回来了。"凯男表现出惊喜的样子。

　　"嗯，梅玲要去看红玉的画像，她十分感动呢。"

凯男丢下发梳，走向椅子，拾起一份杂志却不打算翻阅："你真以为她对我们的家庭那么有兴趣？她与我们既不同宗也非亲戚。"

"我怎么知道呢？我想罗娜舅妈告诉过她红玉的罗曼史，她想亲自看看。"

"她究竟是谁？"

"我不知道，她是罗娜的客人。我只知道她的姓氏和名字。"

"她打算在这儿住多久？"

"我不知道。她一直想去上海，也许她和我们一块儿去。"

凯男抬起头看看博雅："你真以为她那么无依无靠吗？没有家的女子通常会自己照顾自己。"

"你怎么知道她没有家？"

"她有没有家不干我的事。"凯男压住了火气说，"不过一个人好客是有限度的。我们要去南方，等我们走了后，她可以和罗娜住在这座花园里，爱住多久就住多久。但是我不愿和那个女人一道出门。"

博雅发火了："你不愿意？噢，我愿意。"

博雅是个冷酷的丈夫，凯男不轻易对他人屈服，但是博雅瞧不起她，她似乎没有力量反抗。她希望他动手打人，她好指责他，但是他始终保持冷静自若的态度，那才更加气人呢。

凯男站起身，很生气地走出房间。博雅回来，因为他感到歉疚，又相信不久就可自由了。但是凯男的话激怒了他，他说话就又显现出唐突、优越的态度来。

凯男的心情就像一位幽怨的少妇，在结婚三四年后，她才发觉她的婚姻失败了。她嫁给博雅，当时在国立北京大学女子群中是一项大的胜利。博雅和她都在北大读书，博雅课业并不杰出。过去两年他曾在西部的清华大学读书，后来改变主意，改读北大完成了学业。北大的学生较穷，而且通常年纪较大些，他们当中有些人已经是乡下学校的老师或校长了，并已结婚生子。博雅身为"王府花园"主之孙，既年轻又潇洒，相貌堂堂，在学生当中非常突出，被女同学们看作白马王子。凯男是篮球队员，她美好的身材吸引了博雅。最后一学期，简短的恋爱后两人就结婚了。博雅选上她有几点理由：第一，因为他这段时间的理想，是找一个高大、健康的女性，他自己也很高；第二，凯男课业并不很好，人却很活泼，很愉快，参加不少活动；第三，她名叫"凯男"，包含有"向男性挑战"的意味，也吸引了博雅。他需要一位能和他肩并肩工作的妻子，这是他年轻时代理想主义的一部分，凯男在适当的时期到来，正合乎他的理想。最后，最主要的理由是，凯男凭着现实的本能，博雅追她，她也追博雅。追逐时她无拘无束，毫不忌讳什么，博雅还以为这是真正现代化的象征。所以他向她求婚，她就拒绝了别人而接受了他。这是很轻松的决定，她的女友都说她"挖到了金矿"。当时，博雅的祖父姚老太爷还健在，当博雅问他意见时，他说："我同意。她是一个强壮、健康的女孩。大屁股表示多孩子——强壮、健康的孩子。我们的民族必须健壮，你看西方国家，他们的女人多健康，多自由！"

尽管姚老太爷曾这么预测过，他们却没有生孩子。几个月后，丈夫和妻子双方都发现对方个性太强，常起冲突，不过通常都是女人屈服的多。在他的珊瑚姑姑死后，博雅抽上了日本鸦片，变得非常疲惫。凯男对他妥善照顾，有一段时期博雅再度对她温柔。几乎是不知不觉中，当他好了以后又冷淡下来，凯男不懂何以他还不满意。她尽量注意穿着，但博雅似乎对她愈来愈疏远了。他朋友很多，常和他们出去，他喝酒时曾爱上一名名伶艾云，凯男视之为富家子弟的自然现象。通常他回来时，闻起来有酒味。他是纸牌、麻将、划拳的高手，有许多风流韵事，而不只告诉太太的那些而已。他陪老学者们逛风化区，回到家，不太爱说话，只管读艺术、诗以及他祖父书斋的珍本，一直读到凌晨。在他空闲时，他就研究顾炎武一百二十卷《天下郡国利病书》。这是受了北京地学测量会会长的影响，自他毕业后曾和此机构接触过两年。会长是留英的地学家，也是杰出的学者，以研究现代战争的武器为嗜好。在他的影响下，博雅变成自己所谓的"战略家"，他曾研究历史上的战役，但是家境富裕，从来不需要在杂志上发表著作。他多才多艺，也会弹钢琴，还记了不少的曲子。

凯男过着社交女主人的生活，以宴会来补偿失欢于丈夫的失落感，并继续享用她嫁入姚家所得的财富。在这期间，博雅变得粗鲁蛮横，常常对她说粗话："你和你那批讨厌的珠宝，以及你那些势利的朋友！你的女性主义和女权呢？还叫凯男呢！"但是凯男已经达到不在乎他辱骂的境界，在她的豪富女友间仍谈笑风生。顾虑到她的身份，她为要留指甲而放弃了运动，她对漂白软化皮肤非常有兴趣，也做得很成功。只有在最近，自从北平沦陷后，她才开始感到寂寞和无聊。这里不再举行宴会，她大部分的朋友也已离开城市。他们的汽车被冯舅公所谓的"当局"接管了，这就是为什么她一直要博雅带她去上海的原因。

但是博雅很清楚何以他对太太不满意。他有一度发现，他的神仙般的祖父料错了，凯男不但没有生下孩子，而健壮女人值得娶的理论也完全粉碎了。他发现，一个在校园操场上吸引他的女运动员，并非就是理想的妻子和伴侣。她甚至不会烹饪和管家，因为她的大学教育并没提供这些。博雅对他个人的外表和学问研究很严谨，凯男却很邋遢，把东西乱丢，她显示出对他心爱的古董和艺术珍品一点感情都没有。当他开始去结交八大胡同里文静、温柔、优雅的女性，他就开始改变了对女性的理想。他对凯男的一身肌肉感到厌烦。现在他相信运动对女性不好，因为那将会使她们失去女人味，肉体上和精神上都是。运动使女人肌肉硬化，发音变粗，而且他感觉似乎还钝化了她们的神经末梢，使她脑袋变笨了。身心似乎是浑然一体的，在粗劣的身体内不可能存有细致的心灵。这个信念是基于他和八大胡同的风尘女子接触的结果，那儿建立的首要信条就是要文雅与精致。他对太太起了反感，也开始讨厌所有高大的女人，而变得喜欢娇小玲珑的尤物。

八大胡同往往使丈夫和妻子间的争吵变为不必要的，但是也使他们不必和好。博雅并不诅咒自己，也不原谅自己去那儿。他接受的只是一个事实，他和太太合不来。他优雅的本性和情意使他需要理想的女人，需要的是身心合一，这是他本能上的要求。他不像一般好丈夫，愿意接受次等货，只因为已经娶了一个女人，就得好好待她。但是他外边的风流事必然损及了夫妻间的爱泉，自从他虚掷了他和女人间的爱情——保存精力才能滋生快乐的婚姻。

他对女性的理想一旦改变，他太太的性格也产生变化了。凯男接受了新的安排，不愿意去冒离婚的险，博雅也看出她性格的改变，可见她的大学教育全是谎言。结婚头一年她还假装跟着他，讨论书本和政治。现在她什么书都不读，除了报纸和电影杂志。她自己也坦然承认，并为自己的社交地位、珠宝饰物，以及有机会对宾客炫耀大宅院而自满。当博雅想起她女权化的名字，就不觉大笑，厌恶也就化为轻视了。由于他是个情绪平衡的人，不爱动粗，他通常把一种冷淡和讥讽态度，在言谈中表露出来，这就更令人生气。

北大的影响深植在他身上，而与他心智的发展大有关联。他曾在最好的教授门下修过中国文字。北大仍有许多全国闻名的学者，还有一座最好的图书馆。但是它那不可言喻的自由气氛与学术自由更使他心智成长，造成更多自我的倾向。有的学生住在宿舍，有的住在公立招待所，过的是富裕、多变、自由的生活。学校有许多组织，部分是文艺性的，部分则是政治性的，还有学生和教授们发表作品的刊物。这些杂志上的讨论题目有些时候会带到课堂。在战争前几年，北平生活在日本人不断侵略的阴影中，有人成立了"察哈尔—河北政治会"的半自治组织，避免日本和中央政府之间的直接冲突，国事很自然地占据了学生们的主要心思。博雅喜欢晚上到煤山东边的马胜围场去听激烈的政治讨论，那儿有保守派，也有激进派，有人主张立即宣战，也有人赞同拖时间的政策，有人怀疑蒋介石是否在备战，也有人相信蒋氏才是带领中国度过艰险的唯一领袖。国民党和共产党之间仍有很大歧见，而国民党人之间，又有地方分权与中央集权之分，后者则被左派人士称为"法西斯党"。在左派和右派学生的热烈讨论下，"焦土政策"被大家仔细权衡轻重，而博雅自己的观点也初步形成了。

博雅并没加入任何党派，但是他却极其崇拜蒋介石，随着战事发展，对其更逐渐变为偶像般崇拜。他的分析力使他能看到多年以后的事情，而省略一般人在意的小节。他搜集所有有关蒋介石的资料，观察研究并分析他。他由内战时期开始研究蒋氏的成就，看他击溃、压服、打击实力雄厚的军阀，最后统一全国，一直研究到这场抵御外侮的战争。他开始看出旧文化和古典传统对蒋氏的影响。博雅具有分析的史家心智，像许多史学家一样，对主宰整个发展阶段的英雄人物深深着迷。所以他阅读所有蒋氏的著作，而愈研究现阶段当代史，心中愈佩服蒋氏。他从不加入国民党，讨厌行动或者说由于他家境的关系根本不需要行动，但是他把心灵当作是一面镜子，照出他心目中的英雄形象和动作。他的心灵也很艺术化，用自己的注释来增添观察的色彩。蒋氏给他的的印象（他从未见过），一天天美化和加强，简直就像一位大雕刻家手下的泥土雕像，愈来愈壮，愈来愈美了。

在爱情和政治之间，博雅有许多事做，完全和他的太太背道而驰。他活跃的心灵在美女声色和纯理智的政治兴趣中来回摇摆，两者似乎有相互补偿的作用。他喜欢井然有序，也见过家庭幸福的婚姻，例如他的阿非叔叔和宝芬，还有木兰和莫愁姑姑，这些印象始终留在他脑海里。他的迷恋梅玲似乎对他也不比寻常，他不知道一个人和他自己的太太恋爱是什么样子。

今天下午和梅玲见面使他更快乐些。他知道自己当真地要抛弃自己妻子的想法，实在很自私，但是他的愤世主义使他相信，自私是人类所有行动的原动力。

那天晚上，他如约去看梅玲，看到她和冯健十分亲密地在一起，觉得很好玩。他的自尊心不使自己感到吃醋，因为她曾经告诉过她对冯健的看法，而她一边说话还一边偷眼看他呢。和大家坐在牌桌上时，梅玲不随便卖弄风情。博雅碰触梅玲的脚，但是她没有反应。然而她低着头看牌，慢慢合闭眼皮，静观四周的动静。当大家笑时，她也笑，仿佛要遮掩隐藏的念头。有时候一片死寂，但是对博雅而言，每个动静似乎都表示他们之间相互地秘密了解。

春明堂之行和梅玲的谈话，已经迷住了博雅。他决定和她示爱。第二天下午，博雅再一次去找梅玲，并邀她外出散步，也邀罗娜和他们同行，因为不叫上她似乎不太好，她同意了。他们穿过了西边的月形拱门，来到通往桃园的假山边。秋风渐凉，桃树已落下叶子。梅玲说她觉得冷，她必须回去添件毛衣。

"我去替你拿，"罗娜笑着说，"你们在这里等我。"她快乐地看着博雅和梅玲说。

梅玲和博雅留在那儿。当博雅注视她时，她连忙转头，仿佛很不好意思。她穿着低跟的中国丝拖鞋，静静地站着，博雅激动地走来走去，石道上只听到他那双外国皮鞋的响声。不久，一个女仆拿件毛衣给梅玲，她说少奶奶有一些针线活儿要做，请他们先自己去。

"怎样吗？"梅玲十分窘迫地说，"我们要不要去？"

"告诉少奶奶我们很快回来。"博雅对女仆说。他转向梅玲，帮她穿上毛衣。这是件深棕色的大针毛衣，仅及腰部。梅玲把下摆扣上，在和风中甩甩鬈发。他的注视使她不自在，紧张加深了她眼睛的斜视，但是并不让人觉得碍眼，反倒替她的面孔增添了一份异样的迷人神态，正如稍微的南方口音更加深了她声音的魅力。这件棕色毛衣，如此简单的颜色，强调了她的纤腰，也衬出她美好的身段。

"好啦？"博雅说，他没有更好的话说，转身扶着她穿过花园。他曾希望有这种机会和她单独谈话，他也相信罗娜是有意离开他们。

"博雅，"梅玲说，"真奇怪，由于这场战争我在这儿遇见你……我的唯一遗憾是我们相见太晚了。"这是对新朋友的客套话。然而，在这种情况下，也许不该这么说，因此也就包含特别的意义。

"是啊，可惜我们没有早一点相识。也许这也不太晚。"博雅看着梅玲，她的眼光和他的相迎。

他们走缓下来。梅玲有些不好意思，开始沿路摘着花叶。

"你为什么这样摧残花叶呢？这会使人折寿的。"

"我正喜欢这样，这真的会缩短人的寿命吗？"梅玲嬉笑地问。

"不，这只是一种说法，你爱摘多少就多少，我不在乎。"

几步外有一株盛开的大木兰花，引起梅玲好玩的冲动，她跑上去折下三四枝小枝，一枝接一枝，当她听到树枝噼啪响声，不觉大笑。博雅也跟着笑。

"这！"她把木兰花交给他，"这会缩短我几年的寿命？"

"别这么说——我只是开个玩笑。"他引用一句诗说，"有花堪折直须折，莫待无花空折枝。"

梅玲立刻明了这是一句影射青春和爱情的诗句，她嘟起嘴巴。"这些花我要怎么办？"她说。

"我会替你拿着。"

"我想我真做错了，"梅玲懊悔地说，她的脸色也变了，"我不该这样……没有人曾教过我别这样……女人做的事情没有一样是对的。"她悲伤地说。

她嬉笑的表情迅速转为认真。

"你怎么说这种话呢？"博雅困惑地说。

"你不认为这是事实？女孩子家所做的每件事都不对。"

"为什么呢？"

"比方说，我和你在这里约会，我想是错的，人们通常指责女方。"

"我不相信这点。"博雅热心地否认。

"你从来没当过女孩子。"

伤心的表情消逝，她又恢复活泼的态度。他们继续穿过庭院，进入池塘前边的"暗香斋"，然后顺着封闭的通道，来到一条覆盖着顶棚的小径。博雅指出，渠道由这里向南弯曲，他们其实是站在跨水的有顶桥面上。梅玲在木板上踮脚，因其吱吱发响而大笑，她又俯身看水，冲水面调皮地伸出舌头来。她那天真的兴致和顽皮的笑容使博雅觉得很有趣。她的眼睛更加明亮了，笑容更纯真了，声音也更清脆了。博雅曾看过她开心，也曾看过她脸罩哀思，但是却从来没见过她如此高兴、如此快活过。

他们走出了有顶的桥面，梅玲轻步跑上土墩的台阶。博雅跟在后面，看她慢慢喘气，并用愉快而充满挑战的眼神回头望他。他跟上去，抓住她的手说："我抓到你了。"

"但是我并没跑，你不是在追我吧？"

"我是……"

不等他说完，她就抽回双手，跑下土墩的北侧。石阶又窄又弯，左转右弯的，她一下子就不见了。博雅脚步放慢，走到一个通往洞穴的岔路口。他止步聆听后，又沿台阶直走下去。刚走到底处，梅玲突然在他身后暗道的尽头爆出一阵大笑。博雅一转身，她又不见了。洞穴中走道只有十一二尺长，博雅折回台阶上，在另一端准备迎她。他刚走近，突然看见她大叫一声冲出来，跑上台阶。她踉跄了一下，掉下一只拖鞋，但她仍往前跑。博雅拾起她的丝鞋，握着战利品，似胜利者般向她走去。

她用一只脚站着，一半靠着岩石。

"看我没收了什么？"博雅说。

"请你，"梅玲要求，"还我拖鞋！"

"但要依我条件。"

"什么条件？"

"把脚伸出来给我，我帮你穿上。"

"喏！"梅玲伸出她的玉足说。修长、丰盈，曲线真美，博雅跪下握住她的脚。他正在为她穿鞋，附近有脚步经过声。"嘘！"梅玲蹲下身，"以免有人看见我们。"她耳语说。她带着戏谑的笑容，身子往下滑，背部抵着石块。他们采取这种奇怪的姿态，静静地待在那儿，直到脚步声越过土墩。梅玲的小脸上有一种孩子气的恐惧和十分好玩的表情。当这脚步声完全消失，博雅说："坐在地上吧，蛮干净的。你今天为什么这样高兴？"

午后的太阳完全照映在她脸庞上，她把头靠在身后的岩石上。"在我一生当中从来没有这么快乐过。"她说。

"我很高兴。"

"爱情、欢笑、生活，在一个人一生中并不能常有真正的快乐。"

刚才博雅完全被梅玲的笑声所迷惑。现在她的脸上瞬间又显现出懒洋洋的神色，掩饰了之前嬉笑的表情。

"梅玲，你会不会对我好？我从来没遇过像你这样的女孩，你有一些我不了解的气质。何以你说女孩子家所做的每件事都不对呢？"

"不是吗？"

"我不知道，你凭什么这样说呢？"

"凭我的经验。"梅玲缓缓地回答。

"什么经验？"

她眨起密密的睫毛，用挑战般的眼神望着博雅的眼睛，然后她缓慢垂下双眼，静默不语。午后的阳光映在她脆弱的小脸上，使她看起来又清新又娇柔。

"梅玲，谈谈你自己吧，我想多了解你。"

"谈我自己？"

"你是什么人？你的双亲呢？"

"哦，我是梅玲，我姓崔。"

"我知道，我是指你的身世。"

"没什么好说的，我只是一个普通的女孩。"

"别这样神秘兮兮。你爸妈是谁？"

"我没有爸妈。"

"你怎么认识罗娜的？她是你的同学？"

"不，我从未上过学校，除了一段很短的时间。"

"你不告诉我，罗娜也不告诉我。我曾告诉过你我家的一切，而你却不告诉我有关你的。"

"我的身世对你真的那么重要吗？"

"是的，它是……十分重要。梅玲，我们能做好朋友，真真正正的朋友吗？"

梅玲转头向矮花树，手指一片片拔着干叶子。博雅还在等她答话，她向后甩一下头发，似乎专心在整理发丝，这个举动使她胸部的曲线更明显了。这迷人的姿态使博雅更想知道这个女人的秘密。四周静悄悄，只有小鸟偶然轻唱几声，她脸上泛出红潮，带着困惑和发窘的神色。她迅速抬眼看他说："嗯，什么？"展露出一个打算被爱的女人的微笑，"你想知道我哪些呢？"

"我必须了解你更多些。你有父母，你总该不会像仙女般，由天上掉下来吧？你是吗？"

梅玲折下一根干树枝，她说话的声音微微颤抖，脸上表情有些犹豫，仿佛她要倾诉一项秘密："哦，我的父亲是一个军阀……我不能告诉你他的名字……崔是我母亲的姓。"

"你在说神话故事？"

"随你怎么想。我父亲抛弃了我的母亲，我们在贫穷中生活。我十七岁时母亲就死了……"她突然停住。

"哦，再说下去嘛。"

"就在差不多那时候，我父亲遭人暗杀。"

"被暗杀！谁干的？"

"我不能告诉你，你知道太多了。很多人恨他，他曾杀过太多人。"

"你似乎对你父亲没有感情。"

"一点都没有，何以我该有呢？……这些够了吧？"

"不够，告诉我更多些。"

"然后剩下我孤单一人，某人爱上了我……噢，我经历的事情太传奇了，你不会相信我的。"

"我相信一点，像你这般年轻美丽的女孩孤单活在世上，一定会有很多奇遇。"

"博雅兄，你觉得我吃过各种苦吗？"

"我不觉得，看你不像。你今年几岁？"

"二十五岁。"梅玲顿一下，紧望着他，然后说，"如果我告诉你我结过婚呢？"

博雅停了半晌才说："那将使你更为迷人，有人要娶你，我毫不惊奇。"

"他把我送进学校，也常来看我，直到我被开除。你感兴趣吗？"

"继续说，然后怎么样？"

"然后那就是地狱！他的父亲介入我们之间，我嫁给他并未经他父亲的认可。起初我们是快乐的，只有几个月时光……他是一家轮船公司买办的儿子，他的父亲后来发现了我是谁。他恨我父亲，因为我父亲曾使他入狱，他花了十万块才保住性命。他想报复，这笔账算在我身上，但是我又能做什么呢？一个孤单在世的少女又能怎么办呢？这老头永不怜悯。我是个傻瓜，如此而已。"

"是他暗杀你父亲的？"

"不是，另有其人。我父亲树敌太多。"

"凶手有没有受审？"

"没有，舆论支持他。你不会相信我父亲竟为日本人工作，你会吗？"

"但你没告诉我你父亲是谁。"

"是的，我想我是疯了……反正对我也无关紧要，这是很复杂的。我从不关心我的父亲，我母亲恨他，但是我公公却把责任推到我身上，叫我'汉奸种'。我要不要为我父亲辩护呢？他起先气他儿子，因为他恨我，然后他又改变心意，叫他儿子把我带回他家，否则要脱离父子关系。我去了，一连几个星期被关在我丈夫家，我确定他的目的是逼我自杀。我不能见到我丈夫，自己天天哭着入梦……直到他的母亲可怜我，向老头子说：'即使她的父亲不对，不管怎样现在人也死了，何必责怪在他女儿身上呢？如果你不喜欢莲儿，适当的法子是送走她，叫我们的儿子再娶一个……'"

"莲儿？"

"哦，那是我的名字，后来我改名了。那老太太好心肠。是的，她是个佛教徒，她对丈夫说：善有善报，恶有恶报。最好少作孽——神明有眼的。"

"后来呢？"

"哦，他的父亲鼓励他再娶，他也做了。我算什么呢？非牛非马，非妻非妾……这位新妇嫉妒心很强。那时候我对丈夫已失敬意，我不在乎了。但是天无绝人之路，有一天，我婆婆在傍晚走进我的房门，送给我一个纸包说：'莲儿，自从你来到我们家，我从未有过一刻的平安。但是男人的心狠毒，他们不会听我的话。把这个带着，里面有六百元，自己想办法，离开本市，到别的地方去。我来对付他们父子俩，叫他们别再打扰你……'"

梅玲的话语在此打住。然后她一面擦拭眼睛一面慢慢地说："在这世界上善心的人士很多，如果不是那位老太太，我也许已经死了。"一个宁静的表情掠过她年轻的面孔，一切受折磨的痕迹都瞬间消失了。

博雅望着她，显得很意外："看到你，绝对想不到你有这些遭遇。后来你怎么办呢？"

"我告诉你够多了，别再多问我了。"

博雅向她靠近些，握住她的手，她也捏了捏他的，使他神经兴奋起来。

"别告诉任何人。"梅玲说。

博雅又向她靠紧些，两人的手紧握在一起，梅玲非常静默。博雅接着抚弄她的发丝，她仍未说话，她的眼睛望着地面，胸部微微起伏。他用双手捧起她的脸庞，捧到面前，发现她眼中充满炽烈的感情。

"梅玲，这就是我们的爱情。"他说。

他吻了她，她也回报以激情的热吻。他感到自己被她温暖的双臂环抱着。

"我始终在寻求爱情，"他说，"就是这种爱。不管离婚或已婚并不重要，我称它为一个姻缘，一种两个人联结在一起的感觉，肉体和灵魂——你知道我的意思……两者似乎已融合一体，你分不出哪个是哪个了，就是这样。"

梅玲一动也不动。

"你不说话？"

"我只是高兴……我什么也不想说。"

"我也高兴。"

他们这样躺了两三分钟，博雅说："莲儿……莲儿，我喜欢这名字。"

"别这样叫我。"

"为什么呢？"

"这是我童年的名字……或者你能这样叫我，但是只能我们在一块儿没别人时，这使我想起了我妈。"

"好的，莲儿。"他们一起大笑。

"我该叫你什么呢？"梅玲问。

"就叫我博雅，我的俊丫头。"

"怎么这样叫我呢？"

"我不知道，北京的说法。""丫头"意思是婢女，博雅称她"美丽的婢女"。

"噢！"梅玲天真地点点头，这是她某方面单纯的表现，"为什么相同的字可以用来骂人，也可以表示亲密？"

"这就像是：如果你爱一个人，你能叫她任何名字，让她听来仍很甜蜜。"

"为什么我们说俊丫头，而不说美丫头呢？"

"美就是美，俊却意味着'美丽和聪明'，我不知道丫头为什么会比太太漂亮机灵，但事实如此。"

对"太太"一词，梅玲变了脸色，她沉默下来。

"你在想什么？"博雅问她。

梅玲悲伤地开口了："社会永远站在妻子这一方，一个聪明的女人永远有错。但一个女人对她的聪明又能做什么呢？社会绝不责怪一个一再有外遇的男人，他们称之为找乐子。但是女孩子恋爱呢？婚姻对女人较男人重要，因为婚事影响一生，她甚至不能寻乐。假如她婚姻不幸——她又能怎么办呢？她要装聋作哑，忍受下去吗？如果她有韵事，社会又会怎么说？假设有人发现我们在这儿——谁知道是你追我，还是我追你？但是人们责备的是我，不是你，同时我又错了。"

当她说出这段十分意外的见解时，博雅的眼睛紧紧地望着她，但绝非不悦。

"为什么你说又错了？你过去曾做错过吗？"

"那与你无关，"梅玲回答说，"就连那次婚姻，大家都说是我勾引这年轻的儿子，不是他勾引我。他的家人怪我嫁入父亲的仇家——那是'无耻'——或者如他父亲所说的，是'汉奸种'。老头子常说，他家前世欠了我家的债。你信不信一个人的罪报应在儿子身上？"

"我不知道。我想，因为我们流着先人的血，我们都为先人的作为而受难。"

博雅抓起梅玲的手，在午后的阳光下欣赏她的手臂上精细的血管，以及若隐若现的汗毛。

"我真心爱你，梅玲。"博雅说。

"莲儿。"梅玲快乐地纠正，"你以前曾爱过其他女人吗？"

"不曾，总觉得少了些什么。漂亮的面孔很多，但不久就看厌了。你知道，我有个观念，漂亮的女人天生较笨，聪明的女人外貌又令人讨厌，太聪明，太骨感，太不舒服了。这些都使男人不舒服。"

梅玲快活地听他的女人论。"我是心智愚笨还是外貌讨厌？哪一种？"她呵呵笑着说。

"梅玲——莲儿——我是在谈其他的女人。"博雅笑了。

"我不要恭维，请坦白地告诉我，非常坦白地。你喜欢我哪一点？我希望这是永远的，永远不变，我要尽一切讨好你。告诉我，我是哪一类——愚笨或讨厌？"

"我无法分析你。你看来如此年轻、清新，但是你却有这么多遭遇，你当然不讨厌。"

"谢谢你。"

"你也不可能愚笨。"

"你怎么知道？"

"我知道。你知道聪明的女孩为什么讨人厌吗？"

"为什么？"梅玲说。

"聪明的女孩太多话了，她的锋芒毕露，使男人不舒服。"

"一个女孩要讨男人欢心一定很难。"梅玲似乎吓坏了。

"但是这儿有位完美的女人，她的智慧同时外露和内敛，那就是你，你既兴奋又安静。"

"噢，博雅！"梅玲喃喃地说，"我不能让你失望，我真怕。你很难讨好吗？我要竭力讨你欢心。如果你要我，我愿当你的情妇。"

博雅望着她悦人的容颜说："你认为一个女人可以既做妻子又做情妇吗？"

"怎么？"

"妻就是妻，她持有一张超越你的结婚证书，她是受到保护的，她不在乎，她是某某太太。像凯男，她是社交界的姚太太，那是她所感兴趣的。情妇可以说没这种利益，因此她会尽力讨男人欢心，你能想象一个太太像情妇般，爱人和被爱吗？你听说过一句俗语'妻不如妾，妾不如偷，偷不如偷不着'吗？"

梅玲笑着说："我要记住，我是不是在偷你？"

"你知道我不爱凯男，她比你更明白。"

"我是否真把你偷来了？如果是，我很高兴。你打算怎么办？"

"你知道她一直想去上海。"

"你能带我去？她会不会反对？"

"她不是已经反对你留在这儿了吗？这不是问题。"

"那是什么呢?"

"她要回娘家,这样最好。她很不幸和不快乐,我对她很冷淡和残酷。"

梅玲专心听,想象着自己和他一起生活。"你肯不肯带我去?只要有了你,是偷,是妾,是妻,对我都一样。"她说。

博雅愁容满面,他没有答话。

"博雅,我自由自在,孤单一身,我愿意跟你到天涯海角,只要爱你就好了。"

"你愿意?你知道,现在是战时。"

"我跟你到天涯海角。"

"真的?"博雅紧盯着她看,仿佛想了解这女孩子,她的身世对他而言仍有半数未揭,"告诉我你的一切。"

"为什么需要我告诉你一切呢?"

"因为我爱你。"

"我告诉你的已比任何人多了。"

梅玲脸上也出现阴霾。

"哦。我想这些够了,我爱的就是你这个人。"

梅玲说:"你告诉女用人,我们马上回去,现在太阳快下山了。"

博雅扶她起来。"来吧。"他说。

他扶她穿过果园,回到她的庭院,手臂环着她的纤腰。还没到月形拱门,两人慢慢逛,他有种奇怪的感觉,一切都来得太突然了。他知道他今天是存心来向她求爱的,轻松和胜利感,使他满面通红。

"今晚你来不来我们的庭院?"梅玲此刻非常平静地问。

"我要来,只来看你而已。但是假如我们希望一块儿去南方,一定要做得自然些。"

"这真像做小偷。噢,我喜欢偷你的感觉,没有人知道。"她靠近他耳语。

"你打不打算让罗娜知道?"博雅问。

"不!"梅玲坚定地说。

"你并不傻。"博雅说。

"我将不告诉任何人,这件事必须完全保密,我们自己的秘密,直到我们到了上海。"

博雅感觉当时当地就想"偷"梅玲了,然而却被他的女人论所保护住了。"偷不着"会更刺激些,他喜欢这样,他期盼一段心醉的时光。

/ 肆 /

秋高气爽，空气也干燥清凉。梅玲昨晚照例卷起窗纸，一早醒来，觉得有些凉意。她把棉被盖好，打算再睡。但是昨天晚上和博雅相会的记忆太美，太意外了。留在脑海里，甩也甩不开。她的心扑通扑通乱跳，嘴唇渐渐泛起一丝笑容。她把头埋在枕下，前院已经听到人声，但是院落里仍然静悄悄的。她感到一件很重大、很快乐，但也许很愚蠢的事情发生了。

为什么任博雅追她呢？然而她自己承认，她需要如此。难道她生命中展开了新一页？她的脑子里充满了矛盾的情绪——刺激、浪漫、疑惑。这件事会给她带来什么？她以前的经验太令人困惑了。她想起自己的过去，总觉得当时她年轻不成熟，像一艘废船，被环境和男人的欲望所搅和了。博雅是她第一个敬重、关心的男人，他的爱情似乎是真诚的。这个家是一幅宁静的图画，一个休憩的港口。未来还是未知数，她不敢多想，她是不是又错了呢？如果她母亲还在，或是一开始就找对了人，她整个的一生就全然不同了，她就能给博雅一份纯真、无瑕的爱情，不必隐瞒什么。如果她说出过去的一切，他会谅解吗？她该不该说？幸亏还没有全盘托出。他说："我爱的就是你这个人。"听起来真舒服。她知道自己没有对不起谁，然而心中仍不时有悔恨感，怕她配不上他。她终于找到了她期盼的男人，心里却不免发抖，怕昨天的事只是一种偶然，不会有结果的。但是这件事太重要了，她现在可不能冒险地说出自己的全部历史。她要等自己更了解他，双方爱情成熟了再说。然后她又自我安慰说：若是博雅娶她，这也是他的第二次婚姻哪。她并非全然配不上他……她到底在想些什么？嫁给博雅？她疯了……现在是战时，就算她变成博雅的妻子，她也猜不透未来的前途。她热情而不无忧虑地期盼着新的情节。

在纷乱的心情下，她又睡着了。当她八点半醒来时，意外地听到了博雅熟悉的脚步声，她由窗口看见他进入冯舅公的庭院，客厅对面罗娜的房间还是静悄悄的。她起来把窗纸卷得更高些，好能看到博雅出来，也许还能和他打招呼呢。她匆匆穿好衣服。博雅出来，正看见她站在窗口，对他微笑挥手，他转身走向她的窗台下面。

"你这么早就起来啦？"他微笑说。

"进来吧。"她做手势。

他蹑足进入客厅，她站在卧室门口欢迎他。她已经穿上黑棉袍，头发梳了一半，前面有些凌乱。她脸上还没化妆，不过布满了青春的红晕，眼角又饱满又光滑。她耳语说，罗娜夫妇还在睡觉，要他进她房里来。他们低声说话，但是她的发音含有睡饱了的清脆感。

博雅转身吻她，她觉得心中许多疑惑都一扫而空了。

"趁冯舅公还没出门，我过来找他谈谈，"他说，"我要安排远行的计划，不过也不全是这样。我一早起来，不知怎么两只脚就自动朝你这边走来。从你的脸色看得出，你睡得很好。"

"博雅，我希望永远如此，这是我内心的需求，但是我们不能这样幽会，我们必须尽快到上海去。"

"我找冯舅公就是谈这件事。天津开的轮船铺位很难买，存款必需安排，凯男还要买些东西。我告诉她，上海什么都买得到，但是她说要买些礼物送亲戚，我今天早上要陪她出去。你和罗娜他们能不能过来吃午饭？"

"好的。"

"你出门的一切都准备好啦？要不要我替你买什么？"

"我什么都不需要，但给我买些稻香村的蜜饯、鸭肫和福州橄榄好了。"

"你爱吃鸭肫？"

"我爱吃——可以嚼的东西我都喜欢。你也喜欢吗？"

"我床边放了一瓶，晚上边嚼边看书。"

"好妙！我也是！"

博雅走了，今天早上的会面使她再次坚定了信心。昨天晚上他说的情话不只是逢场作戏，一时冲动的结果，他的表情证明了这一点。

罗娜起床，看见梅玲的神采比平常更焕发。梅玲告诉她，博雅过来和冯舅公讨论远行的计划，还邀大伙儿吃午饭。

"我仿佛听到你们低声说话。"罗娜说。

"我们怕吵到你们。"梅玲答道。

这是北平秋天中的一个好日子，干爽、晴朗，院子里又舒服又平静。昨晚的韵事还留在梅玲脑海中，那些未知的诺言，今天早上偶然而匆匆的一见——那个吻，他双手在她肩上抚摸——在她屋里留下细致的香味。幽香发自她摘来供在瓶里的木兰花，那倒无关紧要。空中有一股奇妙的刺激。她对镜梳头，想着今天该穿什么衣服。打扮漂亮是自尊的表现，一个女人就算只到公园走走，只有陌生人看见她，她也会穿戴整齐。但是为一个男人，一个她心爱的男人而打扮，意义又不止如此了。在家里便餐，她得穿得简单一点。她的发型如艺术品一样，不能显出刻意雕琢的痕迹，要配她的脸蛋，又自然又顺眼。她知道博雅很注意她右耳下的红痣。她耳型柔和，下面尖尖薄薄的，算命的人说这是坏征兆，因为所有长命、有福气的人耳垂都是长长厚厚的，好保住福气，于是她常常把头发放下来，半盖住耳朵。突然灵机一动，她用大发夹把头发向后拢。她脸型很小，这样一来简直像中学生似的，看起来很清新，红痣也清清楚楚地露在外面。

她的胎痣是鲜红色的，一些山中小蜥蜴就是这种颜色。没有人知道朱红色和贞操有什么关系，但是古代常有人用蜥蜴血来测验妇女的节操。先让一只蜥蜴吃下七斤的朱砂，再把它的血放在妇女手臂上，据说会留下永久的朱痕，但是女孩子若曾和男人发生关系，朱痕就会变色。中国文学中蜥蜴又名"守宫"就是这个原因。梅玲的胎痣刚好是这种颜色，名叫"朱砂痣"，是罕有的美人斑。

梅玲也记得，她中午要到博雅的房间去。她看过他的书房，也见过他在那里弹钢琴。她不能决定他喜欢什么样的衣服，就照着唯一的线索，假设自己就是属于这里，让自己在他家显得很顺眼。她必须淡妆素服，造成亲切的气氛。除了手臂上取不下来的翠玉镯子，什么珠宝都不戴。经过刻意的研究，她穿上浅蓝色的短袖旧旗袍，以便和他书斋的深蓝色地毯相衬。

大约十二点，她和罗娜、冯旦、冯健一起过去。她说她想看看博雅的书斋，因为他们也没其他事可做。博雅和凯男还没回来。这个院落和北平的一般房子比起来，显得特别大、特别深。房间都铺了厚厚的地毯，西侧和中央的房间做客厅，两边只有窄板隔开；西侧客厅有几个黑木的古董架，上面摆了各种花瓶，一套白鬼的宋代瓷器，还有花色细致的"古月轩"瓷釉器皿。

梅玲一个人走进西院的别室，那就是博雅的书房。墙上挂着两个汉代的大铜镜，几幅书法，还有一张小鸟在枝上凝望大蛇的水墨画。一张茶几上摆着全套的"宜兴"陶土茶具，书架顶上摆满古怪的小玩意儿——

生锈的古剑啦，一个绿色的小铃铛啦，还有一只弯弯的老象牙，在一寸高、二寸宽的象牙上刻着整篇陶渊明的"归去来兮"——这些东西古老而稀罕，却不算美丽。房间南面自成一格，有一张现代的书室躺椅，一架钢琴，一个新式的落地灯。两边的差别很明显，房间的中心保持了中国屋舍的质朴气质，南侧很新颖、很舒服，显得亲切多了。这是博雅读书、休息的角落。椅垫乱糟糟地搁在躺椅上，报纸也零零散散的。躺椅下有一张豹皮，博雅的拖鞋就放在上面。屋里没人，她拾起拖鞋，轻轻抚摸，觉得有些罪恶感，又小心地放回原处。她坐在琴凳上，凝望她曾听他弹的乐谱。她看到钢琴上有一对玩具锣钹和一个小铜铃，觉得很有趣，不知道他用这些小玩意干什么。附近有一个金笼里的小鸟形状的时钟，每一秒钟小鸟都回头一次。博雅喜欢这些小东西，她大声笑了出来，眼睛又瞥见一个装了鸭肫干的玻璃瓶子，就放在躺椅边的矮几上。"噢！在这里！"她自言自语地说。她忍不住由瓶里拿出一块。

大家慢慢逛到书房来。梅玲坐在博雅房间中央的书桌前，正抚摸一块一尺长的旧书皮，嘴里慢慢嚼着干鸭肫。

"你在吃什么？"罗娜大嚷。

梅玲把手上的东西拿给她看，还笑了笑。

一个老女佣端茶进来。她看到梅玲的动作，就说："小姐，这是少爷最心爱的，谁也不准碰。"

梅玲拿起瓶子，一一传过去，只有冯健拿了一片鸭肫。她甚至把瓶子递给用人，但是用人说："我们不敢……这个屋子里只有少爷能碰那瓶子……连太太都不敢。"

梅玲笑着将瓶子放回原处，她对吓慌的用人说："如果少爷问起来，就说我会补回去。有很多嘛。"

不久博雅和凯男回来了，博雅走到书房，手上拿着几个包裹。他发现梅玲坐在高高的硬木椅上，靠着书桌，不免十分意外。她正在打量一个玉洗笔，是照山峰的形状雕出来的，下面有一个装水的小盆子。梅玲正在玩弄里面的毛笔，博雅进来，她仍坐着不动，只笑笑瞥了他一眼。她的翠玉镯子恰巧和那个玉洗笔十分相配。她的头发梳向脑后，只有几绺散在额前，小小的身子栖在高椅上，与高大的黑木桌形成强烈的对比，给人一种特别天真的印象。博雅痴痴地站着，梅玲还在玩毛笔，连眼睫毛都没有抬起来，她又笑了笑。真邪门，她不该笑，如果笑就应该抬头看他，这样她的笑容仿佛泄露了一个秘密的思想。她在大古砚上涂了几个字，仍旧没有抬头，说："博雅兄，有人偷了你瓶里的鸭肫，你最好数一数。"然后她拿起桌上残留的小片鸭肫，顽皮地嚼起来。

博雅看看玻璃瓶，不觉大笑。

"她是一头海狸，"罗娜说，"她的下巴已经动了半个钟头了。你如果把她关在这儿一个星期，她会连整栋房子都啃掉——家具啦、梁柱啦、躺椅、椅垫，通通吃掉。"

大家都笑起来，博雅想起他带来的包裹，就说："看我带了什么？够你嚼一个星期了。"

包裹里有鸭肫、蚕豆干、五香瓜子和牛皮糖——因为韧得像牛皮，所以才取了这个名字。

"真巧。"罗娜说。

梅玲由包包里拿出两个鸭肫，放到瓶里去。

"我偷了两个，"她对博雅说，"女佣吓坏了，我告诉她若少爷问起来，说我会补回去。"

凯男现在进来了。逛完街，她显得很快活，而且为准备远行而兴奋。梅玲把桌上的蜜饯拿给她，这种反客为主的态度以及蜜饯的粗包装纸，相当伤害身为女主人的自尊心，她笑笑拒绝了。

午餐端上桌，他们到东厢的饭厅去，凯男要梅玲坐在冯健旁边，他非常高兴。凯男曾对罗娜说冯健和梅玲很相配，他自己也这么想，因为他是这儿唯一的单身汉，梅玲对他又似乎挺友善的。凯男曾看到博雅挑逗梅玲，但是她也看过他挑逗别的女子，所以完全不觉担心。

出乎意料地，博雅没有通知太太就叫女佣准备了鸭肫汤和一碟炸肫。东西端来，大伙儿都笑梅玲。她看看博雅，他也默默微笑着。

他们谈起远行的计划，罗娜叹气说，她真恨不得随他们到南方去。

"你们昨天晚上有没有听到枪声，大概在晚饭前后？"凯男问道，"回教市集上的人说，昨晚上有人攻破一座监牢。"

"我们的人干的，我们的游击队。"博雅说，"是永定门外的一座监牢。"

"有人说五百个犯人逃出狱，加入游击队。有人说一千，谁也不知道。"凯男又说。

过了一会儿，博雅说："很高兴我们要走了，你不觉得吗？"他看看太太说。

"觉得什么？"

"劫数感哪。看到周遭那么多日本人，东四牌楼那儿至少建起五六所'医院'，空中都染上气味。我不只说尝海洛因的'医院'，我是指大家的面孔，中国人和日本人脸上的阴气。这两个民族如何能生活在一起呢？你会觉得不可能适应，现在北平已变成为日本都市了。那就让他们当胜利者，去扮演自己的角色吧。可是他们办不到。他们不自重，缺乏信心。如果他们能显出自信、轻松的态度，你可以说，那就好了，他们已攻下北平，打算占有它，一切都会有定下来的感觉。但是他们不自信、不自重，也不礼貌。他们有无法操纵你的恐惧，或是想赢得你的好感。他们到底怎么啦？"

大家都在吃饭，博雅继续说着："我从来没见过像日本店东那样沉默的动物，简直像遭人迫害的野兽。我的黄包车夫说：'东洋人和我们差不多，就是不会笑。'他说他拉过一个日本人，当时正好一只小狗叼着木拖鞋跑出来对那只拖鞋又吠又咬的，街上的人都站着大笑，只有丢了拖鞋的人和他拉着的客人例外。小狗并没有去咬他。但是他背后的日本人说：
'喳！喳！'想想他们居然怕一只狗！我问车夫觉得白人怎么样，他说：
'他们是奇怪、可怕的人种。他们有怪味，就算你在他们面前跑步，也
闻得出牛油味。不过，他们会笑，和我们一样，那些东洋人就不会。'"

饭后大家到书房去，博雅拿出两张"日本联合储备银行"的新钞，
一张是印有孔子像的一元钞，一张是印有文天祥的十元票子。

"有那么多人，"他说，"他们却选上了文天祥！有一种百元大钞，
上面印着黄帝的像，不过我没见过。那些傀儡会喜欢吗？文天祥被捕
后曾被忽必烈囚在北京很多年，并受过不少礼遇，但是他不肯服侍蒙古
人，宁愿一死。你们有何感想，我知道日本人的想法是要让傀儡政府在
人民面前显出真正的中国作风，他们真可笑！"

梅玲盯着她手中钞票上的文天祥，文天祥和岳飞可能是中国历史上
最著名的爱国者了。"他长得真是这个样子？"她问。

"肖像可能是想象画的，他是蒋介石心目中的英雄之一。"

"面孔真高贵！"梅玲说。

"日本人一定是由三民主义课本中得到的灵感，他们选了一切好听
的中国名词，譬如'共存'啦，'共荣'啦，'王道'啦，'诚意'和'合
作'啦，拿出来使用，希望我们吞下去。谁发明了这些字眼？为什么要
拿来骗我们呢？你有没有读过文天祥的《正气歌》？"

"没有，"梅玲有点惭愧说，"当然听说过那首诗。"

"哦，文天祥代表的就是这个——正气。中国历史上凡是拒绝对异
族屈服，以勇敢和正气闻名的爱国英雄，歌里都提到了。颜将军的头颅，
颜常山的舌头和张良刺秦王的铁锥，在歌里都是正义的象征或证明。张
良创建了历史上第一个游击队，如果中国人都想起他，想用他的暗杀方
式呢？如果我们都想起颜常山在刑场上骂贼而死，不愿意投降呢？日本
人可能以为，他们把孔子、文天祥和黄帝的肖像印在钞票上，我们就不

会在上面乱涂毁谤的字句了。"

北平人自有一套间接对傀儡统治表示不满的方法。以前很多伪币都被画上傀儡官员的名字，再加上如"汉奸""不要脸""卖国贼""对蛮邦磕头"等字眼，甚至还有更下流的污辱。不知道是谁先开始的，但是很快就广为流行。很多钞票上都有，所有使用者都说是从别人手中接过来的。傀儡官员向日本将军抱怨，于是当局颁布了一道命令，规定有侮辱字眼的钞票不准使用。不过，这道命令却变成商人拒收此类钞票的借口，他们太高兴这样做，因为这些钞票甚至连日元都换不到，往往要降格兑现，商人宁可使用中国中央银行的票子。因此当局只好撤销这道命令。现在新钞票发行，上面印有中国历史英雄的肖像，就像希特勒征服瑞士，钞票上却用威廉·退尔的肖像一样，但是日本人可看不出其中的幽默。

通常家庭午餐后，大家都回房休息。但是十月的阳光正好，他们都被这时刻吸引了。大家离情依依，仿佛有什么事情将要改变似的。谁知道他们还能共度多少个这样的秋日？梅玲饭前的雅兴使他们心情极佳，小院子在中午的阳光下具有一种宁静的魅力。凯男为进行的计划而高兴，梅玲没有理由说要走，罗娜心里则另有打算。男人在家通常不算数，他们心烦的时候，想要表示自己重要的时候，随时可以离开家。所以大伙儿围着南侧的躺椅聊天，梅玲在书架前闲逛，边看书边吃瓜子，最后又坐在博雅高高的座椅上。

这时候他们听到远处的枪声，罗娜平常很镇定，现在也惊慌了。游击队正在城市附近打仗，近两个月他们常常听到远方的炮声，但是她仍感到心慌。

"你们走了以后，我们会怎么样呢？"她问博雅，博雅正坐在一张扶手椅上抽烟斗，"北平会怎么样？你想这次战争会打多久？"

"一两年，也许三年，谁知道！"他回答道。

"两三年！"罗娜呼道，"你想我们能打那么久吗？"

"当然可以。"他说着，心里也没有多大的把握。

"但是我们会变成什么样呢？你们什么时候回来？"

"谁知道，这次绝不像一九三二年上海之役那么短。你最好有习以为常这个想法。"

"你该不是说我们要关在这里听两三年的枪声吧？"

"你若要中国赢，就必须如此期盼，我们的游击队不会让他们歇息的。"

"如果打那么久，我们还是搬到上海去住比较好，我们可以留在国际住宅区。"

"现在上海打得更厉害，炸得更凶。"博雅轻笑几声说。

"我们怎么办？"罗娜心慌意乱地说。

"别搞错了，这是长期的战争。一九三二年是十九军在打，现在是全国作战。这不是上海或北平的问题，也不是哪里比较安全的问题，没有一个地方是绝对安全的。谁知道上海会有什么结果？战争会延到内地去，我们都会变成难民。我们会如何？这座园子会如何？谁也猜不到。北平将和满洲一样安全，这里名叫'沦陷区'。你必须决定是要继续生活，待在这个沦陷区难以忍受的气氛中，还是变成内地的难民。"

"我想没有这么严重吧，"罗娜沮丧地说，"我们还是到上海去。我想梅玲是难民，不得不来这里，可是我们现在自己也要变成难民了。"

"梅玲是难民？"博雅说。

"她在我们家避难。"罗娜回答说。

梅玲独自坐在椅子上，望着罗娜微笑，嘴巴仍然漫不经心地吃瓜子。

"我也要去上海。"冯健想起梅玲要去那儿，就说。

"这样对你也许好一点。"博雅认真地说，"我们正看到北平一天天腐败，我想一个人再忍下去，就要麻木了。不过也不能永远这样。我们的同胞阴沉沉的，敌人也阴沉沉的。我们的同胞觉得命中注定不能屈服，日本人觉得注定要征服我们，他们自觉已经攻下这座城市，可以用枪杆来统治，心里却老大不痛快。你知道他们为什么不快活？他们害怕了，任何靠枪杆自卫的人都难免要害怕。面对手枪很可怕，你一刻都不能放松。"

冯旦插嘴了："但是英国人用枪杆统治印度已经不止一百年了。"

"你误会了，"博雅说，"英国人是靠他们的魔力来统治印度。"

"什么魔力？"冯旦诧异地说。

"凭他们的潇洒大方。"博雅向他挑战说。

"你歪曲事实，"冯旦说，"印度人怎么会在乎英国人的风采？他们对英国人的怨恨，不下于韩国人对日本人。"

"是啊，他们恨英国人，也尊敬英国人——或者不如说，他们怕他们。那就是他们的魔力，一种天生主人的魔力，你也可以说是毒蛇的魔力，自信、自重、穿自己服装、吃自己食物、说自己语言，而且希望别人也说英语的魔力。别忘啦，英国人在全印度的驻军只等于日本征服小小的韩国四十年后在韩国驻军的人数。你想少数英国男女住在印度的前哨村落，怎么不会被土著杀掉呢？不是靠枪杆和飞机，是靠他们的英国太阳帽、短裤、坚固的绒线袜、夏布女装和曲棍球比赛，靠他们对用人讲话的那副自然的主人腔。我说过，毒蛇魔力。想想日本人用自然的主人腔对中国用人说话吧，他们只会摆架子，打你的耳光。他们一喝醉，就出尽别的民族绝不会出的洋相。我告诉你，他们一生在恐惧中度日，怕他们的警察，他们的军队。你把他们放在外国，突然要他们装出主人的举止，他们硬是办不到。他们一喝醉，一切压抑的恐惧都流露出来了。日本人没有英国人的魅力，他们不可能文雅，所以他们注定要失败。"

"你喜欢上海的英国人吗？"冯旦愤慨地说。

"我喜欢，"博雅说，"我尊敬他们的民族，我讨厌他们的外国政策，但是喜欢他们个人。"

"在上海只有买办喜欢他们。"

"但是上海的买办喜不喜欢日本人呢？差别就在这里，这就是让属员喜欢你的诀窍。不过我是指一般的英国人。"博雅受了留英的叔叔阿非影响，很崇拜英国人。阿非和所有留英的学生一样，对英国忠心耿耿，常对博雅谈起他们的勇气、他们的人道、他们对朋友的忠心以及他们的自信，自信最容易吸引博雅这类人物。他继续说："到上海去看看英国人，看街上的人民对他们有什么感想。大家都敬重他们，怕他们，对不对？英国官员对老太太、小狗或小孩都一样和气，日本人不可能低头对小狗或小孩表示好感，因为怕失去尊严。"

大家都注意听，博雅又说："我有时候替那些日本小店东难过。他们好温和、好文静、好驯服，他们只想讨生活。但是他们走到哪里，军队和警察就跟到哪里，还有浪人，日本社会的渣滓。军官威吓浪人，剥削他们，靠鸦片的利润来自肥——这是军制的一部分。浪人恨军方发鸦片执照时的威吓、红带子和勒索，但是却不得不靠他们保护。文静的商人只想为妻子儿女讨一份生活，对两者都恨之入骨，因为中国人再也不肯进他们店里买东西了。东城小学附近一家文具店的日本店东去找那个小学的中国校长，求他叫学生到他店里买东西。他知道自己是受了军队暴行和流氓闹事的影响。中国校长告诉他，他答应对学生说说看，但是小孩若不去买，又有什么用呢？"

"但是大英帝国主义还是帝国主义呀！"冯旦反驳说。他的毕业论文是研究英国在远东的帝国主义，他想把话题转到他喜欢的题目上："看看新加坡，看看香港，东印度公司和南满铁路公司有什么区别呢？英国和日本还签订盟约，保护他们在远东的利益哩。"

"当然，"博雅说，"大英帝国主义更可怕，因为他们把握了成功的秘诀。英国人从十六世纪就搞这一套了，日本人还是生手。再过一两百年，他们也许能统治殖民地，学会讨人喜欢。帝国主义光靠枪还不够，他们却只有枪。帝国主义是人道的艺术。"

"我不相信，"冯旦说，"一切全是经济，全是供求的问题，原料和市场的问题。"

"大学课本是这么说的。"博雅说，"就像开店一样，当然你必须会记账、卖货，知道盈亏、本金和利息的问题，但是最后分析起来，却要懂得让顾客喜欢你，下次再来买。帝国主义是一种微妙的人道艺术，治人的艺术，尤其是异族的人，你必须了解人性。日本人的帝国主义似乎是由军事课本中学来的。"

冯旦心里也很明白，但他是大学毕业生，喜欢采取冷静、客观、纯学术的立场，这是现代知识分子致命的弱点，一种不近情理的虚荣心。"日本人没有你说的那么笨，"他说，"毕竟他们也想培养与中国人的友谊，设立了东亚文化协会，想团结黄种人把白人赶出去。他们现在不成功，但是由长远的立场来说，他们会成功的。"

"不错，他们会成功。"博雅习惯接受一个论点，再慢慢加以破坏，"如果他们不在城外用刺刀杀女人和小孩，他们也许会成为东方文明的斗士。他们真蠢，你看见前几天报上登的东亚文化协会的照片了吧，那几个汉奸也在里面，简直像幽灵似的，好安静，好沉闷，好不知羞耻。穿军服的日本人显得很机警，很进步。土井源一副精明、热心的样子，董康则温温顺顺，又高傲又冷淡。但是你难免有一个印象，总觉得日本人才是这场戏的受骗者，不是中国人。中国喜剧家知道这是闹剧，日本喜剧家却不知道，结果就造成了更深一层的喜感。他们不能对中国人用那种宣传法，这一套就像他们由空中投下来宣称日本人爱中国人的传单，那是日本军人的杰作，他们的脑袋简直像婴孩似的，就连中国黄包车夫的脑袋也没有那么幼稚。所以……"

冯旦觉得很屈辱。他想再说几句，又怕人家误会他"亲日"，就闷声不响了。博雅看看梅玲，她吃完瓜子，正在古砚上涂字，她的翠玉手镯碰在桌子上咣咣响。

"你在做什么？"罗娜问道。

"我在练习书法。"

"别那么迷人嘛。"罗娜叫道。

"魅力是英国人拥有而日本人缺乏的东西……你看，我每一句话都听到了。"她歪歪头，显然想写出有力的一笔勾字，嘴巴也张得大大的。

"你显得很舒服、很自信。"博雅说。

"就像英国人。"梅玲说。她放下毛笔，开始把小抽屉一一打开来，顽皮地检查里面的东西。

"该死！该死！"她用英语说。

"你说什么？你是不是在找什么东西？"

"我在学英国人。"

"你知道那句话是什么意思？"博雅问她。

"我知道，这是诅咒的字眼。"

"可不是一句好话，我提醒你。"

"不过我在上海和天津就只听到这句话，听起来好高贵。你不觉得为保住他们的帝国，英国人无时无刻不在说'该死！该死'吗？"

"也许吧！"博雅说。

"该死！该死！"梅玲又重复说，"我现在是不是显得很高贵？"

"你太甜了，不像帝国主义者。"

"该死！"梅玲更热切地说，然后大笑，"你知道我分得出美国人和英国人。英国人说'My God'！美国人说'My Guard！'"梅玲学得惟妙惟肖，大家都笑出声来。

"你哪里学来的？"

"噢！到处都可以听到嘛。有一个美国人骂我模仿他。他说'该死'

还没关系，'天杀的'却是坏字眼，只有气得要命才说出口。除非你想打架，否则不能用。美国人还喜欢用一个名词，就是'老天'或是'地狱'，当他们说时，听起来好像真要打一架似的。"

"你在哪里遇到美国人？"

"噢，到处都有，上海的咖啡馆、夜总会和街上。博雅兄说得很对，我们尊敬上海的英国人，只因为他们不吃我们的食物。你从来没见过英国人进中餐馆，我们因此觉得屈辱、卑下，似乎我们吃的是垃圾，而他们就显得较为高超了。现在你看日本军人和游客涌进我们的餐厅大吃，仿佛他们一辈子没吃过鸡肉似的。这一点对日本帝国非常不利。"

"但这是因为中国菜比日本生鱼好吃啊！"冯健说。

"不，"她说，"他们不该这样做。如果两国不交战，那还没有关系。他们若想征服我们，就不能走进我们的餐馆。他们必须照吃自己的生鱼片，并显得很快活，还学英国人说：'该死！该死！'"她拿起一粒瓜子说："你看过英国人吃瓜子吗？英国人若吃瓜子，他在远东的整个帝国就要崩溃了。"

博雅咯咯笑："我就这么说嘛，你若想要做一个征服者，你就先要肯定自己，你不能一天到晚挥动枪杆。日本人挥动枪杆就因为没有肯定自我，我从来没见过像这里的日本人那么紧张的士兵。我记得看过一部美国电影，有一个人待在房里，一个强盗拿枪进来。那个人手上空空，镇定地走向前去，走到拿枪对准他胸口的强盗面前，结果强盗紧张了，这就是我所谓的肯定自己。"

远处又传来炮火声，像远方有雷声在轰鸣。"他们又来啦！"博雅说，"西郊那儿一定有战事发生。"更多炮火声持续着，然后他们听到空中的飞机声，越过市区向西山飞去。

/ 伍 /

战时一切都来得如此突然，以至于最精心安排的计划往往也需要变更。前一天晚上，"游击队之母"裘奶奶手下的人员突击北平城墙外的一所监狱，放走五百名犯人。有些爱国志士包括一些东北大学的学生，被傀儡警察抓住了，于是裘奶奶安排了这次的援救。傍晚时分有十几个人进入监狱，其中几个扮作日本军官，制伏了狱中的守卫，拿到钥匙。犯人获得了自由，全体异口同声说要加入游击队，还包括一些中国卫兵。他们跟首领回到山区，带了几十支手枪、一些自动步枪和弹药。

游击队最近的行动都靠近北平市，人数也骤然增加。更重要的是，这让日本人丢脸，使游击队增加威望，使人产生敌人并没征服这座城市的印象。

今天的炮火只是示威，而非真正的战斗。游击队行踪飘忽，无法有大规模战斗。飞机是出去侦察，只是给山区斗士留下一点印象罢了。他们在一座庙宇附近投下一颗炸弹，在空中白转了一个钟头。在无助的情况下，日本人察觉到必须采取某些行动，就加强搜查出城的平民，并挨户搜查游击队。

第四天上午，四个中国警察来到博雅家，由一个日本小军官领头，还有一个满洲通译员。时间是约十一点，冯舅公不在家，冯老太太吓慌了，躲在自个儿房里不敢出来。警察被领到博雅的庭院，要他填表格，写下所有家庭成员和仆人的名字、年龄、性别、职位和商业关系。日本人似乎很困惑，就问他：

"为什么挂美国国旗？"

"屋主是一个美国女士。"

"她叫什么名字？"

"董娜秀小姐。"

"她在哪里？"

"她在青岛。"

博雅奉命答复有关她年龄和职业的问题，同时他把房屋租约拿给他们看，日本军官皱皱眉头，检查了很久，直到博雅向他提起美国大使馆。

军官是一个矮胖的家伙，穿戴军帽、军服和高筒靴，他花了很长的时间欣赏屋内的古董、名画和家具，显然对庭院的规模十分惊讶。他手插在裤袋里，一直东张西望，人很机警，下巴向前伸，头向上仰，仿佛一切对他来说都太高了，他每走一步头就动一下，习惯抬高步伐，尽量使自己高一点。高个儿的满洲译员随着他，地方警察则在后面懒洋洋地走着。

当他们来到罗娜的庭院的时候，日本人仿佛找到了大乐园似的，测览房间像观光客一般，而不像一名正在值勤的军官。院里的人早就得到警告，罗娜、她丈夫和冯旦都坐在客厅里。军官大肆欣赏墙上的名画和古董架。他用脚试试地毯的厚度，自顾自笑着，又感觉到有人看他，就在军官的尊严和藏不住的赞赏间力求保持平衡。然后他跨入罗娜的卧室，盯着她的香水瓶和红拖鞋。回到客厅后，他在桌上拿起一根香烟，满洲人连忙替他点火，他仍然意趣盎然地踩着厚地毯，自满洲人手中接过火柴，眼睛眯成一条缝，香烟叼在嘴里。

他指指还没核对的梅玲的名字。

"还有一个崔梅玲。"满洲人说。

"她在里面。"博雅指指对面的房间。

梅玲躺在床上，扁桃腺正发炎。日本军官冒失地闯进去，看到一个美丽的少女坐在床上，倚着枕头，就对身后的博雅说："她怎么啦？"

梅玲小声地说，她的嗓子不舒服。

"她和你是什么关系？"

"没有关系。"博雅回答说。

"她在这做什么？"

"没什么。"

不知道心里有没有什么念头，日本人摆出思考的姿态，牙缝间吱吱响，叫满洲人再问下去。

"一个人住在别人家里，又不是亲戚，怎么又没有什么事情呢？"这是日本人想不通的地方。

"她是我舅妈的客人。"博雅指指门口的罗娜说，罗娜对满洲人点点头证实，他正在记录。这样似乎还不够。

"她出生在哪里？"

梅玲现在真的吓死了。博雅要她回答，她只好说："上海。"

"那她为什么来这里？"这是更想不通的奥秘。

"她来拜访朋友。"博雅有点不耐烦地说。

"她以前读什么学校？"

梅玲怯生生回答说："我没上过学校。"

日本人摇摇头，仿佛确定有些不对劲。这似乎是一次不必要的审查。

"她父亲叫什么名字？"

"我没有父亲。"她说。

"她母亲叫什么名字？"

梅玲似乎不愿意回答，满洲人告诉她，这是例行公事："东洋人问话，你一定要回答。说什么都无所谓。"

"最近十年你住在哪里？"他又问道。

"在上海和天津。"

"你结婚没有？"

"没有。"梅玲直率而略带刻薄地说。

翻译员记下她的回话，日本军官则盯着梅玲，用好奇而困惑的表情打量她。她白白的手臂戴着翠玉的镯子，正搁在软棉被上，加上羞红的面孔和乌黑的鬈发，构成一幅可爱的画面。她的头斜向一旁，用自卫、惊恐的眼神看着军官，就像博雅书斋那一幅画中的小鸟望着大蛇一样——不是直视，而是用眼角偷窥，不是观察他或接受一种印象，而是由眼中露出明显的恨意、恐惧和迷惑。问完了话，军官对满洲人眨眼说："她很漂亮。"然后转向她，和善地用蹩脚的英语说："你应该找日本医生看病，日本医生像德国医生一样好。"

梅玲沉默不语，军官又笑笑说："你喜欢日本人吧？中国人和日本人应该做朋友。哈！"

他发出日本人表示欣赏一个笑话时特有的尴尬、不自然、做作的笑声，低头拧了拧梅玲的面颊。梅玲缩头尖叫，眼睛里有厌恶的怒火。日本人挺了挺身子，恢复军官的仪态，对满洲人吼了一声，就走出房间。

搜查继续在前院进行。冯老太太没有出来，由博雅带日本人检查房间。走到一个十寸高的方形白玉壶前面，军官停下来，那是这栋房子的前一位屋主——一位满洲亲王——的珍藏。他转身问道："乾隆？"博雅点点头。

他们才走完宅院的一半，就向西北转弯，来到泗水榭，俯视红栏木桥和对面的果园。搜查变成敷衍，日本军官似乎有别的心事。

"走到那一边要多久？"

"半个钟头。"

"我们掉回头。"

不知道是满洲人看出军官的心事，还是军官曾私下对他说了什么，译员走近博雅低声说，他最好把军官看中的白玉壶送给他，以争取他的好感。于是博雅在"自省堂"传话给用人，到了门口，另一个用人便交给他一个包装精细的纸盒，博雅把它递给翻译员，后者对军官说了几句话，军官笑笑，只"噢"了一声。他对博雅伸出手，显然充满敬意地说："屋子好大！"就走了。

冯舅公中午回家吃饭，听到这件事，很不开心。大家都聚在他的院子里，热烈讨论这一次的搜查。

"他们为什么要搜我们的屋子？"

"一定是为了游击队。"博雅说，"但愿我送白玉壶没送错。"

"当然。"老人说，"但是我们根本不该让他们看到我们的财宝。他们看到年轻妇女了吗？"

"他们一定要对着名单看。"

"糟了，"老人说，"我原指望有那面美国国旗，可以不让他们进来查看，现在他们看到了。他们能来一次，就能来第二次，他们搬不走屋子，但是晚上常有女人被绑去。竟有如此的时代！我们的古董也不安全了，露财诲盗。"他引古谚说，"我们必须把古董收好藏好。没有这些麻烦，日子已经难过了。"

老人坐着抽水烟，看来忧心忡忡的，仿佛屋子已被人闯进来似的。

"一切都完了。"冯老爷说着叹了一口气，"博雅，你祖父买了这座园子，我一直想好好管理它，但是外甥、甥女都走了，现在这儿变成了一个荒寂的地方。我要留下来。我这种年纪不想再搬，我们必须守住这个园子。姚家的神牌还在这儿，等战争过去，这里将是还乡者的中心……生意愈来愈差了，不过我要尽量撑下去。至于你们年轻人，我该考虑考虑。"他吹吹烟斗，把它放在大桌上。实际上他的身体还很强壮。

博雅回到梅玲的房间，发现她脸色苍白，神态惊恐。

"我不能再留在这里了。"她面带激动地说，"我怕，博雅。没有别的地方能让我过夜吗？"

"别傻了，"他说，"你以为他们会不惜麻烦，把你送到日本医院？我们马上就要走了呀。"

"多久？"

"再过五天，或者四天。"

"我们不能现在就走吗？不然我先走？"

"单独走？真不敢想象。你急什么吗？"

"但是他们知道我的名字了。"

"那又何妨呢？"

"博雅，你不知道，你不该告诉他们我的真名字。噢，博雅，今天晚上带我到别的地方去。"

"你到底怕什么？你以为他们今晚会绑架你吗？他说日本医院，只是开玩笑。"

梅玲沉默了一会儿才说："我不喜欢他的眼神。他特别盘问我，我今晚上不能睡在这儿，我真的不能。我能否到你朋友家去？"

"到老彭家？"

"是的。我可以在那边住上几天，一直到你准备妥当。他是什么样的人？"

"噢，他是单身汉，一个人住。你用不着怕，他是地地道道的君子。不过你的身体能出门吗？"

"噢，那不算什么。"

"你的东西呢？"

"我一分钟就可以收拾好。"

"好吧！如果你坚持，就这么办。等到傍晚，我会带你去老彭家。事实上，我很希望你认识他。"

受了好奇心的驱使，那天下午博雅就过来，坚持要梅玲告诉他她过去的生涯。

"我从哪里说起呢？"

"从童年起，把一切都告诉我。"

"我们在路上有很多时间嘛。"

"但是现在告诉我吧，我会觉得和你亲近些。"

于是梅玲和他单独在一起，开始述说她的身世。她母亲是邻近上海的湖州人。她离开丈夫后，就带着四岁的梅玲去了上海。她在闸北区一所学校教书，每月薪水五十元。母亲带她上学，后来她转到一间男生中学去教书，只好把女儿留在家里。因此梅玲很小就学会了理家，让母亲安心上课，等她中午回家，午餐就弄好了。母亲对女儿期望很高，就在晚上教她。

梅玲是一个倔强的孩子，原先她跟母亲上学，和其他小孩子一起读书，大家都叫她"老师的孩子"。她常和同学热烈争吵，护卫母亲的湖州口音。当时各地已规定老师要用普通话上课，但是梅玲的母亲和大多数的南方人一样，总是改不了家乡的口音，她老是漏掉"ㄣ"的尾音，所以"盘"字之类的声音总是念不准。她老说"牌"，而自以为说了"盘"字。梅玲知道母亲念错了，因为她自己念"盘"字就一点困难都没有，但是她总是坚持说她母亲念的是"盘"字，她发出一种介于"牌"和"盘"之间的声音，"ㄣ"音若隐若现，然后始终维护她的母亲。但是在家里她却告诉母亲念错了，想教她发出正确的"盘"音。母亲慈爱地说："孩子，我的舌头又僵又笨。我知道那个读音，但是我读不出来，我一辈子都是这么说的。但我有什么办法呢？我得教书维生哪。"第二天母亲听到梅玲故意在班上念出含有"ㄅ"音的"牌"字，以维护母亲，她很感动。

当梅玲逐渐长大，不再上学，晚上就在她们唯一的客、餐、卧兼用的房间书桌上，不仅埋头做功课，有时还翻阅母亲批改的学生笔记和作文。她观看上面批改的部分，借以从母亲那儿学到超过学校学生的东西。她也自己查字典，寻找可疑音符的同音字。她看见母亲改到好文章时，脸上不觉一亮，两个人便一起欣赏其中的佳构。梅玲不久就有了丰富的文学知识，有一天她看到作文堆积在桌上，趁母亲不在时用毛笔批改了一部分，打上分数，还在末尾学母亲的字迹，加上批评的字眼。母亲回家，意外地发现作文批好了，不禁因女儿的大胆而震怒。后来她检阅评语，不觉点头微笑。梅玲写得还不坏，只是不十分成熟而已。

"这个评语还不坏，你怎么做的？"

"噢，妈，"女儿回答，"很简单嘛。你常用的评语不会超过二十个字，只是常加以变化——譬如'文笔流畅'啰，'漫无条理'啰，'虎头蛇尾'啰——我通通都知道。"

有一次母亲很累，特准梅玲替她改作文，但警告她不要删太多。梅玲对这任务非常自豪，非常尽力地做。母亲躺在床上看她工作。她看出梅玲很有兴趣，兴致勃勃为好句子画线或勾圈，有一次还在两篇杰出作品上打上三角记号。母亲览阅她批阅的成果，在需要的地方略微修改一番。学生都不知作文是一个和他们同年龄的女孩批改的，有些人注意到字体的不自然，母亲就解释说她人不舒服，是在床上改的。

白天梅玲待在家，负责洗衣、煮饭、清洁工作。她们的房子在一条简陋的巷子里，巷里挤满红砖房，谁都可看见十尺外对面房子的动静。她们的窗子正好面对一家棺材店。两端翘起、大框架的棺材在小孩子眼中是很丑的东西，不过就连这种东西看熟了也会令人产生轻蔑感。

　　不过她仍不能忍受看到小孩子的棺材，或者看见贫贱的妇人为孩子买棺材。"你知道，"她对博雅说，"连死都有贫富之分。丧亲的穷人比较哀痛得深。有时我看见有钱的弟兄穿着丝绸，来为母亲或父亲买贵重的棺材，和店东讨价还价，仿佛买家具似的。"

　　在这种环境中长大，梅玲自然惯于独来独往，上市场或店铺买东西，如此很早就学会管理她的钱财。闸北区的太太小姐们大都是来自小店主或工厂工人的家庭，不像富家千金故作娴静。她们刷洗、聊天、敞开胸脯喂孩子、大声吵架，夏天夜晚就坐在竹凳上乘凉—— 一切都展现在街上行人的眼中，没有一个人比别人更有钱，人们很自然民主。工厂做工的太太小姐们自己每天有两三角的收入，可以不向人伸手，自己花钱打扮或散心。梅玲就在这样拥挤、吵闹、自由而民主的中下层社会中度过了少年时代，也因此培养了贫家女子的独立精神。巷子里的噪音很可怕，女人、孩子一吵闹，所有的人都听得到，巷子里一天也不沉闷。对一个过惯这般闹市生活的人而言，完全看不见邻居的僻静住所，似乎单调得难以忍受。

　　周末母亲没课时，梅玲常到国际住宅区的中心看表演，或者到北京路去看电影。在"大世界"，只要花两毛钱的入场费，就能消磨一天，看古装或时装的中国剧、杂耍、听人说书或者看一场民俗表演，她们常常一起去看。说书是一种单口朗诵的节目，配着小鼓的韵律，运用高度优美而动人的语言，以固定的调子说出来，动人的段落则像一首歌曲。在专家手中，这种单口艺术可以用不同的节拍、腔调、手势和表情从头到尾把握住观众，即使故事已听过了一百回。这些简短旅途代表她们的假日，她们常常在小饭馆喝半斤水酒才回家，十分满意同时也筋疲力尽。

　　梅玲如果喜欢一样东西，就会全心全意。"我简直为大鼓疯狂了，尤其是刘宝全。"她承认说，"最后几年，我母亲身体不好，她不能再看表演，我就一个人去，我母亲不大赞成。但刘宝全表演，我硬是非去不可。"她说，听刘宝全这位最好的鼓手说书，完美的字句和音调似乎抚慰了她的感官，激励起她的情绪。她喜欢伯牙和钟子期故事中描写河上月光的段落，优美的声调仿佛由字音和字意描绘出河上静月的美景。

梅玲现在忆起伯牙——和她面前的男士姓名相像——的故事：两个人热烈的友情。伯牙的琴音只有子期能欣赏，所以子期死后，伯牙就不肯再弹琴了。

"钟子期若是女子，那就好了。"博雅说。

"那就变成文君的故事啦，这就是文君的故事长，子期的故事短的原因。我可以背出整本故事。"

"背一点吧，让我听听。"

一阵迟疑，梅玲终于屈服了，开始敲桌当鼓。她的声音又低又柔，当她念到河上月光的那段，自己也完全沉醉在其中。她的小嘴微斜，很像月光下的波纹。博雅被吸引住了。突然她浅笑一声地打住。

在这一段打岔之后，她又继续述说整个故事。

母亲在世的时候，她过得很快乐。她母亲因为工作过度、营养不良，身体一天天衰退，但是学校工作还得做，作文也得改。梅玲天生乐观，总是展望事情的光明面。她母亲花了三十元的巨款，几乎是一个月的薪水配了一副眼镜，但是似乎也不能减除头痛的毛病，而头痛又带来食欲不振、消化不良等现象。梅玲常说母亲需要的只是休养一年，补充营养，症状就会消失的。她母亲只有四十岁，再过几年也许她嫁人后就可以养活母亲，让她辛苦谋生多年之后好好休息一番。但是母亲的病情不断恶化，她没法休息，巷子里的噪音使她心烦。这时候梅玲才开始知道什么叫贫穷，也晓得金钱和幸福息息相关。

结局来得太突然了，她母亲患了三天的流行性感冒，没有就医，便过世了。当母亲开始发高烧、胸口发疼，梅玲吓慌了。她叫来一个中国西医，但是治疗没有效。母亲的猝死对梅玲是一个很大的打击。她突然体会到自己孤零零一人，又没有谋生的方法。她甚至没有想过母亲会这么早就去世，现在她想养活她、陪她度过晚年的模糊梦境也化为乌有了。

梅玲只有十七岁。她还住原来的房间，因为一个月只要六块钱房租。靠学校朋友们的奠仪，她付完了丧葬费用，约还剩五十元。她对学校校长说，她很想教书，还把自己如何帮助母亲的经过告诉她，校长虽然同情她，却告诉梅玲没有文凭是不可能的。她开始看广告，去应征秘书工作，但是许多工作都需中学毕业。她坦白说自己没上过学校，可是照样能把工作做好，但是每次只有有文凭的人才被录用。她一直不明白其中的道理。

接着她在报上登广告，愿意当"家教"，这更难了。有一次她和一家人会面，对方要她教孩子们学校的功课，尤其是数学。她对数学、社会科学或物理一窍不通。她只会中国文学和作文。有人要她教国文和英文，她一个英文字都不懂。最后她总算找到了国文家教的工作。孩子们的母亲起初很和善，但是三星期之后梅玲就失去了工作。次日她回去拿留在那儿的书本，无意间听到夫妻吵架。她一进门就听到丈夫生气地说："她是个好老师。我知道问题出在哪儿，她唯一的缺点就是长得太美了。"既然已经丢了工作，她不管三七二十一走进去，拿了东西，说声"再见"便匆匆离去。

"我简直吓坏了，我的处境很严重。我一连几天满街去应征广告。为了省钱，只要不太远连电车都不坐。我看到有些广告征'年轻貌美的小姐'当女推销员或医生助手。本来我不理这些，但是现在走投无路只好找些试试。一两次经验就够了。有一次我踏入一家单身公寓，除了一个年轻的西式装扮的男士和模模糊糊的公司计划，没有一丝业务的迹象。但是我仍充满希望，告诉自己情况再坏，去当小孩保姆总可以了吧。"

"就在这时候，"她继续说，"一些好运来临了。我曾经写过一千字左右的短篇小说，寄给当地一家报社的妇女版，结果被采用了。那个月月底，我收到通知，到报社去领五毛钱，但我得先刻一个印章。我花了一毛钱。坐黄包车要四毛，坐电车也要一毛左右。不过我若能再写一千字，就能得更多。我开始提出其他有关妇女的问题，尤其是想写关于女人依附男性问题的文章。女编辑非常同情我的处境，她答应尽可能发表我的文章。"

"次月月底，我收到三元半的稿费凭单。口袋里装着自己的钱，我觉得格外骄傲和快乐。我到福州路一家饭店顶楼的戏院去，当时有一个叫张小云的年轻女伶正在那儿说书，门票两毛钱。我上了楼，经过二楼的茶室，看见一大堆人围桌喝茶。那地方特别吵，你知道那地方若发生口角，都是由吵架双方的党派或村子里有头有脸的人出来调解。各阶层的观众都到屋顶戏院去，其中大多数是普通找乐子的人。"

"我独自坐在角落里的方凳上，听小云说书。每听到精彩段落的结尾，观众就大声叫'好'，我太兴奋了，也随大家高声叫好。前面有个年轻人回头看我，后来他又找各种借口回头看我。我不知道什么吸引了他，因为我留着普普通通的短发，身穿一件南京路贫家女常穿的夏季薄衫。"

博雅打断了梅玲。"我知道，"他柔声说，"你眼中的光彩。你身上的温暖、纯真、清新的气质吸引了他的注意。"

梅玲满脸通红，继续说下去，只说可不是头一次看到男人盯着她看……她专心听人说书，她几次撇开眼睛，躲避那青年的目光。

当女伶说完书，梅玲起身离开，注意到那位年轻人跟在她后面。到了楼梯顶，他停在她面前，迟疑了一会儿才说："小姐，原谅我的唐突，我看到你一人来，这地方又挤。我能送你下楼吗？"

梅玲抬眼看他，发现他衣着讲究，以上海的标准来说，也不算难看，只是有些瘦小。

"谢谢你。"她回答说，仍是一个人走下楼梯。但那位青年仍然跟在她后面。

梅玲继续走，不理他。到了街道入口，她转个弯，那位青年仍然用乞求的口气问她，他能不能用车子送她回去。那天晚上她心情很好，而且年纪又轻，无拘无束，又乐于冒险。她愿多了解一下这位青年，毕竟交个朋友也没坏处。他看出她脸上的矛盾，就热切地说："当然，你不认识我。张小姐明晚还在这儿表演，我能不能期望再在这儿和你相见？"

"好吧。"梅玲笑着走开了。

这就是他们恋爱的开始。在七月酷夏的凉夜里，她多次和他在屋顶戏院及小咖啡馆相会。不久两个人爱苗滋长。上海街上的恋爱一点也不稀奇，但是那个年轻人——梅玲也没有告诉他自己的名字——似乎真心爱上了她。他仪态温雅，面容斯文，只是带有病弱和富家受挫子弟的气质。梅玲天生自信、纯真、冲动，不久就告诉他自己是单独一人。她开始给他看自己发表的文章，使他对她更崇拜。他发誓说要娶她，但要以后才能让父母知道。有一天下午他到她的房间，看见唯一的窗户面对太阳，屋里热得像火炉似的。他奇怪这地方怎么能住人，就说要租一个好地方给她住。几天后，他在法租界的法隆道替她找了一个舒服的房间。从那个时候起他就常来看她。

不久他的双亲发现了这项安排。他父亲是"中国商人航海公司"的买办，不相信儿子是认真的，建议用钱打发掉这个女人，但是儿子坚持立场，发誓非她不娶，父子之间起了巨大的争吵。有一天他母亲出现在梅玲的住处，问她是否愿意放弃她儿子，梅玲拒绝了，坚持说她并非为钱而嫁他的。经过母亲的调解，最后解决之道是儿子若要娶梅玲，她必须先上大学。其实，再没有其他事更让梅玲渴望的了。她被送去复旦学院，以特别身份选修英语和钢琴。未婚夫常到学校去看她，并在周末带她出去。她在学校没有注明已婚，晚上出去引起了不少议论，不久就被学校开除了。约一年后，年轻人的父亲希望儿子厌倦了梅玲，甩掉她。他不承认这次的婚姻，说要等他们在一起超过两年，才正式让他们成亲。他父亲进一步坚持要调查女方三代的底细，这是有钱人家订婚前的习惯。

这时候梅玲把母亲的身世和父亲的资料告诉她的未婚夫。他的父亲仇恨心很强，爱走极端，憎恨所有军阀，特别是梅玲的父亲。他大发雷霆，叫儿子不要再与曾经关他入狱——这是他永远难以忘怀的耻辱——的军阀女儿来往，事情变得对梅玲而言复杂得出乎意料。她丈夫一再把父亲的话转告她，说她是汉奸的女儿，他家一定前世欠她的债，老天爷派她来他家讨债的。

然后有一天他来告诉她，父亲已经改变心意，他是来带她回家住的，但不许两人成婚。梅玲害怕了，说她宁可住在外面。但是她丈夫说父亲老而专制，不容许违背，如果她不听话，父亲会剥夺他的财产继承权。

"后来的事情你都知道了。"梅玲说。

"不，我不知道。"博雅说，等她再说下去。

不过时候不早了，罗娜进来，说他们马上要吃饭了。

"我在路上告诉你。"梅玲说。

这就是截止到那天下午，梅玲告诉博雅的自己的身世故事。

晚上七点半左右，天色全黑了，博雅带梅玲去了老彭家。一个用人提着她的皮箱和一条备用毯，其他的行李要等博雅离开北京时再一起运走。

博雅告诉用人先走，他和梅玲则手携手在黑暗中前进。

"我现在同意你，"博雅说，"如果你遭到什么变故，我永远不会原谅自己。"

他问她，何以见得日本人知道她的名字便格外危险："你是否曾和日本人厮混过？"

"不，从来没有。"

"那为什么呢？"

"这种时期一个人小心点总好些。"她说。

博雅专心注意梅玲，根本忘记自己走到哪儿，直到他看见二十码外那位熟悉的警察站在角落里。"噢，我们不能走那条路。"他说着然后突然转身，带她穿过连串的弯曲的小巷。那边很暗，他忍不住吻她了。

"你会不会永远爱我？"他低声问。

"永远永远。到上海后，我们永远不再分开。"

"你愿和我到任何地方？"

"你去哪儿我都永远跟着你。"

"莲儿，我俩互相属于对方。当看见你坐在我的书桌前，白皙的手玩着毛笔，我想，这才是我需要的家。老实告诉你，我吻你坐过的书桌和椅子——还有你手指握过的毛笔。"

"噢，博雅！"

"是的，这使我更渴望你。你似乎属于那儿。哦，莲儿，我怎么如此幸运能拥有你？"

她贴紧他："一个人常无法找到知音，但我在找到时真幸福。在没认识你之前，我从不知道什么是幸福。我曾有不幸的一生。总有一天我会告诉你一切，我会对你很好很好，不像凯男。你必须告诉我你喜欢我哪一点，我就维持那样。当你生气时，可以打我，如果我知道你是爱我的，我愿让你打。"

"你是说笑话，莲儿。"

"不，是真的，现在就打我，我要你打嘛。"

"我怎能打你，我会心疼呀！"

"假装我做错了事，你很生气，"梅玲说，"来嘛！"她转向脸颊迎去。

他凝视着她，她的眼睛在星光下若隐若现，就轻柔地碰了一下她的脸。

"这不是打耳光。"她说。

"你是叫我做不能的事嘛。"现在他拧着她的面颊。

"重一点！"她说。

"我宁可把你吃掉。"博雅说。

"叫我俏丫头。"

"我的俏丫头。"

梅玲很满足，但是博雅却十分激动。当他们到达老彭家，用人正在门口等着他们。

"你可以回去了。"两人进屋，博雅对用人说。

老彭坐在客厅，似乎想得出神。他们进屋，他起身相迎。

"这是崔小姐。"博雅说。

"博雅兄常谈起你，"梅玲大方地说，"我没想到会这样打扰你。"

老彭忙说："你的皮箱在我房间里，坐吧，坐吧。"他拿最好的一张椅子给梅玲。她一坐下，就听见弹簧吱吱响，有些不安，她无助地望着博雅。

"我想彭大叔不会介意的。"他说。

"没关系。"老彭用尖细的嗓音说。他站起来走向卧室："如果你喜欢，可以睡我的床。对小姐来说也许不够干净。"

"你睡哪儿呢？"博雅说。

"我？"他静静笑着，"只要有一块木板，我哪儿都能睡。我可以睡那张扶手椅。别替我操心。"

"不，我不能这样。"梅玲看看木板床和不太干净的棉被说。不过房间还算暖和。

"只过一夜吗？"老彭说，"另一房间有张小床，但那边很冷。我可以搬一个火炉进去，不过也不很舒服。"

"噢，别麻烦了，"梅玲说，"我们可以明天再安排。"

她感觉本能地被这位中年男士所吸引。博雅已告诉过她，老彭是一个真正了不起的人物，也是他最要好的朋友。他徐徐讲话的时候，低沉的声音很悦耳。她看看他高额上的皱纹，一头乱糟糟的头发，好感更加深了。此外他还有一副天真、常挂在脸上的笑容，这在中年人间很少见。

"我真不好意思，"他们走出卧室，她说，"占用了彭大叔的床。"

"你能不能睡硬板床？睡地板？"老彭说，"对骨头有好处哩。"

"我小时候常跟母亲睡硬板床。"梅玲说。

他们坐下来，梅玲仍兴奋得满脸通红。

"你怎么不用夹子把头发拢在后面，像以前一样？"博雅问她。

"你喜欢吗？"梅玲问，跳起身来走进卧室。博雅开始告诉老彭那天早上发生的事，但是她几分钟就出来了，头发拢在后面，只有几绺在额头上。

"我找不到镜子。"她说。

"墙上有一个。"老彭指指角落的脸盆架上挂着的一个生锈的小镜子。

"谢谢你，我用我自己的好了。"她由皮包里拿出一面小镜子，开始凝望。

"你不觉得她是世界上最美的小杰作吗？"博雅对老彭说。梅玲由镜边抬头看他并微笑。

"她有一颗朱砂痣。崔小姐，转过来让彭大叔看看。"

梅玲回头，老彭站起来。"到灯下来，让我看看。"他说。

梅玲顺从地走到灯下。老彭非常仔细地看她。

"正是朱砂痣，很少见。"说着他用手去摸。梅玲觉得很痒，就闪开了。他们已经像老朋友了。

博雅继续谈警察搜人的经过，梅玲静坐着。

"我明白了，"最后老彭说，"你们两个人恋爱了。"

两人相视而笑，梅玲满脸通红。

"你们有什么计划没有？"

"我们没有计划，只是两人必须在一起。"博雅说。

"你太太呢？"

"我会给她很多好处。"

"如果她不同意呢？"

"哦，那很简单，她爱住哪儿就住哪儿，甚至她想要我的整栋房子也可以。我宁可和梅玲在一起，当难民也行。"

"换句话，如果不离婚，你便是博雅的姨太太。"老彭不客气地对梅玲说。

这句话使她又脸红了。

"我只想跟着他，我只知道这些。"她说。

博雅起身返家，他告诉老彭他四五天后就能离开。老彭问梅玲是否已带够了衣服，现在早晚的天气已经开始转冷了。博雅说他第二天早上会把她的毛衣和外套送来。梅玲跟他走进庭院，送他到大门，紧握他的手，爱怜地说："明天见。"

/ 陆 /

　　说也奇怪，梅玲和博雅的朋友，在一个小小的机会当中牵连在一起。虽然老彭比较老些，但她对这位独居的好人没什么好害怕的，他简直就是文天祥所谓"正气"的化身。博雅也把老彭助人的义事告诉了梅玲，且以最挚诚的感情谈到他。老彭四十五岁，她二十五岁，足足可以做她的父亲了。他充满了慈爱、敬重和温暖的气息，也不知什么原因他总使梅玲觉得自己善良、高贵了些，在博雅面前，她反而觉得自己渺小、卑贱，就像是一个"罪恶的女子"，这些都是在老彭身上找不到的疑问。

　　梅玲一直还不知道老彭是个禅宗佛教徒，后来才知道，也许他不算是个严格的佛门子弟，他又吃肉又吃鸡。禅宗是佛教中的一门教派，可以说是印度教和中国道教哲学的特殊产物，类似像基督教的贵格教派，不太重视形式、组织和僧侣制度，但都比较重视内在的精神生活。在八世纪六祖死后，为了不让它成为一种组织，所以没有指定继承人，连"使徒传统"的衣钵也不传下去。他们强调内在精神的沉思和修养，比贵格派更进一步，不单是轻视教仪，连经典也不放在眼里。他们不采取冗长的辩论和形而上学的解释，却爱用四行押韵的"偈语"，其中的意思可以暗示或启发真理，却不清楚加以证明，在沉思后的所谓"顿悟"中，一个人的觉醒会随着他对生命法则的刹那见解而产生，因此他们情愿过着勤奋、节俭、仁民爱物却寂寂无闻的生活。

在不熟悉的环境下，梅玲无法安眠，她听见老彭在扶手椅上打鼾，椅子的钢丝也在吱吱作响。梅玲总以为他醒了，后来却又听他发出沉重的打鼾声，她终于蒙眬地睡去。

第二天早上老彭起得很早，他穿着鞋袜一起睡，天亮了就睡不着了。他发现女客还在卧室熟睡当中，就蹑手蹑脚地走动，不敢吵醒她，叫用人轻轻地端来热水，静悄悄地洗漱了一番，然后点根烟，静坐默想着。到了七点三十分梅玲还未醒来，他等得不耐烦了，就自己先吃下热稀饭。他看到很多日本兵在东四牌楼附近和哈德门街走动。他买了几根油条，心想梅玲可能喜欢当早饭吃。

他一进房，听到梅玲房里有动静，就重重咳了几声。

"你已起来啦？"她说道，"什么时间了？"

"九点左右了。"老彭道。

"那我得起来了。"

"这儿还有热水。"老彭叫道，"这里很冷。你要出来洗吗？"

梅玲把黑棉袍穿好出来。

"那边有热水，这边是暖炉，你睡得好吗？"老彭指着一边说。

"很好。你呢？"

"我睡得很好，我已经起床三个钟头了。"

梅玲开始洗漱。

"今天好像有点不对。"老彭说，"哈德门街有不少日本军，一定有事要发生了。"

她梳好了头发，用人也从外面进来，对老彭说："外面有人找你。"

"什么样的人？"

"身穿一件蓝衣的人，他说一定要和你说话。"

于是老彭出去，认出那个人是他在裘奶奶家见过的一个用人。那个人站在门口不肯进屋，只在院子里和他说了几句：今天早上有两个同志被捕，裘奶奶躲起来了。她劝他到别处去躲藏，必要时甚至由某一个大门出城去，卫兵认识她，只要说出暗号就可放行。但他靠近城门时要小心，如日本人出现就危险了。

"快点，时间不多了，街上兵很多。"那人说完就离开了，老彭心事重重地进屋去了。

"是不是博雅派来的？"梅玲问道，手上还拿着梳子。

"不是。"老彭回答，"你最好快点，我买了几根油条。"

梅玲坐下来吃，老彭在卧房收拾，打了一个蓝包袱，然后说："有坏消息。这里危险，日本人来搜查游击队和他们的朋友了。他们随时会来，这边不能久留，我要出城去了，你马上回博雅家吧。"

"我不能回去。"

"那里比这儿安全。你不是要和他一起回南方去吗？"

"是的，但他要四五天才去呀！我不能久住在那儿，"梅玲说，"日本人会再去的。"

老彭不了解："但是你留在那儿将近一个月了呀！"

"现在不同了，你要上哪儿去呢？"

老彭透过大眼镜望着她："我要向南走。"

"哦，彭大叔，让我和你一起走，我们在上海同他碰面。你是不是要去上海？"

"我不肯定。"老彭打量着她说，"崔小姐，这样又危险又辛苦。我的行程是先混出城，走陆路，一路上可没软床哟，你没尝过那种滋味。我们要走好几天，你能走吗？到了保定府才能搭火车。"

"我可以走。"

"你不能等博雅为你准备妥当吗？你先住旅舍。"

"不，他们会搜旅舍的。"

老彭不解为何梅玲怕回博雅家，其中一定有原因，他看出她忧心忡忡，意志也很坚定。如果带她走，就要把她送到上海才行，但是他又不是一个习惯为自己打算的人，为了好友博雅，他不能躲避这件事。几天以后，他才知道梅玲出奔的道理。

"你不去向博雅告别？"

"不，不去。"

"那我们捎个信给他。"

"我太激动，无法写出来。"

"那我们派人去一趟。现在把皮箱收好，别管那条毯子了，你身上有钱？"

"我有五百元现金。"

"够了，我们到路上再买必需品。"

处理完后，老彭给了用人一百元，告诉他自己要走了，不知何时回来，如有人找，就说主人不在城里。然后又说："把这条毯子送到王府花园，告诉姚先生我们先走了，到上海和他会面。不要说太多话，大家问起就说主人不在城里。好了，现在替我叫两辆黄包车来吧。"

梅玲放心不下，对用人再三交代说："一定要和姚先生说我们在上海碰面。"老彭又说："告诉他我会照顾崔小姐，请他放心。"

两人走出屋子，梅玲带着小皮箱，老彭拿着包袱。

"向北方走。"老彭对着黄包车夫说。为了躲避哨兵，他叫他们沿着南小街顺着巷子走，最后到了北城，又改道向南穿过西城。天气十分好，所以很多人在皇城根儿聊天晒太阳。除了偶有几位士兵出现，一切还好。过了一会儿，老彭又叫了两部车，叫车夫向西转，在离西便门五十码的地方，老彭下了车，四处张望。

北平的城门有内外两层，每一道门外都有半圆形的墙，古代的守兵可以此对抗侵略者。如果敌人通过第一道城门，就会深入五十尺深的夹道中，抗战初期，就有很多日本兵困在这里被剿灭了。老彭走到一个卫兵前，被对方拦住："你要去哪里？"

"我要赶路到城外的一个村庄。""赶路"是游击队的秘密口令。

"你最好别去，"卫兵说，"外门有三四个日本兵。傍晚你可以回来看看。"

"晚上还要赶路吗？"

"是的。"

老彭道谢后就回过身。车夫是一个仅十六岁的少年，正在等他，露出好奇的微笑。

"不能过去是不是？"他问道。

"我决定今天不过去了。"老彭说，"我忘了买些东西了。"

一堆堆穷人坐在茶店门口谈天，有的互相追打找乐子。这是一群古怪、幽默的人民，随时观赏或是评论城外发生的一些事情。老彭看了看四周，知道周围都是朋友，大家都知道这是游击队的通道。有两个一男一女的年轻人，样子很像学生，正由附近的茶店里注意着他们。

男学生走到了他的面前问他："你是赶路呢？还是坐车到乡下？"他的头发又粗又浓，脸上带有饥色。

老彭凝视着他："我是赶路。"

年轻人笑说："刚才有些人转回去了，你们还是等今晚再走。如要急着走，离这儿半里的城墙上有个地方，你可翻墙过去，不过对小姐来说就困难了。"

老彭谢过他后，又回到黄包车上。

这里到处都是中国人聚集，一个日本兵都没有。这儿的小黄包车夫和北平车夫一样，喜欢一面跑一面唠叨。

"每天有更多人参加他们。"他说，"这儿一定有几千人在西山，你愿意去吗？"他问同行的老车夫。

"我太老了，"梅玲的老车夫回答说，"我过去曾参加义和团战争，但我现在已老了。"

"有一天我会杀死几个日本兵来让我心中痛快一番，在乡村他们没法对我们怎样。"

他们现在进了一个商业街，虽然现在吃午餐仍早了点，老彭却在一个饭店门口停下，把黄包车打发走了。他们进去租了间小房间。

"我们如何消磨这一天，也许可找一家小旅舍休息一下。白天日本兵不会搜查旅馆的。今晚咱们可以穿过城门，我们有口令。可是今晚无法到山上，得暂找一个村庄住下来。你还愿和我一起走吗？"

"我必须出城，而且愈快愈好。"

"这是一趟艰苦的旅程。你必须买一些暖和的衣服，再加一件简单的棉袍。"

"博雅会担心我们。我们能否打个电话给他？"

"不，最好不要。我可寄一封信给他，今晚等他收到时，我们也走了。"

他们吃了一份清淡的午餐，梅玲无法吃下，脖子上的腺体又隐隐作痛。吃完了饭两人出去买了几件远行的衣服。老彭终于决定应该买两条毯子，梅玲还买了一件雨衣和一件厚毛衣，又听老彭的话，买了两双软底的中国鞋子。

他们在前门外的一家小客栈订了一个房间，老彭叫梅玲休息，因为他们无法在午夜之前找到睡觉的地方。他的态度显得很慈爱、亲切，和博雅一样关心她。

天气不冷，但老彭命令仆人把炉子点上。梅玲躺在床上休息。他把窗子关上，让火炉的火烧得正好。她看到他弯着腰拿起煤夹添火，非常感动："彭先生，我从来没见过像你这样慈祥的人。"

"我要你好好休息。"说完他把门关上，就走出去了。

等到他回来，梅玲刚从睡梦中醒来。他一进门，她就醒了。

"我替你又买了两样。"

老彭把包裹打开，梅玲第一眼就看到了一双羊毛做的袜子，她发出了笑声："这是你们男人的袜子，这叫我怎么能穿？"

"这是保暖的。"

"这又是什么？"

他拿着一副棉裹腿，男女在冷时可穿在裤子外面，足部勒紧，顶头系好，只有臀部剪掉了。

"这是给你自己，还是给我呢？"

"当然是你啊！我已经有了。有了这两样，你就不会再冷了。"

"噢！彭大叔，你很会为人设想。穿上这些东西，我看起来一定像一个农妇了。"

"你现在最好穿上。"

梅玲很想穿上，但她还躺在床上。"把棉袍给我。"梅玲说。老彭递给她后，她拉上床帘，在床上开始穿衣服。她穿上了袜子，再穿裹腿，却发现没有裤子可以系裹腿的绳子，因为她身穿旗袍呀。

"哇，很好也很暖和。"

"女人为什么只穿丝袜，把小腿露在外面着凉呢？"老彭说。

"我现在必须写一张条子给博雅了"，她说，"我应该如何写才能使他安心呢？"

"想写什么就写什么吧！我无法提供你意见。"

她在桌边坐了数分钟，写完字条：

博雅兄：

发生意外，我只有不告而别，实在无可奈何，请别误会。旅程上需要跋山涉水，但是那些只会增加我到上海见你的信心。我在你家打扰了一个月，代我谢谢你罗娜舅妈等人。彭君是一个质朴的君子，把我当亲人对待。我想他是柳下惠。情长纸短。请保重身体，直到我们再见。

妹　莲儿上

梅玲把字条拿给老彭看。当他看到她的文字比一般大学生写得还好，很惊讶的样子。看到他被称为"彭君"，又被比喻为坐怀不乱的柳下惠，他笑了。

"我不值得你这样说。"老彭说。

"这是博雅对你的评价。"梅玲答说。

新买这些东西，他们需要一个篮子来放才行。等一切办好，他们就去吃晚饭了，饭后再回到旅馆。七点左右，老彭到城门去观看一番，听说日本兵已经走了。

"我觉得很奇怪，下身从没被包得这么厚重。"她现在丝袍上罩了件灰色棉袍，看起来很像一个单纯的贫家女。

黄包车在泥泞的街道上发出吱嘎的响声。八点左右，他们到了城门边，内门的卫兵已撤走了，他们在黑夜中穿过一道六七十尺的通道，走过被封的半圆形空间，看见五六个卫兵在外门值勤。

其中一个卫兵上来问话："这么晚了你们去哪儿？"

"我们要赶路到城外的乡下去。"

卫兵手执手电筒照照老彭，又照了照行李和梅玲。

"你们今天早上来过吗？"

老彭不知如何回答，又说："你可搜查行李，我们是赶路。"

卫兵又照了一会儿他们的面孔，而后说："你得等一分钟！"他走开了，足足过了五分钟才慢慢由内门出来，手上拿着一个柳条篮子，重重地放在踏脚板上。

"一些白米和蔬菜，是为你的朋友准备的，"这卫兵说，"没关系了，前面没有军人。"

老彭谢过以后，黄包车就通过城门。很快地他发现四周果然没有军人，他用手试摸着篮子里的东西，碰到一些卷心菜叶。他想把它抬起来，却发现篮子有七八十磅重。他使劲把篮子抬到座位上，黄包车顿时斜向一边。他又将手指伸进篮内，摸到一包子弹。这篮子一定是游击队今早没有成功送出城而留下来的，或是有人传话说要他带来。

"篮子里是什么？"梅玲由另一辆车上问。

"白米。"老彭说，"这卫兵认识我。"他不敢说，怕车夫听到。

道路又黑又不平坦，车杆上的灯影映出车夫凌乱的脚步。虽然缓步慢行，黄包车还是晃来晃去，没有风，但晚秋的空气却冷得刺骨。梅玲呼吸到乡下的新鲜空气，像鲜麻一样又干净又卫生，夹杂着植物的芳香和远方木柴的烧焦味，偶尔又掺杂着湿泥和家畜粪便的异味，在黑暗中更加显著。在暗淡的星光下梅玲也可看到高高的柳树、农舍和西山轮廓的黑影，她往后躺，抬眼看见空中闪烁的星星，这是她在城里很少能看到的。今夜特别怪，又很刺激，也很美，她发现了乡野的魅力。

"真好！"她感叹地说。

"什么真好？"老彭在她身后问。

"乡村、土地、山丘、星星，和晚上的新鲜空气……"

"我还以为你不喜爱哩。"他只是说了一句。

"为什么？"梅玲有点伤心地说。

"你们这些住在都市的有钱贵妇。"

"我不是贵妇。"

"可是博雅告诉我你结婚了。"

"我虽然结过婚，但我离开了他。"

"你们离婚了？"

"不，没有，他也没休掉我，我跑了……以后我再跟你说。"

梅玲还得转过头来说，说话很不方便。车夫都在注意听，老彭可以听见他们呼吸的声音。照顾梅玲的责任突然落在他身上，他觉得很困扰，但也只好担当了。他和梅玲渐渐熟了，梅玲也深深让他百思不解。

他知道博雅为何迷恋她。他成熟的眼光可以看出来，她外表虽天真，但在她内心深处却不尽然。他看过很多男男女女，也听过不少的罗曼史，他认为青年男女似乎充满了欲望和热情。爱情总带着可怜的意味——情感越伟大，故事越悲惨。因此他对恋爱中的男女特别和气。当他看到梅玲衣冠不整的样子站在他面前，他的眼睛自然地避开了她，不是因为他对女性没有兴趣，而是他身为男人的自然反应。他的脑子把女性的魅力和五官的欲望归为一类，他所能看到的是抽象女性，而不是眼前可爱的少女。少女是渴望与情感的化身，女人的眼睛和声音是外在的表现，当他看到梅玲的眼睛，听到她悦耳的声音，不知不觉中感到怜悯，可怜这一双眼睛和嗓音控制了她，使她必须遭到劫运。

他们静静地走了一会儿，然后听到前面有急促的脚步和热闹的声音。老彭用手电筒照了照看了看究竟。一群士兵似乎向他们走来，然而灯光太暗，看不清楚。

脚步声更近了，他们是敌还是友呢？这里是日军的占领区呀。

"也许是我们的人要进城突击了。"梅玲说。

"让我们抱最好的希望，做最坏的准备吧。"老彭说，"别怕，轻松点。"但他也在担心车上的一篮子弹。

士兵现在已离他们十码远了。有两个人掏出左轮枪。"谁在那边？"

一个大叫着。

"我们是过路的人。"老彭答道。那人说的是中国话，他松了一口气。

出乎意料，他现在看到一个身穿黑袍、戴着钢盔、眼睛和胡须一看便知是外国人的人。

老彭下了车说："我们是中国人。"

"你们去哪里？"

"到山里去。"

"口令。"

"赶路。"

听到这话，士兵收回了左轮手枪。

"同志。"他们几乎大叫起来。他们有六个士兵，除了那个外国人，只有两人有武器，穿军服。

"这外国人是谁？"老彭说道。

"他是意大利神父，我们要送他回城。"

那位神父看起来很疲劳，他也会说中文，带有只有外国人拥有的重音："我是中国人的朋友，我们都是好兄弟，我们也是上帝的子民。"

他的嘴很小，看起来很健谈。他提到"上帝的子民"又带着外国口音，士兵们都笑了，连车夫也一起大笑了，清脆的笑声在夜间的乡村里显得十分清楚。

"他不是坏人，我们捉到他是在一个庙里面，"首领说，"他似乎受过不少教育。我们要和外国人交朋友，所以送他到城门去。"

"离前面的村庄还有多远？"

"只有一里。"

老彭把首领带到车边，叫他提起竹篮，那个人立刻明白。

"我们要到村长家过夜，"老彭说，"我不能自己带去，你们回来时能否顺便带走？"

"可以，我们也要停在那里。"

士兵继续向前面城区走去。老彭和梅玲也继续赶路，他们穿过一个石头桥，进了村庄，四处都安静了。他们到了大土院，认出了门楣上的字，就开始敲门。

一个老人来开门，他姓李，是这村庄最年长的人，他正等着欢迎老彭，土炕也烧热了。

车子走了，老彭和梅玲被带进屋里。房里空空的。

"敌人把能带的都带走了，"老人解释说，"不能拿的也被烧毁破坏了。"一盏油灯放在桌上，那张桌子好像是用残骸做的。房间一边是宽宽的土炕，上面放着粗糙的旧被褥。

"你们今晚睡在这边，虽不舒适，但很暖和的。"

老人六十岁左右，黝黑的双手及面孔，下巴留着稀疏的胡子。他从大土罐里倒出茶来，拿给客人。

"他是你女儿？"老人问。

老彭说，她是他的侄女，然后问："这里安全吗？"

"哦，现在十分安全，日本兵已经向南方走了。在一个月前，他们曾经过这里，我们现在有人保护。这不仍是中国人的地方吗？我们的村民已经回来了，我还有两个儿子在山里。"

墙上挂着一管猎枪，老彭指着说："你打猎吗？"

老人笑着说："年轻时打过，不过九月七日我用那支枪杀过一个日本人。"

时候不早了，他们打算休息。梅玲睡在大炕的一侧，老彭睡中央，老人睡另一侧。黑夜中两个男人谈得很投机。

梅玲躺着想一些事，和过去二十四小时所发生的一些事情。她和衣躺着，只脱下鞋子，她现在觉得很暖和，就在夜里起来把裹腿和袜子都脱掉了。她在城外一个村子里，而博雅却在舒服的家中。其实很难想起博雅，因为四周太新奇了，她感觉离博雅好远好远。但是她知道这是离北平仅几里路的地方——气氛全不一样了。今晚在路上看到的一些事都具有振奋人心的感觉，车夫、军人、外国神父，以及黑夜中他们所发出的清脆笑声，都和城市里熟悉的低语、躲藏以及恐惧不一样。她又想起了天空中一大片闪烁的星星和西山绵延的山棱。每件事在这儿都是伟大的、强壮的、自由自在的，就像在黑夜中他们所发出的笑声。

她蜷缩在毛毯内，把臀部四周小心地盖好，免得碰到硬的土炕。老彭正问老人如何生活，老人回答说，这边的人都吃蔬菜过活，肉类很贵，家禽、肥猪也被杀完了，要等到明年春天才能再养小鸡、小猪……

她不知不觉地睡着了。当士兵们从外头回来，也回到院子来睡时，她已睡得很熟，以至于连他们的声音都没听见。

天刚破晓，她就被军人的喧闹声吵醒，他们早已起床，正准备出发。老彭已经醒来，正把弹药篮子交给他们。老人在厨房里，为大家煮麦粥。

"士兵们要到山里去，"老彭说，"跟他们走最好。他们想替我们扛行李。他们认得路，可以节省我们不少时间。"

梅玲正在穿鞋，手上的翠玉镯子碰着土炕咣咣响。

"你何不把镯子脱下来？这样会引人注意的。"

"我没办法，要套一辈子。"梅玲说。

在暗光中她摸到外衣，匆匆穿上。她走进院子，先在门边扣好灰棉袍。有几个游击队员坐在地上系草鞋，一个士兵正在打绑腿，首领则站起来把臃肿的中式棉袄塞到军裤内。

"你们昨晚睡在哪里？"梅玲问道。

"就在院子里呀，姑娘。不然还有什么地方。"有人回答说。

"你们不累呀——昨天走了一整天，又起得这么早？"

游击队员们发出一阵大笑。"这不算什么。"首领说。他还在用力把厚衣裳塞到军裤内。他指指穿军服的伙伴说：“这家伙走了六千里，由江西到西藏边界，又随八路军到过西北。”

“你的腿是钢做的？”

那个军人被漂亮的少女一捧，露出天真的微笑。“一个人若要做革命志士，就要先锻炼身体。”他说，“有时候我们得用担架抬病人或伤兵走山路。脚一滑摔倒，就会落到无底的深渊里，连你扛的病人一块儿摔下去。”

“革命志士可不自吹自擂哟。”首领和气地说。那个军人满面羞红，像小孩似的。

吃完简便的早餐，大家就上路了。早晨的空气清新宜人，东边的天色愈来愈亮，眼前山腰的颜色也改变了。梅玲发现自己步调轻快了些，她个子小，软底鞋和绑在足跟的裹腿使她在石路上走得很舒服。

他们在一座村庄歇息，村民似乎和游击队很熟，奉上茶水和麦饼。谢过了他们的招待，大家又动身前进，穿过一条铁路，来到山脚下。前面有四分之一里的路程很像干河床，不容易通过，但是穿便鞋的游击队员扛着行李一个石头一个石头跳过去。然后大家沿一条小径走，穿过不少矮丘，最后来到一间隐在山脊中的庙宇内。

他们是在大约十点钟到达的。庙宇内的大厅里全都是人，一个留短发、穿灰制服的胖女孩站在镀金菩萨前面，正在训话呢。群众都穿着蓝色农夫服装，和一般的不太一样。很多人蹲在地上，也有人倚墙、倚柱而立。这位少女似乎很会对农民群众讲话。她的声音又大又粗，一说到“切断通信”，她的发音太有力了，以至于大家真的在想象切断的铁路、电信和电话。她说话带有阳刚之力，把听众完全吸引了。

在庭院走廊上有很多男女学生，也有手牵手在树下散步的。他们面色愉快，举止如此喧哗，几乎会引起优雅社会的反感。他们的穿着混合了新奇和朴实的特色，半军半民，半西半中，以至于给人的第一个印象是杂乱无章，尤其男女不分。男青年穿衬衫、短裤和皮鞋，有些女孩子头戴小帽，身穿大口袋的棉袍，打绑腿，穿草鞋。有人穿着咔叽衬衫和黑布裙的学生服，加上束带袜和布鞋，少数还穿着长袍。梅玲看到一对年轻人坐在石头上，正辩论得起劲呢。另外一个男孩子正在吹口琴。一位少女的短发由帽缘滑出来，口袋里露出一支自来水笔。有一位女生戴着手表，却穿草鞋，戴宽边的农夫帽。说来令人不解，也难以相信，这一代竟完全离开家，脱离社会传统，逃开个人的命运，被环境所驱使，或者被一个高贵的理想所推动，要在这个宇宙中建立崭新的生活，大家聚在这里追求灵魂的自由。一切都坦率、单纯、现实而合理。短发不只是一种发型，也是一种方便。他们正要开始全新的生活，仿佛人类文明从来就不存在似的，只有手电筒和钢笔例外。他们爱穿什么就穿什么，爱想什么就想什么，想到了就直接说出来。如果他们找的是精神自由，他们已经找到了。

梅玲和老彭被带到庙堂的一个房间，那是地方总部的办公室。室内摆放着一张行军床，行军床边有一张桌子和几条木凳，一个高个儿、面色黝黑、年约三十岁的男子站起来迎接他们。梅玲觉得，以他的权位来论他算相当年轻了。

"彭同志，你帮了我们很大的忙。你有什么计划？"

老彭把计划说出来。军官告诉他们，两条线路上都有激战发生，但是答应他把他的计划研究看看。

他以大忙人的姿态坐下来，显然对自己的计划要比眼前客人的问题更加关切。"敌人正沿两条铁路往下攻，"他解释道，"他们会占领干道，我们必须像毛细血管，把他们的血液吸出来。敌人到哪里，我们也到哪里。事实上，敌人进城后，我们更容易组织乡间的人民——等大家见过他们的兽行以后。那是我的经验。"

他说话充满安详的信心，却没有一般军官的派头。他穿着棉制服，没有挂级别徽章，看起来就像一位农夫似的。现在他似乎轻松下来，看看梅玲说："你为什么要去上海呢？这边有趣多了。"

"但是我必须到上海去见一个亲人。有办法吗?"

"用脚走哇。"他笑笑说,"你如果运气好,我们也许能替你抓一匹敌人的战马。说不定你要在这儿等几天,我们经常有人到南方去。同时,你可以和其他女孩同住一个房间,我带你去见李小姐,喏——他们正在唱歌呢。"这位军官姓毛。

年轻的毛军官陪他们出了院子,向大厅走去。群众正在唱一首军歌。

"他们唱的是什么?"

"《游击队之歌》,"毛先生答道,"这是我们最先教授的一些项目之一。"他指着领头唱歌的人说:"那就是李小姐。"

当他们在半小时前进屋时,那少女曾经转头看梅玲,但是现在她正全力指挥唱歌。大家似乎唱得很起劲。不过现在有很多人转头注视身旁的这位美女,歌声几乎中断了,只有前排几个人继续唱。

李小姐用一根看来像和尚用的鼓槌敲敲桌子。"怎么啦?"她大声说。

现在大家完全停住了。男士们看看梅玲,又看看他们的老师。后者一再地拍桌子:"现在开始再来一次,把字念准。没有吃没有穿——"

"自有那敌人送上前。"大家吼道。

"没有枪没有炮——"

"敌人给我们造。"

"现在再从头开始。"

这次他们唱得比以往更起劲。唱完,李小姐用她那沙哑的声音说:"在我解散你们之前,要问几个今天和昨天学过的问题。第一个问题,我们为什么打仗?"

"保卫我们的国家!"大家吼道。

"我们国家有多少年的历史?"

"四千年。"

"我们和谁打仗?"

有人叫"日本"，有人说"东洋鬼子"。李小姐似乎不太满意。这时一个蹲在前面的人喊出："日本帝国主义！"老师才点头认可。

"是的，日本帝国主义。"她重复地说。但是下面有人嘟哝说话，表示他们不太懂。

"敌人进攻我们要如何？"李小姐接着问。

"撤退。"

"敌人撤退我们要如何？"

"进攻。"

"我们要什么时候才能进攻？"

"攻其不备，出奇制胜！"

"我们最重要的原则是什么？"

"团结人民群众。"

"中国要怎样求胜？"

"切断交通。"

"还有一个问题，我是你们的老师吗？"

"不，你是我们的同志。"

全体解散，大家看来都像快乐的孩童。李小姐转向客人，毛军官为她介绍了老彭和梅玲，告诉李小姐带梅玲到房间去。

他们很早用晚餐。梅玲身边坐着一位十分文静的少女，显然是乡下来的，说话有北方口音。梅玲问她家住在哪里，她只说是天津附近的人。这个少女要和梅玲共卧一床。她圆脸，肤色有点黑，眼中有着渴望、饥饿的光芒，身穿一件旧衫，露出结实发红的手臂，绝不可能是学生。其他女孩子没有人和她说话，梅玲在新团体中也有点不自在，宁可和她谈话。

晚饭后她问她能否一起散步。一条小道由寺庙通向空地附近的一条幽径和一片小树林。她们沿着曲径向前，来到一块岩石边坐了下来。

"你叫什么名字？"梅玲问她。

"玉梅。"

"我叫梅玲。你要参加游击队?"

"我想是吧。"她的语气并不肯定。

"你怎么会来这里呢?"

"这是偶然,我没别的地方可去。因为日本人。"她非同寻常地强调最后一句话,"你又为什么来这儿呢?"

"也是因为日本人。"梅玲说,"告诉我你怎么来的?"

"我是跟叔叔由天津逃出来的,我们沿长城走,有个游击队正在招兵,我叔叔就参加了。他被派到冠县,从此我就没有听到他的消息。已经三个星期,可能他被杀了。"

"你几岁?"

"二十一。"

"你结婚了吗?"

女孩子点点头。

"你丈夫呢?"

"他被鬼子杀死了。"

"在战场上?"

"不,我结婚才一个月,七月日本人来到村子,其中一个士兵进来了……真无耻。"少女满面通红,梅玲明白了,"我丈夫想救我,被刺刀杀死了。"

"你如何逃走的?"

"鬼子走了……事后,我想死,但是叔叔说我丈夫是家庭唯一的继承人,也许他已有儿子了。"

过了好一会儿,她忽然问道:"你知道我们能否分辨?我从未对别人说过此事。"

"分辨什么?"

"分辨出鬼子的小孩和中国小孩。"

突然间少女泣不成声:"分得出来吗?只要有人能确定……我会感激他……天哪,我要怎样感激他!如果没人分得出来,最好别让孩子出生。"

少女身体颤抖,眼中射出异样的光芒。"我怎么办?"她重复一遍说,"不过如果是他的孩子,那就是他在世上留下来的唯一东西了。"

梅玲无法安慰她,或者提出合理的答案:"鬼子来之前,你怀孕没有?"

"没有,我怎么知道呢?那是我们的蜜月哩。"女孩平静些,继续说下去,"不过如果是鬼子的娃,我会知道的。"

"你知道你丈夫的容貌。如果小孩像你丈夫,你就知道是他的骨肉。你必须有耐心。"

"如果不是,你认为我会养一个鬼子的小孩吗?"

"你不用担心。如此不正常的行为不会有孩子的。要阴阳调和,才能有孩子。"

"你能确定吗?你有过孩子?"

"是的。这是真的,除非阴阳调和,你不会受孕的。你若怀了孩子,相信我,一定是婚生子。"

梅玲只想缓和她的畏惧,尽管自己也没多大信心。

少女的脸色渐趋开朗,仿佛放下心来,但是仍想寻求更多保证。

"你爱你的丈夫吧?"梅玲温和地说。

"你怎么会问这种问题呢?我是新娘。你可曾听说过新娘和新郎一开始就不相好的?"少女的眼睛一度充满野性,此刻却是柔思无限。她把秘密告诉梅玲,发现梅玲充满同情心的善意的反应,少女就开始依赖她了。"你要离开我们?"她突然说。

"是的,去南方。"

"让我跟你走。"

梅玲忘记了自己的烦恼："我和彭先生同行，他是一个奇妙的好人。不过我们要去上海，必须穿过战区，你不怕？"

"有什么好怕的？有过我这遭遇，死反而是解脱呢。"

"别说这种话！"梅玲叫道，"我不知道我们什么时候出发，也许就在这几天。如果你真想和我们走，我和彭先生说说看。"

少女现在察觉到自己是在对一个一小时前尚完全陌生的小姐说话，同时她看到梅玲的美貌和好衣裳，几乎后悔说了那些话。

"噢，你是幸运的人，"她说，"你有亲人和金钱。我只是个可怜的乡下姑娘。"

梅玲温柔地看着她："你说我幸运？等我告诉你我的故事，你就明白了。"

正是日落时分，少女说她们该回寺庙了，房间里没有灯，玉梅说她们如果迟到，李小姐会骂人的。

"你怕李小姐？"

"嗯，她会骂人。她不了解我，还怪我不快活。"

"你没告诉她你的事情？"

"我何必告诉她？我不敢让她看到我的眼泪。"

由于对彼此有了新的了解，她们变得亲密起来。一个小房间两张床住四人。她们在黑暗中脱衣，尽可能把东西摆好。另外两个是女学生，各有一个爱人，她们正兴高采烈地谈着恋爱、文学和战争。梅玲和玉梅静静地躺着，只低声说话。

"我不懂她们，"玉梅说，"你能看和写吗？"

"会。"

"她们说些什么？"

"她们现在谈现代世界的女权。"

玉梅不懂"女权"的意思，她沉默了好一会儿。等另外两个女孩子停止交谈了，她才对梅玲低语："你还醒着？"

"我睡不着。"

玉梅握住梅玲的手，放在她肚皮上。"你想是三个月还是四个月了？现在是十月。我是六月初结婚的，你怀孩子的时候是这样吗？"

"我说不上来。"梅玲低声说，"不过别担心。是他的孩子，我敢确定。"

她们两人都装睡，但是没有一人睡着。梅玲躺着，尝试去搜集一天杂乱的印象，然后又试着不去想它，只想博雅。少女的故事惊动了她，她自己的身世回忆也像离谱的梦境般重返脑海。然后她听到少女在她身边哭泣。

"你一定要多保重。"梅玲轻声说。但她已经知道自己绝不能抛下这位无助的少女。

第二天早晨，梅玲告诉老彭有关玉梅的事情，并把她介绍给他，他也觉得如果少女要跟他们走，他们不能拒绝。他说他会跟军官谈。

午餐后，梅玲随老彭去见那位军官。

"我一直替你们注意这件事，"他说，"日本人沿着两条铁路正向南推进，两条线路间有激烈的战争，日本兵也很多。整个地区都有我们组织的游击队。如果你一个人走倒十分简单，但是带着像这样的年轻小姐——"军官看看梅玲。

"是的，我负责她的安全。"老彭说。

"在郑州附近会碰到真正的战斗，我想那边的火车也不可能让平民使用。你何不走路到天津再乘船呢？现在那个方向日本兵很少，我可以安排骡子或草驴，还会给你我们地区的通行证，每一个重要的大站我们都能派向导给你。那条路安全多了，也快多了。"

军官的口气很诚恳。老彭看看梅玲，她曾告诉过他不愿再进入沦陷区。"我不怕打仗，"梅玲说，"我们若不走天津，要多少时间？"

"谁知道?"老彭说,"对我,这无所谓,反正我要去内地。你不是希望能尽快到达吗?"

梅玲点点头。

"那我们就走天津吧,只要两三天的时间。"

她似乎被说服了,但是害他脱离原来的路线,她觉得不好意思。"我若不跟你一道,你要怎么走法?"她问道。

"沿铁路直抵汉口。我们的军队很快会撤出上海地区。但是现在带你去上海是我的责任。"

"你能不能和他谈谈玉梅的事情?"梅玲低声地说。

老彭又转向军官:"有一个女孩子想跟我们走,行吗?"

"她叫什么名字?"

"玉梅,她在这里没有朋友。"

军官想了一会儿:"如果她叔叔回来,我该负责的。不过也许他死掉了。"

"拜托,毛司令。"梅玲开口说。

"毛同志。"军官纠正她。

"毛同志,她病了,在这儿又不快乐。我不能把她丢在这里。"梅玲央求道。

但是军官说:"我恐怕无法答应,她叔叔说不定会来找她。"

他们回来,把军官的决定告诉玉梅。她痛哭失声,听说他们要去天津,她说她认得路,也许甚至还能看看她自己的村子。

"现在你的村子也许一个人都没有了。"老彭说。

"没关系。老爷,小姐,让我跟随你们到任何地方。"

老彭被她的眼泪感动了,就对她说:"跟我来见司令。如果你在他面前痛哭,也许他会答应。"

她跟老彭过去,再度哭求,军官说:"你叔叔回来,我要怎么说呢?"

玉梅停止哭泣，她用农妇下了决心的语气说："就算叔叔回来，他也无法养我。"

老彭把军官拉到一旁，告诉他少女的情况："她需要人照顾，否则她会绝望。"

"你从现在起要照顾她？"军官问道。

"你若愿意，我可以签一张声明。"老彭说。

如此老彭签了一张声明，玉梅也签了一张，但由于她不会写字，就握住笔在他们写的名字外面画了一个圆圈。

"这是对的，我想，"军官说，"反正我们都是难民，有你照顾，算是她的幸运。更可能的，她叔叔已经死了。我只能给你们两头驴子，你们之中得有人走路。"

"我可以走，"玉梅说，此刻她的眼睛发亮，几乎美极了，"多谢你。"

"明天天一亮我就替你安排向导和牲口。"军官以结束一项会谈的音调对老彭说。

梅玲和老彭出去散步，留下的玉梅虽然孤单却很快乐。山风凉爽宜人，他们由庙门出去，沿着小路向前。

梅玲想起玉梅，就说："我们不能留下她，她的遭遇曾经有千百位妇女碰到过。"

"我很高兴你想带她走，"老彭说，"我真的不了解你。"

"我们相互还没足够的认识，对不对？"梅玲体贴地笑笑说。

他的心智不禁停顿片刻。那夜博雅带她来，她的美丽就曾令他有点眼花。但是老彭并不年轻，女性美对他来说是浮浅而遥远的，是作为保护的帘幕，使人看不到其内在的自我。他认为第一次见面之后的头几天，正是对美女最艰难的考验。等我们挑剔些，不那么专心钦慕一个美人，我们就会发现她几个小缺点，笑姿或习惯，破坏掉最初完美的印象。我们通常在第三天就修正了对一个女人的印象，在我们的天平上有些人降下一点，有些则升高一点。就是这种无心的亲切，在时间中所显露的片刻心境和表情，而非脸上的比例——决定了我们更喜欢一个女人，或是对她减少好感。梅玲随他在这种山区旅行，身穿棉衣，已顺利通过了这些考验。她似乎烂漫天真，带有放纵的意味。她不像良好出身的女孩那样保守，然而当她对玉梅说话时，声音既热情、嘹亮又温柔，使得老彭喜欢她。他也感受到博雅说过的幻梦感，也许是由于他对她几乎一无所知。这时一阵风儿将头发吹到梅玲的脸上，她停下来整理。

"博雅是不是你最好的朋友？"她问道，她的声音温暖又亲密，"你是他最好的朋友，他告诉我说。"

"我想是吧。"

"你对他看法如何？"

"我想他有聪明的心智，远超过一般人。"然后他又说，"可惜他和太太合不来。"

"她真该崇拜这种丈夫。"梅玲热情地说。

"他有他的缺点。他对她不忠心，一个男人必须对妻子忠心。"

"我知道，他舅母罗娜告诉我了。但是通常这都怪妻子不好，你不以为吗？"

老彭突然直言说："你认为从他太太手中把他抢来，对吗？"

梅玲退缩了一下，"他告诉我你赞成。"她简短地说。

"在这种情况下，我赞成。"他回答说，"否则，我不会负责照顾你。我是问你自己想过没有，我们必须随时确定自己的行为没有错，不是吗？"

"做得对！"梅玲有点不耐烦地说，"要做得对总是如此复杂。有时候你以为自己做对了，人们说你错。有时候你搞不清，就想做错事来确定自己做得对。我从未对博雅说过这些。但是你很和善，我可以对你说……我是不是一个坏女人？"

这种问题既突然又意外，老彭稍停下来看她。

"怎么？"他问道。

"因为博雅喜欢我，我就坏吗？因为男人通常都喜欢我？"

"世界上没有坏人，"老彭说，"没有坏人，也没有坏女人，我们不能乱评断。你若把博雅从他太太那儿抢过来，我想大家会说你坏。"

梅玲现在觉得，如果有人了解她，那就是老彭。和他在一起，她觉得很自在，和博雅却没有这种感觉。博雅也许会批评她，老彭绝不会。她想谈话，然而内心却感受到战栗。

"我猜博雅和你谈过我吧？"

"没有——只说他赞赏你——非常赞赏。"

"他说他赞赏我哪一点呢？"

"说你又甜蜜又纯洁。"

她笑了："我告诉他我结过婚了。"

梅玲引导老彭来到一个阴凉的角落，在路边的一片密林旁。

"彭大叔，我们坐下来，"她敬爱地说，"在告诉他之前，我要告诉你一些事情。你好心，你会了解的。我并不甜蜜，也不纯洁。以前我不在乎自己是个怎样的人，现在我在乎了——非常在意。我担心博雅也许会不谅解。我能告诉你吗？"

"当然。"

她要求老彭坐下，他顺从了。然后她自己坐在他旁边的岩石上，迟疑地说："我说话的时候，你不要看我……你对一个曾经和好几个男人同居过的女人有什么看法？"

"咦，那要看情形而定。"老彭说。

"如果一个男士爱上一个女人，她以前又曾和别人同居过，会不会有什么差别呢？"

"有些人不喜欢，你不能一概而论。"

"如果博雅知道我曾经和别人同居，你觉得他会有所不同吗？"

老彭低着头倾听，只说："你是指由于你以前的婚姻？"

"不，我曾经做过人家的姘妇。"

她又停下来，偷看老彭严肃的面孔。然后她突然坚决地说出来："是的，彭大叔，我做过姘妇。男人是否瞧不起姘妇？"她摇摇头，"哦，女人都是，所有女人都想正式结婚。但是有时候，她们做不到。我的第一次婚姻并不好，我只得逃走。我婆婆给了我六百元钱叫我走。我怎么办呢？我带了六百元钱到天津，在一家舞厅工作。我得赚钱生活，年轻女孩子做那种工作很自然又轻松。我对婚姻厌倦了，我有我的爱慕者，我很成功，也不去找其他的工作。我不必知道任何事，去学任何东西，只要年轻吸引人就行了，男人也只希望舞伴如此。我必须微笑，露出愉快的面孔——但那是工作的一部分。舞厅做事的女孩子就像一件公共的财产，谁买票，就得陪谁跳。跳舞对我来说很容易——她们都说我是好舞伴，我赚的钱是别的女孩子的两倍……但是我讨厌它。后来有人开始给我钱，送我礼物，然后劝我别再跳舞，跟他同居。彭大叔，你会说这是错误的吗？"

"我会说是很自然。"

"我以前厌恶几类男人，跟他们跳舞后我总想用刷子将自己刷干净。同时还有一些我必须听的笨话！所以我就答应了。"

"你爱他吗？"

"不，但是他快乐、清洁，我喜欢。我享受一种隐私感，仿佛我的身体又属于自己了。就像一个假期，或一种升华。他有求必应，那是我第一次感到似乎富足快乐。我对他很好，直到他太太发现了他签给我的支票。他只得离我而去。我不能告诉你那位太太对我说了什么侮辱话。"

"那你怎么办呢？"

"哦，我得谋生活。事情接连发生，我始终很幸运。他们都很好，但是谁也不能娶我，他们都结过婚。不过一切都很容易，我有一段美好的时光。但是我始终不满足，我开始想正式结婚。有些人曾带我出去，有些人则否。男人会带太太到任何地方，却不肯带情妇出去，尽管他们嘴里说着有多爱她。有一天我又突然觉得，情妇就像司机，太太却像车主。谁不想占有她所驾驶的汽车呢？我享受替男人买东西的乐趣，买袜子、手帕和领带，想象自己正为丈夫买这些。然后我突然体会到他不是我丈夫，永远不是我的。大家都说情妇的目的是要钱。但是所有男人都告诉我，他们爱情妇甚于太太，有时候情妇也比太太爱他们。我混淆了。太太一生受保护，分享丈夫的财产，却不必做什么来报答。情妇所得远比太太少，却被当作淘金女郎，也不管她多爱那个男人……"

她停口气，看老彭没说话，又接着说下去："后来我有了孩子，看起来此刻将是永久性的了。我养育婴儿，对自己说：'这是一个家。我是母亲，和别的母亲完全一样。'但是小家伙两个月就死了，于是我不在乎什么了。我折磨自己，也折磨他……所以他也离开了我……你明白吗，我也像其他女子一样需要一个自己的家。我还年轻，我必须在不太迟的时候趁早找一个男人……我又有了一个机会，一个年轻人狂恋着我，他要娶我，也能使我快乐。但是他从小由父母定了亲。他把我的一切告诉父母，说要解除婚约。女方听到这个消息，他的未婚妻——一个很普通的少女——跟她母亲一起来求我。如果我心狠一点，我可以达到愿望。那个人要的是我，而不是她。但是那个女孩子看来如此可怜，她母亲哭着说，他们家极有声望，解除婚约会失面子。我屈服了，就叫那年轻人去娶她。"

她又停下来看看老彭。

"现在你都知道了，会不会改变对我的观感？"

"一点也不。你没有亲戚帮助你，劝告你吗？"

"母亲死后就没了。告诉我，彭大叔，当一个女人全心爱上一个男子，她以前的事有没有关系？”

老彭转头看她，看见她垂着脸，充满温柔的热情，他同情她，声音很温柔。

“一点也没有关系。”他说。

“我想是没有关系，我可以给博雅一份纯洁、真实的爱。你了解一个女人的心思吗？她爱的时候真想做任何事，付出一切，以使对方快乐，那份爱还不够吗？”

“够了。我了解你，因此博雅也会了解的。他父母死了，他又是心智独立的人。我不认为他的亲戚能够影响他。最重要的是别让他以为你是为财富而嫁他的。”

“他的财富？”梅玲十分诧异地甩甩头，“谁说我要他的财富？”

“没人说，但是人们也许会这么说。”

“我何必在乎别人说什么？”

“那就对了，”老彭说，露出松懈的笑容，“你们绝不能互相猜忌，那可保证你们的爱情。梅玲，虽然你说了所有的事，我觉得你仍是一个年轻而纯洁的女子。你还不知世事，我希望你永葆赤子之心。”

“我猜，”梅玲沉思说，“即使我们结婚之后人们也会谈论的。我真讨厌女人的闲话！”

“你不喜欢女人？”

“我自己是个女人。但是我真恨太太们！我见过几位太太，看到她们邪恶的笑容以及她们看我的可怕眼神。除了她们有父母替她们找配偶，我是和她们如此不同吗？如果男女彼此相爱，要生活在一起，又关他人什么事呢？”

“女人都不喜欢漂亮的女人，”老彭说，“但是你也要看看社会的观点。婚姻是恋爱，也是事业保障与生儿育女。太太们是以生意的眼光来看婚姻的。”

"我就恨这些，"梅玲热烈地说，"难道没有一个地方能让相爱的男女单独、快乐地在一起？"

"像一对鸟儿。"老彭评论道。

"是的，像一对鸟儿。为什么女人都这么小气？"

"为什么男人也这么小气？你还年轻，不知道男人对男人的残酷。你不知道此刻内地有多少痛苦和悲剧存在。想想玉梅，谁害了她？一个男人，一个同类。但是我们可以稍微安慰她，让她快乐些。"

老彭缓慢、悲伤的声音以及他诚挚的音调提醒了梅玲，她想到的只是自己的幸福，而这里有一个慷慨的灵魂，亦想到别人。

"难怪博雅如此佩服你，彭大叔。如果我们三人能继续在一起，终身为友，那该多好。"

她站起身，他也站起来，她把手滑入他的臂弯："如果我失去博雅，我真不知该怎么办。你想我该不该告诉他一切？"

"告诉他一切，他会谅解的。"

他们又走上人行道，老彭看到他的鞋带松了，就弯身去绑。

"让我来。"梅玲温暖地说。她跪了下去，老彭看到她弓身在前，美丽的白指尖熟练地打一个结，又再牢牢地打了一个。

她站起来说："我教你一个技巧，打好第一个结，抓住任何两端再打一个结，就永远不会松开了。"

"你如何学来的？"

"有一个男人打给我看过。"她满脸通红地答道。

老彭一本正经，有点困惑。尽管他持自由观点，却不再把梅玲当作良家少女了。当她弓身去系他的鞋带，似乎也带有感情。老彭是男人，他禁欲是归因于忌讳和习惯，并非感官失灵。他从来不受人诱惑，因为他始终用笼统的眼光来看女人以保卫自己。但是梅玲已经向他打开她身体的秘密，他无法再用笼统的眼光看她。她信任和亲密的倾诉，使彼此更接近了。他忍不住想道："难怪博雅爱上她，她好甜蜜，好热情。"但是传统对他有着压力，他觉得自己有义务带她去上海会见博雅。这种古老传统的作风就是"朋友妻，不可欺"，他不能让其他念头进入脑海，所以他扯开话题。

"你骑过驴子没有？"

"没有，一定很好玩。"梅玲笑笑。

"哦，不会太难。我想我们要像农夫一样出门。"

"玉梅可以帮大忙。万一有人问我们，她会说到自己的村庄去。"

"是的，只要我们有机会解释。你呢？"

"我们可以扮作她的亲戚。你可以扮她父亲，我扮姐姐。"

"那也不容易。谁一眼都可以看出，你不是乡下人。你若不是女的，我会放心一点。"

"我可以改妆吧。"

"你的头发和脸蛋，我看没有法子。"

"我有主意了。"梅玲欢呼道，"你扮作去天津的商人，我做你的儿子，玉梅当用人。我把头发塞到北方的毛边高帽里，把耳罩拉低。也许你可以向这里的男人要一顶。"

/ 捌 /

第二天早上他们起得很早，在庙门口聚集。向导和两头驴子已等在庙墙下。军官和老彭说着话，看到梅玲和玉梅走出来。玉梅一手提她的行李，一手拿自己的铺盖。他们看到梅玲戴着毛边帽，耳罩低压在双耳后面，不觉笑出声来。她没有化妆，但是皮肤仍然很光滑，整个人看起来就像小孩穿大人的衣服似的。灰棉袍男女通用，但是她丰满的臀部一看就知道是女人，尤其她又站得直挺挺的。

"我看起来如何？"她微笑着问大家。

"像富家的儿子吗？"老彭说，"我想你可以混得过去。"

玉梅忙着把东西放在一头驴背上，她的臂腿都属于乡下劳动妇女的那种，结实、黝黑而坚硬，她帮忙用绳子捆行李，动作也很快。

军官向老彭指引道路："走山路到夏宫的寿山，别往城市走，一直向东，在大学附近穿过铁路，在码头镇过夜。离开夏宫后，一路都是平地，很好走，这段路日本人不多。但是一靠近河西务，就要小心些了。向导会带你去见我们的同志。但是你必须一路和我们自己人在一起。"

然后他要向导带回河西务同志的口信："如果是急信，就接力传回来。"

"什么接力？"老彭问道。

"我们有一套完整的信差系统。一件消息可在二十四小时内传到五十里，一根特殊的棍子会随口信送出，指明消息应该在某时刻到达某一地点，通常都做得到，村民会自动逐地传过去。"

现在一切都准备好了，大家扶梅玲爬到那头没有装货的驴背上。老彭和玉梅走路，后者带了一个小布包，里面装着她的衣服和梳子，除了破旧的被褥，这是她唯一的财产了。

他们开始走下石阶。驴子在光滑的石道上挑路走。梅玲觉得驴背扭来扭去，有些害怕，身子愈来愈往前倾，最后整个人趴在驴背上。

"哦，我要摔下来了。"她大叫说。

她穿了裹腿，不过现在她的腿又露了出来。

"石头路上驴子不会滑跤的，"老彭说，"不过你得往后坐——并且要把身子遮好。"

梅玲很不好意思，小心翼翼把棉袍遮好。

道路一山连一山，放眼望去尽是高大的山脊，驴夫照例是最好的伙伴，他们快快活活聊天，又能对一切一笑置之。他们的事业就是赶驴子，赚一顿饱饭，到达某一个目的地，接受来临的一切，晴雨不改。他们的肌肉和驴腿一样走惯了山路，像岩石一样的健康、坚硬而黝黑，也像一切靠阳光和空气滋长的生灵，充满了生机，刮伤或瘀伤会自然痊愈。他们随驴子前进，足尖展开，稳稳地踏在岩石上。他们的生活像西山一样贫穷，忧虑却也不比山中的树木多。

"西山很大。"梅玲惊叹说。她在平地生长，只见过孤零零的小山。

"你以前没见过大山吗，姑娘？"驴夫问她。

"没有。"

驴夫和向导不觉嘻嘻笑起来。

"你见过大山吗，玉梅？"梅玲问道。

"还有更大的，在长城附近。"

玉梅和驴夫一样，现在正得其所哉。开始她把梅玲当作新潮派的女学生之一，那些人的言语态度她都无法了解，但是第一次携手散步后，她发现梅玲比较像她以前见过的太太小姐们。她羡慕梅玲的毯子、手提箱、梳子和各种精巧的玩意儿，现在她以身边的行李为荣，也以东西的主人为荣。她在驴子身旁疾行，专心看护行李，不让东西滑下来，挂在驴子身旁的橘红色黑条毯子似乎深深迷住了她。梅玲看到她沉默又羡慕地注视着那条毯子，不时用手轻摸两下，喃喃自语一番。充满沙砾和岩石的路似乎一点也难不住她，她以自在、快活的步子行进，又快又稳，不断就近和驴夫讲话。以乡下姑娘来说，她不算难看，只是牙齿没长好，不能完全被嘴唇包住。她的头发梳成一个旧式的圆髻。梅玲骑着驴，想到她的情况，就问她："你能跟得上吗？"

"这不算什么，"玉梅答道，"如果有扁担，我还能扛行李哩。在军中我得背铺盖走。"然后她开始聊起来："小姐，我是乡下女孩，我不懂庙里的那些女学生。我叫李小姐'小姐'，她很生气，不准我这样叫。你不介意吧？"

"不介意。"

"我能了解你，但不能了解她们。她们讲的简直像外国话。我说'老婆'，她们都笑我，我问她们该怎么说，她们说一个人的太太要称为'妻'。我说我从来没听过，她们说是我不识字的关系。我说'老婆'有什么不对，她们说这样是瞧不起女人。我说那'太太'呢？她们说的我根本听不懂，一直说我'封建'。'封建'是什么？"

梅玲无法向她说明"封"就是"藩国制度"，只说是"保守"或"老派"。

"那她们为什么不说'老派'呢？郑大哥和他太太在那儿的时候，我叫他郑大哥，叫他太太郑大嫂，她们说我不应这样叫，要叫他'同志'。我不明白我们农家的话有什么不对。大家都是叔叔、婶婶、大哥、大嫂——全世界都像一家人。郑大嫂走后，我就没有一个人可谈了。我是听你叫那位先生'彭大叔'，我才敢叫你'小姐'。"

"你知道，"后面的驴夫表示意见说，"现在他们叫年轻的女孩子'先生'。连女人也可以叫'先生'了。"

"我就这么说嘛，"玉梅又说，"我说女孩子'出嫁'，她们说这样也不对。我说'杯子破了'，她们说'杯子被人打破了'。我说杯子破了就是破了嘛，她们说了一些我不懂的话，又说外国人对'破了'和'被人打破'分得很清楚。我生气了，就说我何必管外国人说什么呢！我一辈子都说'杯子破了'，如果她们不喜欢中国话，她们可以不说。我再也不敢和她们说中国话了。"

老彭很感兴趣，就问她："她们教你'出嫁'要改用什么？"

"李小姐说，我应该说'结婚'。我问她理由，她说现在男女平等，我说'出嫁'就表示男女不平等，是女人嫁出去；我应该说'结婚'，表示男女结合。她们老是和我谈'女权'，'女权'是什么？"

"女人的权利——和男人平等。"梅玲解释说。

"她们也这样告诉我。我以为'拳'是'拳头'哩，我就说：在乡下，你不必谈起女人的拳头。我们乡下女人的拳头向来很大，可决定我们和男人平不平等。"

听到这句话，大家都笑了，包括向导和驴夫，笑得最厉害的是老彭和梅玲。

"你和她们在一起多久了？没来这儿之前你在什么地方？"梅玲问她。

"我们一直跟游击队走，三周前我叔叔才跟孙将军的志愿兵到南部去打仗。我替士兵烧饭、缝衣服。"

"其他女人也跟你在一起？"

"那可不？谁还有家。女人既不能留在村子里，而没有女人也就不成家了。日本人一来，女人就先走。如果日本人过去了，男人就来叫女人回家，如果日本兵把家烧了，男人就来参加女人的行列。"

"你是说难民还是讲游击队？"

"没有不同啦，"玉梅说，"难民和游击队都是被逐出家园的人。如果他们能打仗，就算游击队。他们不想走远，谁不想重返自己的田园呢？有办法的人用武力保卫家乡，妇女和老人都跟他们走，等他们必须逃命，他们就变成难民了……我们怎能生活在如此般的世界里？如果他们回来了，往往发现家园被烧，牛、鸡、猪全不见了，只有老狗还在。我们经过昌平的时候，看见路上布满鸡毛、鸡爪和鸡头，不小心还会踩到内脏。还有家畜的尸体、猪脚、羊头。有一次我看到一头牛的头部和肩膀——真怕人——血肉都发臭了。日本人吃不下整只家畜，就丢在路上——简直滥杀滥糟蹋嘛。如果肉还没臭，是好肉，我们会切下来煮。你想我们乡下人的感受？那是我们的鸡、猪，他们不是偷我们的吗？有些农夫被迫将未熟的谷物割下来，因为田里是藏枪手的好地方，然后等他们毁了作物，日本兵就把他们枪杀。哦！如果我们活不下去，谁不加入游击队呢？"

"嗨！"有一个驴夫说，"由这儿到天津，整个乡下都有我们的队伍——我不知道有几万人。有些团体比较大，像孙殿英的游击队，裘奶奶的组织和八路军——这些装备比较好。还有些留在村子里，有枪的人就拿枪出来当义勇兵。现在谁不恨日本人？嗒——嗒嗒。"他鞭打着毛驴。

现在他们走过一个山头，再度能够看到北平的原野和城墙。天上云层密布，不过远处的城市那一边却有太阳照耀着。他们看到五里外的夏宫，还有一道绿水环绕着柳树间的乡村。远处的北平像一座公园，覆满翠绿、姹紫和金黄的颜色，宫殿和塔楼的屋顶也在阳光下闪闪发光。

梅玲跳下来看手表，才十点。玉梅由驴背上拿出自己的被褥，铺在一块岩石上，对老彭和梅玲说："老爷、小姐，你们若不嫌脏，就坐在这上面。对你们来说石头是太硬了。"

"我们没关系。"老彭说。

玉梅失望地收起被褥。

"看那边，"老彭指着城市说，"发光的圆屋顶，那就是天坛。"

梅玲静坐着，睁大眼睛看远方。她这样坐了几分钟，直到向导来叫大家出发。

老彭扶她起来，平静地说："博雅没事啦。"

梅玲抬眼看他，为他已看透自己的心事而发窘。

他们下山后，路很好走，只在通往大学的林荫道上看见几个傀儡警察。他们吃了一顿麦饼和面条当午餐，就穿过铁路，向通州的方向走。梅玲不时跳下驴背，改用步行。他们来到码头镇一家农舍停下时，天已经黑了。

这是一个游击队领袖的家，他曾在军中当过上尉，大家还叫他"队长"。他在河西务战役中断了一条手臂，奉命在家乡地区组织游击队。驴夫把行李卸下，将毛驴拴在院子里，就到一家酒店去用餐。老彭、梅玲和玉梅都累了，一锅红糖煮番薯也只有饿着的人才能吃得津津有味。主人现在是农夫打扮，人很诚恳，坐下来陪他们喝了一杯。他姓上官，他说他是上官云祥将军的亲戚。他谈起附近的情形，对河西务之役津津乐道，那次有两旅中国兵被炮火和炸弹消灭了。美女当前，他似乎比平常更爱讲话。梅玲已经把帽子脱下，乌溜溜的鬈发披落肩上，双眼在模糊的灯光下闪闪发光。

"惨啊！真惨！"他说，"没看过那一仗的人搞不懂我们怎么那么容易地就失守了。他们应该看看我军的尸体，成百成千堆在河岸上。这种战争还能叫失守吗？我们输了城池，但可没输这一仗。敌人的卡车、坦克和步兵连穿过河西务。我们得坚守河西务，好保卫公路。我们只有两旅人，后援又断了。我们明知会输，还是打下去。敌人轰大炮，铁鸟也在空中飞翔。炮弹太密了，躲都没有用。没有一个人退缩。两个钟头后一旅全军覆没，后来另一旅也完蛋了。如果这还不算打仗，我简直不知道打仗是什么了。你能说我们失守？我们的弟兄硬是不肯逃。我从未看过一天死那么多人。冠县也一样。整营人死光了，却没有一个人逃走，真是血肉敌钢铁。你还能说我们军队没有尽力打吗？"

现场并没有人说士兵不尽全力打，但是队长继续反驳他想象中的苛责。

"我们挡住了敌军的侧翼，使涿州的我军能够安全撤退。我昏迷不醒一段时间，等我醒来，天已经黑了，我挣出同伴的尸体堆，一路由战场爬回来。"

第三天，向导奉命回去，驴夫也不肯再走了。"河西务是坏地方——日本兵太多啦，"有一个驴夫说，"我靠这头畜生维生。万一日本兵或保安队把它收去，我怎么办呢？我该向谁去讨价钱？"但是老彭答应给驴夫每人五块钱，看在这笔大钱的份上他们同意走到河西务。队长说他们可以在午饭后再出发，而且出乎他们的意料，他竟说要陪他们走。

"你们若有钱，我可以安排保安队一路送你们到天津。"他说。

"怎么可能呢？"梅玲问道。

队长大笑说："他们只要钱。你们可以搭他们的船直下大运河，不必走路。"

"那你又何必亲自来呢？你不能派一个向导跟我们走吗？"

"我要去办事。你们若有兴趣，好戏在后头哩。"

"你是说打日本人？"梅玲问他。

"还有谁呢？"队长怀着高兴、不要命的表情，用正要说出一个大秘密的得意口吻说，"我们要去救几个女人。"

"什么女人？"

"中国女人哪。还会有谁？离这边三十里有一个村庄，日本兵抓了十个女人，用铁线穿住她们的耳朵，排成一串，带出了村子。过去在这条路上，村民常玩一种把戏。散漫的日本兵会到村子里要女人。村民交出几个妇女，带敌人进屋，等他们污辱我们的妇女，我们的年轻男人就夺枪杀死他们。所以他们不敢再这样了……哦，这次这十个女人被带出村子，三天前被押到日本军营去，她们的丈夫和她们都很害怕。村里的族长来看我，要求枪支。我问他们日本兵有多少，他们说一两百人。我叫他们静候观望。昨天他们报告说，有一连兵向南迁，女人还在那里，留下五六十个日本兵。所以你们今天晚上会看到一些行动，一种流血的行动，旅长的侄女也在里面哩。"

他说话时，梅玲的脸色红了一阵子，玉梅咒骂说："鬼子他娘的！"

"但是日本兵不会再回来吗？"老彭问他。

"会，"队长静静地说，"他们会烧村子。不过这是战地的生活。你若不杀敌人，敌人就会杀你，到了这一地步，谁还有时间考虑后果呢？"

老彭关心他所照顾的两个女人。

"你们会平安无事，"队长说，"战场距村庄有十五里。只需等我们的人回来，听听消息，然后赶快上路。两位小姐应该好好改妆一下。"

"我不改妆。"玉梅说。

午餐后，他们马上出发，穿过无垠的玉米、小麦田和泥土屋，傍晚时到达了那个小村子。

四处闹哄哄的，邻近的村庄集结来三百个男人。大家都拿着木棍、铁锹、长柄叉和斧头。大约有三十个人带了大刀，是二十九军撤退时留下的。他们正站在刀石附近磨刀子，磨刀工大吼说："白刀进，红刀出。来，我免费替大家磨。"有几个拿大刀的人臂上挂着"敢死队"的字样。老彭听说这些人大都是被俘女人的丈夫、兄弟和儿子，还有几位志愿军。有十来个人穿着日本兵身上剥下来的沙棕色制服。十五六个青年携带步枪，包括有老式的滑膛枪。

队长走过街道，民众一阵欢呼，他比别人高出一个头，左边空荡荡的袖子一路晃来晃去。他召集各村兵勇的负责人，叫大家到庙场集合，集结在一起。然后他随敢死队到王族长家，敢死队青年大都是族长的孙儿或侄孙。一行人在大庭院里解散聊天，梅玲和玉梅则被带到屋里去。

族长年过六十，留着稀疏的白胡子。他是地主，也是村里的仲裁者。村里很少人和他没有亲戚关系，他的话就等于法律。今天晚上他宴请敢死队和邻村的长者。打从帝制时代起，他就不曾募集村民打过这样的仗。这有如家族战争的前夕。他来到民众聚集的院落，欢迎队长，并说："罗大哥呢？他怎么不在这儿呢？"

有人回答说，曾在街上看到他。

"去找他来。"

"你最好还是请他来吧。"一个亲戚说。

"好吧，拿我的名帖说我请他来。"

大家告诉老彭，罗大哥是村里的英雄。据说他参加过南到山东、北到蒙古的战役，当兵、当强盗很多回，简直没办法区别他是哪一种人了。在曹锟的时代，他曾通过义和团朋友的推介，在军中教武，至今他还自称为教练。曹锟死后，军队四分五裂，罗大哥变成"红枪会"的一位头领，这是农夫对抗军阀的自卫组织。他在"红枪会"绰号"响尾蛇"，但是村民一向尊敬他，总是叫他"罗大哥"。据说他有一次在街上杀了一条狗，带到客栈，逼掌柜替他切片煮熟。那是一条小狗，他一餐就吃完了，不过村里的少年都传说他独自吃下了一整只大狗。

罗大哥不久就出现了，对于这项邀请非常高兴。他的外衣搭在背上，露出光光的胸脯和膀子，他进入庭院，对大家微笑，也等大家还礼。他的裤管在脚跟扎紧，上身罩着宽宽的红腰带，紧紧绑在臀部上，完全是义和团的打扮。他走向族长，笑笑说："你没有忘记罗大哥。"

"我没有忘。我看你不在，马上派人找你。"

"但是你不需要我啊！日本龟已经困在瓮里，你有三百人了。去抓瓮中之龟，他们逃得掉吗？你为什么还需要我呢？"

"当然需要。"老人说。

"我在街上看到四五十个带大刀的伙伴。日本人最多只有五十个。五十把大刀杀五十个日本人用得了多少时间？不是只有一对一吗？这样过瘾吗？老罗可不过瘾。"

院子里的人大笑。

"日本人有手枪和机关枪，"队长说，"你要不要步枪？"

"不，谢谢你。手枪也许管用，步枪肉搏时又有啥用呢？眼明手快，大刀方便多了。如果我的弟兄在这儿，十个人只要半顿饭的工夫就可以将他们全部解决。"

"好吧，你跟大刀队去，"队长说，"事后我答应送你一把好枪。"

"响尾蛇"听过队长的名声，愿意参加他的队伍，就用绿林英雄的老话说："好吧，既然上官大哥看得起我，我今天晚上要好好表现一下。"他又对族长说："老伯，准备三斤好酒，我亲自把你侄女带回来给你，否则我就不叫响尾蛇。不过有一个条件，掳来的牛肉罐头都算我的，我老罗已有三个月没尝到牛肉了。今晚你烫好三斤酒，天亮前我就把你侄女带回来，这样公平吧？"

"如果你带她回来，我可以给你十斤好酒。"老人回答说。

酒菜摆好，老彭、队长和各村长者都在大厅里用饭。年轻人部分在厅内吃，部分在院子里吃，妇人则在厨房里帮忙，屋内充满紧张情绪，人们很少说话，只有各村长者、队长和老彭开口。

"这要看我们用什么战略，"响尾蛇说，"敲锣猎虎，还是猫捉老鼠。有了三百个人，我们可以放火把他们逼出兽窝。"

"困难的是，"队长说，"我们必须救女人。我们用大刀，开枪只是引日本人出来。我们不知道女人关在哪里。"

"这很重要，"一个妻子被囚的年轻人说，"在黑暗里我们不能误杀了自己的女人。"

一个那天曾偷探敌营的十八岁少年说："士兵都在以前是一所学校的大花园里。我问一个自卫队警察，他说女人锁在那间大房子内。"

"救人比杀敌人更重要。"老彭指出说。

女人弄好饭菜也出来站在门边，用心听着。梅玲和一位少女站在一块儿，她母亲就是族长的侄女，也在被抓之列。听说送去的女人只有一个闺女，其余都是已婚的妇人。男人的脸色都很不耐烦，很紧张。只有响尾蛇喝了老酒，兴高采烈的。他用手指敲桌面，开始唱一句北方戏词，是一出描写三国时代关公出奔的戏曲中的片断。

> 长空里野雁声声啼
> 一颗心跳到眼角边……

这是京腔，调子很高。响尾蛇绷起面孔，眼睛转来转去，自己一面倒酒一面说话，一面断断续续唱着。

"我响尾蛇今晚有机会替国家和村里服务，你们看日本兵还逃不逃得掉。我和你们谈一笔生意，今天晚上打完后，春姑算我的。"

"没有人敢和你争。"有人说。

"这才对。没有英雄，就没有美人；没有美人，也就没有英雄。"

大家告诉老彭，春姑是一个寡妇的女儿。她是送给敌人的女眷中唯一的未嫁姑娘。她们母女一起被送去，一方面因为她和男人随便惯了，一方面也因为这次打算用计，她们母女自愿前往。她们献出自己来救其他女人，村民对于这对寡妇母女的看法完全改变了。

"唱骂曹歌！"有人叫响尾蛇唱，观众一致赞成。他又倒了一杯酒，咳嗽几声，准备唱。

他一开始唱，脸色就变了。他是个十分不错的唱戏者，开口骂奸相曹操，声音起初带有学者的韵味，后来愈唱愈紧凑，愈大声，就露出自己的本音，他的拍子愈来愈快，脸孔也涨红了，眼睛也发出愤恨之光。

突然他打住说："不，我不唱这个。"

他的眼睛扫描群众。然后他开始唱"四郎探母"，是叙述一个流离的战士探望久别的母亲。大家都静坐着，他唱到"哦，娘！"的时候，那个十八岁的少年放声大哭，其他人也纷纷落泪。

然后族长起身叫大家集合，他转向女人说："我送他们出发就回来。整夜点着火，把一切准备妥当。叫医生来，整夜在屋内等候。"

老彭要大家从庙里出发。他们分成三组，带枪的打头阵，带刀的是攻击的主力，拿代用武器的人分别作为埋伏和增援。他们还派遣一个特别小组负责解救女人。

队长走上庙宇的台阶，简单指示几个要项。

"记住三件事，"他说，"第一，要完全肃静。如果我们还没到就被敌人发现，我们就输了。第二，紧跟着自己的队伍。我会做信号，你们再呐喊攻击。第三，协助伤者撤退。混战中若有疑问，就叫'老乡'，否则你们会杀错自己人。"

天色完全暗了，空中开始飘着细雨。他们等了半个钟头，群众开始不耐烦了，但是队长坚持要等，因为他们得等到半夜敌人熟睡的时候到达才行。大约十一点，命令下达了，他们冒着细雨，沿着运河岸出发。

那天晚上全村没有一个人睡觉，老彭陪族长和医生坐了一整夜。大家劝梅玲和玉梅上床，村妇们则在厨房里烧火。外面雨丝不断，族长几次跑到其他人家去，看到灯火低燃，女人和大孩子们都熬夜等消息，等男人回家。

五更天左右，第一批壮士回来了，消息在凌晨传遍了全村。他们全身湿透了，又累又饿，鞋子也沾满污泥，但是脸上却挂着笑容。

"怎么样？"

"全胜！日本兵一个也没逃掉！"

"我们的妇女平安吗？"

"全部平安，她们随后面的人一起回来。"

然后他们的脸色暗下来，说他们村里有两个青年被杀，还有人受伤。

又有一批人慢慢回来，坐在地上。屋里和庭院乱哄哄的，女人端出一盆盆热水、面条、饺子和一些高粱酒。男人们立刻谈论，叙述他们的战绩，纠正或补充别人的说法，女人则挤过来听，顺便问问亲友的消息。

日本人像网中鱼，被逮了个正着。除了卫兵，他们全在一间大宅里呼呼大睡，那儿本是一个富人的住宅，后来改作学校。攻击者扑到卫兵身上，用大刀杀死他们，然后分几个方向冲进屋里。战斗七八分钟就结束了，很多日本兵一醒就被干掉了，连摸枪的时间都没有。有些人跳出窗口，被村民夺来的机关枪射中了。有些人想游过运河，却被岸上的一组人打死。奉命救人的小组凭女人的尖叫声找到了她们。除了春姑母女，她们都睡在一个房间的地板上。

响尾蛇四处搜索，在暗夜里呼叫春姑。她被找到时，说一听到枪声，就拖着母亲往外逃。她们越过墙顶，向边门跑去。"我抓起一根长柄叉，也不晓得是哪来的。一个日本兵正向我冲过来。'你这个王八蛋！'我说，'今天看我的了。'我在暗夜里乱刺一通，我想我叉中了他的咽喉。他像老鼠一般窒息了，呼呼直喘气。我感到那老狗的鲜血喷到我身上。"春姑叙述说。

另外一个青年插嘴大叫大笑说："是啊，忽然她骂我们：你们怎么不告诉我你们要来？她说，我可以在里面多杀几个。"

这时候响尾蛇走进族长家，春姑母女跟在后面。他肩膀受伤扎起来，太阳穴也有一道伤口，被雨水冲干净了。

梅玲好奇地打量春姑。她是一个年方二十二三岁的少女，面色黝黑，不难看，但是只穿了一件破旧的黑衣，衣服和手上都沾满鲜血。

接着族长的侄女也跟她丈夫进来了。她女儿由厨房里冲出来，伏在母亲肩上痛哭。母亲揉揉眼睛说："没想到我们母女还能再见面。"大家都很高兴，族长也乐得发抖。

"老伯，我的十斤好酒呢？"响尾蛇叫道。

"别担心！有一整罐哩！"老人说。

"就算我现在喝得下整罐，也要请大家。"响尾蛇大吼，"记住，我还要牛肉哩。"

遇救的女人被带进屋里，她们说出这几天的遭遇。

"春姑真勇敢，"其中一个说，"她咬了一个日本兵。"

"她用长柄叉杀掉一个。"响尾蛇说。

"是啊，"那个女人说，"不过我是指两天前的一个晚上，有一个日本兵叫她替他洗脚的时候。"

"为什么不呢？"春姑说，"想想我的心情，我跪在地上端着一盆热水，那个日本兵大笑。我抬头说：'你笑什么？'那个日本兵用脚踢我的脸。我怒火中烧，我继续帮那老狗洗脚，突然我再也控制不住了，就弯身咬他的小腿，他大叫一声。但是他有什么办法呢？他不会杀我，我知道，因为他要我陪他睡觉。他们的媳妇在家一定是跪下来替丈夫洗脚，再陪他们上床。咦，我是中国女人哪，如果他要我洗脚，他可得付出一番代价。"

队长带着伤员回来，天已经亮了，医生替他们洗伤口，敷上防毒的特殊药石，然后用新鲜的药草扎起来，他还开了止血和强心的药品给他们。两位死者已经抬回家，大清早外面就听见他们家属的哭号。

队长很累，把老彭的事情忘得一干二净，老彭则和梅玲、玉梅一起坐着，分享今夜的恐惧与欢乐。最后队长终于想起他们，他走向老彭说：

"你看见我们的同胞如何自卫了吧。"

"万一日本人发现是谁干的，跑来报复呢？"

"那就全看命运了。不过我们今天晚上缴获了不少武器和弹药，还有两挺机关枪。你和这两位小姐必须休息休息，今天下午就动身。等日本兵来，这个村庄就不是乐土啰。"

下午队长安排了两头毛驴和一位向导带他们去杨村，送他们来的驴夫就回去了。

到了杨村，向导替他们找了一条小船，安排自卫队的蒸汽艇替他们拖船，老彭付了五十元贿款。那天傍晚他们就到达了天津。

两天后，他们在报上看到他们歇脚的小村被烧的消息，也不知道族长一家、响尾蛇及他的心上人春姑，以及全村村民现在的遭遇如何。

/ 玖 /

在天津一家旅馆的房间内，玉梅坐在自铺的地铺上。梅玲仍因旅途疲惫，在床上睡得香甜。

当他们两天前抵达这里，便在英租界大街的一家中国旅馆内订下两间相连的房间。梅玲和玉梅住在一间，老彭住另一间。英法租界区挤满了难民，因为这两个地区在四周的杀戮和血海中形成了一个安全的小岛，店铺、饭店和旅社生意都十分兴隆。

尽管玉梅的村子在天津之南仅三十里，她以前却从未到过现代都市。她丈夫曾允诺有一天要带她来，让她看看自来水和现代的奇迹——自动冲水马桶。可是不论她丈夫如何的解释，她仍是不能想象什么是冲水马桶。"万一水不来呢？"她曾经自己暗想，却不敢问她丈夫。旅行的诺言尚未实现，战争就降临她的村庄，她丈夫已被杀了。

此刻，在他们抵达的次日，老彭带她到一家铺子，买了一件新棉袍给她。她不同意地说："彭大叔，这样不好，会把我宠坏了，在乡下我们三年才做一件新衣裳，而且这居然还是别人做好的！"

老彭随后又买了一条新棉被，格子样的蓝丝绸被面，他没有说是给她的。当他们回到旅社，老彭告诉她将它铺在床上，把她肮脏的旧被褥丢掉时，她真是惊呆了。

"彭大叔！我发誓这世界上没有其他像你这样的人了。不过我怎么能丢掉我的棉被呢？它还很好嘛。"

最后双方妥协的结果是将她的旧被褥卷在角落里。头一晚她睡弹簧床，翻来覆去，觉得脊椎骨都像要断了。不管她睡哪一边都很难受，柔软的外国枕头更糟糕。半夜里她静静地爬起来，把褥子铺在地板上才睡了一个好觉。第二天早晨她无法抗拒在上面坐一会儿的念头，享受着豪华的温暖，并用手抚弄着漂亮的丝被。她看看椅子上的新衣服，这真像过年，她想。

她检视过洗脸槽，证实了一管流出冷水、一管流出热水的奇迹。但是最神奇的是电梯，她曾经多次找借口上街，借以享受乘电梯的滋味。有一件事她很失望。她用过冲水马桶，但奇迹并没有实现，她坐上去，水没有自动流出来。"我今天早晨必须再试一遍，那一定是真的。"她想。

梅玲仍在睡，她起床溜出房间。回来时很满意，自动冲水马桶生效了。

这些更增进了她对梅玲的崇拜和忠心，现在她把梅玲看作主人，所有一切美丽和兴奋的事物都吸引她。当她进门时，梅玲还躺在床上，眼睛紧闭着。玉梅站在床边看她，梅玲睁开眼。

"彭大叔起来没有？"她问道。

"我去看看。"

"别麻烦了。"

梅玲拿起电话找彭先生，声音懒洋洋的："彭大叔？你睡得好吧？吃过早饭没有？好的，马上。"玉梅站着看，面对这个新的奇迹说不出话来。

待梅玲起身扣好棉袍，开始漱洗，玉梅胆怯地说："彭大叔真的不是你亲戚？"梅玲说不是，她继续问："怎么会有这么好的人呢？"

"世上也有好心人，"梅玲说，"你若看到他们，绝不会离开他们。"

"我以为……"玉梅停住。

"什么？"

"我不了解。我不敢问。由你照顾他的方式，我想你是他的亲戚，或是他的偏房。"玉梅用礼貌的方式来说"姨太太"，梅玲笑了。

"别傻了，他是个中年人。"她回答说，"什么让你这么想呢？"

"你帮他点烟。昨天又为他买了一双新鞋，当我看到你为他绑新鞋带，我以为……"

"噢，你真有趣。玉梅，我喜欢你。"

梅玲放下梳子，点了根烟，穿上漂亮的拖鞋进入隔壁房间。老彭正在看报，他站起身来请梅玲坐，但是她走到窗边，看外面熟悉的街景。

"北平那儿有没有什么消息？"她问道。

"没有。"

他告诉她上海的战事，以及日本正在猛攻的消息。如果大场失守，中国军队将撤退。他说他们必须尽早起程，因为如果南京之行中断，他不知道要如何到得了内地。

他一边说话，梅玲一边在屋内走来走去。桌上有一壶茶，她自己倒了一杯，又倒了一杯拿去给他。她注意到他没有刮脸，昨天她曾替他买了一把安全刮胡刀。

"你怎么不刮脸？"

"我何必修呢？"

"噢！"梅玲说。然后她看到他的床铺没有整理，就上前为他整理。

"不敢当，"老彭说，"服务生会来弄的。"

"服务生太慢了，这是女人的工作。现在房间看来整齐多啦。"

她将床铺弄得很整齐，这是他没有料到的女性手笔。她让他心中涌起拥有一个自己的家的欲望。

"噢，"她说，"这是我昨晚买的一些杏仁粉。早上喝最润喉。"

她叫来开水、碗和汤匙，然后打开那罐杏仁粉。

"你何不交给旅馆小弟叫他泡？"老彭说。

"他们不会泡。一定要泡得恰到好处，既不能太浓也不能太淡，我泡好你可以尝尝看。今天冷得很，出门前喝一杯热饮很不错。"

于是梅玲洗好杯子，放上汤匙，用热开水泡了三碗杏仁茶放在桌上。

"要不要我端给你？"她说。

"别麻烦了。"老彭说，走到桌边坐下。他们也叫玉梅进屋坐下，但是她端起碗，坚持站着吃。梅玲很高兴，老彭也感受到女性服务的舒适。梅玲说："如果我们和博雅能一块儿到某一个地方，只有我们三个人——还有玉梅，那不是太棒了吗？"

"你会做博雅的好妻子的，我确信等你们结婚，我会很高兴和你们在一起，我知道。"老彭温和地对她说。

"博雅是谁？"玉梅问道。

梅玲很害羞。"就是她要嫁的人。"老彭替她回答说。

"什么时候结婚？"玉梅问。而他们俩都为她的单纯而笑了。

老彭说要去看看开船的时间，并问梅玲是否愿意一块儿去，她说不。

"你要不要出去看一些朋友？你在这儿一定有些朋友。"老彭问。

"是啊，我这儿有些朋友——不过我宁愿不去。倘若登记船票，用你的名字，就像我们住这家旅馆一样。别告诉大家我的姓名，这很重要。"

"我会记得。"他说。

当他们住旅馆的时候，她曾叫老彭写下"彭先生和家人"。她拒绝去餐厅吃饭，只有第一天天黑后外出做了一次短途散步。他认为她的行为很奇怪，但是却没有说什么。他到轮船公司，发现有条船两天后起航，就以"彭先生和家人"的名义订了座。

那天傍晚梅玲又出去了，说她想要一个人走走。约一个钟头后她回来了，没有带皮包。老彭看见她脸色因兴奋而泛白，就问她去哪儿了。

"只是随便逛逛。"她说。

"告诉我，你为何不肯用你的名字？你是不是怕谁？你不是怕日本人吧？这儿是英租界呀。"

她看看房内，玉梅正准备上床睡觉，于是低声说："等到她睡了，我再告诉你。船要开之前，我不会再外出。"

她叫玉梅上床，说她有话和彭先生讲，然后关了灯，到他房间。

他们东聊西扯了几句，几分钟后她听到玉梅的鼾声。她开门看看外边，然后将门上锁，关上天花板灯，只留下桌上的一盏灯，要老彭和她一起坐在沙发上。

"我告诉过你我不想来天津。"她开口说，"战争爆发后，我是从这儿逃走的，这就是何以我住在博雅家，因为我认识他舅母罗娜。我们是老朋友，我叫她替我保密。我在这儿很有名，绝不能被人认出。"

"我想一定有些麻烦，你进来时很害怕。"

"的确有麻烦。我很怕日本人——和汉奸，他们认识我。"

"像你这样年轻的小姐会卷入政治？"

"不。怎么说我一定和政治有关呢？我告诉你，日本人到过博雅家之后，我就不能回去了，所以我必须和你一起走。我不能告诉博雅，怕他误会。"

"你还没有说是什么麻烦。"

"我就要告诉你。我和一个男人同居——以前我告诉过你。我们一块儿相处了一年，我住在一间舒适的公寓里，他是此地一家工厂的老板，对我很好。他父亲清朝时做过道台，在城里有一些房子。他太太可能知道我，不过他不在乎，先带我去戏院和饭馆，再把我介绍给他的几个朋友认识。有时候吃完饭，他也会带朋友到我的公寓来。

"卢沟桥战争爆发后，他很担心。他说日本人将占领天津，他的工厂和财产全在中国城区内，他的事业会被毁。日本军队和军需品由满洲分海路和铁路运进来。他对我说看起来这是一场真正的大战。他寝食难安，每次到我那儿都愁得要死。一星期之后，他来时显得十分愉快，说一切都会好转。你怎么知道呢？我问他。但是他没有告诉我。

"于是他开始带陌生人来我的住处，晚上就坐着聊天。我不喜欢这些朋友，也不知道他们的来头。你知道有些人的面色犹如埋在土里十年再挖出似的。有时我正好上床睡觉，但是不免听到他们的谈话，我很担心。我开始怀疑他的朋友是汉奸，在与日本人接触。我问他为什么不带他们到他家去，他不回答我。我警告他提防这些朋友，他生气了。他去北平一趟回来，开始提及皇军。我问他什么皇军，他说：当然是日本皇军哪。他说他们会给华北带来和平与安全，也许这样正好。我极为惊讶。'你别管这件事，'他说，'我养你，花钱租这样的公寓，我不希望你干涉我的事。'他的一个朋友是大连人，夸口说他认识某某日本将军。那只肥狗！他们叫他齐将军……"

"你不是指齐燮元吧！"

梅玲说："可不是吗。"这是她强调肯定一件事时最爱用的词语之一，"他有一对山羊眼，一撇髭须，面孔油光光的，苍蝇在上面都站不住。"

老彭更吃惊了，大叫说："什么，你该不是说你和梁……同居过吧！"

梅玲点点头："你听说过他？"

"听说过。"老彭说，"原来你也卷在里面！"

"让我告诉你。电报和信件开始寄到我的名下，上写崔梅玲收。他叫我不要动它，但是我动了。我偷看了几封，有一封是王克敏由香港寄来的。我再将信封粘好，晚上他来，我就对他说：'你到底在做什么勾当？你是在出卖我们的国家！'他又羞又怒，责备我偷拆他的信件。我很气，所以就承认了。'寄信用我的名字，对不对？'我说。一会儿之后，他软化下来说：'我需要你帮忙，如果这事成功了，我们会发财。我要娶你当太太，你一生可享受豪华的生活。你要有理智，中国绝不可能抵抗日本，而日本人一定要借中国人来统治中国，这就是我们的工作目的。北平马上要成立一个新的华北汉人政府，我若和他们合作，说不定还能当天津市长哩。帮助中国人统治中国又有什么不对呢！'他发誓绝不离开我。'你是出卖国家。'我说，'你为什么一定要拖我下水？'他说他不求我帮忙，只要我收下信件，不干涉他就行了。

"我决心离开他，但是我并未如此告诉他。我对政治不感兴趣，所以也就不再拆阅他的信件了。后来齐燮元亲自带他三十多岁的姨太太来。梁告诉我要对他好一点，他不久就要成为中国最大的人物了。齐尽量对我友善，我们四个人一起喝酒，他愈喝，愈是红光满面。齐特别对我说话。他说：'等我当上中华共和国的总统，我们大家就不必担心了。谁知道呢，也许满洲国的皇帝会重登龙座，你会成为有头衔的贵妇。我认识皇帝，我会想办法的。'他双眼眯起，想要笑，样子比原先更丑了，看起来仿佛他的身体已死，只剩眼睛发亮。我觉得他该躺在坟墓里，怀疑何以他还在世上走来走去。那像一场疯狂的梦……"

"你怎么办呢？"老彭问，他的眼睛定定地凝视着这位少妇。

"我保持缄默，直到有一天——八月十四日——上海战争爆发，全国都在打仗，我的良知再也无法忍下去了。我收拾我的衣物和珠宝，不告而别，登记假名住进一家旅社，等船去上海。每天都有谋杀和投掷炸弹的事件，爱国志士想杀汉奸，汉奸想杀爱国志士。我们那家旅社有一位青年受伤，他的朋友来看他，我获悉他们属于一个锄奸组织。我进屋去，没告诉他们我是谁，只把原来我所住公寓的地址告诉他们，说上锁的抽屉里有重要文件。他们问道，这是谁的地址？我说是一个名叫崔梅玲的女人的。那天晚上他们去突袭那家公寓，一定拿到了文件，但是我换了旅馆，所以不知道他们做了些什么。我仍在等船票，两天后我看到报上一条新闻与我有关。上面说，某某的姨太太崔梅玲卷带珠宝和钞票潜逃，警察正在搜捕。那时我真的吓慌了，因为日本人控制了全城。我是用真名买船票，轮船要过两天才开。所以就在那天晚上，我搭车到北平去……这事现在想起来还发抖。你摸我的手。"她热情而亲切地伸出双手，老彭握住，上面冷汗淋漓。

"你是个勇敢的女孩。"他说。

"我一生都像这样，一次又一次陷入困境。现在大家都知道我是他的姨太太，而且以为我席卷珠宝潜逃。你晓得这种名声有多坏！"

"警方和日本人可能会以为是你拿了文件交给中国政府。"老彭停了半晌又补充说，看来很严肃，"他们会以为你知道他们一切的秘密。"

"可不是吗？但愿我知道。那些文件对我们一定很有用，但是我对政治没兴趣。两周后他们中有一个人在上海被刺。他们也许以为是我协助了这件事。那些信件分别寄自北平、上海、香港，一定充满有用的情报。但是我却一无所知。"

"所以梁党的人都知道崔梅玲的名字，"老彭说，"也许我们中国人也和汉奸一样在找你。"

"我还没想到这一点。我早该告诉那个我帮助的人，说我就是崔梅玲本人。现在对双方我要如何解释呢？爱国志士也好，汉奸也好。"

"你太年轻，太单纯，不该卷入政治阴谋。"

"可不是吗。"她可怜兮兮地说。

老彭站起身，激动地踱来踱去。他点了一根烟，猛力吸着。

"从现在起，你对任何人都不是梅玲，即使对我和博雅也一样。梅玲已经失踪了，也许自杀了——她消失了。你是彭小姐，是我的侄女，你父亲是我的哥哥，他在你十岁那年去世了……你叫什么名字？"

突然她把脸埋在手绢里。

"我不是有意让你伤心。"老彭说，手温柔地放在她肩上。这样一来更糟了，她像任何处于困境中的少女一样更痛苦得无法自控。

"彭大叔，"梅玲揉着眼说，"我不知道怎么办……你明白这是多么难以向博雅开口的故事，只要他了解，我不在乎别人怎么说……"

"你放心，"老彭说，"等我们在上海和博雅相遇，我会向他解释整个经过。你并没有做错，你做了爱国的事，他会因此而佩服你。你们绝不能彼此猜忌。"

他的声音有着父性的慈爱，她一生还没听过这种声音。

"我到他家，看到里面安详的气氛，对我来说简直像做梦——他的家人，他的祖先，他的大房子和老家具。我幻想自己若生长在这样的家庭，有他这样的父母和亲友，不知道是何种样子。花园充满浪漫气氛。当我第一次和他做爱时，我觉得自己一文不值。我希望给他一份纯洁的爱，于是我恨我自己。我告诉自己，成为孤儿错不在我，但是我绝不能告诉他整个故事。我曾告诉过他我的第一次婚姻——就再也不能多说。他并没有嫌弃我，说他爱的是我这个人。哎，真的——男人真的不在乎这些吗？"

"是的，是真的。"老彭柔声说，"在爱情的眼光里，你仍是纯洁天真的。我是一个佛教徒，你也许听过这个佛教名句：放下屠刀，立地成佛。以前的事情都不重要，世上谁没有罪孽呢？佛家说'普度众生'。每一个人都有慧心，躺在那儿被欲念蒙蔽，慧心却没有消失。那是智慧的种子，像泥中的白莲，出淤泥而不染。"

"你是佛教徒？"她诧异地问道。

"可以说我是，也可以说不是。我并不研究和谈论佛教哲理。我研究过世上的主要宗教，它们的目标全都相同——讲慈悲，摆脱人类的苦难。为什么观音叫作'救苦救难的慈悲娘娘'呢？我们若显出慈悲心，我们就是观音的一部分了。所以你要带玉梅走，我很高兴。那就是慧心，你的心是温暖的。"

"我希望博雅是佛教徒——像你这种佛教徒。"

"他很聪明，但是'慧心'是不同的东西，那是体谅和温情……别担心，我会替你找博雅谈……你今晚上哪里去了？"

"我只出去散散步，忍不住到街角去看看我住过的旧公寓。窗内没有灯。从那次突袭后，房子一定废弃了。我一转身，发现有人在黑暗中注视我。我害怕，拔脚就跑——一直跑到大街上。"

她站起身，拿起热水瓶，泡了一碗杏仁露给他，用汤匙轻轻搅动几下。他吃完把碗搁在桌上，白色的乳液沾在他胡须上，他用手去擦，但是梅玲去拧了一条热毛巾给他。

"有你这样的侄女侍候也不错。"老彭说，"你太宠我了。"

"你得替我取一个名字。"梅玲在他身边坐下来。

"你建议取什么名……"

梅玲想起童年的小名"莲儿"，但这是她希望留给博雅单独叫的昵称。

"我希望新名字和我原来的名字尽可能不同，取一个以前别人没用过的名字。"

他们想了几个名字，不是太文雅就是太通俗了，有些好名字又似乎和她不相称。

最后老彭说："我想到了。'丹'是一个好字，那是你胎记的颜色，你名字就叫丹妮。"

"丹妮，丹妮。"梅玲说，"蛮好听的。"

于是第二天早上他们要玉梅叫她丹妮小姐，五天后他们到达上海，她开始以老彭的侄女——丹妮之名露面。

/ 拾 /

　　梅玲和老彭离开北平的那天早上，博雅醒来时，想起前一天晚上梅玲在分手时轻捏他的手，并悄声说"明天见"的甜蜜。她还叫他打她耳光，他想起来就好笑，觉得很有趣，就躺在床上回忆他们去老彭家途中在暗巷里的温存场面。突然他想起，在分手时她曾要他送毛衣和外套过去。于是他匆匆起身，走到罗娜的庭院去拿衣服。

　　但是当他抵达大门，就遇到老彭的用人，拿着梅玲前一晚带去的毯子。

　　"他们走了。"老用人轻声地说。

　　"谁走了？"博雅困惑不解地问。

　　"老爷和年轻小姐。用完早餐他们要我叫来两辆黄包车，说他们要出城去，老爷告诉我将毯子带来给你。"

　　博雅双手抓着老用人，仿佛要把他弄碎一样。

　　"这不关我的事。"用人缩开说，"我怎么知道出了什么事？"

　　"他们没有留个话？"博雅气冲冲地说。

"噢，有的。老爷说他们到上海和您碰头。那位小姐也这么说……"

"你怎么不早说呢？"博雅问道。

"少爷，您发火，不让我开口呀。"老用人若无其事地说。他说话慢条斯理的，使博雅很不耐烦。"噢，对了，老爷说他要走了，不知道去多久，叫我别告诉任何人。"他停顿咳嗽一下，接着说下去，"今天早上老爷很早出门，买了几根油条当早餐。小姐还在睡觉。少爷您若不见怪，我可要说现在的小姐可真能睡，太阳已经高高挂在西厢的屋顶上……"

"快说！"

"我不是正在说吗？我说到哪儿了……小姐还在睡，后来她起床，我端热水给她梳洗，所以我知道有什么事不对劲。"老用人说得更慢了，"我帮小姐摆上早餐，老爷已经用过了。这时候，有个人来找老爷，老爷到院子去见他……噢……"他提高音调，"如此而已。小姐还来不及吃早餐，老爷就要我叫辆车，他们就走了，就是这样。"

"那个人什么样子？"博雅问他。

"他穿着一件普通的蓝布衫，两人低声说话，他没进屋就走了。"

"但是你们老爷没说他们要怎样去上海，我们在哪里会面？"

"谁知道。"用人说，"他给了我一百块钱，说他不知道何日才能回来。"

博雅失去了耐心，暗怪用人太笨，抓起毯子就进屋去了。

他愈想愈不解。私奔是不可能的，天底下他最相信老彭，而梅玲头一天晚上还发誓爱他。那句"永远永远"还在耳边回响。他恢复了乐观，用手抚摸她触过的毯子，走到罗娜的庭院。

霎时他恢复了理智。老彭是游击队之友，他必定知道有人要搜查，所以逃走了。但是他们为何不来向他说一声呢？而且为什么梅玲要和他一道走呢？她为何不告而别，甚至不留一张字条？

他进屋找罗娜，平静地说："他们走了——梅玲和我的好友老彭。"

"去哪里？"罗娜问道。

"出城去了，到上海去。我不知道应作何感想。"

冯健和冯旦都在房内，对这消息十分激动。

"你们在玩什么名堂？"罗娜问道，"一定是你跟她说好的，你是骗不了我的。"

"我和你一样吃惊，我不知道出了什么事。那个笨用人问不出半点话来。"

"她的皮箱还在这儿呢。"罗娜说。

"不错，昨天晚上她还叫我送外套和毛衣去，他们一定是仓促成行的，是逃走——我想。"

"我觉得像私奔。"冯旦冷冷地说，露出一口白牙。

博雅没答话，冯健却说："不可能。她怎么会和一个老头子私奔呢？"

博雅突然站起身，叫罗娜把梅玲的箱子拿出来，他带着皮箱、外套和毛衣出去，一句话也不说。他径直走到前门车站。到了东四牌楼，他被中国警察拦住搜身，街上的日本兵也比平时多。他坐在黄包车上，打开漂亮的皮箱，仔细检查里面的东西。有的衣服——质料都很好——他看见她穿过，十分欣赏，还有几件贴身的内衣，但是既没首饰也没什么特殊之物。他找到一张梅玲十二岁时的照片，旁边的女人想必是她的母亲，照片后只写了"慈母"两个字。他的手指握住这曾属于爱人的东西。

到了车站，他在人群中徒然地找。一直到中午火车开了，他才黯然回家，一整天他都郁闷不乐。梅玲失踪，不跟他们去上海，凯男很高兴，但是她见丈夫如此激动，她不由说了些气话，两人又开始吵了。

直到第二天中午梅玲的信来了，博雅才放下心。

现在他急着离开北平，照原计划陪太太去上海，但罗娜和冯氏兄弟也想一同南下，却又下不了决心，因而耽搁下来。

五天后的下午，中国警察来搜捕梅玲。他们把天津警察的委任状和一份电报拿给博雅看。上面说："据说天津某要人的逃妾崔梅玲拐带丈夫的珠宝、现款潜逃。已证实她住在北平王府花园的姚家。应立刻加以逮捕，拘留审问。"

"你们一定弄错了，"博雅对警察说，"一定是同名同姓。前些日子确实有一位崔小姐住在我家，不过她在四五天前走了，你们可进来搜查。"

警察进来，果然没有搜到什么。但是博雅相信梅玲遭到了麻烦。他现在明白她反对将她的真名告诉日本军官，以及她那天晚上坚持要走的原因了。她突然随老彭逃走，理由很明显，听说她做过别人的姨太太，真是令他震惊。卷走珠宝现钞是逃妾最熟悉的罪名。但是不管她做了什么事，他仍然爱着她。

警察一来，冯舅公吓坏了，尽量想办法安抚他们。他们走后，他大发脾气，跑到罗娜的院子，用前所未有的态度对她说话，眼中充满怒火。

"你们这些年轻人！怎么会带一个下流女子、一个逃妾到我家来呢？如果在这儿被捕，我们就犯了窝藏逃犯的罪名。现在是和警方纠缠的时候吗？我已够烦了。我想做忠顺良民，你们却把娼妓带到我家。"

"爸，你不能即下断语。"罗娜用冷冰冰的语调说，"我的朋友不见得就是他们要找的梅玲。就算是她，未始不是别人诬告她的。我们能相信天津自卫队的警察吗？"她的声音愈来愈大，"她是我的老朋友，我碰见她的时候，她一个人在这座城市里。我们这边房间很多，我如果不能请自己朋友来做客，我可以回娘家去。"

她走出客厅，进入卧室，趴在床上大哭起来。

冯舅公很伤心。他转身对儿子说："你能怪我担心吗？要不是我对警方说了这么多好话，我们也许还有麻烦哩。你进去叫你媳妇静下来，我不是有心冒犯她。"

意外事件过去了，没有人再提梅玲的名字。博雅本想多问罗娜一些梅玲的事情，但是他内心是忠实于她的，又不甘愿向别人打听心上人的资料。他要到上海见梅玲，要她亲口说出她的身世。

这时消息传来说，中国战线快要溃败了，谁也不知道上海会有什么事发生。罗娜拿不定主意走。冯舅公希望子女留在家中。

"上海很危险。"他对他们说，"昨天报上说，国际区内有六个中国人被炸死，还有三个外国人和许多中国人受伤。孩子，我希望你们留在这里，至少这儿安全，我们不会被炸死。我不许你们去冒险，让他们去试试是否安全。让博雅夫妇先走，如果安全，你们以后再走。"

博雅听到这个决定，心里很欢欣。但是一切等待却漫无目的，船票又难买。因此，又过了两个星期他们夫妇才到上海。

日本人的进攻最后终于失败，闸北附近两个半月的战斗证明他们是白费力气。这不合乎一切军事原则。根据一切战争法则，钢铁和血肉对阵，血肉应该会逃走。掌握空军、超级坦克、超级枪炮，尤其是海军大炮的一方，毫无疑问应赢得胜利，但是这一仗打了十多个星期，中国战线还坚守着。日本人开始抱怨中国人用"不公平"的自杀战术。这是一位日本军官气冲冲宣布的。"根据一切战争手册，"他说，"中国人已经败了，他们却不知道。"

基于这两个半月的经验，日本人首次启用第一次世界大战中出名的"无声弹幕"老伎俩。这次对准中国战线中心的大场，如果他们能攻出一个缺口，中国人在江湾和闸北的右翼就被切断了。炮弹一寸寸摧毁中国的防线，日本人占领了郊区的村落。大场的中国司令自知责任重大，必须不顾一切坚守，最后中方所有壕沟和防御工事都被夷成平地，士兵都坚守至死，一营营遭到敌人突破。这是整个抗战中流血最多的战役，双方损失都很大。

老彭和梅玲——现在是丹妮了——就在这场战火中到达此地。

丹妮不愿被人看见，他们就在远离战火的外国区艾道尔第七街上找到了一家小旅馆，他们只租到一间房间。

第二天他们到柏林敦旅社找博雅的亲戚留话。那间旅社位于包柏灵威尔路，是一流的旅店，是一个中国人向外国店东买下来的。房客大多是中国人，也有少数外国客人。旅店沿用外国旅馆的规则，服务生都穿白色，像中国的丧服一样。

老彭和丹妮进去找博雅的叔叔阿非。老彭仍穿着旧棉袍和那双没有擦油的皮鞋，脚跟又宽又低，门童差一点拦住他，但看见他旁边有一个美丽摩登的小姐，这才让他们进去。服务台边的职员用电话通知了房客，他们就上了三楼。

阿非不在，他太太宝芬在房里，和木兰的嫂嫂暗香在一起。暗香的两个女儿也在，正和宝芬的两个女儿玩得起劲呢。

老彭在门口自我介绍：“我是姚博雅先生的朋友，我刚从北平来。”

宝芬叫客人进屋：“阿非不在家，我是他太太。这是曾太太，我的表嫂，经亚的太太。我猜你听过我们的名字。”

“这是我侄女丹妮。”老彭说。

然后宝芬介绍她十四岁和十二岁的女儿银红、银珠，以及经亚的女儿：十五岁的婉若和八岁的婉珍。

丹妮很兴奋。她看过罗娜的家庭相簿，也听说博雅有很多迷人的姑婶。宝芬的美貌、衣着和仪态有些吓住了她，但是暗香穿得很朴素，具有一种单纯的气质，显得和蔼可亲。

“我曾在北平做过罗娜的客人，”丹妮说，“听她提到所有迷人的亲友。”

婉若是四个孩子中最活泼的一个，她连忙和妹妹婉珍冲进隔壁房间，激动地对父亲曾经亚和哥哥宛平大叫：“北平家乡有位朋友来，爸爸。”

"还有一个小姐，"婉珍说，"她有一头漂亮的鬈发，说话声音很好听。"

经亚正在教儿子中文。宛平今年十八岁，是一个谨慎、聪明的少年，他帮家里管账。孩子们拖着父亲进屋，等大人介绍。丹妮喜欢这些孩子。他们都很漂亮，宝芬的女儿继承了母亲的容貌，但是婉若活泼顽皮，最吸引丹妮的注意。孩子们的出现立刻带来了快乐、舒适的家庭气氛，那是她梦寐以求的。

当老彭和大家谈话时，丹妮开始和女孩们聊天。婉若起先很害羞，只回答她的问题。但是她一直崇拜美女，于是自言自语说："是宝芬舅妈漂亮呢？还是这位新来的小姐？谁是第一？"因为她心里早就把宝芬列为第一，木兰第二，尚未决定谁是第三，有时为了忠心而把母亲列为第三，暗香却说她不配。现在她的排名全乱了。她一直盯着丹妮，最后她鼓起勇气，问起她们此行的经过，于是丹妮有机会开始描述河西务的战争和响尾蛇的故事。

小孩充满敬畏。"响尾蛇是什么？"他们问道。

"咝——咝——咝！它的尾巴先响几下再攻击呀！"丹妮挥了一下手臂说。

这个声音和手势太精彩了，大家的谈话都停下来，丹妮告诉孩子这段刺激的经过，其他的人也注意听。午夜的毛毛雨……黑庙的聚会……响尾蛇临行的歌声……黎明伤者回来，以及外面妇女哀悼死者的哭声，这些意象营造了某种强烈而无法磨灭的印象，只有年轻的心灵才能接受。

"咝……咝……咝！再说一遍。"小婉珍说。

"咝……咝……咝！"丹妮又用同样的手势再比一遍。

大家都笑出声，现在孩子们和丹妮混熟了。

小婉珍望着她颈上的红胎记。

"这是什么？"她问道，"我能碰一下吗？"

"当然可以。"丹妮说道，俯身让婉珍一次又一次好奇地摸着。

"你摸摸看。"她对姊姊说。婉若也很想摸，又有点怕。

"不要没礼貌。"暗香说着。于是婉若没有摸，但是那天晚上她躺在床上，心里非常后悔。

老彭若是说出博雅和丹妮计划在上海见面，或是说他俩的关系，都不合适。他宁可说他和博雅打算一起南下，但是城中情势突然紧张，他们就分散了，他说他急着离开上海，等见过博雅就走。于是他要经亚把他在张华山旅社的地址交给博雅，但请他别告诉别人。

回到旅社，老彭和丹妮一心等博雅来。全国各地有钱的难民均涌向国际区和法租界，尤其是艾道尔第七街，就连张华山这种廉价的旅社也客满了，包袱和皮箱一直堆到天花板上，就连走廊尾端也租给人当卧铺。外面艾道尔第七街的人行道则充当了穷难民生活和睡觉的场所。

老彭在街上乱逛，到廉价饭店和路边小摊吃三餐。难民的处境堪怜。日本兵已攻破大场，战争期间一直守在家园的村民现在涌入外国区，不知道该上哪儿好。男男女女宁可冒着被机枪扫射的危险，越过杰士菲桥和马克汉路，而不愿在侵略者的通道上等死。长长的艾道尔第七街人行道很宽，吸引了这群人。丹妮以前常陪母亲去的"大世界娱乐中心"已变成大难民营，连水泥台阶都充作睡觉的地方。找不到住处的人还在附近游荡，希望能分到难民厨房的施粥。

丹妮尽量不出门，她由旅社窗口看那些悲惨的民众，学着用老彭的眼光来观察。他每次回来，总不忘记带馒头。丹妮看他回来，发现他总是将馒头分给难民，他们会为馒头打架，老彭只好奔逃脱身，气喘吁吁地回到房里。

"总是强壮的人抢到，"他气冲冲地说，"弱小的人没有半点机会。有一个妇人带着一个瘦巴巴的孩子——他们快饿死了。"

"我能不能拿东西给他们吃？"丹妮问道。

"你会被人踩死。玉梅，你比较壮，把这一块钱拿去，到转角的小店去买一块钱馒头——最便宜的。把篮子和毛巾带去，小心盖好带回来。避开群众，赶快由边门溜进旅馆。"

玉梅带回一篮馒头，老彭就拿出毛巾，包了十二个，藏在他的长袍下。

丹妮和玉梅在窗口张望，看见老彭沿街走去，避开人行道，走了一段路，再转向那个女人和三个病童呆坐的地方。他偷偷地把馒头迅速倒在女人的膝盖上，转身就跑。

一场战斗开始了。有些难民追赶老彭，有些人看到母子身上的十二个馒头。那个女子被人推来挤去，却以母狮的毅力抓紧馒头，孩子们也尖叫奋战着，最后丹妮看到那个女子保住了三四个馒头，其他的被人抢走了。

"哦，她有没有拿到？"老彭气喘吁吁进门说。

"拿到了几个。"丹妮说。

第二天，丹妮下去叫那个女子到旅舍的边门来，但是要和她隔一段距离。

女人进屋，只穿一件不到膝盖的破单衣。她认出老彭，拜倒在地。大家扶她起来，拿出一篮馒头。

"尽量吃。"老彭说。

女人双手颤抖，伸向馒头堆。

"不用急，"老彭说，"坐下吧。"

他先将其他馒头拿走，逼她坐下。然后倒一杯茶给她。

"噢，我不敢当。"老妇人说，"我的孩子……"

"先别管你的孩子，你先吃。"

"她病了。"丹妮说。

"病了？"老彭吼道，"她饿坏了，就是这么回事。等她吃饱就没事啦。你不明白饥饿的滋味吧！"他声音突然又柔下来，"不错，只是饿坏了。"

"是的，只是饿坏了。"那个女人也呆呆地重复说。

她吃饱了，大家送她出门，要她把孩子送上来，丹妮会在边门等他们。

他们每天这样做，老彭也用同样的方式接济别人，难民都不知道别人吃过了，也不知救命恩人是谁。

丹妮每天盼博雅来，仅三天就不耐烦了，催老彭再去看他的亲戚。但是老彭说，博雅一来，知道了地址，一定会赶来看她的。

这时候全上海都被孤军营英勇抗敌的行为感动了。虽然中国军撤出了闸北，日本人已占领该区，第八十八师的五百多位弟兄在谢团长指挥下仍坚守在苏州河北岸的四行仓库。英军和美军当局再三允诺让他们到国际区避难，叫他们解除武装渡河，这一群勇士却坚守下去。日本人投手榴弹进屋，孤军营就由窗口伏击日本兵。那是一栋钢筋混凝土的建筑，又在闹市区，难以使用大炮轰击，日本人在附近屋顶上架起枪支，以便对它开火。

群众由河岸的国际区这边观察双方开火的情况，丹妮也和玉梅一起去看，正好看到一位中国女孩在枪林弹雨中沿河游去，把一面中国国旗送给孤军营。少女回来的时候，旁观者呼声响彻云霄。国旗升上了仓库的屋顶，在蓝天中随风飘扬。一丝阳光穿透云层，在红底蓝徽上映出一道金光，正象征着中国人民辉煌的勇气。丹妮不觉流出泪来。

她被这面国旗感动，为戴钢盔的中国狙击手和黑裙棕衣的女童军感动，内心颇为同胞而骄傲，她庆幸自己逃出天津和北平。她比过去更爱中国了。

博雅还没到，老彭也不耐烦了，距他们上次去柏林敦旅社，已经过了七天。他们自感和经亚、阿非他们不太熟，不好意思再打扰，但是老彭还是打了个电话过去。

"不，博雅还没回来。"他得到这样的回复。

第二天他们又去找阿非，建议他们拍一份电报，那是十月三十日。阿非答应拍电报，但是当时军事电信优先，一般电报则要等好多天。

丹妮每一小时都在等回音。这几天下大雨，街上一片惨状，难民来回奔跑找栖身之处，也有人站在外头淋雨，使他们心情更糟。第四天北平拍来一份电报，说博雅夫妇在七日成行，十二日或十三日到上海，船期根本不确定。

上海战况改变了。经过七十六天的英勇抵抗，中国军队已在二十七日放弃闸北。第二天早上敌人发现闸北一片火海，战线已经转移至西郊。

但是十一月五日，日本兵在杭州湾的乍埔登陆，眼看就要切断铁路以及中国军在杭州的右翼。日本兵向淞江进发。中国人必须建立新战线，向太湖四周延伸八十五里。到南京的交通更困难了。

老彭不知道如何是好。若他等到博雅来，或许内地的交通已全然断绝，只能迁回走南部，那对老彭的生活水准来说又嫌太贵了。战局移向内地，他不想留在上海。

战争确实会带来奇妙的改变。由于打仗，丹妮才离开天津舒适的生活，与老彭、玉梅凑在一起，而几周前他们还是互不相识的陌生人呢。老彭越看丹妮，愈觉得她可成为博雅的好妻子。她具有贤妻良母的一切优点，她干涉他个人习惯的态度更显得她是一个正常的女子。她爱整洁，连同玉梅把他们的小房间弄得清爽宜人，与外边紊乱的环境成为对比。她们以主妇的智慧，将小东西塞起来，将包裹收好，沙发永远干干净净，他忘记盖的热水瓶，丹妮总是把它盖好。他一直相信她具有温暖和热情的本性，可当博雅的好情人。她说要和博雅找一个地方同住下来，两人遗世独立，语调中充满热情，可见她是一位理想主义者。不过若是热水瓶始终敞着，或开罐器放错地方，那么世间一切理想主义都没有用处。

他们只有一间两张床的小房间。女人全赖床帘来遮掩自己，但是旅社为求通风都用现代松松的床帘，作用不大。只有晚上才互不相见，他们总是熄了灯才脱衣服。最窘的是玉梅。

白天老彭常出去，在街上瞎逛。他对衣食并不注重，他的原则是饿了才吃，因为肚子不按时饿，三餐就没有规律。有时他很晚才回家，丹妮问他吃过没，他说吃过了，半小时后肚子饿了，才想起来还没吃晚餐呢。

他只有早餐较定时，丹妮劝他每天早上要喝一杯牛奶，并亲自看他喝下去。他老是嘲笑都市的奢侈，厌恶现代生活的夸张，但是他曾计划要开乳酪场，又读过不少资料，对牛奶颇有信心，所以他早餐时桌上少不了牛奶。

"别忘了喝牛奶，"丹妮常说，"我们不知你一天吃什么。"

老彭大笑："我一天吃什么？别傻了。我们吃得太多啦。一般人和乞丐的孩子吃什么？我们的生活都不对。你若做粗活，干得真饿了才吃，你什么都吃，食物也轻易消化进身体……"

但丹妮只关心他的福利，使他很感动。丹妮常常用天真而尊敬的方式，要他明白早饭后要用热毛巾擦脸，又叫他站直，出门前要先刷刷长袍。

"你怎么不戴我给你买的新帽子呢？"

"我从来不戴帽子。"

"但是也许会下雨，你会感冒的。"

"别担心。我没有帽子还不是活了一辈子。"老彭不戴帽子就出去了。

"他好固执。"丹妮说。

不过事实上老彭已开始习惯他所谓的女人的"暴政"。丹妮经常清理烟灰缸，这对他是一种沉默的谴责。两位女士也把替他整理床铺视为是她们的天职。她们负责洗衣服，每天早晨都向他要手帕。头几天老彭说他会自己洗，但丹妮说这是女人的工作。

"我们年轻，你应该被服侍。"她补充说。

老彭很高兴有人尊敬他年长，于是由长袍口袋里掏出脏手帕来。

"只闻他的手帕，就知道他头一天吃的什么。"丹妮对玉梅笑着说，"昨天他吃油条和烧饼——有油条味，前天吃粽子有糯米粘在上面。"

"他是一个好人。"玉梅说。

"是啊，但很固执。我硬是没法叫他去理发。"

"你俩是好人。"玉梅说，"我真有福气碰到你们，你应该嫁一个好丈夫。"

"你马上就会看到他了。"丹妮微笑着说。

"他很俊——又很有钱？"玉梅说道。

玉梅对她的婚事这么关心，不禁令丹妮觉得好玩。玉梅是一位健壮的姑娘，肤色健康，当她谈到婚姻时，两颊要比以往更圆更红了，她的眼睛也眯起来了。丹妮为了不使她多想，再次保证她将生的孩子是中国人，她就不再担心了。丹妮花了两三元买鞋袜送给她，一时慷慨又给她买了一件新衣服。玉梅生活在从未有过的奢华当中，她对丹妮的用品却非常好奇——她的面霜、现代胭脂，还有一件她初次看到感到非常困惑的东西——奶罩。

"这是干什么的？"她问道。

丹妮解释得很详细："中国妇女多年来都像你一样，将身子缠紧，不让胸部露出来。"

"是啊！"玉梅说，"我娘说我们应该如此。"

"但是现在在流行把胸部挺出来，又高又尖。"看到玉梅注目的眼神，她迟疑了半晌，"男人似乎喜欢我们这样，"她大胆地说下去，"所以我们就戴奶罩。"她有些词穷地说。

"这真羞死人了。"玉梅大声尖叫，她满脸通红，似乎羞愧欲死，"小姐，你是一个正经人哪。"

丹妮笑笑："就连都市里的淑女们现在也都穿呀。"

丹妮正在洗奶罩，洗完交给玉梅拿到火炉上去烘。玉梅接过来，当作是最邪恶的东西，不安地看着。

"我们不能让他看见。"玉梅道。

那天下午大雨倾盆，老彭到伤兵疗伤的小佛庙去帮忙。战事此刻已转到上海西郊，连和尚都组织救护队自战场上抬回伤兵。老彭下午回家，头发和衣服都湿透了。

"衣服都湿透了，脱下来我替你烘干。"丹妮道，"坐在火边，以免得重感冒。"

她拉来一张椅子，奶罩还挂在椅背上。玉梅连忙抓起来，匆匆塞在枕头下。"该死！"她自言自语。

老彭脱下长袍，丹妮摸了摸，发现雨水渗到了夹棉里。她拿一条毛巾，要他把头发擦干，看他用洗脸毛巾擦脚，不觉吓了一跳。

"你要上床暖一暖。"她说。

他乖乖上床，她替他塞好棉被。

"等雨停了，我就要走了。"他几乎是在自言自语。

"你不等博雅吗？"丹妮惊讶地说。

老彭似乎猜透她的心思，他慢慢地说："你留在这儿等他，我不想困在上海，我在走之前会去看他的亲戚，并要他来时务必和你联络。你和玉梅留在这儿，不会出事的。我会在汉口和你们碰面。"

丹妮知道老彭带她来上海，已经离开了原有路线，因此也不愿再进一步麻烦他。

雨还在下，街上的难民都失踪了，只有少数人在徘徊，无处可去，街道上都是湿的。老彭下床，站在窗前俯视着下面的大道，陷入回忆中。

雨水打在窗框上，偶尔街车电线的火花会在他脸上映出紫色光芒，间或传来喇叭声。

"一个干爽的床铺。"他叹口气对自己说，然后转身回到床上。女士们等他静下来，才解衣就寝。

午夜里，丹妮被臭虫骚扰，她偷偷起床找手电筒。声音吵醒了老彭，他本来就睡得不沉。

"怎么啦？"他问。

"臭虫。"她回答。

"开灯吧。用手电筒找不到的。"

"我怕灯火会打扰你。"

"别介意，我也醒了。"

她起身点了根烟，穿上夹袍滑下床，坐在沙发上。

"我想跟你谈。"她说。她的双脚用一件毛衣遮盖住。

"你最好上床吧，不然你会受寒的。炉子已经熄了。"

"我想到一个办法啦！"她说，"我今晚可睡沙发。"

她再度跳起身来，把被子和枕头移到沙发上。玉梅在床上翻身说："怎么回事？"

"我要睡沙发，你睡你的。"

她躺在沙发上，盖好棉被。身上仍穿着夹袍，没扣扣子，把枕头靠起半躺着，这样可舒适地和老彭谈话。

"你真的要走，不等他了？"她问道。

"是的。到汉口的铁路已中断了。多延误一天，就愈不容易走了。"

"你答应我要向博雅解释的。"她说。

"我很高兴为你做这件事，"他慢慢地说，"但是你能把告诉我的一切，也原原本本告诉他呀。你可以说得比我更清楚，我了解博雅，他会谅解的。"

"你可能不知道我害怕的原因。我想你从未恋爱过。"

"我不知道。博雅是一个了不起的人，他不甘寂寞和虚度光阴。他需要你这样的妻子与他共相厮守，他会快乐……你留在这儿，有机会时就去汉口。我能否问你一件事？"

"什么？"

"我曾仔细察看你，你是博雅的好女人，如果你俩一块儿走，你有没想过你要做什么？"

"我从没想过这一点。"

"为别人做点事，而不是为你自己。博雅很富有，可帮助战争的受难者、穷苦及无家可归的人——你会赞成博雅这样做吧？"

"当然。我想我的生活太自私了，不过我从未有机会这样做呀。"

老彭慈爱地抬头说："博雅婚姻不幸福，因此对自己和一切都不满意。他告诉我他无法想象他太太会随他去内地。你知道我一向不同情自私的富人。说到他太太，这一点就够了。博雅的问题就是他的婚姻。"

"你认为我可以帮助他？"丹妮问道。

"我是这么认为，他需要你这种人，你可使他快乐。别忘记他很有钱，我相信你会帮他把钱花在正道上，来帮助他人——这是富人花钱唯一的正道。"

"噢！我答应。"她大声叫着，"再没有比这更好的了，那将是我理想的生活。"她的声音充满热诚，老彭很高兴。

"来，手伸过来。"老彭说。她由沙发上起身，伸出手去给老彭握住。

"我答应。"她又说一遍，坐在他的床边上。

他握住她的小手："你的脚会着凉的，把脚放在这儿。"他换一下睡姿，她就把腿伸到他的棉被下面。

"你知道我是在帮一个女人抢别人的丈夫，"他说，"我为什么要这么做？老实说，是为了民众。博雅是一个很不平凡的人，我看过太多，知道女人可造就男人，也可毁灭男人。女人不是块宝，就是垃圾。你会使他幸福的，你会造就他的。"

"你能确定吗？彭大叔。"丹妮颤抖地说。

"我能确定。"他回答说，"但是男女之间的爱情若非建立在爱人和助人的基础上，就是自私的。丹妮，你已见过街上的难民，将他们乘上几千万倍，你就知道内地发生的情况了。这是有钱人最好的机会。有东西吃有地方住——这是无家可归的人最大的愿望。一个干燥温暖的床，还有什么比这更简单的？但是给他们这些——便是至高的幸福。"

老彭说得很热切，声音平静而诚恳，丹妮深深地感动了。

"大叔，你教了我许多以前我不知道的事。我只想到自己，你真叫我惭愧。"

"我没看错你。"他说。

"我们去内地怎么找你呢？"

"我要和难民沿河上行。我只能给你充福钱庄的地址，他们会帮我转信的。现在上床吧，你不去想臭虫，臭虫就不会打扰你了。"

"我现在不在乎臭虫了。"她高兴地说。

丹妮转身熄了灯，摸回沙发上。她听到他在暗处拍被子。

"彭大叔。"过了一会儿，她说。

"现在别说话。"

"我太高兴了，你有没有在庙里祷告过？"

"我从来不祷告。"

"我希望你为我祷告。你让我觉得，我是世界上最幸福的女子。"

"菩萨会保佑你的。现在睡吧。"

/ 拾壹 /

　　老彭十一月八日前往南京，次日中国军队就全部撤出了上海西郊。丹妮和玉梅在旅社送他，答应与他将来在汉口会晤。丹妮要他写信，他答应了，但不知信如何能寄达上海。老彭看来心情沉重，他尽量露出笑容，反复轻声地说："没关系！我们会在汉口见面——在汉口。"天空已放晴了，丹妮和玉梅站在旅社门口和他告别，直到看不见他蓬松的头和略驼的身子。看到这位中年人独自离去，毅然奔赴战区，两人都很感动，特别是想到他去的原因，就更加佩服。他走了以后，丹妮才知道自己已经习惯于和他在一起了。

　　一星期后，博雅夫妇抵达上海。凯男的双亲住在佛奇街附近的一条小巷里，算是中等阶级的舒适房子。那是一栋灰砖色的建筑物，内有一个水泥铺设的阳台，外表令人难以置信地丑陋。房子太接近，二十户人家住在一英亩的街巷里。上海大多数有钱的保守人家都是这么住，宁愿周遭挤满邻居，好有安全感，也不愿意住市郊较为诗意而不很安全的地方。房内的陈列很舒服，因为凯男时常寄钱回家。博雅获得了阔女婿应有的一切礼遇，凯男的母亲夏老夫人把三楼最好的南厢房给女儿女婿住。博雅本来想住旅馆，但是看太太娘家人如此费心，就决定在这里暂住几天。

夏老夫人对他非常热忱："博雅，我们已三年没见了，可别说我的房子不配你住。当然喽，这儿可比不上你们北平大宅……"

"好，我住下来，妈。"他回答说。

那天下午他陪凯男到柏林敦旅社去探亲人。

亲人见面通常是一阵欢喜。经亚和阿非两家人同聚在一个房间里，向博雅探询北平的情形。三个女人同时说话，声音又快又急，大家都一面听一面讲。这种交谈如同网球选手赛前做热身运动一样，双方同时发球，每个人都高兴有舒活筋骨的机会，管不了到底对方的球落在哪里。原则是不断地活动，而非合理的竞赛。不管谁在说，都是一连串话语穿透房间，若有时间听到相反的声浪，得第二次反弹回来才捕捉得到。

"是呀。"暗香说，不知"是呀"是新话题的开始，还是前一话题的延续，"你们没见到我们眼看的情景。我们上岸的时候，河岸两旁都是炮声，天空布满黑烟……婉若，让妈说嘛，只有年轻人不害怕。宛平看到他表哥走，也想去从军。两个月前木兰和莫愁都在这儿，亲自送孝夫和阿通上前线。他父亲死命地阻挡他跟他们去……他才十八岁。你看他衣服都穿不上了，他已开始帮他爹管账……"

阿非建议男士们去经亚房内："到那边我们才好说话，你们不觉得吗？"

经亚穿着简便的长袍。他要博雅坐扶手椅，自己则笔直地坐在书桌前的一张椅子上。

阿非坐在床边说："记得你的老朋友彭先生吧？"

"记得呀，他在哪儿？"博雅急切地问。

"他上个星期来过，留话儿说他要尽快去南京。他说他侄女在这儿，还留下她的地址。你该去看看她，或是打个电话。她住在张华山旅社，是位很美的小姐，她的名字好像是叫丹妮。"

"丹妮？"博雅惊讶地问。

"是呀，丹妮。"

"她长得是什么模样？"

"很迷人，很风趣，小孩子都喜欢她。她说她曾住过我们家，受过罗娜的招待。"

"我知道了。"博雅笑容满面地说，"住过我们家的女子——你说的彭先生的侄女——名叫梅玲。但我相信你说的是同一个人。一切都很神秘。她计划跟我们南下，后来她又改变主意，跟彭先生走了。她和日本人有点牵连，不过我压根儿不信。我有些为她担心，我得去看看她，打听彭先生是怎么走的。"

他们谈了几件生意上的事情，博雅就起身告辞。

"对了，"他对阿非说，"凯男很不喜欢她。我会回来吃晚饭，但是可别告诉凯男我去哪儿，好吗？"

阿非看着他笑了笑。

在另一个房间里，男人们才走五分钟，凯男就起劲地描述起梅玲惊人的往事。

"你们知不知道我们差点和警察惹上麻烦？九月时罗娜舅妈请一位朋友来家住。她很神秘，住了好久还不走。她叫梅玲，她要和我们一道来上海，谁也没法叫她或罗娜舅妈说出她的身世。冯健迷恋她，我看出博雅也同她眉目传情，你们知道他对女人的态度。她很漂亮，有双乌黑深邃的眸子，人又活泼，颈子上有颗红痣。"

"咦，那是彭小姐嘛！"婉若说。

"什么彭小姐？"凯男问她，"你们看到她了？"

"我们都看到了呀。"其他小孩都大叫道。

"她是响尾蛇小姐。咝——咝——咝！"银珠说。

"让大人讲，"暗香骂孩子道，"那是彭小姐，我敢确定。孩子们，她叫什么名字呀？"

"丹妮。"婉若说。

"什么丹妮，她是崔梅玲。我不是说她是个神秘的女人吗？她是一个逃妾，警察正在找她。"凯男故意压低声音，并特别强调"逃妾"二字。

"但她是位好可爱的小姐呢！"婉若插嘴说。

凯男继续绘声绘影地说下去："原来她改了名哪！她走没几天，警察到我们家来抓她。他们拿出一份天津拍来的电报，说她席卷丈夫的珠宝和钞票，我忘了是多少万。幸好当时她不在，不然我们会在警局惹下麻烦。你们看，和这种女人交往可真危险。谁都能看出她是那种女人——不像良家妇女。我告诉你们，她并非彭先生的侄女。日本人搜我们家的时候，她吓坏了，当晚就逃到彭先生家去。"

"噢！"宝芬对这段闲谈听得入神。

"反正我喜欢她。"婉若热切地辩解着。

"妈，"小婉珍问道，"警察为什么要找那个说咝咝的小姐嘛？"

"她告诉我们，她和游击队在一起过，还打过日本人。"银红说。

"她怎么会是坏女人呢？"婉若抗议说。

"我不晓得那种女人有过何种经历。"凯男说，"她还在这儿？"

"我不知道，"宝芬说，"听外子说彭先生已经走了。"

这时候阿非和经亚回来，看到女人们正谈得起劲。

"彭先生不是来道别，说他要去南京吗？"宝芬问她丈夫。

"是啊，他一星期前就走了。"

"那他侄女还在不在？"

"啊，你们是在谈她呀！她还在这儿。"

"她住在哪里？"凯男问道。

阿非看看她说："我不知道……当然啦，你一定要留下和我们一起吃饭。博雅出去办点事，马上就回来。"

博雅急着要见丹妮，就搭计程车到她的旅馆。前台的服务生告诉他，彭先生已走了，但是家人还在。他上楼敲门，心中狂跳不已。

玉梅来开门。

"我要见——呃——彭小姐。"博雅说。

"她不在。"玉梅砰的一声关上了门。

随即门突然又开了。"不过你是小姐的朋友，对不对？"玉梅激动地道歉说，"请进，她这些天一直在盼着你，等你。"

"你是谁？"博雅问她。

"我和她住在一起，我叫玉梅。请坐。小姐看到你，一定很高兴。"

"她上哪儿去了？"博雅问。

"她出去散步去了。"

玉梅给他敬烟倒茶，他瞧不出她的身份，只看出她是乡下姑娘。

"你和她住多久了？"

"我们从北平时就一路在一起。"

她跑到窗前看丹妮回来没有，然后又返身站在博雅面前，红红的脸上挂着微笑。

"你是北平来的？"她说。

"当然。"

"你是彭先生的亲戚？"

"不是，怎么？"博雅觉得挺有趣的。

"彭先生带小姐南下，不是为你吗？"

"你怎么这么想？"

"哦，小姐说她不是彭先生的亲人，我不懂，那他一定是你的亲戚。

那位彭先生真是好人。"

博雅对她的问话颇不耐烦，但是她继续说下去，他开始感兴趣了。
"从我们来后，"她继续说，"小姐每天都在等你的消息。我听他们说话，
就在心里幻想着哪一位少爷有福气结识了这么漂亮的小姐。"

"哦，你失望了？"

"什么！你们真是天生的一对。她嫁你这样的少爷，也有福气。你
是不是政府官员？"

"不是。"

"小姐说你很有钱，住在一座大花园里。"

"哦！只说这个？"

"嗯，你一定很有钱，没有钱的人怎么会娶她这样漂亮的小姐呢？
什么时候成亲？"

博雅不太高兴，就没搭腔。玉梅有点不好意思，就走到窗口去等
丹妮。突然她听出走廊上是丹妮的脚步声，连忙跑去开门。

丹妮进来一看到博雅站在面前，把手上的包裹抛在地上说："噢，
博雅，你来了！"

"莲儿！"

他们相互拥吻，玉梅满面羞红，笑眯眯的。

"她是谁？"博雅问道。

"一个逃难的女孩子，我在西山碰到她。"丹妮说着，抓紧博雅的手，
拉他一起坐在沙发上。

"我等你真要等死了。"她说，"你住在哪儿？"

"我太太娘家。"

玉梅吃惊地叫了一声，博雅看了她一眼。丹妮说："玉梅，你出去
逛一个钟头，我有话跟姚少爷说。"玉梅红着脸走开了，显得颇为失望。

他们静静地注视着对方的眼睛，立刻感到长期的相思终于得到了

回报。

"噢，博雅，终于见面了！你没把我忘了吧？"

"怎么会呢？"

"一分钟也没忘？"

"一分钟也没有。"

她再度吻他："你瘦了。"

"真的？告诉我老彭是怎么回事？"

"他上个星期上南京去了……哦，别谈他，只谈我们自己。现在开始好吗？我再也不和你分开了。"她靠近他，对他，也是对自己说，"彭大叔告诉我，我们可以过一种理想的生活。我们到内地去，跟他合作救难民。这是他现在要做的事。他说与你谈过了……我们要找个地方——没有人认识我们，我们也不管别人怎么说……"

"原来你已和老彭计划好了。"

"是的。他说你同意他的做法，他说你很有钱，能帮助贫民及无家可归的人。那不是很快乐的生活吗？你有多少钱？"

博雅最讨厌人家说他有钱，半小时内他已听到两次了。

"你为什么要打听这个呢？"他面无表情地说。

"我以前没想过这些，但是彭大叔扩大了我的视野。钱能做许多善事——帮助人。我看到这儿难民的惨状，真可怕。"

"你说要谈我们自己，现在你谈的却是难民。"

"我是告诉你我们共同生活会是什么景况，那是老彭的主意。我们要到自己喜欢的地方——只有你、我和老彭。"

"你想得太远了。"博雅略显冷淡地说。

"你不赞成？"

"我当然赞成，只是……一切并非如此简单。你真让我吓一跳……莲儿，你为什么要改名丹妮呢？"

"为了安全。我告诉你我怕日本人。"

"我正要问你。你肯不肯老实告诉我呢？"

"好的。"丹妮颤抖着说。她怕的就是她不得不说出身世的一天。她早就对自己说，她能告诉彭大叔，也能告诉他。但是灯光得柔和些，气氛得恰当些。如今他开口问，她心里就害怕了。

"莲儿，老实对我说。你当过别人的姨太太？"

她望着他忧郁的面容，迟疑了一会儿才说："是的。"

"你真的……，"他无法正视她，只好垂下眼睑，"和报告中说的一样——卷走珠宝和现金？"

丹妮生气了："当然不是，你相信我会这样？"

"别生气嘛，"博雅不安地说下去，"我自己是从未信过。"

"是的，是的！"丹妮大叫道，"我逃了……我是一个姘妇……我告诉过你，女人所做的事永远都是错的……现在你居然相信了！"她泣不成声，"我想告诉你一切经过，但找不着机会。"

他从没看她哭过，说也奇怪，他并不喜欢她哭。他爱她，但是她的泪水令他心烦，因为她一哭就无法澄清他心中的疑问了。

"莲儿，"他柔声说，"别哭……我全心爱你！但你得冷静下来说话……"

她仍哭个不停："报上说我卷走珠宝和现钞……你居然相信了……"

博雅俯身吻她。他知道和一个哭哭啼啼的女人辩论是没有用的，最佳的对策就是香吻与爱心。

"莲儿，你一定得听我说……不管别人怎么说，不管你以前做了些什么，我全不在乎。我爱你，来，抬起头看我。"

她抬起眼睛，用手去揉。她觉得自己做了一个坏的开始。她曾将自己身世原原本本地告诉彭大叔，却想不起是如何说的。博雅要她解释，他的态度令人生气，更令她失却信心。但是她能向老彭倾诉，在博雅面前却不行，主要的原因是她不在乎老彭对她的观感。她本就打算说："博雅，我不能嫁你。"那么她立场就坚强多了。但是她说不出口，因为这不是真心话。她想象自己把讲了一半的故事接下去——她就是这样告诉彭大叔的。但她不知道一个人在讲身世之时，听者与说者同样重要。老彭给了她自信心，博雅却不然。她早就感到她能向彭大叔坦承一切，他定会谅解的。因此她现在只向博雅说："你从哪儿听说我是逃妾的？"

"我正要告诉你，但你不给我机会。你走后五天，警察带委托状来抓你，指名找崔梅玲。他们拿出一份天津自卫队拍的电报。"

丹妮插嘴说："你不能相信天津的警察——他们都是汉奸和日本人的走狗。就算日本人要抓我，难道我就有多坏吗？"

"莲儿，我说过我不相信那些话，我只关心你的安全。事实上警方真的在找你。我知道这事，就替你担心——不是我相信他们，所以我才想问你。我想知道要如何帮你。我要你亲口说出一切，你明白吗？我的傻丫头。"

博雅的语气很温柔。他像从前在北平一样叫她"傻丫头"，她很高兴，终于笑了。

"你不能怀疑我对你的爱。"他又说。

"不会，博雅，我们不能互相猜忌。"她说，"我会告诉你一切。还记得你带我到彭大叔家那晚，我们在黑巷中发誓要永远相爱吗？"

"嗯，我记得。你还要我打你的耳光呢。"

"你下不了手。"她快活地说。

"我宁可手烂掉，也舍不得打。"

"噢，博雅，你是我的爱人，对不对？是的，我要告诉你……"

"我不要听。既然彼此相爱，于我又有何异呢？"

"不过我一定要告诉你一切。"

"等以后吧，如果你愿意，等我们结婚后再说，我不在乎。"

"真的没关系？"

"没半点关系。"

"噢，博雅，我误会了你……但是我现在一定要告诉你，我当过……妓妇。我离开丈夫后，曾和……好些人同居过……我觉得配不上你。我一想到你，就自惭形秽。我恨自己无法像其他女孩，给你一份纯洁的爱情。我暗想，我若嫁给你，你的家人和朋友会怎样批评我们，我会拖累你……"

"莲儿，别傻里傻气乱想了。我何必在乎别人的说法呢？你从不要我说出过去的一切，我为何要你说？我一生中有过不少女人，你一生中也有过其他男人。你当过别人的妓妇，我养过别的女人。是不是我该说出和谁同居过？"

"不，以后吧，等结婚以后。"丹妮重复他的话说。她自在多了，就继续说下去："很怪，是不是？妓妇受人嘲笑，养妓妇的男人却不会，为什么呢？"

"谁也不知道。"

"谁能改变这种情形呢？"

"谁也不能。"

她掏出手帕，博雅接过，帮她擦眼泪。

"噢，博雅，如果我没碰到你，"她说，"我想我永远结不了婚。"然后她快活地说："我们今天能不能共度黄昏，我要尽量让你快乐。"

"我答应到旅社和我的亲人一块儿吃饭。"

"你不能说有事回不去吗？"

"不，不成……可以，我要，我一定要！"他站起来，匆忙下楼打电话。

他刚出去，玉梅就回来了。"小姐，"她说，"你哭啦？怎么回事？"

"我太高兴了。"

"但是，他已经结婚了？"

"是的。不过，玉梅！别多问，如果有人问你，你得说你什么都不知道。"

"是的，小姐。"

博雅回来了，高兴地说他已告诉叔叔，他饭后直接回太太娘家去，要凯男自己雇车回去。

他们走出去，玉梅问："你们要上哪儿去？"

"你不要多问，"丹妮柔声说，"你自己吃饭，我马上回来。"

玉梅又微笑脸红了。

博雅带丹妮去了另一家旅社。

他们十点返回张华山旅社时，玉梅看到丹妮的眼睛闪亮，脸上又美又安详，正是相思债已了的表现。

第二天丹妮坐在梳妆台前梳头，玉梅发现她对镜良久，就上前去看她的红痣。

"颜色没有变嘛。"玉梅说。

"当然没变，"丹妮说，"这是天生的胎痣。"然而丹妮脸上失去了平静，呈现出思慕与渴望的表情。丹妮觉得自己仿佛失去了部分自我。

接下来一个星期是丹妮最快乐的日子，博雅和她在一起的时候也很快乐。因为他的亲人已知道她的住地，他劝她搬进跑马场附近一家旅社的套房，几天后他也就近在另一家旅社租了间房间。他们每天至少见一次面，不过因为这边有玉梅碍手碍脚，他们有时候会到他的房间去会面，他们已视那儿为秘密幽会场所。有时候他过来待一个下午，有时候整个晚上都在。如果他早上也能来聊天，她最高兴，因为那样一天她就能见他两次了。

博雅是位慷慨的情人，礼物送得很大方。他对女人的服饰很感兴趣，最喜欢到雅姿路的大店替她买漂亮的晚礼服，她根本穿不了那么多。他们很少一块儿外出。丹妮只带来几件最好的衣服，她常常一个人上街买料子。但是博雅也给她买，甚至总不忘买花边来搭配。有一件灰绒细料配上他精选的淡紫色花边，效果好极了。他天生喜欢珠宝饰物，若他需要去工作，他会成为杰出的服装设计家。他对女装自有一套理论，精于分辨色调和衣料的触觉感，对劣等货色他看都不看一眼，如同好厨师绝不用坏肉一般；只有最好的纤维能不变形，同时又能衬托出女性的身材与仪态，这样衣服和体态才能融合成完美的整体，衣服借体态生姿，身材也借服装产生美感——两者虽不相同却不可分。衣料要好的，但珠宝等饰物仅用来增加效果，不一定要很值钱。相反的，丹妮却只爱真的珠宝，特别是喜欢玉。但博雅的费心让她喜悦，她也就大方地接受了。

她没有机会像照顾老彭般照料博雅的生活。博雅什么都有，他个人的服饰几乎完美无缺。她和他深交些，就不再那么怕失去他了。但是她也开始熟悉他的脾气和心情。有时候他天真热情，使彼此很亲密；有时候他的心灵似乎又容不下她，这时她会静坐好些钟头，他却躺在床上或沙发上看书。"关掉收音机，好不好？"他说着，她就关掉了。他书读得很多，桌上总堆满新书和杂志。偶尔他会要一杯茶，她就起身端给他，他甚至不看她一眼。

"我可以走了吗？"

"不，我需要你。"

"但是你正在忙呀。"

"不错。我只要你坐在那儿，留在房间内。"

"你看都不看我一眼，我留在房里又有何用呢？"

他甚至都没搭腔，继续看书，她还是留下来了。

有时候他的脑子没想其他的事，彼此就疯上一阵。他会咬下几口鸭肫，要她自他嘴里咬出，他会把她的乌发拢在后面，双手捧着她满月般的脸蛋，轻轻抚摸她。她要等待这些时刻，就得忍受着他不理人的时光，这是女人爱一个男人所需付出的代价。

她有些遗憾自己不能像妻子般照顾他；他的衣服烫得笔挺，皮鞋总是雪亮，袜子没有破洞，纽扣缝得很牢，领带配得很高雅，就连买手帕送他也无意义，他的手帕太多了，又永远是干净的。但是偶尔他也会要她绑袜带，系鞋带，打领结，穿皮带，他则如孩子般抚摸她。

有一次她发现他的脸需要重修一遍，就叫他躺在床上，替他抹上面霜，用她柔软的手指爱怜地搽匀，然后悠闲地替他刮脸，直到他的脸孔光光滑滑的，她的手一遍又一遍在上面揉来揉去。然后她坐在床边，抓起他的手摸他自己的面颊说："怎么样？"

"你是一流的理发师。"

他把她拉过来，用脸去揉她的脸："刮完脸，按摩一下。"她开始用嫩颊轻轻搓他的脸，最后竟倒在他的胸膛上睡着了。

博雅是个理论家，他那套女性身材的妙论令她觉得很有趣。有一次他们谈到仕女图中的"美人肩"，由颈部慢慢下斜，而非方方直直的。博雅说丹妮唯一的缺点就是站得太直了，缺少一副"美人肩"。丹妮则说削肩才不美呢。

"你不懂，"博雅说，"我不是说你应该驼背，而是肩膀应该微向前倾，这就是我所谓的圆削肩，和背部的弧度相吻合。女人整个身体都是曲线，自然而然地交织在一起。背部的第一个弧度自颈部开始，第二个由腰线开始。这些弧度渐渐消失，与前面腹部的弧线融成一体。矮小的女人身体一切弧度以肚脐为支点，高个子的女人重心则略往下移，在道家所谓的丹田的区域内。"

"西方女人肩膀都是方方的。"丹妮辩解着。

"这话不假。我真的觉得我可以当一流的设计家——别笑。服装设计是一门艺术，最高的造型艺术，以线条和形体为基础，并和雕刻有关——只是雕刻家用泥土，服装设计却面对活生生的血肉和天赋的形体。真正的服装设计家是不能以报酬来衡量的。他不能替体态不迷人的女子做衣服，就像真正的画家不能画没有趣味的面孔一样。有时候我在街上看到一位女孩，就会说：'嘿，我真想替她设计衣裳。'理想的身体很罕见，除了两肩，你已接近完美了。"

"但是现代都流行这种肩膀。"丹妮更感兴趣地说。

"错了，我说给你听。女性美恰如书法，不是美在静态的比例，而是美在动态的韵味。太丰满的女人或许很肉感，却失去了活动的暗示，太结实的身子更完全破坏了这种感觉。我看到一个女人轻移莲步，款摆前进，我就知道她有美好的身材。凯男走路、站姿实在可怕极了。你见过西方最好的雕像吧，肩膀总是圆的，不是方的。肩膀的弧线由颈部微微下斜，和背部曲线完全融合在一起……现在向下弯，轻轻地……记住微妙的曲线由肚脐开始，在颈上的背部放松……哪，这就完美无缺了……别拉得太紧。四边移动，向旁边、向前和向后移动，只记住中心就成了。"

"你不是拿我当模特儿来实习吧？"丹妮轻松地说。

"不，你具有完美柔和的韵味，所以我才不愿意看到大且方的肩膀来破坏这份韵味呢。不过，噢，莲儿，你真是十全十美。"

在博雅眼中，她确实是一个完美的爱人。他对她细致的服侍甚表满意，她却不十分满足。她和别的男人同居时，只要能获得博雅所给的一半就够了。现在这种爱情游戏已嫌不足，这种爱情也不符合她的理想。旅馆小弟已认识她了，当她离开博雅房间时，他们会跟她道晚安，叫她"姑娘"，这是旅馆里对应召女郎的称谓，她不喜欢那调儿。

博雅对肉体的爱情十分满意，也很喜欢如此的安排。他绝口不谈离婚的事，她也不提。她是女人，她想的不只感官的满足，她想要一个永久的家，一种生活理想，甚至是一群孩子。他讨论战事，但只是偶尔心血来潮，不只对她这样说，他对谁都会这样说，他眼中的爱情与他们的爱情毫无关系。

她好多次提起他们的计划与未来。她结结巴巴地向他暗示老彭说过的至为高尚的战区工作，但是博雅不感兴趣，他甚至不赞成她带玉梅来，因为玉梅是他俩调情的障碍，使他不能在她房内与她幽会。玉梅初自乡下来，天真未泯，对谁都一样，尚未学会用人待主人的礼貌，既多嘴又好奇。

丹妮热切地对博雅描述老彭在街上给难民食物，最后却不得不逃走保命的情景。

"他就是这样，"博雅毫不在乎地说，"你总不会叫我分馒头给难民吧？告诉你，我喜欢老彭。但是我希望不要提起他。"

丹妮觉得他提到老友，似有自责的意味，也就不再多说了。

但是她的不满十分严重。她又过着姘妇的生活——变成了她自己所谓的"私家司机"而非"开车的主人"。她第二次拜访博雅的女亲戚也失败了。

"我已经见过她们。为什么不能以老彭侄女或你的朋友身份去看望她们呢？"她要求说。

最后博雅答应带她去，她还买了几样礼物给孩子们。但是阿非和经亚不在家，宝芬和暗香的态度则完全变了。她进屋的时候，连婉若的眼光也不一样，脸上表情充满迟疑与矛盾。

"我碰到彭小姐，"博雅说，"叫她一起来。她说她要再看看你们和孩子。"

"我们现在不知道该怎么称呼她，"宝芬客气而冷淡地说，"叫彭小姐还是崔小姐？"

"就叫我丹妮好了。我带了几样小东西给孩子们。来，婉若，这是给你的。"

婉若走上前，丹妮握住她的手说："叫我丹妮姐姐好了。"

婉若和一个"逃妾"——一位神秘人物，她知道，因为大人说过这些字眼——握手，感到很困惑，很难为情。但是她说："谢谢你，丹妮姐。"然后对她笑了笑。

丹妮又分给每个小孩一包礼物。做母亲的人却一再说她不该花钱买东西，暗示礼物是她强送的，并不受欢迎。

"既然丹妮姐带来了，就收下吧，谢谢她。"宝芬对她女儿说。丹妮羡慕她，希望自己也能如此雍容华贵、高高在上。

"孩子们一直谈起你，"暗香稍微热情地说，"你可别把她们宠坏了。"

丹妮想和太太们说话，但是小孩围着她，要她再谈谈旅途和游击队的故事。暗香静静地听着，宝芬则在博雅说话。丹妮感受得到她早就熟悉了的"妻子的眼光"，她对孩子们说故事的时候，她们眼角偶尔投来专注的一瞥。没有人对她表示诚意。博雅说要走，她就随他告辞了，感到此行简直是自贬身价，她对自己常向往的大家庭的幻想也破灭不少。最糟糕的是博雅对这一点似乎浑然不觉。

他提议到外边吃饭跳舞。到现在为止他们还没有一起出来过，因为博雅怕他太太的亲戚看见。有一次他要她跟他一起去夜总会，她拒绝了。但是今天她倒没有异议。

他们到一栋面对跑马场的大厦二楼舞厅去。虽然有战争，这儿反倒较平常热闹。整个上海都因有钱的难民而大发利市，东西贵了，店却不愁无人上门。

他们在幽暗的舞厅侧面占了一个台子。一队菲律宾爵士乐团正演奏着，各色霓虹灯闪烁着，中间有一个多面的大玻璃球，不断转动，在舞池中的男女身上投下细碎的光彩。一群舞女与两三位白俄妇人正与男伴婆娑起舞。白俄妇女衣着及动作较为放荡，吸引了很多人的注意。音乐每隔一小段就停一次，好让舞厅尽量多卖些票。这群人和艾道尔第七街上的饥饿难民有如天渊之别。上海有两种面貌，一个是贫民世界，他们四处游荡，在垃圾桶中找东西吃（华公日报的一位通信员曾气冲冲地为饿犬在街头流浪、找垃圾桶而抗议，但是她信里没有提到难民）；另一个是锦衣玉食的上海，得意扬扬，连世故都谈不上，正在享受着外国租界内的假安全，猜测着战争的期限和中国货币未来的力量。而且此时上海的战争已经结束了，那天苏州挨了七百颗炸弹，敌人已愈走愈远了。

丹妮很沮丧，过了一会儿就说要走了。

"咦，你今儿个是怎么啦？"博雅问她，"来，我们跳舞。我从来没有和你共舞过呢。"

丹妮服从地站起身来，撑着博雅的臂膀。乐队正在演奏一曲蓝调，灯光转换成淡紫色。他们在弱光下慢慢跳着，她的脸贴在他的胸上。她跳得好极了，只有舞技高超者才能跟得如此恰到好处。

他们回到座位上，两人又快活起来。

白色的灯光扭亮了，观众都看看大厅，又彼此看看。屋内很暖和，有几位舞女还用手帕扇凉。一位穿西装的胖子向博雅直挥手。

"他是谁啊？"丹妮问道。

"我在北平认识的一位医生。他正要开一家药店，进口爪哇奎宁卖给中国军队。很高明的赚钱主意，对吗？"博雅说话的口气有些轻蔑。

"我们也学到了一些经验，不是吗？"她回答说，"我看到报上说政府要招志愿医生。军队需要许多医生，他们为什么不去呢？"

"好医生已经去了。"博雅说，"这是志愿的事情，要由个人来决定的。"

探戈开始了，只有两对下去跳。其中一对是一名胖胖的俄国妇人和一个二十岁左右的瘦小中国男子，他穿着晚宴服，油头粉面，骄傲而熟练地在观众面前表演。

下一支曲子丹妮和博雅也下去跳了。他们跳舞时，他看到她跟人微笑打招呼，随后发现一个内排的舞女正在看他们。那个女子身穿白衣，面孔丰满，嘴唇搽了厚厚的唇膏。她看起来比丹妮大几岁。

"那是谁？"博雅问她。

"我的一个朋友。我在天津当舞女时认识的。"

一曲终了，丹妮去找那个女孩子，邀她来他们的台子上坐。那女孩名叫香云，她是这个地方的舞女。

两个女人谈笑时，博雅打量着香云。她看起来二十岁上下，其实也许已三十岁了，具有成熟女子的风韵。虽然她衣着入时，但从她拿烟的方法和一些文静的举止，他判断她是旧社会出身的。她的头发梳成旧式的圆髻，直接向后拢，编成低低的发辫，细心地盘在头后——这种发型通常得梳上一两小时，发髻上插着两朵小小的茉莉花。她的声音低沉沙哑，好像没睡够的样子，太阳穴下方的颊肉遮住了她颇高的颧骨。

博雅对她蛮感兴趣，就说："这儿好闷热，我们请她到我们房间，你们再痛快地聊一下如何？"

博雅替香云买了十元的舞票，她就可脱身了，于是三人来到他的旅社。香云叫老友"梅玲"，他们说她现在已改名"丹妮"。她低声告诉丹妮上海小报上刊登的事，丹妮说她是逃走的，但报上说的事实经过并不正确。"姚先生全知道了。"她说。

"姚先生，"香云说，"她一向很幸运。她轻轻松松地变成红牌舞女。当然那时候她很年轻，不过这些年来她仍然一样漂亮。我这种人只好留在老窝里，我有什么指望呢？我马上要成半老徐娘啦。"

"别瞧不起自己嘛。"丹妮说。

"她该会有好福气的。我在舞厅看到你时，还以为你不会认我呢！"她半对博雅半对丹妮地说。

博雅看看她的脚。她穿着特制的摩登皮鞋，但是脚背很弯，脚型很小，一看就知道小时候曾缠过足。

"时代变喽，"香云继续用饱经世故的口吻说，"你想我要能当姨太太，我会拒绝吗？但是一切都变了。我小时候女人家不是这样的。卖唱的传统变了——甚至慢慢消失了。现在很多卖唱的艺人都转到舞厅来工作。十年前，卖唱的女人公开和陌生人跳舞，真要羞死了。但是我们又有什么法子呢？女学生和我们竞争。现代女人都公开出来，卖唱的艺人又有何不成呢？以前良家妇女是一种，姘妇和名妓是一种，如今太太们照样会穿和玩，跟姘妇竞争。"

"你觉得不应该吗？"博雅笑着说。

"应该，但是最坏的是她们现在也不让丈夫养姘妇了。加上又有许多女学生吸引走了年轻的男士，一切就愈来愈难啰。太太和姘妇竞争，姘妇又和女学生竞争，快变成割喉的竞赛了。以前一位小姐和某一位男士发生关系，他非得娶她不成，现在却不必了。"

"你觉得男人和一个女人发生关系，就应该娶她吗？"博雅问道。丹妮很快瞥了他一眼。

香云说："不管如何，总是你们男人占上风。世界一片紊乱，为什么？不就是男人要女人，女人要男人吗？女孩子长大不结婚会有麻烦，男孩子长大不结婚也会有麻烦。只有男人得到女人，女人得到男人，世界上才能平安无事……但是一切都愈来愈复杂了。就连良家女子也嫁不出去——我们更甭提了！你以前看过老处女没有？现在到处都是。哪一个女人不想有个男伴，完成终身大事？"

香云粗声大笑，博雅也随着微笑。她停了半晌又说："老实说，我有点倦了。我知道我不漂亮，我若当正房，可以容得下情妇；我若是情妇，可以容得下正房。这没什么大不了的。"

博雅静静打量香云。他喜欢这女人的单纯动物观，尤其她说现代的妻子会穿会玩，同姘妇竞争，他更觉得有意思。他注意到她举手拍拍头发，只有旧式的女子才这么做。现在她灵巧地弹弹手指，每弹一下就发出清脆的声音。

"我以前常看到我珊瑚姑姑这般弹手指。"博雅说。

香云大笑："七八年以前，我还是个剪短指甲、学时髦的女生，后来我在电影中看到西方女人留着指甲。你想，好莱坞做的事情哪一样中国的时髦女子不会做？依我看，东方、西方——都差不多。你去看电影，就会发现西方女人也和中国妇女一样，辛辛苦苦要保住她们的男人，事情永远差不多。你看到最后男女相聚，你才会觉得好过些，知道世上又天下太平了。"

他们聊到十一点左右，香云说她得走了。

"我不打扰你们，让你们单独聚聚。"她说，"不过，梅玲，你该替我介绍一位像姚少爷这样好的朋友。你住在哪儿呢？"

丹妮将地址写给她。

香云走后，博雅说："这个女人蛮有趣的。不过我还以为你不想让人知道你的地址呢。"

"哦，告诉她不会有危险的。"

"我只是考虑你的安全。至于我自己，我愿意进一步认识她，你不介意吧？"

"才不介意呢。她已告诉了你一些男人永远不会了解的事。博雅，我信任你。"

"你信任以前同居的男人吗？"

"那不一样……博雅，我要和你谈谈，我并不在乎你要怎样安置你的太太。但是我们要经常在一块儿，是吗？"

"当然。"他热情地说。

出乎博雅的意料，她拿出两块红绸布来。

"我们要写下永远相爱的誓言。我留一块，你留一块，"她说，"这将是我毕生的财富。"

她坐下来写，博雅帮她磨墨。那是契约式的正式誓言，先写出两者的姓名、出生年月日，然后写姚博雅与崔莲儿爱情将会永远，如比翼鸟般，他们的爱情海枯石烂永不变，且郑重地签名为记。

"除非有证人，这还不算合法的。"博雅签名后说。丹妮提到玉梅，但他说应由律师来做证，一两天内他将带律师来这里，在他面前签名。于是丹妮拿起那块红绸布，与他吻别，返回自己的旅社去了。

/ 拾贰 /

那天晚上博雅回到太太家。他太太还没睡。"你身上有酒味。"她说。

"不错。"

"你又跟女人出去了？"

"不错。"

"我以为你住在我娘家，至少会顾全我的面子。"

博雅继续脱衣服。

"你住在哪一家旅馆？"

"你不必知道。"

"今天下午有一个人来找你，问你在哪儿，我甚至答不出来。我母亲以为我至少应该知道。这不是过分了吗？"

"他来做什么？"

"我不知道。他说他还会再来。"

博雅看出她的眼睛红红的。她话还没说完，继续念个不停。"我知道，"她说，"年轻人在上海就像馋猫走进鱼罐似的，没有妓女也有逃妾。"

博雅抬眼看她："原来你还在谈这个问题。什么逃妾？有些姨太太不喜欢一个男人，还懂得逃开哩。"

他的话里带刺。想到香云说太太竞争的那段话，他咯咯笑起来，凯男声泪俱下，他却继续想自己的心事。

其实那天下午她母亲问起博雅，凯男已经哭了一场。她母亲是一个好强的女人，便把一切告诉丈夫。但是夏先生是一个老秀才，不太习惯时髦的环境，又感激阔女婿带给他的一切舒服的生活。他说话还用文言文，不爱用现代语助词。此外他心里也没有什么异议。

"自找麻烦亦无用，"他对老妻说，"凯男虽如此说，女婿总是女婿。她想阻止他，年轻人终归是年轻人。你阻止他和一个女人来往，难保他不会找另一个女人。有何妨呢？他不是很照顾我们二老吗？"于是问题到此为止了。

第二天早上博雅起得很晚。午饭后他想起自己答应找一个律师，就走出门去，告诉凯男他今天要出去一整天。

他走进一条巷子，一个方肩长袍的男子向这边走来，后面有一辆新车和一个结实的司机。

"你是姚先生？"

博雅点点头。

"董先生要见你。"

"谁是董先生？"

"别管啦，上车。"

博雅看看那位壮司机，以为是绑票。他想溜，但是那个人抓住他的手臂说："别怕。我们主人约你去谈谈。"

博雅觉得他被绑架了，也许要签一纸巨额的支票才能被放回来。他尽量保持镇定上了车。那个人对他很客气。司机穿着便服，面孔还蛮愉快的，看起来很像是上海本地的劳工阶层。

"怎么回事？"他问道。

那个人说上海话："董先生见了你，你就知道了。他派这辆车来接你，一定有重要的事情。我们奉命行事，从来不多问的。"

汽车驶入法租界，在一间雅致的花园洋房边停下来。守卫认出车子，便把一扇大铁门打开。

博雅现在不再害怕了。他听到过董先生，据说是中国黑社会最有名的头领之一。三天前他才听阿非说过，董先生是中国方面最活跃的人员之一，专掩护地下活动。也许董先生听说他到上海来了，想要他捐献工作资金。

一个穿中山装、个子挺高的青年领他入内。董先生的办公室在楼下，占了两间相连的房间，家具中西式都有，墙上挂着八张书法。屋里还有一个漂亮的小姐和几位秘书。董先生亲自站起来迎接他，笑容坦白有力："这样打扰你真抱歉，姚先生。但是有重要的事情等着你的忠告。"

"有机会认识您，非常荣幸。"博雅说。

主人要博雅坐下。他的态度糅合了中国旧式的礼貌和实干家干干脆脆的率直感。他快步走向里屋，对一位秘书说了几句话，然后走回书桌，再度露出笑容。

名人董先生年方四十，留着小平头，一边说话一边摸头发。他面色可亲，颧骨中等，骨骼均匀，身穿一件蓝棉袍，而衬衫袖子卷在外面，博雅对他整齐的仪表十分倾心。他是法租界政府的议员，对方没有他根本无法执行法律和命令。他手下的党羽确实参加绑票案，不过别人不知道背景，就不可能了解这个秘密组织。这一类非法组织具有千年的历史，在政治紊乱的时代产生，他们杀税吏贪官，劫富济贫，自有一套"江湖人物"的侠义规矩。结果董先生也变成上海最有力、最强大、最受尊敬的人物。

董先生是蒋介石和许多政治领袖的好友。战争一起，他变成政府和外面世界最重要的爱国联络人，因为他的担保受到普遍的信任。他得到今天的地位，主要是因为他处事公平，对金钱又视如粪土。除夕夜他屋门大开，一堆堆钞票放在桌上，谁需要谁就来拿。组织里的下属人员则在公共澡堂里接受分红。战争爆发后，他投身反汉奸工作，对政府帮助很大，他还负责刺杀过不少汉奸。后来他在上海和香港把最后一文钱也花在政治工作上。但是他需要钱的时候，随便哪一位银行家朋友都会乐意捐出一二十万来。

秘书拿出一沓资料。董先生接过来，叫他把拉门关上。

"这是一件调查中的事项。"他的普通话还马马虎虎。他拿一份小报的剪辑给博雅看，上面登着崔梅玲的故事。"你看过这个吧？"他问。

"我听人说过这个故事。"

"好了，姚先生，"他改用上海话说，"你也许听过我的工作——在谈判区除奸。我知道你祖父曾慷慨帮助革命，当然我们都是中国人。两周前，我们突袭一位汉奸的住宅，发现了这些文件。有些天津来的信件和电报用的是崔梅玲的名字。"

他说得很慢，很客气，使博雅有时间考虑要怎么回答。他正在做决定。但是董先生继续说下去："我们也收到天津的报告，他们搜那位小姐的公寓，找到不少文件，表示她和南方的汉奸有联络，这个女人显然逃走了。我们还看到天津警方的报道，说她曾经在北平你家住过。她现在可能在此地，她人在哪儿？"

博雅第一个反应就是保护她，连忙说："我不知道。"

"你怎么认识她的？"

博雅没有机会说不认识她，只好说："我的一个女亲戚是她的朋友，她们一定是好几年前认识的。不过她走了，我不知道她在哪里。"

"请看看这些文件，我们必须找到这个女人，她是一个舞女。我们调查过了，但是这里没有人认识她。"

博雅现在搞糊涂了。他不知道丹妮详细的身世，只知道她矢口否认拐款潜逃，还说她同居的男人替日本人工作，她才逃走的。她当时要告诉他，他却说不想听了。他拿起文件，匆匆看了一会儿，有些电报和信件签着梅玲的名字，主要是和几个特别秘密的人物的行动有关，只有日本名字一眼就看得出来。报告上提到要和日本人合作在华北组织伪政府。文件中的一切对他完全陌生，他脸色发白，董先生也看到了。

"你知道这个女人对我们很重要。"

"也许是别人用她的名字当掩护。"博雅说。他想起丹妮的话，又说："小报不足为信。伪警察也要找她，她不可能替他们工作的。"

"那就看你由哪一方面来看了。"董先生说，"我承认，她很神秘。伪政府找她，也许因为她躲起来了，而且知道他们的一切秘密。我们也是如此。我希望你和我们合作，不是和她吧？你肯不肯说出她的下落？"

董先生两眼发光，眉稍稍竖起。博雅知道董氏的名声，心里很害怕，但是他故作欢笑说："董先生，你不是说我也是汉奸吧？如果我知道，我会告诉你。但是她突然离开我们家，神秘失踪了。"

董氏转身，叫一名秘书进来。"姚先生，"他说，"请你帮我们形容她的样子。"

"好的，当然。"博雅说。他有点想说出真相。丹妮没告诉他电报和信件的事，看到她的名字出现在汉奸的信函上，使他非常吃惊。他唯一的想法就是保护她，不让她有任何麻烦。马上他决定叫丹妮立刻离开本市，所以对方问话，他都故作镇定地敷衍过去。董先生看出他猜疑的脸色和激动的口音，秘书准备做笔录。

"她有多高？"董先生问道。

"以女孩子来说，她算相当高了。我没有注意量过。"

"她长得什么样子？"

"很漂亮，很漂亮。"他回答说。他想起凯男，于是说话就流利多了："北国佳丽，大眼睛，浓眉毛，涂指甲。我记得她的声音有一点沙哑。"

"有病吗？"

"我没看见。"

"头发呢？"

"向后梳，后面短短的，是一般摩登的发型。我记得她有一颗金牙齿。"

博雅的创造力并没有消除董先生的疑窦，但是他说："姚先生，我很感谢你，希望这份形容是正确的。你明白，她对我们会有很大的帮助，我们必须揭发这个集团的活动。现在，我不多留你了，如果你想到其他有趣的重点，希望你来通知我的秘书。"

博雅道谢告辞，董先生对秘书做了一个信号，出乎他意料，他竟被带入另一个房间，里面坐着两位绅士。

"我已经向董先生告别，我要回家了。"博雅对秘书抗议说。

"董先生要你休息一下。请坐，这里很舒服，如果你还有话对我们说，请过来找我。"

博雅静坐沉思。他觉得他答话没有破绽，但知道自己掩饰不了脸上的激动。这份暗示令他吃惊，他不懂丹妮怎么会落到这一地步，但是他不相信她替汉奸工作，他也不敢确定丹妮到董先生面前能不能澄清自己。他想起她过去的一切，她老是在逃避什么，她是不是在利用他？他想起她对玉梅说他很富有，她自己也问过他有多少钱，也许他最初的怀疑是正确的。然后他想起她迷人的地方，心里非常痛苦。

最后他进去对秘书说他要走了，但是秘书告诉他，董先生的意思要他多考虑考虑。

他待了足足两个钟头。那是一间普通的会客室，用人进进出出，还有各色的访客。每次用人给新客倒茶，总是替博雅也换一杯，还拿一块热毛巾给他，另一个房间电话一直响个不停。

四点左右，穿中山装的卫兵进来说，董先生要用自己的车子送他回去。他走出屋子，好像每一个用人眼睛都看着他。

他回到家，告诉太太晚上他不出去了。她看出他脸上的愁容，但是他不肯说是怎么回事。晚饭时分，他想打电话给丹妮，后来又改变主意，打到他的旅馆，他在那边是以庄先生的名义登记的。他留话说他最近几天不来住，如果那位小姐来了，就叫她别等啦。

他出去打电话的时候，看到一位糖果小贩坐在他巷口的人行道上。他一走过，那个人就迅速瞥了他一眼。这不是闹市，他觉得在这个时间这件事有点蹊跷。

丹妮整天都在等他的例行造访或者电话。晚饭后，她再也耐不住了，就到他的旅馆去。

"庄先生刚刚来过电话，"小弟说，"他说他这几天不来，叫你不要等他。"

丹妮吓了一跳，他为什么连一个电话也不打给她？

博雅待在家里，苦思他要如何安排丹妮的问题。他退到三楼太太的房间，太太进来，他就假装看书，但是她看得出来，他心情很沉闷。

丹妮的音容笑貌不断困扰着他，他无法把这些姿态和她的行为联结在一起。

第二天早上他决定去请教叔叔阿非。他十一点到达柏林敦旅社，宝芬出去了，阿非把小孩赶到暗香的房间，博雅就和他讨论这个问题。阿非和博雅是姚家两个直系子孙，两个人很谈得来。阿非年届四十，但是看起来很年轻，只是鬓边有几绺早熟的灰发。"你为什么不说实话呢？"阿非说，"如果那位小姐是无辜的，她可以替自己澄清嫌疑。如果她有罪，也不过受到应得的处罚罢了。"

"你不明白。"

阿非看看博雅忧戚的面容。

"我爱上她了。"博雅坦白地说。

阿非笑笑："那你怎么办呢？"

"我不知道，我只知道我要让她离开这儿。董先生很客气，但是我知道有人监视我。"

"信任董先生吧，"阿非说，"他若不能由你口中得到她的消息，他会由别的地方弄到。"

"昨天晚上我们巷子外出现一个小贩，今天早上还在那儿，还有一辆陌生的车子停在我们家不远的地方。"

"如果她被抓，你的谎言会使你惹上麻烦。"

"只要她离开本市——她一直想去内地——她就不会有麻烦了。"

"你告诉她啦？"

"还没有，我拿不定主意。我自己受监视，自然没办法帮她脱逃。如果她和我在一起被人看见了，只会给她添麻烦。"

"你自己对她看法如何？你相信她替汉奸工作吗？"

博雅停了半晌，相当困惑："我昨天晚上就是想解开这个疑云。她可能是被同居的男人当作掩护了，但是我爱她。别笑我，我是认真的。"

"你不觉得你太轻率吗？"阿非用冷静、商量的态度说，"你也许自以为爱上了她，我觉得她很漂亮、很迷人，我知道你对凯男不满。我是你叔叔，我劝你考虑考虑。如果一般的女子，我不会看得这么严重。但是这位小姐——我了解你对她的心情——具有可疑的记录，警方、汉奸和除奸团都在找她。你说过，她在北平差一点给我们家惹上麻烦。你何不等一等，等进一步认识她再做决定呢？不知道女眷们知道这件事会怎么说法。你不觉得你陷得太深了吗？"

"但是我必须立刻想办法。"

"你何不打电话给她，叫她自己解释？你不想和汉奸有瓜葛，而她刚脱离另一个男人。你若不相信她能对董氏表明清白，你自己又怎么能确定她无辜呢？"

博雅激动地踱来踱去。

"我想她自己能逃掉，愈快愈好。我要跟她说话。"他拿起话筒，叫她的号码。阿非叫他在电话上别谈太多。

"喂，莲儿！"

"哦，博雅！你吓了我一跳！怎么啦？你找到律师没有？"

"莲儿，听我说，我把那件事给忘了。莲儿……听我说好吗？有件事发生了，你必须尽快离开本市……我不能见你，有人监视我……电话里说不清楚……不，我不能来……"

他听到她哭的声音。"莲儿，别哭……听我说……你必须尽快离开上海……自己打算。"他继续地说，但不知她是否听见，电话那边无反应。

"在电话上简直没法和女人说话，"他挂上听筒，"我还是去一趟，我要冒冒险。"

"别去，你们说不定会双双被捕。如果你愿意，写信给她吧！这样比较安全。"

博雅靠在椅背上，懊恼地摇着双臂："你不懂，叔叔，我要娶她，我发过誓了，现在我竟不能救她出险境。"

"我不干涉你谈恋爱，但这是唯一的办法。你若去看她，只会害她。而且这又有什么好急的？你已决定娶她。"

"我不知道，我什么都不晓得，我硬是没法思考。"博雅掩住面孔。

于是博雅写了封信给她。"叔叔，"信件送走后，博雅说，"我能问你一个问题吗——私人的？"

"什么？"

博雅看着地板："红玉阿姨死时，你是何等心情？"

阿非的双眼在灰白的鬓角间露出深深伤感的表情，多年来他一直将这份痛苦搁在心底。"哦，很难，"他慢慢地说，"尤其在那种情况下，我不明白。我不妨告诉你，她是为我死的，她的丫头说的。"他停下来，声音沙哑。

"我提起这件事，"做侄儿的说，"因为丹妮对红玉阿姨特别感兴趣：她特别说要看，我就带她去看看春明堂的遗像。"

阿非双眼一亮："那张画还在呀？"

"嗯。"

两个人各自陷入沉思。最后阿非终于说："丹妮有点叫我想起红玉。你定下心来等等看吧。"

他们不再提红玉了。宝芬回来，发现两个男人默默相对，仿佛见了鬼一样。

旅馆告诉她说，博雅不会回来了，丹妮回去后总觉得有些事情很奇怪。她整晚胡思乱想，希望能等到电话铃响。一晚过去，等待变成强烈的渴望，困惑和怀疑也产生了，她尽量说服自己，也许他正找律师。

她习惯于通宵等同居的人，深知躺在床上幻想男人在别的女人怀抱里的滋味。她简直睡不着，迷糊中睡了一小时，又醒来听脚步声，在床上翻来覆去，心中充满了渴望。

第二天近午时电话铃响了，她躺在沙发上，马上兴奋地跳起来。博雅在电话中说话含混不清，很难懂。她挂上电话，唯一想到的就是他不肯来看她，女性的直觉告诉她，他正躲开她。她对他的理由不感兴趣，其实他也没说出理由来。然后她慢慢想起几句话来，他叫她尽快离开上海，要她自己打算。他为何不自己来说，是不是前天叫他写誓言，他想抛弃她了？因为这次恋爱对她至关重要，因为她没有保留，甚至愚蠢地期望太多，她心中的疑云就更大了。

玉梅看到她倒在沙发上，泣不成声。

"怎么啦，小姐？少爷出了什么事？他病啦？"

丹妮泪水满面说："我要走，我们马上离开，我们自己走。"她不哭了，把脸埋在沙发上。

她躺了良久，心里想着那句话，"我不能见你"，其他事都忘了。因为她习惯了他每天来访，这突如其来的变化，加上她的恐惧和疑心，一切显得更严重了。她是不是对他表现得太贱了，以致现在他也像别的男人一样，想甩掉她？这次恋爱在他眼中是不是逢场作戏？她只是他的另一个姘妇而已？她不能打电话问他，因为他不来旅馆，她根本不知到哪儿去找他。

她心中升起强烈的愤恨——基于她过去的经验，她恨所有的男人。

"薄情郎！薄情郎！"玉梅听到她说，"女孩子把身心献给男人，等他满足了，他就弃你而去了。"

"他说什么？"

"他不来看我。"

"他怎么能这样对待小姐呢？"玉梅怒气冲冲地说，"等他来，我找他算账。"

"他不会来。玉梅，我失败了。我毫无机会，也许他的女亲戚们说我的坏话。不过男人心最狠，女人只是他们的玩偶罢了。"

"小姐，我听说他结过婚，你还和他出去，我很担心。他是坏人，他欺负你。"

"你觉得他是坏人吗？"丹妮半为他辩解说。

"他已结婚，这难道不是欺负你是什么？"

"是啊！我瞎了眼，天下男人都不可靠。"丹妮软弱地说。

"不是全部，"玉梅说，"彭大叔就是好人。"

一说到他，她对男人的恶感减轻了些。"是的，"她慢慢地说，"我们到汉口去见彭大叔。"

她起身装扮自己，但一坐到化妆台边，看到的都是博雅，他送的小香水瓶、玉别针，他喜欢的花边，以及镜中的她。她闭上眼，还感觉他用特别的方式闻她的脸，还感觉他的手托住她的小脸。一切都过去了？她的结论是不是下得太早了些？老彭那句"你们不能相互猜疑"的话又在她耳际出现，仿佛他还在身旁，他清新的话还在空中回转。那晚她心痛如绞，半是激动，半是悔恨。

一清早她叫玉梅到张华山旅社去，看看有没有彭大叔的信。玉梅满脸带笑回来，手上拿着两封信。

丹妮一把抓过来，一看就知是老彭和博雅写的。她先拆博雅的，上面写着：

莲儿妹妹：

有件事发生了。我无法在电话中或信中说明，但相信我，妹妹，别猜疑，准备立刻出城，找彭大叔，遗憾我无法帮助，但你要自己打算，我只关心你的安全。你要格外小心，别和陌生人说话，别去找香云。

连名都没签，丹妮初看时很高兴，只是有点困惑。后来见他没有说出理由，更感觉是在欺骗她，心中的疑云和怨恨完全没有消失。

"上面说什么？"玉梅说。

"还是一样。"她短促地说，脸上红一阵白一阵。

"你还没看另一封呢？"

丹妮已经忘了，她用颤抖的手拆开了老彭的信。信是从南京寄来的，简单报告他的行程及到达各城的日期，及交通的困难。如一切顺利，他十二月可到汉口，劝博雅一起去，他还记得问候博雅。

想到马上要见到老彭，丹妮宽慰多了，她把信读给玉梅听。

"再没有比彭大叔更可靠的人了，"玉梅说，"我们在张华山旅社不是很愉快吗？"

丹妮笑笑："我们和彭大叔度过的那几天多好！"

"是的，只可惜你一天到晚坐立不安，等待你的少爷。我不喜欢他，他不和我说话。"

丹妮拿出一根烟来抽，她看看打火机是博雅送给她的，她几乎是怨恨地打开。

她突然想起香云，他叫她不要去找她，也许他因此才躲避她。

"玉梅，你想不想去看舞厅？"她问。

"我听说过，但没想过是什么样子。"

"今晚你跟我来，我要你做伴。"

这天博雅回家时，发现牌照相同的那辆车仍停在附近。糖果小贩走了，但换了一个乞丐。那晚，出乎凯男意料之外，他竟同太太全家吃饭。

第二天他想起香云，记得她知道丹妮就是崔梅玲，也知道她的地址。他忆起她在旅社的趣谈，决定找她出来，叫她替丹妮保密。

他来到丹妮和她初见的舞厅，找到了香云，要她伴舞，然后和她一起坐下谈话。

"她呢？"香云问。

博雅叫她小声，然后隐隐约约地告诉她，他专程来，是叫她不要泄露丹妮的身份和住址。

"原来你是为这个？"香云愉快地说，"好的，你可以信任我。"

他们再度跳舞。香云跳舞不如丹妮轻巧；她随博雅的舞步，身子有点拖拖拉拉的。但她很健谈，消磨了很多舞曲时间。有一阵博雅到盥洗室，穿过大厅，看到一个很像在董先生办公室见过的男人。他回到桌边，低声告诉香云，那人正监视他。

丹妮十点左右和玉梅进来，她们不引人注目，就坐在最靠边的位子，玉梅看了她没见过的场面，满脸通红，笑个不停。丹妮静坐角落，偶尔抬头打量客人，几分钟后，她看到博雅和香云在共舞，她的心快跳出来了。

"他在那里！"她对玉梅说。

"哪儿？"玉梅问，只看到两个影子消失在人群里。后来他们跳到舞池外侧，一直谈话，好像玩得很高兴，这次玉梅看到了。

"坏蛋！"她喃喃地说。她想站起来对博雅大吼，但丹妮把她拉回来。

"原来是这样！"现在她明白了。"我们走！"丹妮说。

"你要走哇？等一下。我要看他能否对付我们小姐！"

丹妮气得发抖。"别莽撞，"她说，"我不走。我要让他知道我在这里，看他要说什么？你等着，我马上回来。"

她站起身，走向大厅前侧。博雅和香云绕过来，离她只有二十尺。丹妮孤单单地站着，对博雅怒目而视，博雅吓了一大跳，脸上充满困惑。但他继续跳舞，丹妮两腿摇来摇去，简直站不住。

一曲终了，舞客回到座位上，丹妮也慢慢地穿过大厅回到座位，博雅双眼直视着她。

她刚坐下，就看到博雅起身叫侍者，香云也站起来。现在灯光大亮，丹妮看到他们走向拥挤的门口。她看到他再度转向她这边望，才走出门去。他在前头，香云在后面也抬头看了她一眼。

玉梅抓紧丹妮的小手，想看看结局如何。但是他们走近的时候，博雅掉头直盯门口。他们必须经过丹妮的座位，然而两个人却没有看她，就匆匆地走过去了。丹妮看见他们的背影由厅门消失在走廊外。

丹妮目瞪口呆，两手气得发冷发麻。她并不失望，只是心中充满愤怒的烈火，以及爱情梦破碎的感觉。

"我们何不跟去？"玉梅问她，"也许他在外面等你呢。"

"让他走！这个懦夫！"

乐队奏起"圣路易蓝调",灯光放暗了,天花板上的大玻璃球一圈圈转动,把各色光影投在拥挤的人群身上。丹妮听到麦克风疯狂的吼声。

怒气加强了她的感觉,她看到屋里别人看不见的景象。他们活在一个疯人屋中,里面尽是旋转的怪人影——弱小的影子戴着面具,把空虚掩藏起来,在眩人的涡流中转来转去。音乐也在毁灭的狂喜中发出空虚的尖叫。屋子像演奏家摇晃的双腿,正在动摇倒塌。一切都在她面前粉碎、摇撼、尖叫,男人的鬼脸和女人的白臂突然缩小了,正像我们晚上熬夜太久,看到眼前房间的情景——一个投在视网膜上的意象,还没有透过大脑的分析,丹妮软弱的双眼也有这种感觉。大家都像没有心肝的机器人,舞来舞去,只有她自己抱着一颗滴血的心。

一切都过去了,这种感觉使她产生奇怪的安详感,仿佛暴风雨后平静的海面。她就静静坐着,甚至没想到她握着玉梅的手掌。一位男士把她当作等舞伴的女人,上前和她说话,她抬头看他,只看到另一个怪异的人影。她瞪着他,他终于走开了。玉梅一直看着她,发现她喉咙激动得哽咽了,现在才感觉她手掌恢复了温度。

乐队突然中止,一盏紫色聚光灯照在舞池上,五个漂亮的白俄女子走出来,身上几乎一丝不挂。观众"啊"了一声。玉梅站起来大叫说:"羞死人了!"但是她一直站着看。五个舞女旋转了几圈,然后在平滑的地板上翻跟头。她们站成一排,弯腰把手放在膝盖上。最后一个女人张开大腿,把其他女子当作低栏,由她们身上跳过去,然后学别人弯在另一端。她们一个接一个跳——一堆移动、乱转的白色肉体在亮光下显得很漂亮。最后一个高个子女人在末端站好,臀部比别人翘得更高,观众都发出一阵狂吼。下一位舞女想跳过她的背部,结果摔在地板上,观众叫得声更大了。

这不是丹妮第一次看到可耻的人体展览。她知道人体美,但是现在她看到人类赤裸裸的兽性,刚刚又深感到疯人屋的意象,于是她看出其中的愚蠢、无耻和缺陷，就像她过去生活的愚蠢、无聊和缺陷一般，那种感官的生活她太熟悉了。

"羞死了，不过很漂亮。"玉梅惊叹说。

但是丹妮那一夜看到的幻影却永世难忘，她感受到了人类的悲剧。要知道人类的本质，必须看看赤裸裸的人体，尤其以激励身心的观点来看看群体或大众，丹妮现在就是如此。

"博雅有一天会不会和那个光屁股的外国女人睡觉？会的，他会的！"她自言自语。她看出博雅也是人，腿上长毛，是千千万万人类之一。

于是她找到了新的人生哲学。

"现在我们走吧。"她平静的肃穆感使玉梅吃了一惊。

回到家，她拿出那块和博雅写下情誓的红绸，用火柴点燃。她带着疲倦的笑容，看它燃烧，把它丢入铁炉里。玉梅看着，不明白她的用意。

她开始当着玉梅的面脱衣服。她们开始独住后，她第一次这么做时令玉梅吓得要命，不过现在她已经习惯了。

"喏，玉梅，把这个烧掉。"她苦笑着拿出刚脱下的奶罩说。

"这也烧掉？"玉梅吃惊地说，然后她笑了，高高兴兴地把奶罩丢入铁炉里。

"其他的呢？"

"也烧掉。"

玉梅走向丹妮的皮箱，高兴得像孩子似的。她把她的奶罩一一丢入铁炉里，边丢边说："该死！该死！"

"人体应该穿得庄重些。"丹妮自语说。玉梅没听见，她正望着熊熊的火焰出神。

丹妮突然觉得头昏，喉咙也就哽住了。地板飘浮起来，她双腿摇晃，一下子失去了平衡，倒在沙发边的地毯上。

玉梅转身，惊慌失措，走向她大叫说："小姐，小姐！"她抬起她赤裸白皙又僵又暖的漂亮身子，放在沙发上，慢慢在丹妮头下垫一个枕头，替她盖上毛毯，跪在她身旁，一面哭泣一面听她的呼吸。然后她拧了一块冷毛巾，放在她前额上。她想给她喝一杯温茶，但是她的嘴唇一动也不动，茶水全漏在颈部和毯子上。

丹妮躺了十分钟左右，玉梅握住她的双手，轻轻揉她的鬓角，最后她终于恢复了体温。然后她的呼吸正常了，眼皮开始掀动。

"小姐。"玉梅叫道。

她睁开眼睛："我在哪儿？"她问道。她看看房间四周，发现自己躺在沙发上。她移动双手，才知道玉梅粗糙的手指正抓着她。

"我在这儿多久了？"

"一刻钟左右。小姐，我吓慌了。"

"给我一点喝的吧。"

玉梅站起身，端了一杯温茶来。玉梅把杯子放在她唇边，丹妮再度碰到她粗粗的手指。她看出玉梅的眼睛红红的。

又有一些茶泼在她脖子上。玉梅拿了一块毛巾，轻揩她的嘴巴和颈部。她掀开毯子，看见丹妮雪白的酥胸和红艳的乳头。玉梅脸红了，丹妮突然发现自己没穿衣服，也不禁满面通红。

"有没有人看见我？"她问道。

"房间里只有我，没有别人，我没看见是怎么回事，只发现你躺在地板上。"

丹妮发抖了："我做了一个噩梦。"

"什么梦？"

"没什么，把我的睡衣拿来。"

"好的，你得上床躺一躺。"

"身体应该穿得正经些。"玉梅帮她穿睡衣，丹妮自言自语地说。她站起来，双腿还摇摇晃晃的，于是她靠在玉梅身上。

"你是一个好女孩，玉梅。"玉梅把她扶上床，她说，"我做了一个噩梦，我在一间充满棉被的圆屋里，棉被转来转去，一件塞一件，最后我都窒息了。全是毛茸茸的软丝棉，几百万层，在我周围转呀转的。我没法呼吸，也冲不出去。后来棉被渐渐轻了，我往外逃，地球在我脚下移动，我跑啊跑啊，突然发现我没穿衣服，很多男人都在追我。我迅速向前滚，简直像溜冰，不像跑步，不久我滚到一个大水车上，身体粘住车轮，它一直转动，我身体也向后滚，很多人看着我，有人笑，也有人欣赏我的肉体。但是我不在乎，轮子慢慢转真舒畅。但是我对自己说：'我得落在地面上。'轮子停了，转到另一个方向，我突然着地了，你猜我看到谁啦？老彭。他穿着僧衣，正盯着我，但是笑眯眯的。我为赤身露体而害臊，但是他拿一块毯子包住我，我觉得又暖又舒服，我们一起上路，听见水车在后面吱吱响。毯子很刺人，我松开了，他对我说：'不行，盖好。'我赤脚走路，路很难走，双脚都流血了，我也一跛一跛的。我们到一座小山上，站在峰头俯视山谷，他对我说：'看那边，那就是孽轮！'我看到轮子转动，中间有一个大大的'孽'字，还有很多女人绑在轮子上，跟着乱转。我又看到谷里有很多其他的轮子，都带着女人转个不停。'我刚才是不是也那样转法？'我问道。老彭说：'是的。'老彭的眼睛仿佛看透了我的裸体，我觉得羞愧，连忙拉紧毯子。然后有一阵寒冷的山风吹来，我醒了，发现自己和你待在这个房间里。这梦不是很奇怪吗？该怎么解释呢？"

"小姐，你刚才看到外国女人翻跟头。该死！"

她这才想起今晚的一切。

"薄情郎！薄情郎！"她叹气说。

"别提他了，我说他不是君子。你烧掉的那块有字的红绸是什么？"

"那是我和博雅爱情的誓言。"她说到他的名字，声音柔柔的。

"你不恨他吗？他居然这样欺负你！"

"是的……我恨他，我们去汉口找老彭。我要问他孽轮的事。"

"我很高兴你把'奶头袋'也烧掉了。那种邪门的东西！"

"我也很高兴。"丹妮笑笑说。

丹妮对自己的身体失去了兴趣。看到外国裸妇翻跟头，使她的人生观有了深刻的改变。后来她才透过老彭，看见了另一种人类裸体——难民男女、小孩辛劳的四肢，路边饿死的妇人衰老、憔悴、僵硬的身子，少男少女的尸身，幼童流血的小脚，生前死后都美丽又可爱。但那是另一种美，两种意象互相补足。她由俄国裸妇身上看到了人类的兽性，也在男人女人的粗手上，农家难民奔跑的脚跟和弯背上，以及伤者流血的四肢上看到了人体的高贵性——不管是生病是健康，却很可爱，很珍贵。由婴儿或少女那垂危的喘息，她终于知道生命气息的价值。直到那时候她才重新爱上了人体，爱上了生命，因为生命的悲哀，好美呀。

第二天她还在床上，电话铃响了。

"丹妮……莲儿！"

"哦，是你！"她说。

"我必须解释……昨天晚上……"

"别解释……"

"不过你一定要……"

她猝然挂断电话。

过了一会儿，电话又响了，她迟疑不决，不晓得该不该去接，最后还是接了。

"莲儿，你听我解释……有人监视我……"

"这和我有什么关系呢？别解释了。"

"莲儿，你在生气……"

"你玩你的吧。我曾经是你的姘妇，现在我不当姘妇了，不侍候你，也不侍候任何人。跟香云去吧，她需要你……你不用怕看我。我马上要走了。"

她抬高声音，然后把听筒摔下去。没放对地方，听筒落在床柜上，她还隐约听到了博雅的声音，尖锐得可笑。

玉梅拿起听筒大叫说："你这只猪！"然后啐了一口放回去。

"你用不着这个样子。"丹妮说。

"他是猪！他就是。"

"好像你比我还气嘛。"丹妮笑笑说。

"小姐，你不该让他欺负你。如果我是你，除非他答应娶我，否则绝不让他靠近。"

丹妮低头沉思："他也许会来——如果他真在意的话。"

"他来了，我就对他吐口水。"玉梅说。

丹妮情不自禁还希望他来。那天她在房里等了很久，听他的脚步声，他的敲门声，但是他没有来。

第二天傍晚，她带玉梅乘船去香港，没有留话给他。她们在港稍做停留，就乘火车到汉口，除了路上碰到两次空袭，倒也没有遭遇更大的艰险。

/ 拾叁 /

　　一九三八年一月五日，丹妮和玉梅到达汉口。南京在十二月十三日沦陷，足足有七十五万居民离开了那儿。另外有数百万人离开海岸乡村的家园，乘邮轮、帆船、汽车或步行沿河而上。这个内地都城的街上挤满难民、士兵、童军、护士、公务员和穿中山装的政府人员。旅社、饭店和电影院老是客满，饥饿的男女有些一看就知道是中等阶层，也日夜在街上流荡，这个时刻是贫是富都没有差别。新年那天，有人看见一位上海来的摩登小姐站在码头上，向轮船上下来的旅客兜售她的毛大衣，好换几块钱买食物。疲惫的士兵不断穿过本城。很多女人走来走去，有些穿童军服，有些穿长袍，有些在值班，有些在找寻失散的亲友。长江的渡船总是坐满了人，长江对岸的武昌也像汉口一样拥挤。

　　历史上最大的移民开始了。数百万人由海岸涌到内地，抛弃家园和故乡，跋山涉水，仍难以逃避在敌人侵略中遭受屠杀的命运。敌人的鞭笞太可怕了。中国战线在苏州崩溃，迅速瘫倒，过了三星期连首都也沦陷了。但是恐怖的不是战争、炮弹、坦克、枪支和手榴弹，甚至不是空中的炸弹，虽然榴霰弹的冲击、爆炸和吼声相当吓人。不是死亡、肉搏，钢铁互击的恐惧。自有文明以来，人类就在战役中互相厮杀。闸北附近的村民在几个月的枪林弹雨中并没有抛弃家园。但是上帝造人以来，人也从来没见过狂笑的士兵把婴儿抛入空中，用刺刀接住，而当作一种运动。也没有遮住眼睛的囚犯站在壕沟边，被当作杀人教育中的刺刀练习的标靶。两个军人由苏州到南京一路追杀中国的溃兵，打赌谁先杀满一百人，同胞们一天天热心写下他们的记录。这些武士道的高贵行径，连中古欧洲的封建社会也做不出来；连非洲的蛮人也做不出来。人类还是大猩猩的亲戚，还在原始森林中荡来荡去的时候，就已经做不出这种事了。猩猩只为雌伴而打斗，就是在文明最原始的阶段，也找不到人类为娱乐而杀人的记录。

恐怖的是人，是一个民族对另一个民族所做的惨事。大猩猩不会聚拢猩猩，把它们放在草棚中，浇上汽油，看它们着火而呵呵大笑；大猩猩白天公开性交，但是不会欣然观赏别的雄猩猩交合，等着轮到自己，事后也不会用刺刀戳进雌猩猩的性器官。它们强暴别人妻子的时候，也不会逼雌猩猩的伴侣站在旁边看。

这些事情并不是虚构的，因为有人也许会以为这是近乎发疯的作家最富想象力的杰作。不，这些都是中国抗战和日本皇军真真实实、有凭有据的历史。只有国际委员会的正式报告才有人相信，在小说中大家反而不信了。我们不谈历史，只谈小说，所以暂时对这些略去不谈。但是我们对于日本民族心理以及人类学中所隐藏的此类现象，深感兴趣。孟子说："恻隐之心，人皆有之。"如果孟子说得不错，我也相信他说得不错，那么日本人也应该有恻隐之心。但是我们现在有必要解释人类的恶行，一切宗教和哲学都主张人心恶念的存在。宗教假设有魔鬼，因为魔鬼对宗教和上帝一样重要，希伯来"善灵"冲突的观念是最典型的例子。只有在特殊的时间和特殊的情况下，天使魔鬼混合的人类，才会完全失去羞耻心，被隐藏在心中的魔鬼完全控制住。要理解某些异常和犯罪心理，需要对大众和民族心理都有所了解，才能把事件弄个明白，可惜我们懂得太少。

我们可以回溯中国历史上一个相同的例子，张献忠嗜杀的喜好也到达过顶点。十七世纪初期明朝还没被清朝灭亡，就先因治理不当而陷入乱局，这个狂人占领了四川，将军的手下将杀人当作信仰，写下了中国历史上空前绝后的纪录。除了狂人行动实在找不出其他的解释。年表上资料太少了，我们无法了解张献忠心灵暗淡的旅程，他也许遇到很大的不幸，也许爱情上遭到大挫折，只能由他的口号中找到蛛丝马迹："天生万物以养人，人无一善以报天，杀！杀！……"据说有一次他用砍下的女人小脚做成一座尖塔。他找不到最小的来装饰顶尖。于是他想到爱妾的小脚，叫人把他爱妾的小脚砍下来，点缀在小脚堆上，开怀大笑起来，心满意足。但张献忠为何说人负天，他必须替天杀人呢？是什么事件使他心智癫狂？难道是他好友夺取他所爱，他向全人类报仇？

但是张献忠只想灭绝忘恩的人类。他杀人后并不指望亲自统治人民，或者由傀儡来统治。他的疯狂行为局限在他自己的狂热里，其他方面他倒是正常的。他不想一面屠杀人民，一面建立"新秩序"。他杀别人，也自知会被人杀掉。他杀人狂笑，被杀的时候也大笑不已。

张献忠爱乱杀人，所以他失败了。太平天国也一样，日本人也会是这样失败的。为了逃避占领区"新秩序"的恐怖，逃避日本人坚称的"乐土"，四千万难民放弃家园，逃向汉口新都，涌到内地去。

战争会给人带来奇妙的改变。

对于数百万难民，对于留在沦陷区的人，甚至对于住在后方，看到无数人群跋山涉水的人来说，战争代表一千种变化。没有一个人的生活不受移民、长期抗战和封锁的影响。很多人突然改变习惯、抛下熟悉的老家和舒服的日子，开始过路边原始的生活。有些人不幸远离了"文明"，有些人意外地发现了生命新的价值，发现人类缺少了很多东西也能活下去，生活的要件其实少之又少。还有人发现了真正的中国，发现四千年来伟大的平民特性，发现学校地理书上所读到的无垠土地、城市、高山、河流和湖泊。

很多坐惯私家车的学生竟有力气跋涉一千里的高山和深谷。电灯换成幽暗多烟的油灯，密集的巷道房子和电车换成农舍和家禽场，暖气换成没有保温设备的房间和泥地，汽油味换成稻草味，冷气换成天然的山风和星空的奇景。连母鸡孵蛋都没看过的小姐发现她们若想吃鸡肉，就得用发颤的小手割破鸡喉咙，宰鸡拔毛；很多有钱人失去了家园和财产，很多人失去亲友，很多人遭受到刺心沥血的经验。有些父母买不起全家的船票，只好留下一两个大孩子，事后永远不能原谅自己。有些父母眼睁睁看着自己的小孩被人推下太挤的帆船，掉入江心里。他们不得不继续前进，而这段回忆却永难忘怀。战争就像大风暴，扫着千百万落叶般的男女和小孩，把他们刮得四处飘散，让他们在某一个安全的角落躺一会儿，直到新的风暴又把他们卷入另一旋风里。因为暴风不能马上吹遍每一个角落，通常会有些落叶安定下来，停在太阳照得到的地方，那就是暂时的安息所。

这段中国抗战史和所有伟大运动的历史一样，铭刻在这一代的脑海和心里。五十年或一百年后，茶楼闲话和老太太聊天时一定会把几千个风飘弱絮的故事流传下来。风中的每一片叶子都是有心灵、有感情、有热望、有梦想的个人，每个人都一样重要。我们此处的任务是追溯战争对一个女人的影响，她也是千百万落叶之一。

丹妮变得太多了，碰面的时候老彭简直不相信自己的眼睛。她到他的钱庄去，探知他目前正在对岸武昌替佛教红十字会工作。她的面孔消瘦苍白，眼睛比以前更深更黑。服装也换成简单的蓝布袍，在这个战时新都里，太"俏"是不受欢迎的。她穿着布衣，宽宽的袖子挂在身上，她觉得快乐，不仅因为她不想招人批评，也因为她已经感染了战区的气氛。穿上布鞋，她的步调也变了，她在武昌的泥沼地中走来走去，心中充满了升华和自由的感觉。

不过改变的不只是她的外表。到汉口的路上，她一直很沮丧。玉梅看她白天躺在床上，身体好好的，心里却有病，好几个钟头不说话，不知道她心里想些什么。玉梅问她某些实际的问题，丹妮老是说："有什么关系呢？"

她总觉得自己一直在窥视别人的花园，想进去，却被无情地关在门外。宝芬和暗香的态度几乎像博雅变心一样使她难受。她以前被别的男人甩过，但是她和博雅的关系比较深，和她想进古老大家庭的梦想联结成一体。最后的打击不仅粉碎了她的希望，也改变了她对一切恋爱的看法。她再度失败，而且以悲哀的决心承认失败，不过她似乎也超越了爱情这一关。

在惨兮兮的火车旅程中，她们一直没有睡好。进到汉口，她的精神似乎才苏醒过来。她们在武昌窄窄弯弯的石头路上行走，到古黄鹤楼山顶附近的"佛教红十字救难总部"去。老彭正忙着照顾伤患，听说她们来了，连忙冲出来。他以老友分别重逢的热情来招呼她们。

"哦，彭大叔，你永远是好心的彭大叔。"

"博雅呢？他没跟你一起来？"

"别提他了。"她低声说，"我以后再告诉你。"

"丹妮，你变了。"

"是的，我知道我看起来像鬼似的。有什么关系呢？"

"你一定发生了什么事，你完全变了一个人。"

"真的？"

"真的。"老彭隔着大眼镜打量她，"我在上海和你分手的时候，你很漂亮很活泼。现在你真美——真正的美。"他看看她含悲的黑眼睛。

她苍白的面孔微红了："我轻了不少。看看我的宽布袍。"她看着自己，笑一笑，却是疲惫的苦笑，"别说我啦。你在这里做什么？"

"你知道，这是佛教红十字会。我们尽量照顾伤兵。我们缺乏人手，缺药品，缺钱，什么都不够。"

她面色一亮，热心地说："我来帮你，还有玉梅。"她抬头看看他，又说，"我要向你学。"

"我很高兴。"老彭笔直地望着她说。他看得出来，上海的情绪已经改变了她，离开北平的时候，他看出她眼中有悲哀的表情，但是现在更深沉，脸上有一股安详的神色，使她充满成熟女人饱受沧桑的美感。

他领她们穿过一间只有竹家具，没有保暖设备的会客室。这是附近的一座庙宇。几本佛教杂志搁在小桌上，墙上有木刻的花纹，叙述母牛转世的故事，劝人不要杀生。后面的天井有一间小图书室，一个信佛的富有人家住在楼下。他们穿过会客室到楼梯，爬上楼，老彭在不常用的阅览室里摆了一张卧铺。除了客厅传来的热气，房里并没有保暖设施。房门一开，就有一股冷风吹进来，但是老彭穿得很多，他说这样并不辛苦。窗户面对长江，望出去前面有棵大树，没有床。老彭的铺盖放在木地板的一角。地板没有加漆，灰灰的但很干燥。

"这是一个豪华的房间，我一个人住太好了。但是，"他低声说，"楼下的人反对在这里安插难民。我一直想带几个人来，我们每天都推掉很多难民——因为地方、钞票和食物都不够。于是，喏——我自己一个人享受这个房间。"

"我们若搬过来，有地方住吗？"丹妮问他。

"我不知道该把你们安顿在哪里。"他说，"但是你们可以住在对岸，白天再过来。"

他们下楼，旧楼梯在老彭脚下吱吱响。房子后门和寺庙相通，老彭带她们进入庙中大厅里。大厅和天井都住满难民。孩子们在冬阳下玩耍嬉笑，佛龛下到处排满被褥。很多难民用亲切的笑容招呼老彭。有一个母亲带着三个小孩挤在寺院的一角。母亲怀里抱着一个婴儿，她向老彭打招呼，移动一下，仿佛要让出一角坐垫，就像女主人欢迎客人进屋似的。她的陶土锅放在一个小泥炉上。

"你们还有米吧？"老彭问她。

"是的，大叔，我们还够吃三天。"妇人微笑说。

"两斤米你们四个人怎么能吃三天呢？"

"我们够了，大叔，"妇人辩解说，"小家伙吃奶。我们很满足。"

"你该多吃一点。我去给你弄些豆瓣酱，说不定还能找到几两腌萝卜，呃！"

两个大孩子羞答答尽量掩藏他们的喜色。"来一些豆腐，大叔？"六岁的男孩说。

"你们这两个贪吃鬼！"母亲大叫说，"你们简直像乞丐。"

"你会吃到豆腐的。"老彭向那个孩子眨眼说。

"他们是我们的难民。"他们继续往前走，老彭低声对丹妮说。

"他们才来两天。庙里满了，不肯收他们。这可怜的妇人是老远由宣城来的，我自己负责照顾他们。我不忍看他们母子被赶走，负责人说：'你若能替他们找到地方，就让他们留下来。'我劝楼下的人家答应让我跟他们住，他们不肯。哦，你看他们住的地方，又湿又有污水味，我打扫干净，让他们住，他们就待在那儿了。"

三个人进入后厅，除了两边的十八罗汉，这里还有一个镀金的大佛，约莫二十尺高。难民的包袱、衣物、水壶、饭碗堆在雕像的石柱上，一个盘腿而坐的罗汉足尖上立着一个黑色的壶。几乎没路可走，他们就站在门边。老彭和一个站在角落里的男人说话，玉梅则跪下来向佛像磕头。她两度站起来又跪下去，磕完三次头，她很高兴，走向孤零零的丹妮说："你不拜佛？"

"不，我从来没有拜过。"丹妮回答说。

她抬起头，大佛半闭的双眼似乎由高处俯视她。也许她生性热情，过度敏感。她一定见过那种眼光很多次了，也许上个月的事情使她产生了空前的理解力。大佛眼睑半闭，露出同情、谅解的神情。那是熟悉人类一切罪恶和愁苦，千百年以来以若即若离的眼光俯视愁苦世界的神情。佛像雕刻创造了神秘的同情眼神，梦幻般暗示了平静的智慧，与其宽润肉感的唇部相配得出奇。面孔线条柔和，没有皱纹；肉感、安详，显得女性化，甚至母性化，充满热情，像基督教的圣母而不像救世主耶稣。大佛脸上有同情，眼里有智慧，安详中自有一股勇气。由于唇部显出充满情感的线条，他看起来更伟大，更有人情味了。丹妮看到佛像，感觉到它的威力，它简直像一个解事的妇人，俯视放荡、罪恶的男子。丹妮抬头看它，一时着了迷，仿佛她也能用同样谅解的表情来看生命说："可怜众生！"也许这就是一切宗教的用意。佛像顶上的一块木匾上有几个镀金的刻字："我佛慈悲。"她也是这间大厅里受苦的难民之一，佛像正慈祥地俯视她。她觉得她几乎想为自己向神明祈祷，也为博雅祈祷。因为她像一个被阻在花园外的人，还想着那座园子，博雅也留在她内心深处。

她走出来，发现老彭和玉梅都已经离开大厅。

"你看到和我说话的那个人没有？"老彭说，"他来自一个苏州世家。他说他们有三万元家产，如今是一文不名。他们被炸弹赶出了家乡，只匆匆带了几百块钱。路费很贵，他们把钱全部花光了，他们比苦惯了的穷人更辛苦……"

"一切都这么感人。"丹妮说。

"你没有看到好戏哩，"老彭说，"你上个月若看到他们沿河过来，像我一样……"

"谁替你煮饭？"她突然问他，"你一天都干些什么？"

"庙里替我煮三餐，我总是忙得不可开交。"

"你下半天能不能陪我们？"

"我得去买我答应孩子们的豆腐和腌萝卜。然后我再来陪你们出去。"

四点左右，他们离开寺庙，走上黄鹤楼。古楼已有千年以上的历史。丹妮看过一张宋朝的名画，把黄鹤楼绘成平台、画梁、楼阁和曲顶的壮丽建筑，但是现在经过改建，变成一座不伦不类的外国式丑恶砖楼。这是观光客登高临水的地方，有一家饭店在那儿卖三餐，但是因为战略地位的关系，现在一部分不开放，由军人占领。他们爬上台阶，台阶不难爬，但是玉梅肚里的孩子渐渐大了，她到达楼顶不觉有些气喘。

他们走向一个边台，有人在卖茶水，他们就占了一个临河的座位。狡猾的湖北人（俗语说"天上九头鸟，地上湖北佬"）下午习惯到黄鹤楼，坐下来喝茶，看船只在汉水、长江交会处被急流翻倒，武昌、汉阳、汉口三城就坐落在这个交会点上。据说"湖北佬"常彼此夸耀自己一下午看到了多少翻船，他们常常耽误了回家吃饭的时间，希望打破自己当天的纪录。下面鹦鹉洲的艳阳里，他们也看到了柳树和农舍。很多小船来来去去，靠近东北方有几艘外国炮艇泊在汉口对面。汉水在汉阳、汉口之间流入长江，一部分依稀可见，交会口有一大堆帆船，像树丛般密集在一起，桅杆朝着天空。因为汉口掌握了华中对上海及外国市场的贸易，壮丽的水泥建筑、关税大楼、奶油场和晴川阁，以及过去外国租界的房子都清晰可见，是财富和繁荣的象征。

"你看那边汉口的外国房子。"老彭说，"那边的人很有钱，有些人从来不渡江。他们永远不会明白的。"

丹妮望着老彭笑笑，她很快乐，觉得她穿乡下服装和他很相衬，也和环境相合。他饱经风霜的面孔在下午的阳光下自有一种美感。

"明白什么？"

"河这边的不幸哪。"

他静坐了几分钟，健壮的身子沉入旧藤椅中。

"告诉我博雅怎么啦？"他终于问道。

"薄情郎！"她说，"我临走没和他见面。"

"他不是君子，"玉梅插嘴说，"他欺负我们小姐。"

"玉梅很好玩，"丹妮大笑说，"她在电话里骂他'猪'，还对他吐口水。"

"怎么回事？"老彭焦急皱眉说。

"我做得不对吗？"玉梅激烈喊叫说，"我一看到他就不喜欢他。他们第一次会面，他就把小姐弄哭了。小姐还跟他出去，他又不肯娶她。他忽然不来看她了，有一天晚上我们发现他和另外一个女人跳舞。他就是不来看她，如此而已。"

"我不懂。"老彭说。

丹妮就把一切告诉他，他静静听她说完，然后问道："你没有告诉他你对我说过的身世？"

"我说了一点，但是他说他不想听我过去的行为，我想这样也好。"

"于是你们吵架了。"

"我们没有吵，不过我不想听他解释。我不是亲眼看到他和别的女人在一起吗？我没有和他见面就走了。不过，彭大叔，没关系。我和他吹了，也告别了那一切。"

"你恐怕太轻率了一些，他一心一意爱着你。"

丹妮苦笑。"我恨他！"她眼睛又失去了平静，"我太傻，居然想嫁他。如果我是良家妇女他就不会这样对待我的。"

"很抱歉，"老彭说，"都怪我不好。如果我和你在一起就不会发生这种事了，也许里面有我们不知道的隐情。"

"他没写信给我，"老彭说，"但是我想他会写来。"

晚饭前他们到平湖门和汉阳门之间的江畔新街去散步，那边有一段旧城门拆掉了，改成现代砖房的大街。虽然今天是一月七日，难民还在由南北各地坐船或搭车来到这儿，漫无目标的流浪者在街上挤来挤去——工人、农人、商人、学生、穿制服的军人都有。难民穿着各式的绸衣、布衣、外国料子，惨境各不相同。

他们由黄鹤楼下山的时候，丹妮看到路边一个堤坝上有一张巨幅的图画，沿墙伸展一百五十尺。那是大队人马的画像，前段有士兵和几个野战炮单位，还有不少平民男女走在前头，围着骑白马、戴白披肩的蒋介石。这似乎象征一个现代的国家，在领袖的四周团结起来，排成一长队前进，显示出伟大的希望和崭新的力量。这是二十位画家合作的成果，群众的面孔非常真实，古典国画家是不这样画的。

"那就是我们的领袖。"老彭说，"听说他拒绝了日本的和平建议。上个月南京沦陷后，有人传说要和谈。很多政府首领都相信末日到了。我们最好的军队已被摧毁。我们在上海失去了三四十万军人——包括训练最精良的部队。我怀疑很多大官都打算求和，但是蒋司令到汉口说：'打下去！'我们就打下去了。"

"你从哪里听来的？"

"从白崇禧将军那儿。他说上个月德国大使去见蒋司令和蒋夫人，带了日本的谈和条件。他说出条件后，蒋夫人端茶给他，改变话题说：'你的孩子好吧？'"

"那就是勇气！"丹妮大叫说，"我真希望能见到她！"

"听说她到香港去治病，不过马上就回来。如果有空袭，你就会看到她，空袭后她常出来帮忙找孤儿。你知不知道我们的士气为什么高？我们国民从来没见过这样的政府，这么关心战争灾民的福利。"

老彭手里拿一个布包袱，用绳子绑着，里面装了不少东西，这是他独居的习惯。他包袱里的一个烟罐中放着钞票、硬币和香烟。在进城的转角处，丹妮看到一群乡下小孩坐在路边。他走向孩子们，拿出烟罐，掏出一张一元券分给他们，小孩似乎早料到了，连忙称谢。

"这样有什么用呢？"他转身笑笑说，"他们十天前来的，现在还在这儿。我找不到地方给他们住。除此之外我又有什么办法呢？"

三个人进入一家小饭馆。吃的东西很多，他们叫了薄酒、汤和一些辣椒炮牛肉。

老彭大声喝汤，似乎胃口不小。

"你是一个快乐的人，对不对？"丹妮问他。她对这位中年男子很感兴趣。

"快乐？"他说，"我无忧无虑，良心平安，我想你就是这个意思吧。"

丹妮似乎在想心事。"如果不认识你，我不知道我会怎么样，"她说，"我想我还留在上海。"

/ 拾肆 /

接下来的一个星期里，丹妮和玉梅每天过河到庙里去给老彭帮忙，晚上再返回她们的旅馆。丹妮喜欢白天的工作、晚上的广播、报上的战争消息。战时的新都一切事物似乎都叫她兴奋与忙碌，像任何一个自愿或被迫离家的女人一样，她必须有工作做，有某一种目标。

但是还有一些事情使她牵挂着旧日生活。老彭叫她到钱庄去拿信，他坚持博雅一定会来信，如果不写给她，至少也会写给他。所以她只好每天都到充福钱庄去。

"没有信吗？"第十天她问柜台说。

"没有。"职员回答说。

"你肯定吗？"

职员望着她苍白的面庞与深黑的眼睛，再度认为她是不可理喻。"我何必骗你呢？假如你的朋友不写信，我也有错吗？"他说。

丹妮很失望地走开了。

"你还爱他？"玉梅说。

"我爱他也恨他。"丹妮说,"但是我很想知道他如何为自己辩白。"

不过丹妮从事救难工作很快活。这是一种能使自己派上用场,却没有严格约束的工作。包括打打杂,替难民写信,解答问询,找医生,到木器行订几张凳子,安抚新来的人,帮难民登报寻亲,城内找人,或是有难民得到亲友消息,要去更远的内陆时代为其安排。有时候有大堆工作要忙,有时则无事可做。不忙的日子里,他们三人就到火车站去看抵站的旅客和难民。

老彭照管的那一家子难民中,十二岁的儿子因风吹日晒而病倒了,发着高烧。老彭经过一番争取后,才把他带进自己的房间,丹妮出外买回一个小泥炉来烧水炖药。这些都是新经验,比她与博雅的约会更陌生。有时候她独自坐在病童身旁,静思默想,有如置身梦幻中。那个小孩名叫金福,她替他洗脸洗手的时候,他常用惊喜的眼神望着她。这种经验对丹妮和乡下小孩同样陌生,她对他产生了一份爱,他也把自己家乡和旅途的一切告诉她——并说他们是宣城的墨水制造商。当她看到他烧退了,觉得是她的第一次胜利。等他能下床的时候,她已不习惯说"有什么关系"了。

但是他们每天都不得不推却几个新来的人,这愈加使得老彭清晰地感到,他们是就便服务大众,并没像他们原想的那样去尽力做好事。老彭认识很多路边的难民,他们都在附近角落找着了住处。他们境遇很惨,老彭若不能带他们进庙,就根据他们的需要到街上去帮他们。有时候他把病人送到医院,坚持要医院收容。他常与丹妮商谈说,他要给难民们找间房子,由他们照自己的意思来管理。

有一天一家三口被推出庙外,事情达到了最高潮。那位父亲携着十岁的女儿和六岁的儿子。小女孩病重,简直无法行走。他们来的时候,丹妮也在。她听说小女孩夜晚咳嗽和冒汗。她面容消瘦,大眼睛却灵巧地望着丹妮。丹妮实在不忍心赶她走,就叫他们等一下,她去找老彭谈。他们费了一上午工夫才找到愿意收容这家人的人家，由老彭付房租和饭钱。

丹妮一有空就去看这位小女孩，她名叫苹苹。她患了肺病，不过整天快快活活的，总说她没什么。她父亲整天坐在房里呻吟，有时候一整天见不着人，留下小女孩和她弟弟看家。苹苹告诉她，他们是靖江人，十一月底南京沦陷前逃出，他父亲筹着六百块钱，一家四口人，却只够买三张船票。他只好撇下十五岁的大哥，给他三十块钱，要他自己想法子到汉口。这等于让他去听天由命，一家人生离如同死别。那个少年曾到码头去送他们，当他挥手告别时，他父亲差一点跳下船去，轮船一开，他就崩溃了。南京陷落后，新的难民先后抵此，纷纷传述他们看到的恐怖暴行，以及四万二千名少年遭处决的经过，她父亲捶胸顿足，骂自个儿害死了儿子，又望着儿子能逃到汉口来。

他们抵达后，事实上过着像乞丐般的日子。由于风吹日晒雨淋，又吃不饱，苹苹生病了，如今她咳嗽很严重，还开始吐血。他父亲变得很暴躁，有时候对她说粗话，问她难道不能替哥哥死，好"偿她哥哥一命"，随后又悔恨不已，哭着要求她原谅。苹苹在父亲面前只能强颜欢笑，忍住不咳，说她没什么。

有一天老彭邀丹妮散步去，希望能找着一间廉价房子，好收容难民。阳光灿烂，以汉口的冬天而言，那天算是挺暖和的，是出门的好日子。午饭后他们向中和门郊区出发。他们经过斜湖，只看到拥挤的小房子，于是老彭带她往洪山方向行去。

他们向西沿大路走到乡下，一路上只见池塘和光秃秃的棉田，间或有农舍和菜园散布其间。

洪山立在小湖中，午后的阳光直照山头。老彭指着远处小山坡上的一排树木和几间屋子。

"那个地方很理想。"他说。

"为什么选这样的偏僻之处呢？"丹妮问道。

"因为较安静，房租也便宜些，况且城里适合的房子都客满了。"

他们上坡行了两三里，低头一望，武昌就在他们眼下，蛇山上有几排房子，屋顶密集，不是铁红就是黑色。沙湖和小湖横在脚下，长江对岸的汉口凹凹凸凸的轮廓一览无余。冬天的景观又灰又冷，却自显出一种忧郁凄清的美感。湖水很低，露出一片片湿地，水草在风中摇摆荡漾。

他们继续沿着山路走，看到一个长的石墙，似乎是有钱人的住所，墙上的题字饱经风霜，简直看不出了。一扇旧石门开着，他们走了进去。地坪很大，他们看到的是一间像没人住的屋子。通向屋门的幽径石块间已长满了青草，屋门关闭，但一半倒下，老彭轻易地将它推开了。

光线自格子窗射入，可以瞧见里面空无一物，只剩几张黑漆的椅子。墙上挂着破字画，歪歪斜斜，铺满了灰尘，屋角和窗户布满了蜘蛛网。室内有年久废墟所特有的干腐味。他们穿过外厢，进入右边另一间房间，房内有张很好的亮漆床，还有桌子和书架。一个细致的旧褥子还铺在床上，最常睡之处颜色较深。一边角落堆满各式各样的家用品，其中一个金纹的大漆木浴盆，想必有着辉煌的过去。旁边的破砖都叫沙子盖住，显然是蚂蚁的杰作了。这是西厢，光线较亮，他们看出灰砖地板是干的。

老彭将手沾湿，在面对内室的窗纸上挖个小孔。

"里面还有天井和许多房子！"他惊叹道。

他们又进入中厅，推开了通往内院的小门。院子里铺满细致的石板，一个圆周两三尺的古釉鱼缸立在一角，上面生了一层青苔，乌黑的水面布满了尘土。

丹妮在前引路，轻推开东厢门，门键吱吱作响。突然她大叫一声跳回来，抓紧老彭。

"怎么？"他问道。

"里面有两具棺材！"

老彭跨进门。两个黑漆的棺材就搁在墙边的长凳上。

丹妮还在颤抖："我们出去吧。"

他们离开那间屋子，关上门，走到大路上，最后在一户人家前见到一位农夫。

"老伯，"老彭问他，"那间旧宅出不出租？好像是没人住。"

老农夫微微一笑："你怕不怕鬼？"

"不怕，怎么？"

"那间屋子里闹鬼，已经十年没住人了。屋主搬到哪儿了，没人知道。"

"那么现在没主人啦？"

"没有。若不是闹鬼，早有人去住了。那家人运气太差。主人是江西籍的黄陂县长。他死后，姨太太跑了，家人一个个死掉，到最后只剩下儿子和女婿留下来。后来小儿子跑走，年轻的女婿也上吊自杀。"

"屋内的两具棺材是怎么回事？"

"长子败光了家产，他母亲死后，他无力将双亲遗体运返江西去安葬。"

老彭谢过农夫，又返回那栋旧宅。他进去再瞧一遍，丹妮在外头等。最后他出来说，后面的大宅院中有十二个房间，屋外还种有一些云杉和松树。

"你该不是想住鬼屋吧？"她问道，"棺材吓坏了我。"

"没什么可怕的。"他说，"世间并没鬼，就算有，也从不骚扰良心清净之人。我们不久就能使这儿洋溢孩子、男人和女人的声音，变成快乐人居住的乐所。这儿颇理想，因为我们不用付房钱。"

于是在几天内，那栋旧宅就变了样。丹妮买了一些红纸，剪成一块块，写了"福"和"春"字，在门上和各房间的壁上贴成方形。她在一张纸上写了"我佛慈悲"四个字，贴在石楣上。另外要做的事很多，如买米，买灯，买椅子和炊具等。受丹妮照料而痊愈的男孩金福很能干，她叫他做什么，他都极乐意协助。

"你把鬼给赶走了，"老农夫对老彭说，"他们怎么敢留在这儿呢？恶鬼是怕善人的。"

吃饭的时候，老彭对丹妮和玉梅说："没想到救人如此省钱。我们总共才花了三百块钱，米粮用不了多少钱。"

"但是苹苹需要吃肉和蛋。"丹妮说，"她丝毫没有起色，我真为她担心。"

出阳光的下午，丹妮常去小丘上坐着，俯视河上的落日，有时候一个人，有时则和老彭或孩子一道。春雨、秋雨在斜坡上刻出一道沟渠，流入湖泊中。再过去便是春天的棉花田，此刻却露出一堆堆晒焦的残株，土地被湖泊的泥岸和沙岸分割成小岛与沙洲分立在湖水中。自山上望去，湖水平静，映着蔚蓝的天空，丹妮甚至还看到白云掠影水面。天气好的时候，她可望见远处的汉水，像晶莹的橘黄色的饰带，映出了落日的余晖。老彭坐在她身旁，察觉落日为她苍白的面色带来了鲜红的暖意。大清早或深夜时，湖西常笼罩一层阴暗的浓雾，直延伸至城墙边上。有时候地上会有晨霜，似雪片般迎着阳光闪耀，而使湖水相较之下显得黑蒙蒙的。

有一天她独坐小丘顶上一块她最钟爱的岸石上，看到金福由城里回来，身旁有位老太太。老太太步伐慢且不稳，头不停地摇晃着。他们走近来，他看见丹妮，就指着她对老太太说："那就是观音姐姐。"然后他跑向丹妮说："我带这位老太太到我们那儿去。我晓得你不会反对的。"

"当然不会。"她回答说。

老妇人走近丹妮，用颤抖的双手摸着她。她的眼睛长了白膜，已看不太清楚。

"我应该跪下来，"她说，"但是我膝盖没力，我没有多少日子可活了。如果你好心放我进去，我不会打扰你太久的。"她双眼眯成一线，抬头看着丹妮。

"当然我们会带你进去的，奶奶。"丹妮说。

老太太揉着眼，叹了口气。"我没有多少日子可活了。"她又说，"菩萨会保佑你。这位小哥已经说过你的事了。我是个老太婆，孤零零的。我只要找个角落平安等死就成了。"

丹妮起身，扶老太太进屋。大部分房间都住满了，老太太看到放棺材的大房间，说她喜欢这儿，并喜欢一个人住。她蹒跚地走向棺材，用敬羡的态度抚摸了很久，长长吸了一口气，喃喃自语一阵。

"两具棺材都有人？"她问老彭说。

"是的。"

"太好了，我用不起，我没有那种福气。"她摇头低声说。

老太太是神秘的，她无法走远，大部分时间都待在房里或坐在门外的院子里。她一个人吃饭，玉梅或金福必须给她送饭过去。

不久又来了一个女学生和她母亲，是老彭和丹妮在汉阳门外的大路上遇见的。当时母亲正拿着两个黑包袱坐在路旁，女儿约十八岁，神色茫然，静站一旁。老彭一走近，少女受惊，正想保护她的母亲，丹妮迎上去，她用愤恨的目光盯着她。

"别管她。"母亲说，又对女儿说："月娥，这些都是好人。"母亲指指她的头，表示她女儿的脑筋有问题。

母女被带上山，丹妮渐渐知晓她们的身世。月娥心情好的时候，说话很正常。她上过基督教学校，父母在南京开过一间高级的小饭馆。战局危急，她父母叫她同邻人去汉口，他们已五十几岁了，要留下守着饭馆，因为像那种年纪的人不可能遭到厄运。月娥沿河上行，和邻人失散了。正月初有一天，她在街上意外地碰见母亲。她母亲身体健壮，除了遭到一场恐怖事变外，一切都显得好好的。少女意外地和母亲团聚，快要乐疯了。母亲受辱的经过她着实对女儿说不出口，就只告诉丹妮。

"有一天五个日本人来点饭菜，我们只得弄吃的给他们。他们吃完还不走……是的，我被那五个日本兵强暴了，一个五十几岁的老太太呀，我丈夫是个魁梧有力的男人，他把锅、壶、刀子砸到士兵们身上，割伤了一个家伙的脸，他们立刻射杀了他。是的，一个五十几岁的老妇人……在我老皱的脸上你能看到什么好看的地方呢。这些禽兽！"

如此一来，老彭和丹妮所主持的慈善屋充满了活力。大家都知道丹妮是老彭的侄女，难民都喊她"观音姐姐"。玉梅不想告诉大家她也是难民，就说是老彭新寡的侄媳妇，老彭与丹妮也都赞同这种说法，因为玉梅在管家，得建立权威。她快分娩了，不能做太多粗活。

除了老彭外，屋里只有一个男人，那就是苹苹的父亲，其他都是女人和小孩。丹妮格外照顾苹苹，给她吃特别的伙食，不准男孩子惊吓她。苹苹在靖江老家曾上过学堂，她问丹妮能不能教她功课，但是丹妮告诉她，她最要紧的是赶快康复。男孩子没人管，有时候会跑到城里玩，天黑还不回来，让人着急。有时候丹妮会对不听话的孩子发脾气，她发觉到甜蜜的慈善并不只是对感恩的双手和笑脸施与礼物而已。

于是这群因战争偶聚的受创灵魂在一起——有金福和他母亲丁太太，也就是宣城的墨水制造商；有苹苹和她的父亲古先生，仍希望找着儿子；有月娥和她的母亲王大娘；还有爱上棺材、不同外界说话的老太太——在他或她们的心中每个人都怀有一段悲惨的回忆，一段难忘的经验。有人身体有病，有人心灵有病。由于需要食物，使这群陌生人相聚，而和其他人共处之道，再没有比遵守普通人性规矩来得更好了。先来的人对后来者怀有秘密的敌意，他们绝不愿人数增加。但到最后每一个人都觉得满足，认为自己能找到这地方实在很幸运。

在他们上头有丹妮和玉梅，她们本身也是难民，有着别的难民未察觉的悲剧。他们只晓得彭家养他们。而老彭对他自己的小善行很高兴。他从不向他人募捐，也不吁请帮助。他的报偿就是了解到自己是凭着良心去行善。

博雅仍是毫无消息。

"我要写信给他。"老彭说。

"他应该先写来，"丹妮回答说，"他对我的看法，随他去想吧。真的——没听到他的消息，我心倒平静些。"

她苍白的脸气得发红，但是老彭从她的声调中听出她已深深受到伤害。

"也许是信件误投，或是他的亲人阻挠。"

"你还信得过他？"

"我相信。"

丹妮锐利地望着他："彭大叔，在你眼中每个人都是善良的。如果每个人都像你，也就不会有误解了。"

"我写信好不好？"

"你要写就写，以他的朋友身份。但是别提到我。"她高傲地说。

"若不是为你，我根本不用写。我有心写封信责骂他。"

"请别这样。那有如我在写信求他来……我们现在在这儿过得很快活。"他看她眼中噙着眼泪，就听从了她的意思。

二月初的一个下午，老彭从汉口回来，带回一封博雅给她的信，附在他给老彭的信里。丹妮坐在小丘上，看他在山脚下跳出一辆黄包车。他上山看到她，忙挥着手中的信，加快了脚步。

"博雅的信。"他用特有的高尖嗓音叫着。

她的心跳突然加快，她已有几个月不曾如此了。她跑下石阶去迎他，不小心一下扑跌在路上。老彭还没跑过去，她已经站了起来，她伸手抓信时，双脚又趔趄了一下，他连忙伸手搀她以防她再跌倒。

"这封信误投了。"两人走上阶梯时老彭说，"你看，信封上写的地址是充福银行，而非充福钱庄，被退回上海了。"

他们走上小丘，丹妮全身仍在颤抖。

"坐在这儿的岸石上拆信吧。"老彭说，"你的嘴唇在流血。"

她拿出手帕揩嘴，然后以颤抖的手拆信。信封上留下了血的指印。发信的日期是十二月九日，是好几个星期前。上面写道：

> 莲儿妹妹：
>
> 我知道你会生气，我情愿忍受你的误解。我想在电话中解释，但是你不听。事情发生的离奇实超越个人的推断。事实上我是被人监视了，我避开你，好保护你的安全。现在我尽可能地将经过说清楚。
>
> 十二月三日，我被拉去见董先生，你或许知道他是上海黑社会首脑，正在打击汉奸。他拿出一些不利于崔梅玲的物证，我感到非常吃惊和难以理解。有很多天津寄出的信件和电报都经她签名。他说此人牵连极深，他要找着她。他说他收到报告，此人曾住在我北平家中，要我提供情报。我说她在北平就与我们分手，我不知她人在何处。董先生似乎不相信，叫我形容一下。我把崔梅玲描述成高大的北方佳丽。我不得不说谎来保护你。董先生虽然客客气气，却仍不相信，要我在他家等了两个多钟头。最后他们送我回家，我发现有人监视我，你知道董先生的方法。情况很危急，我时刻关切你的安全。我不能和你在一起，怕暴露了你的行踪，我又不能在电话中甚至是信中加以说明。我想你一定会相信我。
>
> 但是我知道你生我的气，因为你在舞厅看到我和你的朋友。我去那儿只是要她别暴露你的住址。你一进来，我吓慌了，董先生的部下就在屋里观察我。我除了不理你，离开厅房外，又有什么办法呢？幸好在舞厅里你没来找我。听说第二天那个人去找香云，盘问

过她。她朋友很多，可以证明她的身份。你也很幸运，她仍对你忠实，不承认她知道崔梅玲的一切事情。

我在舞厅里不和你说话，我可想象得到你的感受。我很怕你也许会做出一些吸引到那个人注意的事来。一丝小差错都可能酿成大祸，所以我第二天早上打电话，发现你平安待在旅社里，真松了一大口气。我内心祈求你立刻离开，不过我想你不会听到。第二天我再打电话去，发现你已走了，我更加放心了。我这样做很难，因为我显得很薄情。三天过去了，你杳无音信。我仍在等你平安抵达香港的电报，但是也许你是太气了，以至于没想到这样做吧。

你在电话里叫我"猪"，我感到像是脸上挨了一记耳光。我的心仍是热辣辣的，并非我不愿挨你打，而你也不介意被我打，而是我知道情况对你一定和我一样难受。

我希望你收到此信时，你是和老彭平安待在汉口。日本人逼近南京了，值此倾乱时局，我不知会去何方。但是不管你对我有何看法，都请原谅我。你现在不愿写信给我是已了解了吗？代问候老彭。多保重。

愚兄　博雅

附：此信我耽搁了两天才寄，但仍未收到你的电报，也许我必须放弃希望。敌人已在南京城下，我相信南京城陷落他们之手也只是时间上的问题。我不知道我该怎么办。

十二月十一日

又附：我又拖了两天。没有你的消息，你一定真的生气了。南京已经沦陷。

十二月十三日

丹妮读了没几行就泪水盈眶，到最后老彭看她直咬嘴唇，听到她喉咙也哽住了。等她看完，她手中的信件已和手帕一般湿淋淋了。她坐着望向地面，忍不住痛哭失声，脸埋在双手中。老彭一直静待她稍为平静下来，才柔声说："怎么回事？"

她噙泪望着他说："你自己看。原来他只是要保护我。我……"她说不下去了。

老彭接过信，看完后又还给她。"不错，"他说，"一切只是误会。"

"我恨玉梅。"她大喊道，"他只为我的安全着想，还以为是我骂他'猪'的。"

"现在你该高兴，一切都澄清了。"老彭说。

"我一切都清楚了，但是他却没有。他等了好久，我连一个字都没写给他。噢，我为何如此盲目、愚蠢？我得写封很长的信给他。我们先拍一份电报去。明天我要下山，亲自发电报。"

"你的嘴巴又流血了。"老彭说。

"噢，没关系。"她用湿手绢沾沾嘴唇。

"我要写信告诉他，他的信到时，你跌破了嘴唇。"

丹妮首次露出笑容。然后她问博雅给他的信里说些什么，老彭拿给她看。发信时间是一月二十日，主要是描述战局，以及军队的下场，还有一些南京的恐怖传闻。博雅认为，战争的危急已然过去，他正等着看中国能否重整旗鼓——这将是决定性的考验。上海到处都是丑陋的和平传说。他厌恶上海的时髦中国妇女，叽里咕噜讲洋文，像孔雀般晃来晃去；他讨厌他太太，讨厌时髦的医生，也讨厌自己。梅玲似乎已然在他心中消失，信中仅提到他寄错了一封信的地址。他甚至没要老彭代问候她。

"现在他会来了。"老彭说。

"他并没这样说。你认为他会吗？"

"是的，他会的，"老彭说得很自信，"他一来，我想你会离开我和我的工作吧。"

"噢，不，彭大叔。我绝不离开你，我绝不能。"

"你还不如我了解博雅。他很聪明，对大事有兴趣，对他的谋略与战术有兴趣，他不会为几个贫病的难民费心的。"

"但是我要使他这么做，彭大叔。"她叫道，"我绝不离开你。你给了我从未有的宁静和快乐……我在这儿很快乐。"

"现在你快乐吗？"

"我不知道。我想我应该是的。直到收到此信前，我仍是十足的快乐的。此刻我不知道。"老彭没再说话，两人就走上斜坡，返回屋里。

玉梅马上看出她的改变，她的双眼肿了。

"博雅来信了。"丹妮简短地说。

"他为什么写信呢？"

"他解释了一切。"

"别再当傻瓜，小姐。"玉梅马上说。

那天很早吃过晚饭，丹妮很早就进房，在微弱的油灯光下把信再看一遍。玉梅进来，发现她哭了，丹妮为自己露出了蠢相而生气。她提笔回信，但是手发抖，只好一张张撕掉。最后她放弃了，说她明天上午再写，然后趴在床上哭了。

"现在你又哭了。"玉梅说，"我们到这儿来，你从没哭过。"

"玉梅，你不懂，他全是为了保护我。他还以为是我在电话中叫他猪，向他吐口水呢。"

玉梅显得有点慌了："我会承认是我说的。"她说，"我不怕他。不过我还是要告诉你，小姐，除非他要娶你，否则别让他靠近你。"

丹妮笑了，试图解释博雅被人跟踪，是有人想找她。玉梅不明白为什么有人要害丹妮，但接受了此项她无法了解的解释。

"我可看得出来，你又失去了内心的平静了，小姐。"她以文盲固执的语气说，"跟彭大叔，从来就不坏事。"

丹妮笑她的单纯，也笑自己竟沦落到被玉梅训话、同情的地步。

第二天她起得很早，写了封信给博雅，这几乎花去一上午的时间。她告诉博雅她与汉奸牵扯上关系，以及她逃到他家的全盘经过。她坦承自己当时很气愤，但发誓以后不再怀疑他了。博雅信中没有一句热情的爱情字眼，但是她却毫不保留地写出。这是封热情的长信，仿佛在当面对谈。她把所有的过错全揽在自己身上，并忘却她的自尊，求他尽快来汉口；最后她告诉他有关他们正在做的工作。她在信封上写上"姚阿非先生烦转"，并加上"私函"字样。

"如果这封信落在别人手中，我真要羞死了。"她想。

她现在心情好多了，就和老彭去武昌，去了一家饭馆。午餐她只吃了几口饭，然后放下筷子。

"我吃不下。"她说，老彭看到她的眼睛肿了，脸色苍白，"我必须先把信寄出。"

他看到她脸上现出第一次陪博雅到他家时的特别表情。目光中再度露出恋爱少女兴奋与热情的光彩。几天前的肃穆安详已显著改变。他颇同情她，怕她再有事情伤心。

"我讨厌看到你那么没耐心，"他说，"我几乎希望你没收到那封信。你以前挺快乐的。"

"玉梅也这么说。但是你总高兴一切都已澄清了，不是吗？"

"当然。"他仔细看着她，"我祝你好运。但是你太灵秀，太敏感了，我很担心。"

"告诉我，彭大叔。你怎么能永远无忧呢？"

"你怎么知道我无忧？"

"你什么都不怕，连鬼屋都不怕。"

"那只是对生活的一种看法而已。"

"并不只这样，你具有快乐的秘诀。是因为信佛教吗？你为什么从不说给我听呢？"

老彭抬眼以既惊喜又庄严的目光看她。他慢慢地说："你从没问过我。佛教徒是不到处传教的，求真理和求解脱的欲望必须发自个人的内心。一个人若准备好了，他将悟出道理来。我想你是太年轻了，不容易了解。"

"我现在就在问你。"

"但是你在恋爱之中，"他笑着说，"不需急的。智慧要靠自己努力获致。我提到过每个人心中的慧心。佛经云：'一念为人，一念成佛。'高度的智慧永远在我们心里；那是与生俱来的，不可能失去，时间一到，自然会有'顿悟'发生。"

"你的意思是说我还不适合去了解佛理？我读到的东西几乎全都懂呢。"

"问题并不在此，宗教和学问是无关的，那是一种内在的经验。所以《六祖坛经》说，如人饮水，冷暖自知。那种较高的智慧就是禅那。"

"禅那是什么？"

"是一种直观的智慧，较知识与学问更为高超。佛心以知性和同情为基础，完全看个人的宗教禀赋，有些人永远看不出慧光。正如佛经所说的：激情像密云遮日，除非大风吹来，不见一丝光线。"

"佛经里只有这些怪名词我看不懂。如果你肯加以解释，我会了解的。"

老彭又笑了："别急，丹妮。我可以教你这些名词，解释它们的意思，但是你不会了解的。有些人以为读经就能获得智慧，有些人以为遵行宗教仪式就能获得积业，大多数的和尚也都这么做，这一切都是愚蠢的。六祖几乎是文盲，在一座庙里的厨房里打杂。就是这种更高的智慧使他成为佛教禅宗的祖师。他用人类自身来教导'顿悟',抛开了经典、教义和神像。"

"你不在庙里拜佛,你是禅宗信徒吗?"

"我自个儿也不知道……当你初抵时,看来又病又愁,因为你正生着博雅的气。嗔怒是掩盖佛心的'三毒'之一。后来我观察你,发现你自己已逐渐适应了,你重获得安宁。为什么?因为你已忘却你身体中所产生的怒火,你逐渐对慈善工作感兴趣。现在这种觉醒是积业和智慧的果实,积业又能引发智慧。"

"如果我悟了道能嫁给博雅吗?"

"为什么不能?自由人的行为是根据他的悟道来的。"

"爱不是罪恶吧?"

"那是'业'的一部分。一个人的命运是由他过去和现在的行为所决定。"

"但是你愿教我吗?"丹妮热切地说。

老彭注视着她眼中的神采说:"我愿意。"

"我们走吧,"丹妮站起身说,"趁着现在来到这儿,我还得去修表呢。"

"怎么弄坏的?"

"昨天跌跤的时候。"丹妮微感脸红说,"回到家以后,我发现膝盖也青肿了。"

"这就是佛家所谓的'惑'。"老彭说。

她很快地瞥了他一眼,有一种因高兴而感到难为情的脸红。他们走出了饭馆。

/ 拾伍 /

　　老彭和丹妮走出饭店才几秒钟，就听到敌机来空袭的警报。正月里汉口挨炸了三四回，武昌也被炸过一次。至今为止敌机仍以机场和铁工厂为目标。由于没有防空洞，大家都照常留在家中，谁也没有可避难的去处。少数人躲到乡间，但是炸弹既会落在城里的街上，当然也会落在那儿。

　　"我们该继续走，还是回头？"丹妮问。

　　"照你的意思。"

　　"我们得发出这份电报。"

　　"那就快一点。我们可不想困在河中央。"

　　他们走了十分钟才到渡口，只费了十分钟过江。一大堆人在街上匆忙挤来挤去，找地方安身。很多人站在甬道和凉台上看天空。父母们赶忙叫街上玩耍的孩童回家去。每一个人面色都很紧张。汉口人与大多数难民对空中来的谋杀都不陌生。

　　这一种空中公敌似乎突然将这座城市变成了前线，使大家对于下游数百里外的战争感觉如同亲临。

老彭和丹妮坐着黄包车抵达了堤防后街的电报局，这时候天空尽是嗡嗡声，像远处一大堆卡车正待发动似的。他们走进去，嗡嗡声加大了，连续不断，如饥饿的野兽面对眼前的猎物，它们愈飞愈近，声势逐渐增强。有人说一共有四五十架大飞机，分成两批。飞机离城市尚有几里，人们在等待炸弹爆炸声。除了飞机声，还有高射炮的射击声，几乎把机声淹没了。随后炸弹一个接一个爆炸，大地在人们脚下摇摇晃晃的。"很近！"有人大叫说。另一群飞机又来了。远处有更多炸弹的回声。然后声音渐远渐弱，飞机飞远了，丹妮这才觉得心中减去了一块重担。

大家都冲出来仰看天空，痛骂日本人，仿佛骂一个在逃的小偷似的。

电报局里的职员慢慢地从地下室走回来。丹妮等着发电报，听到救火车当当响，连忙冲出去看个究竟。有人说跑马场挨了炸弹，一部分房屋被炸毁了。

电报是用老彭的名义发出的，说信已收到，丹妮平安，两个人问他好。不久警报解除了，大家都来到街上。

"你要看蒋夫人吗？她也许会在爆炸现场出现。"老彭说。

丹妮立刻同意了。他们把信寄走，又到附近一家店铺去修表，然后叫车到跑马场。那个方向火焰冲天，救护车在街上穿梭。他们站在一大群人聚集处，看到有二三十间贫民房子着火了。穿着制服的小队正与吞噬房屋的火焰搏斗。日本人投了不少炸弹，但是大部分落在跑马场和田地间。救难队、护士和另外的穿着帅气制服的女孩子正在帮忙维持秩序，照顾伤患。大家自倒塌的房屋内拖出受难者，有些人遭烧伤，有些人已经死了。

附近有几个贫妇在号啕大哭，坐在地上，死者就躺在她们身边，毫无知觉，一动也不动，不再痛苦亦不再悲伤了。丹妮不禁陪老彭走向伤患的灾民上卡车的地方，到处乱哄哄的。有些妇女要人抬着走，有些人坚持要带她们抢救下来的东西。家园未成废墟者四处挖寻他们的家具，从废墟中拖出皮箱和抽屉来。

"那就是蒋夫人。"老彭低声说。

由人潮的隙缝中，丹妮看到了蒋介石夫人。她穿一件蓝色短毛衣和一件黑旗袍。毛衣袖子卷得很高，正忙着同穿制服的女孩子说话，用手势指挥她们工作。她看看受灾现场，眉毛不禁往下垂。好奇的群众特地来看火灾，也来看第一夫人。

丹妮站着看女孩子们工作。单是看看蒋夫人，看看大家彼此互助，仿佛灾民的悲剧就是自己的一般，她就觉得好感动。在全国大难中，个人的界限完全消失了。灾难中自有美感，就连大屠杀的现场也有一些启发丹妮灵性的东西。她想找一位女孩子来谈，但是她们都很忙，她想说的又只是一些傻话，于是她静静地在旁看她们招呼孤儿和灾民，把他们送上卡车。

"想想蒋主席夫人居然亲自照顾我们这些平民，"一个农夫带着怀疑的笑容说，"嗬！有这样的政府，谁不愿打下去？"

"现代妇女还不错。"另一个路人笑笑说。

丹妮为中国现代妇女而骄傲，她也是其中的一分子呢。这些穿制服忙于救助伤者、被群众仰慕的女孩正代表她前所未知的现代中国妇女的另一面。

"如果我们今天没有来，我就错过这一幕了。"大家看着蒋夫人的汽车离去，丹妮说。

他们回到武昌，听说那儿也挨了炸弹，有一条街被炸毁，灾情比汉口还惨，他们一小时以前吃午饭的餐馆全炸毁了，许多吃午饭的客人都被炸死。丹妮打了一个冷战，知道他们躲得好险。如果他们来晚些，或者坐在饭店里多谈半小时的佛教，他们说不定也如眼前诸人的命运。

　　眼前是最丑陋的死亡面目。两颗炸弹击中这条街，一颗落在戏院后方，弹片摧毁了对面四五家店铺的前半部。火势已经遏阻，幸存者可以回去默默检视家园的残骸，尽量抢救东西。救难队还很忙，在瓦砾中走来走去，挖掘埋在废墟里的灾民。两三个护士正在帮忙，由男童军搬送伤患。

　　丹妮看到前面有一大堆死寂的人体。女人的身子奇形怪状，暴露在大家眼前，死者了无知觉，伤者毫不在乎。地上偶尔也会出现零落的头或腿。附近一棵树上挂着模糊恐怖的碎肉，在阳光下还滴着乌血。死尸堆在戏院里，戏院后的墙已经被炸掉了。尸体愈堆愈多，她发现那些尸体就像屠场的死猪一般在空气中晃荡。一个女人坐在地上哭，旁边有一条婴儿手臂，手指圆胖，显得很美。另外一间房子里有一个女人屁股被炸掉了半边。榴霰弹扯裂了她的裤子，白白的大腿露了出来。她静卧在悲剧的尊严里，根本毫无羞耻可言，只有破衣服使她露出穷相。如今她和任何母生胎养的动物平等了。一股激动的感觉浸入丹妮的意识中。这个女人是谁，竟遭未谋面的人如此作为？

　　老彭触摸那女子，她叫出声来。她还活着！

　　她的声音如此普通，如此似一般人，这深深震撼了丹妮。

　　老彭急忙去找护士。一个女孩子来了，满手满身都是血迹。

　　"我们必须等一下，"她说，"男童军马上会带担架回来。那些该死的日本鬼子！"

　　这位护士头发修得短短的，后面齐平，手上戴了一个戒指。她神情开朗，面容有些瘦削，牙齿稍稍露出两唇间，瘦长的脸上沾着汗珠。她皱着眉头，似乎对这种大屠杀很熟悉，但每次看到时仍感沮丧。

　　"你是不是这个女人的亲戚？"她问老彭。

　　"不是。不过有必要我们愿意帮忙。"

　　"你是护士吗？"她没有制服，丹妮问她。

她点点头。

"我们在洪山有一个小地方，"丹妮说，"我们那边收容了几个难民。我们不是医生，不能带伤者去。不过若有无家的灾民，我们可以供应食物和住所。"

她们互道姓名。那个女孩子名叫秋蝴，她在中国红十字会工作，是随组织自南京来的。她说话又低又快，有四川口音，不过不难听。尤其她露出笑容、舒展眉毛的时候更可爱。她身材苗条纤秀，颧骨和嘴巴却显出力量和耐力来。丹妮很好奇，想认识几个同一代受过教育的女子，所以表现得特别诚恳。秋蝴对丹妮也很有兴趣，她忍不住被她又深又黑、长睫毛的眼睛，以及她不说话时歪歪唇的动作所吸引。

那个女人被带走以后，丹妮问她："你现在有时间吗？能不能上去看看我们的地方？"

秋蝴欣然一笑，在这种战争时期大家都不太讲究传统的礼节。"不该我当班，我是爆炸后自愿出来帮忙的。"她说。

他们带秋蝴回家，女人和孩子都跑出来迎接他们，问他们大轰炸的时候人在什么地方。月娥的母亲王大娘说："飞机来得很近。很多人冲到斜坡上去看武昌的大火。我的月娥吓死了，她躺在床上。"

丹妮发现苹苹不在，以往每次她由城里回来，苹苹总是第一个出来迎接她。"苹苹怎么啦？"她问道。

"她随大家跑到树林里去了。不过你还是先去看看玉梅，她一直哭，要找你。"

老彭、丹妮和秋蝴连忙进去看玉梅。她痛得翻来覆去，大声叫嚷。她抓紧丹妮的双手，脸上一直出汗。"时候到了。"她说。

丹妮看看秋蝴，她立刻明白了。

"你能帮忙吗？"

"可以。我在北平学过接生课。"

"那真幸运。"丹妮说。

但是玉梅眼中充满恐惧。

"如果是鬼子的小孩，把他杀掉。"她一面呻吟一面说。

"别说傻话。"丹妮说，"我说过这是你丈夫的孩子。"

老彭走出房间，知道是轰炸的刺激使她产期提前了。丹妮叫秋蝴坐下，同时把玉梅的遭遇说给她听。秋蝴摇摇头，"这种例子很多。"她说。她低声告诉丹妮，有一个尼姑曾经到她的医院，叫医生给她堕胎呢。

"你们照办啦？"

"是的。她说我们若不肯，她就去自杀。我们女人受害最深。我们难道不明白体内有一个鬼子的胎儿是什么滋味？"

秋蝴希望玉梅像一般农妇那样能顺利生产，她要人准备澡盆、毛巾、肥皂和剪刀，还在屋角放了一张大桌子。她写便条请医院提供一套接生设备，丹妮叫金福把便条送去，吩咐他尽快把设备带回来。

玉梅阵痛暂时缓和了一会儿，丹妮就走到老彭的房间。

"如果是日本娃娃，彭大叔？"她说。

"婴儿是看不出来的。除非婴儿某一点特别像她丈夫，才有征兆可找。否则谁分得出来呢？但是人不可能杀生。我们必须对此加以阻挡。"

"怎么阻止？"

"告诉她不可能是日本小孩。"

"我告诉过她，她也相信了，但是现在她又担心了。"

"撒个谎吧。总比谋杀好。"

"撒什么谎？"

老彭想了一会儿说："说日本婴儿全身都是毛，或者任何不会有的现象。"

丹妮说："我们还是告诉她，日本婴儿出生时有尾巴，她会相信一切。"

"或者有十二根手指头。"

"不，还是说尾巴好。不过如果真是日本婴儿呢？"

"我们以后再说，现在她心里必须完全静下来。有时候日本婴儿和中国人根本分不出来。只要她相信是中国人，又有什么关系？"

"你是说你不介意一个日本小孩？"丹妮困惑地说。

"我不在乎。"老彭说，"她不能杀那个孩子。毕竟是她自己的骨肉。"

这时候苹苹的弟弟进来说，他姐姐正在问丹妮为什么不去看她。

于是丹妮去了，还叫秋蝴一起去。玉梅的阵痛缓和些，金福的母亲暂时在屋里陪她。

他们叫秋蝴帮忙减轻玉梅的恐惧，秋蝴说："怪事也会发生。当然可能性很小，不过万一她的小孩真长了尾巴呢？我还是说我在北平接生过日本娃娃，看见他们生来就长了胸毛，那才不会太吓人。"

于是丹妮带她去看苹苹。小病人盖着破棉被躺在床上，她父亲站起来迎接她们。

"观音姐姐，我一整天都没有看见你。"这个十岁的孩子说。

"我很忙。我们到汉口去了，回来又忙着照顾玉梅姐姐。你知不知道她要生小孩了？"

苹苹的眼睛一亮。

"这是秋蝴姐姐。她是护士，特地来看你。"丹妮说。

这孩子面色发红，两颊消瘦，使眼睛显得更黑更大了。秋蝴看见痰盂里面有血丝，房间的光线和空气都不理想。窗台上有一个小玻璃瓶，里面插着小女孩亲自摘来的野花。房里只有两张床，秋蝴发现苹苹和她弟弟共睡一张床，一个人睡一端，就说，"你得叫他们分开。小弟弟要和他父亲睡，或者另睡一张床。"

"观音姐姐，"苹苹笑着说，"炸弹落下来的时候，你怕吗？"

丹妮把一切告诉她，还说她见到了蒋夫人。苹苹很高兴，想知道蒋夫人穿什么衣裳，做什么事情。

她们要走了，苹苹谢谢她们来看她，她父亲跟到外面来。

"我女儿怎么样？"他问护士说。

"她得了肺病，需要细心的照顾，充分的休息和营养。我会带些药再来看她。"

做父亲的向她道谢，泪眼模糊，看起来很可怜。

她们回来后，玉梅又开始痛了，但是秋蝴用专家的口吻说，时候还早呢。

丹妮告诉秋蝴，苹苹的父亲只能替四口之家买三张船票，不得不把她大哥放在原地。

"惨啊！"秋蝴说，"我们离开南京的时候，也碰到同样的问题。我在红十字会工作，随伤兵一起来的。我们是最后离开的一批，当时日本人离市区只有十二里了。红十字会为伤兵订了一艘船。但是医院里有一千多人，那艘船只容得下四五百人。我们必须决定谁走谁留。我们只能把伤势较轻的带走，让重伤的人听天由命。留下来的人哭得像小孩似的，一直求我们带他们走。他们像小孩般大哭：'用枪打死我们！给我们毒药！杀掉我们再走，因为日本人一定会杀我们的。'护士都流下泪来了，有些医生也热泪满眶。谁能无动于衷呢？一个二十岁左右的青年由床上滚下来，直拉着我，不让我走：'好姐姐，救救我，救我一命！'他腹部重伤，我知道他连码头都到不了，我知道他绝对活不成，就说我会回来找他。我回来的时候，他快要死了，还躺在地板上，满口鲜血。他张开眼睛，陌生地看看我就断气了。四处都是稻草。我们临走前，医院像猪栏似的，留下来的伤员哭声震天。这简直像谋杀那些伤兵嘛，我又不是铁石心肠。我们整天整夜抬伤者上船。只有两辆车，我们得亲自用担架抬他们。医院到码头坐车要半个多钟头，走路却要大半天，我们四个人一次只抬一个，有些人真的很重。"

"你们女护士抬担架？"

"是的，不过也有男人，大家都得互相帮忙。简直难以说明，难以想象。街上的人惊慌失措，都怕空中的轰炸机。但是我们若想到码头，就根本不能停下来。我鞋跟断了，店铺都不开门，买不到新鞋。连一杯茶都买不到，因为饭店也关了。我真不敢回想那段日子。"

"你们救了多少？"

"五百人左右。罗伯林姆医生是最后上船的人之一。他亲自开救护车。嗬，航程才糟呢。没有地方坐，也没有地方躺。我们护士、医生只好在甲板上站了四天，直到到了芜湖才找到吃的。有几个人带了面包，分了一点给我们吃。连水都没得喝。我们有些人用绳子绑着烟罐，由河里提水给伤兵喝。很多人中途死掉，尸体就扔到河里。到了汉口，我的腿又软又僵，一步也拖不动……那些事最好不要谈，不要想，简直像一场噩梦。"

秋蝴的语气很平静，很理智；她一面抽烟，一面用又低又快的口音述说往事，不带任何感情色彩。这一切对丹妮都很新鲜，她和受过教育的摩登女性还很少接触哩。

"不过，"秋蝴下结论说，"我们毕竟还活着，留下的人一个也没有留住性命。凡是手上有茧，能走能动的男人都被杀光，也不管他是不是军人。"

金福带着接生设备回来了。秋蝴点上酒精灯，叫人烧开水，准备干净的布块和报纸。金福的母亲丁太太和月娥的母亲王大娘都在门口，王大娘说她接生过很多小孩。丹妮从来没看过接生场面，觉得手足无措。

玉梅的阵痛来了又过去，但是婴儿还没有露头的迹象。玉梅因为不好意思，想学一般妇女压住呻吟，但是偶尔她会爆出一阵尖叫，因为勉强压抑更觉恐怖。这个残酷的场面把丹妮吓慌了。

她们叫人端一个火炉来取暖，天黑时油灯也点上了。

玉梅的身子翻来覆去，仿佛在刑架上似的。秋蝴站在旁边。

"叫医生取出来，"玉梅呻吟道，"如果是日本娃娃，就把他杀掉。"

"是你丈夫的孩子。"丹妮说着，颇为她难受。

"那为什么这样折磨人？我受不了。"

"马上就生了，要有耐心。这是你的孩子，也是你丈夫的亲生骨肉。"

"我怎么知道呢？"玉梅软弱地呜咽说。

"我会告诉你。"秋蝴说，"我在北平的医院见过很多新生的日本婴儿。他们一出生就有胸毛。所以若是干干净净，胸上没有毛，你就可以确定是中国娃娃。"

但是玉梅好像没听见，她乱翻乱滚，手臂抓紧秋蝴："医生，救我，我不要这个孩子。"

"别乱讲。"王大娘说，"所有女人都要经过这一关的。"

她们一个钟头一个钟头等下去，桌上的时钟也一分一秒嘀嗒响。小孩的臀部依稀可见，但是出不来。秋蝴摸摸母亲的脉搏，还蛮强的。

午夜时分她决定把婴儿弄出来。她用力将孩子的胎位扭正，二十分钟后终于把他拖了出来。大功告成，她满身大汗。母亲静静地睡着了。王大娘听说秋蝴还是未出嫁的闺女，相当感动，摇摇头走开了。

玉梅睡醒，丹妮弯下身说："是男的，是你和你丈夫的儿子。没有胸毛。"

玉梅看看身边的孩子，露出平静甜美的笑容。

那天晚上秋蝴和丹妮共睡一张大红木床，丹妮对于分娩的过程印象深刻，对秋蝴的技术和勇气也深深佩服。她想起来早上轰炸的场面。这一天她看到死，也看到生。她现在知道"业"是什么意思了。

老彭为丹妮拿了几本禅宗的佛经，有《楞伽经》《六祖坛经》和《证道歌》。前面六祖的生平使她尤为感兴趣。老彭不想太快教她，他叫她背《证道歌》及《禅林入门》中的诗句：

何为修福慧，何为驱烦恼，何毒食善根。

去贪修福慧，去嗔驱烦恼，贪嗔食善根。

观彼众生，旷劫已来。沉沦生死，难可出离。贪爱邪见，万惑之本……

革囊盛粪，脓血之聚。外假香涂，内唯臭秽。不净流溢，虫蛆住处。

放四大，莫把捉，寂灭性中随饮啄。诸行无常一切空，即是如来大圆觉。

丹妮一遍又一遍念这些诗，觉得很容易懂，但是老彭不肯教她更深的东西。他为她开了一道奇妙的摄生方子。灵魂的解脱必须来自身体的训练。

"走上山丘，走下山谷，走到腿累为止。抛开家务事，到后面的大庙或汉口、汉阳、武昌的郊区去散步。在汉口的时候，心里想武昌的人；在武昌的时候，心里想汉口的人。只有身体自由，灵魂才能自由。等你能一路由汉阳龟山渡河到武昌的蛇山而不觉得累，我才进一步教你。"老彭对她说。

丹妮不太喜欢走路，通常走几里就回来了。但是老彭教了她另外一件事：早晨、黄昏和月夜出去坐在小丘上。她发觉这件事比较容易做。她常常坐看小丘、河流、浮云和下面谷底的市区。

黄昏坐在那儿，脚下有宁静的山谷，城市笼罩在渐暗的微光中，心灵清静无比。她常常会想起博雅，想起生和死，想起玉梅母子，想起自己的过去，有时候简直以为自己活在梦境中。老彭叫她静坐在那儿，任思绪乱飘乱转。长江永远向东流，黄鹤楼已立在岸上一千年了。西边的落日和昨天一模一样。有时候她觉得奇怪，这个美丽、永恒的地球上居然有那么多痛苦和悲哀。人类和永恒的大地比起来，实在太渺小。她听到远处火车呜呜响，喷出白色的烟柱。如果天气晴朗，她会看见好几百人，和昆虫一般大小——一种奇怪的双足昆虫——几百个人下火车，消失在蜂巢般的都市里。

日子一天天过去，没有博雅的回音。她愈来愈担心，同时也听天由命。"有欲有苦；无欲得福。"老彭引用佛经经典说。她也很忙。玉梅的孩子长得很快，只是脾气暴烈，一天到晚哭，晚上的哭声害得丹妮也睡不着觉。秋蝴每隔几天就来看她，有时候丹妮也到医院去，认识了几位秋蝴的女友。

不知怎么的，屋里的难民都传说玉梅的孩子是日本人。有一天几个男孩进入玉梅的房间。

"我们要看日本娃娃。"有一个男孩说。

玉梅抓住在她胸口啼哭的婴儿。

"这是中国娃娃，"她大叫说，"你们出去！"

孩子们跑出去，但是娃娃还哭个不停，玉梅火了，因为他无缘无故整天哭。

她绝望地对他说："我今天喂了你六七次，你还在哭。你是什么小妖怪，天生要来折磨你母亲？"每次他一哭，她就喂他吃奶。他安静了一会儿，又开始哭了。这个小孩皮肤黑黑的。玉梅注意他脸上的每一部分——眼睛、耳朵、嘴巴——看看是不是有点像她丈夫。但是第二周比她初看时更不像了。小孩似乎更丑更黑，还露出斜视眼来。她丈夫没有斜视眼，她公公也没有。那个日本兵是不是斜眼呢？她记不起来了。也许她养的是日本婴儿哩。最后她终于相信那个日本人有斜视眼。有时候她喂婴儿吃奶时，这个丑恶的疑团会在她心中升起，她就突然把奶抽开，小孩没吃饱，往往哭得更厉害。

有一天，一个由村里来卖柴火的妇人说要看新生的娃娃。

"多大啦？"她问道。

"十七天。"玉梅回答说。

"长得好快。"

"是啊,不过他脾气暴躁,整天哭。我没睡过一夜好觉。"

"毕竟日本娃儿和我们的不一样。"那个妇人严肃地说。

玉梅脸色很激动。

"你说什么?"她气冲冲地追问道。

那个女人知道自己说了不礼貌的话,连忙道歉:"我只是听村里的人说你生了一个日本娃娃,我想顺道来看看。我们从来没机会看日本人,现在我很忙,我要走了。"

那妇人走出房间,玉梅眼睛睁得很大。娃娃还在哭。

"让他哭吧!这个魔鬼!"丹妮进来时,她大叫说。

"他饿了,你为什么不喂他?"

"我喂过啦,我不知道要怎么弄他,随他哭吧。"

玉梅双眼含泪,抱起他,松开衣扣,把奶头塞入婴儿口中,但是她低头看他,觉得他的斜眼似乎比以前更严重了。她颤抖着将婴儿推开。

"这是东洋鬼子,我知道!"她说,"我怎么能用我的奶来喂鬼子的孩子?他长大只会折磨他母亲。"

"但是他饿了,你必须喂他呀。"

"让他去饿吧。我受够了,他饿死我也不在乎,村里的人都说他是日本娃儿。"

于是她不肯喂她的孩子,小孩哭累睡着了,后来饿醒了又大哭特哭。

"你是在害死自己的亲骨肉!"丹妮说。

"谁愿意谁就喂他好了。这不是我丈夫的小孩,是鬼子的孽种。"

丹妮叫来老彭,他生气地说:"你是在谋杀自己的孩子。"

"我要谋杀他……否则你可以把他带走。他是斜眼的鬼子,和所有斜眼鬼子没有两样。谁要就给谁吧，我不愿意终身拖着这个羞辱。我不要他还好些，我最好先杀他，否则他长大会杀我。"

"那就交给我吧。"老彭说。

"欢迎你带走，他长大会杀你哩。"

玉梅躺回床上，号啕大哭。丹妮看到可怜的小孩，就抱起他，把他带到老彭的房间去了。

老彭想把孩子交给愿意抚养的女难民，但是谁也不肯碰他一下。山上没有牛奶，老彭只好订炼乳。他以前从来没有养过小孩，丹妮只得帮助他。

"也许是日本婴儿。"丹妮低声说，"真是丑娃娃一个。玉梅说那个日本兵是斜眼。"

"是又怎么样？我们不能杀害生命。"

于是娃娃放在老彭房里，丹妮大部分时间在里面陪他，但是情况愈来愈糟糕。王大娘说这孩子也许消化不良，但是她不肯来帮忙，婴儿只好孤零零一个人。

有一天傍晚，丹妮进入屋内发现娃娃死在床上，棉被紧紧包着他。她听一听，孩子的呼吸声停止了；小孩子是被人闷死的。

她大惊失色，跑到玉梅房间，发现她在床上痛哭。她歉疚地抬头望向丹妮。

"是你干的！"丹妮说。

"不错，是我干的！"玉梅阴沉地说，"他的小命愈早结束，对我愈好。耻辱已跟我来到这儿。我已经被大家当作笑柄了。但是你不必说出来，只说娃娃死掉就成了。"

老彭回来了，发现屋内的小尸体。丹妮把经过告诉他，他气得满面通红："可怜的小东西，这样结束了自己的生命，全是他父亲罪恶的结果。一件恶事会引发另一件。不过，她怎么能断定不是她丈夫的小孩呢？"

丹妮以为他要去骂玉梅，但是他没有。他只说："做过的事情已无法挽回了！我恨她心肠这么狠。"

现在婴儿死了，丹妮看看他的小脸、小手和小脚，觉得很可怜，她并不害怕，因为他似乎很安详，她摸摸他的小手，不禁流下了眼泪。她和老彭隔着婴儿的小尸体四目相对。他满脸悲哀，额上的皱纹也加深了。

"我们得替玉梅保守秘密。"她说，"邻居已经跑来说他是日本娃娃，她要摆脱这个耻辱。"

于是老彭去看玉梅的时候，只说："这是小孩的罪孽。不过你心也太狠了，他毕竟是你的骨肉哇。"

大家听到消息，有些女人来看娃娃，大家都说他很可怜，但也是罪有应得，反正谁也不愿要这个孩子活下去。因为是小婴儿，当天晚上就匆匆埋掉了。玉梅甚至不肯去参加葬礼。

葬礼完毕后，丹妮陪老彭回到他的房间。油灯在他桌子上似明似灭的。

"唉，"他叹气说，"如果是日本小孩，你看一件罪孽自然会导致另一件。父亲的罪行报应在无辜的孩子身上。这就是'业'的法则。"

"你现在肯不肯多说些有关佛道的事？一个人要怎样达到悟的境界呢？"丹妮说。

老彭笔直地盯着她说："大风一再吹过，我想你心里的乌云已一扫而空。我想你现在能够明白了。你眼见那孩子出生，也看到他死去，你也许觉得他可怜，因为他短命，而我们都希望活久一点。这就大错特错了。长命比宇宙又算得了什么？我们都活过一生，但是我们都没有看清生命。"

他继续说："悟道的基础就在看清楚生命。但是要看清生命，必须先除我见，除去自己和别人——'你'和'我'——之间愚昧的差别。

这种觉悟能使我们解脱一切悲哀和罪恶的情绪。我们活在现象界里，一切全是感官和有限智慧所生出来的错觉。殊相与共相的差别只存在于这个世界中。一切人类的激情、贪念、愤怒、迷惑、憎恨与挣扎、空虚的欢乐与失望都是由这种愚蠢的幻象产生的。只有智慧者怀着高超的天赋，能看出这种差别的谬误。我们出生、繁殖、死亡的现象只是幻影罢了。只有不分自己和别人，不分宇宙和众生，我的心灵本体才是真实的。《金刚经》说：如果我佛一刻含有自我和他我，生命、宇宙和我的见解，他就不再成佛了。但是我们生为肉体之身，难免要愚蠢地抓住这些独断的分别。解除这些你与我、殊相与共相的感官差别，就能回复较高的佛性智慧，由此就能产生一种普遍的怜悯和无私的慈善心。'行慈悲不仅要付出实物，也要付出无私的仁慈和同情。'一个人免除了自我的幻象，就可以解脱一切的由自我而生的悲哀与痛苦，进入非有非无的境界，能享受'大莲座'上我佛的庇荫。"

于是丹妮把轮子的旧梦告诉老彭，问他是什么意思。他打开《楞伽经》，念下面一段经文来作答：

> 无知业受生。眼色等摄受。计着生识。一切诸根，自心现器身藏，自忘想相，施设显示。如河流、如种子、如灯、如风、如云，刹那展转坏。躁动如猿猴。乐不净处如飞蝇。无厌足如风火。无始虚伪习气因。如汲水轮，生死趣有轮。种种身色，如幻术神咒，机发像起。善彼相知，是名人无我智。

"你现在懂了吧。"老彭说，"为什么有更高的智慧才能了解佛道，为什么一般人很难脱出感官差别的错误。一切有生有灭；只有心灵不灭，因为它超越了生死的循环圈，也超越了有与无的境界。"

"那么一切生命都是空的？"

"空只是一个字眼罢了。所谓空虚，只是说它不真实。但真实也只是一个字眼，是由我们习惯力所产生的见解。大家把涅槃误解为空虚或灭绝，其实只是个体不存在了。我们活在一个有限、充满制约的世界里，无法想象绝对和无条件的意义。所以我们才说它'空虚'。"

但是丹妮对"业"的学说——也就是现世生命的因果律——尤其是"罪愆"和"孽障"比较感兴趣。

"但是我们已经出生了，该怎么活呢？继续活下去，结婚生子难道不对吗？"

"婚姻和爱情都是孽业法则的一部分。我们有身体，也有爱和欲，爱欲又带来种种失望。活在业的世界里，我们屈从孽业法则，面对无法避免的罪愆和报应，因果律到处存在。种瓜得瓜，种豆得豆。你我必须活下去，生活的方式决定了我们的将来，是接近智慧呢，还是沉入悲愁的深渊里。现世的生命使我们被爱憎所缚，爱憎本是一体的两面。你说你曾恨过博雅，那是因为你爱他，正如现在你知道自己还爱着他。我们都有朋友、亲戚和各种私人关系，要完全摆脱感官的欲望是不可能的。但是知道爱憎是由我们的感官以及'你''我'的差别心而来，就可以达到博爱众生的幸福境界，超越个人失望的悲哀。"

然后他教她《楞伽经》中诵佛的名言：

世间离生灭，犹如虚空华，

智不得有无，而兴大悲心，

远离于断常，世间恒如梦。

智不得有无，而兴大悲心，

一切法如幻，远离于心识。

智不得有无，而兴大悲心，

知人法无我，烦恼及而焰。

常清净无相，而兴大悲心。

一切无涅槃，无有涅槃佛，

无有佛涅槃，远离觉所觉。

若有若无有，是二悉俱离，

牟尼寂静观，是则远离生。

是名为不取，今世后世净，

我名为大慧，通达于大乘。

/拾陆/

　　观音菩萨一定蓄意让丹妮吃苦，她二月三日收到博雅那封延误的信件后，曾拍过电报，也曾去信说明，但是毫无回音。丹妮原以为对博雅的爱情已死了，但此刻又重新点燃起来，她整日魂不守舍。先是玉梅分娩，然后是照顾婴儿和婴儿死去，她现在工作反而减轻了些，时间也很自由。老彭发现她愈来愈瘦，愈来愈苍白。他要她多走路，一方面当作普通养生法，一方面也寓意更深的理由，要使她明白，若要心灵解脱世俗的悲哀，必先使身体不依赖舒服的享受。以军校生的严格训练才能拯救灵魂。正如训练中的军校生在反省时会用好奇的眼光来看平民生活，山中的隐士对世上的目标、都市的生活，也能看出另一种分量和意义。无忧无虑的心灵只存在于无欲的身体中，这种肉体的苦行常被冠上禁欲主义的名字。《证道歌》说得好：

　　　　常独行，常独步，达者同游涅槃路。

　　　　调古神清风自高，貌悴骨刚人不顾。

禁欲对女子比男子更加困难，尤其怀孕时更是如此。精神想压抑肉体，却往往违逆了女性存在的法则。母亲的子宫生命力又强壮，又渴望生长和养分，于是坚持它的需要，不肯妥协，只遵从与生俱来的法则。这份需求转移到母亲身上，改变了她的口味、食欲、心情和情感。胎儿决定母亲该做什么，不该做什么，胎儿最需要宁静与休息。违反了这些法则，胎儿照样能尽情吸收母体的一切，不管母亲反应如何，把她体内的营养全吸光。

研读佛经只改变了丹妮对生命的看法。她不知道除了自己的灵魂受到触动外，她体内的另一个生命也觉醒了。

有一天早晨她出去散步。走过农舍，正待爬上大庙山径，却突然晕倒在路上。没有人看见她。她醒过来，自己用力坐起身。一个伐木人走过，看她坐在地上，脸色和嘴唇发白，知道她生病了，就扶她回屋内。她进入自己的房间，躺在床上，玉梅连忙去叫老彭。

老彭进来，坐在丹妮床边，脸上尽是关切。

"我正爬上小山，突然一阵昏眩。"她说，"醒来后，有一位伐木工送我回家。"

他静静看了她一分钟，心中想着无法出口的念头，最后才说："你不能再一个人出去了，也不能太劳累。"

她掩住了面孔，玉梅过来站在她床边说："小姐说不定有喜了。"

听到这句话，丹妮把脸转向墙壁，哭得双肩抖个不停。

老彭默默走开，显得很忧虑，把自己一个人关在房里……

两天后的一个晚上，丹妮来敲老彭的房门。门开了，她低头走进去。

竹桌上放着一盏油灯，窗外冷风吹得树叶沙沙响。她坐在他床上，因为屋里只有一张椅子。

"你怎么办呢？"他问道。

她抬眼看他，两眼亮晶晶的。他的目光很直率，但是她没有搭腔。

"我想你不必担心，博雅马上会来信的。"

"快十天了，他一点消息都没有。"

"他会写信的，我知道，他会来找你。"老彭坚决地说。

"如果他不来呢，我就去找秋蝴。"她说。

他一脸恐惧，可见他懂得她的意思。

"是的，"她又说，"虽然你明了一切佛教，你却不会了解这些。男人永远不会懂，肉体的担子由女人来承当。秋蝴说她为别的女人做过手术，她也可以替我做。"

"我再写信给博雅，他会来的。"

"如果他不来呢？"

"你不能摧残生命，我不许。"老彭显得很难过。

"没有父姓的孩子！"她苦涩地说，"不错，这一切都很有趣，这个业的法则——'父亲之罪报儿身'。"

老彭起身踱来踱去："一定能想出办法来，一定有博雅的消息。"

"去年十二月以后，他就没有写信给我，已经快三个月了。"

他停下脚步，眼光探索地看她，然后说："小孩一定要生下来，一定要有父姓，有一个办法。"

"有什么办法呢？"

"丹妮——如果博雅没有回音，你不反对孩子跟我姓吧——姓彭？"

最后他的声音有些抖。她盯着他，仿佛被一个太伟大、太难了解的新思想吓倒了。

"你是向我提出这个建议——牺牲你自己？"

"丹妮，也许我不该说……我只是给孩子一个父姓：我不敢要你爱我。"

"你是说要娶我——不让我蒙羞？"

"不，我太老了，配不上你，但是我还没有老得……不能欣赏你，重视你……我无权说这种话……"

他停下来。他看出她脸上有矛盾的情绪，感激、佩服以及藏不住的窘态。

"你得明白，"他说，"我们必须等博雅。你爱他，这是他的孩子。但是万一他不来，万一他改变了主意……"她慢慢抬头看他，点了点头。他抓住她的小手。

"那你愿意啰？"

"是的，我愿意。"

他捏捏她的小手，她知道这对他不只牺牲而已。

他猛然抽回手，走出房间。

博雅心里知道，丹妮临走前在电话里说了那一番话，可见她定然全误会了。

"我是你的姘妇，现在我不再当姘妇了，不侍候你，也不侍候任何人……跟香云去玩吧。她需要你。"他以为是她叫他猪，不过他倒不生气：这只表示她多么绝望，多么爱他。

"我不能怪她。"他自言自语地说。

他对她的爱情充满自信，就把这一次的误会告诉叔叔阿非说："她叫我猪呢。"边说边笑出来。

但是日子一天天过去，她杳无音信。南京又沦陷了，他开始陷入沮丧中，个人的问题加深了国难的感触。国都沦陷，他并不惊奇，但是最后几天的抵抗太激烈了，完全出乎他的意料。

南京陷落前三天，上游七十里的芜湖先失守，南岸中国军队的退路被截断，留下来捍卫南京的十万大军被困在长江江湾的三角地带，以南京为顶点，北有大江，南有追兵。保卫国都的任务都落在唐生智将军手中，他不顾白崇禧将军的劝告，自愿担当此一不可能完成的任务。自从苏州的中国战线垮了以后，中国的撤军计划全然失败。守军包括三股不同的兵力，广西军、广东军和四川军，还有一些留在中央的机动部队。缺乏全线的指挥，个人的英雄行动根本无用武之地。在首都东侧防守一座山头的一营广东军被敌人团团围住，战至最后一卒。山头整个着火，这一营士兵其实是被活活烧死的。其他各军退到城内，占领巷战的据点，却发现唐将军已经走了，没有留下防守的命令。群龙无首，溃不成军。广西军仍维持一个整体，向西撤退；有些士兵抛下武器和制服，到国际安全区去避难，或者乘渡船、小船和其他工具，随平民渡江。河上没有有组织的运输系统，但是就算有秩序，十万逃生者在岸上等几百艘小船载运渡河，也照样会乱成一团的。下关附近的城门挤满卡车、破车，男男女女腐臭的尸体愈堆愈高，交通都为之堵塞了，渡河成功的人都把这归功为他们的运气。

博雅思考南京大乱的消息，觉得中国最具考验的时刻已经到来。三四万军人在上海战场上捐躯，其中包括好几师中央军。各省派来抵抗洪流的军队根本难担大任。十二个日本兵在一个雨夜里披雨衣乔装成平民，只敲敲城门，卫兵就把他们放进去了，那些卫兵来自西北，纪律很差，苏州附近的战线就这样轻易垮了。这种军队根本不可能御敌。战线像接口脆弱的铁链，一拉就断了。

日本人在国际的胜利游行激怒了博雅，也激怒了所有的中国民众。中国士气能承受此惊人的打击吗？中国军队能否恢复过来，重组内地的战线呢？

博雅的纸上战术和大战略开始瓦解。一切机运都不利于中国。如果我方求和，战事便结束了，中国不再是独立自主的国家。但是博雅估计错误，日本最高指挥部也搞错了。日军若能追击到汉口，中国复原的机会便十分渺茫。但是日军以胜利者的身份却较中国败兵更加崩溃。他们行为失检，使之无法进一步求胜，日军总司令岩根松一也说："日军是全世界纪律最差的军队。"有一位日本发言人在东京说，战事尚未结束，日军却无法乘胜进逼汉口，当时这件事本应该很容易办到。进军长江沿岸只是三四星期的小事，而德式闪电战的纯机械部队两周就可以攻下汉口。日军的实际情况却使这些计划根本不可能实现，就算军官下令也枉然。这种任何力量也无法挽救的军事错误使中国有机会自打击中恢复过来，重整旗鼓，四个月后，也就是四月间，我军终于在台儿庄击败敌军，奠定了整个战争胜败分野的基础。

博雅写信给丹妮，满怀信心地等待她的回音。久无音讯，他心中开始充满遗憾和后悔。也许她不相信他的解释。请教阿非叔叔后，他决定等她和汉奸勾结的事搞清楚再说。他仍然爱她，但是疑惑若没完全弄清楚，他不能考虑娶她。因此他的信件因误投而遭退回时，他只写信给老彭，在信封里附上原来那封信，没有再写一封，甚至没有问候她。

就这样过了将近两个月的时间，博雅没有收到丹妮或老彭的回信。老彭是不是为丹妮而生他的气？他们俩在一起干什么？他们一起离开北平，一起到上海，如今她又到汉口去找他。他有点羡慕他的朋友，有时候心里甚至会生出邪恶的念头，如果老友也和他一样，爱上丹妮，那才有趣呢。

他自己就不相信柏拉图式的友谊。老彭若不迷上她肉体的魅力，也会因她对他及工作的热诚而动情。这如果算得上恋爱，可真是单纯而顺利的恋爱啊。他从来不怀疑老彭，他们彼此也从不厌倦。他相信老彭一定以为她纯真无邪，因为老彭对任何人都不会有恶感的。但是他确信年龄不相当，丹妮不会爱上老彭。

在迷乱中他找香云来排遣愁闷。她率直而世故的观点吸引了他，而且她的要求并不多。她以冷静的态度来看他，相信自己抓不住他，也从不自作多情，以为他爱上自己。她具有旧式女子的魅力，床上技巧和老式的调情术都不差；她纵情声色，却带有若隐若现的节制感，显出她独特的魅力。她只遵循古老的做爱技巧，使用古典小说中才有的色情语句来称呼他。他对她也和丹妮不一样，他不送贵重的礼物给她。有一天他给她一百块钱，她以几近卑屈的态度向他道谢。双方都认为是一笔好交易。有一次她说她认为丹妮和老彭（她从没见过）一定住在一起，因为她实在想不出其他的情况。

"你闭嘴！"博雅气冲冲地说。

"她若不爱他，为什么要到汉口去找他呢？"

"不过你不认识老彭，他是我的朋友。"

"我没见过一个男人抗拒得了女人的吸引力。"她说，"连和尚都办不到。"

香云有满肚子嘲弄和尚的故事，一面说一面笑。主题不外乎出名的圣男圣女，尤其是道家人物和圣洁的寡妇，最后总有一个震撼人心的高潮。

其中一个故事提到一位新寡的年轻媳妇。她婆婆曾接受皇帝亲颁的贞节牌坊，年轻的媳妇问她怎么办到的。婆婆拿出一袋磨光发亮的铜钱给她看。"怎么？"媳妇问道。"哦，"老寡妇说，"你公公死后，我晚上睡不着，为了使脑子纯净，我拿出这袋铜钱，熄了灯，丢在地板上。我必须摸黑在地板上找，一共一百枚哩。等全部找到，我又累又困，倒在床上就睡着了。头十年我每天都这么做，我就这样保住了我的贞节。"

另一个故事提到一个圣洁的方丈。他一生忠于信仰，如今正奄奄一息。庙里的兄弟们问他死前有什么愿望。"这些年来我一直着严格的宗教生活，"他说，"我从来没有看过裸体。这是我唯一的遗憾，如果我能看到女人的身子，就死而无憾了。"他们对他圣洁的生活感到很吃惊。"你最后的愿望将会实现，"兄弟们说，"我们会带一个脱得精光的女子到你面前，让你看一看，让你的灵魂能够平安离去。"于是他们由城中带回一个妓女，剥光衣服，送去给方丈看。方丈努力望着她叉开的大腿，终于失望地说："她身上也没有什么尼姑缺少的新鲜玩意儿嘛。她们都是一样的。"

有时候博雅忆起他在北平老彭家读到的佛经中阿难陀、摩登伽女和文殊师利菩萨的故事，总觉得他是阿难，丹妮是妓女摩登伽的女儿昆伽蒂，好友老彭就像打破阿难爱情符咒的文殊师利菩萨。

一月中旬左右，罗娜一家人来到上海，因为冯舅公确定那儿战事已结束。博雅问罗娜崔梅玲的一切。她从来没听说过文件被搜的事，既不替她辩护，也没有多说什么。亲友的舆论似乎不利梅玲，博雅默默在心里想念她。"无论如何，"他自忖道，"我已经扼杀了她对我的爱情。"

凯男看见丈夫现在和以前不同，又告诉她现在没有别的女人了，心里非常高兴。她发现上海很迷人，因为她渐渐认识了几位贵妇，觉得结交摩登、说英语的银行家、百货公司经理的太太和千金真是一大荣幸。这些贵妇琐碎的闲话，她们对自己的专心，对战争的漠视，以及她们对中国生活的无知，使博雅大为意外，极为恼火。有些人从未听过英文报上不登的中国文化和政治领袖的名字。她们活在这封闭、舒适的世界里，这世界离好莱坞、纽约或许要比南京更接近。这是一个自足的世界，摩登、繁华，到处是法式的餐厅和有冷气的戏院、私家车和乡村俱乐部。

凯男多次要引丈夫进入这个世界，都白费心机，最后终于放弃了。她走她的路，他也过他自己的日子。他正在留一撇整齐的胡须，像照片中的父亲一样，同时忙着交朋友。他常常带回一些地图和书籍，晚上潜心研读。不久他开始说他准备去内陆。

"你正在想念汉口的某一个人？"凯男问他。

"别傻了，"他说，"我要走向更深的内地。"

他要和一个他在凯男宴会中遇到的陈工程师同行。他在大学就认识陈先生，但是后来彼此一直没有见面。陈先生被任命为一个政府委员会中的一分子，要将公路修至内地。随着这个委员会旅行，博雅可以享受特别的汽车和宾馆，这些正是当地旅客的一大难题。为满足他"战略家"

的特殊兴趣，他最大的愿望莫过于亲自遍察内地的陆地、河流与地形。政府成立这个委员会正表示中国打算在内地发展基地，若不如此根本不可能进一步抗战。自从南京沦陷后，这是他首次听到有希望的消息。通过朋友的引荐，他给自己弄到"专家"的派令，只因为他曾经和"北京地学探勘所"有过关系。历史方面他更熟悉：顾炎武的《天下郡国利病书》是他最喜欢的著作；自从他对战略发生了兴趣，他便不断重读《三国志》，研究历史上著名的战役。

派令来了，他拿给太太看，她终于相信了他。

"你怎么走法？"

"一路向西南走。会有一个道路网连接桂林、衡阳、昆明、重庆，以贵阳为中心。"

"贵阳在哪里？"

博雅看看她，觉得很好玩："那是贵州省的省会。你是大学毕业生，居然没听过？"

"我小时候在学校读过。你怎么能指望我记得呢？"

"你知道缅甸在哪里吧，我想？"

"我不知道——知道，我知道它在中南半岛最南端。"

"哦，它靠近中南半岛，却不在中南半岛内。不过，你这样已经很不错了。"

"别这么刻薄嘛。谁在乎缅甸发生什么事呢，离我们几千里远？"

这实在很气人。后来博雅又试试其他的女亲戚，只有宝芬知道贵阳在哪儿。暗香什么都不知道，罗娜还以为缅甸是"西藏东边的某一块地方"呢。

"不管你们知不知道缅甸的位置，它对中国在这场战争中的存亡将具有极大的意义。"他曾对凯男说过这句话，后来又对她们说，他发现她们也一样困惑不解，"我们要建一条路通到缅甸。"

"为什么？"罗娜问道。

"因为我们将需要一道后门。"

"但是港口很多呀。我们不是由香港和广州得到补给吗？"

"整个中国海岸迟早要被封锁，包括广州。"

"你疯了。"

"有一个人没疯，他想法和我一样。"

"谁？"

"蒋委员长本人。他下令筑一条路，延伸两千公里，连接缅甸和重庆。"

"等路筑好，战争早已打完了。"冯旦说。

"要不要我把故事说给你听？一位美国工程师告诉蒋委员长，在这么困难的地带筑路，要五年才能完成。蒋委员长叫来一个中国工程师，命令他一年筑好。工程师目瞪口呆，但是蒋委员长说：'你听到我的命令了。一年之内。''是的，大人。是的，大人。'工程师说着，鞠躬告退。听起来很离谱，不是吗？不过这是我所听过的最好的消息。这表示我们计划打好几年。"

"好几年！"罗娜惊叫说。

"不错，好几年。你们这些贵妇坐在这儿的时候，正有人在做长远的战略打算，使长期抗战能够如愿。听起来像神话，却是千真万确的。你说我们自广州得到补给。补给品如何送到汉口呢？"

"当然是由铁路嘛。"

"你们知道谁建的粤汉铁路，什么时候建的？"

没有一个人知道。

"噢，蒋委员长下令日夜赶筑成的，工人晚上点火把照明工作，刚好赶上战时用。他预料上海会失守，别人都没有想到。如果蒋先生没有料到海岸封锁，没筑粤汉铁路和杭州到长沙的铁路，我们现在又如何能得到补给呢？现在他已经想到缅甸公路了。"

博雅说出他的论点，女士们都以佩服的眼光看着他。

"你打算做什么？"

"哦，我被看成地学专家。陈先生和我一起去。"

"你要远走缅甸？"罗娜问道。

"也许不会，整个西南道路网正在筹划中，我将一个地方一个地方去看。"

他说出一大堆省市的名字，太太们完全陌生，只知道这些地方都在西南。他说他要先去湖南的衡阳，但不走海路，他的工程师朋友宁可沿横跨三省的杭州长沙铁路西行，那条路也是战争前一年完成的。

他全心注意他的新兴趣，这件工作深合他的心意，使他有机会熟悉中国地势，而且他喜欢旅行，又很高兴能间接参与战争。探勘任务不必死守办公室的例行规则，他最受不了那一套；他可以走遍各地，获知战事的整个进展。他对各省山川河流的知识颇丰，使陈先生和同行的广东籍工程师梅先生大为惊讶。陈先生最远只到过汉口，梅先生也只熟悉广东和广西两省。

二月初，博雅要随陈先生和梅先生出发，再度去信给丹妮之后，他继续焦急地等待她解释的信函。但是成行之日已确定，他不能再等了。他来向阿非等人告别，他说他行踪不定，但是信件可以由长沙的"国立公路协会"代转。

他走后三天，老彭的电报来了。阿非拆开，只见是一份平安抵达的消息，就夹在一封信里寄给博雅。两周后，丹妮的长信来了。凯男正好到柏林敦旅馆来看宝芬，看到这封信是汉口寄来的，就说："给我，我来转寄。"虽然信封上有私函等字眼，她却觉得她有权拆阅。

丹妮在信中大诉衷曲，半叙述半解说，充满个人的思想感情，悔恨和自责，写得又真诚又亲密。文体平易热情。她只怪自己，并说出她在舞厅看到博雅后的愤怒和失望，以及她焚烧绸布誓言的经过。她要他原谅她，最后加上爱情的誓语，署名："你的爱人莲儿上"。

凯男一方面气愤，一方面又高兴信件落在她手中，现在她知道博雅生活的秘密了。于是她得意扬扬写了一封刻薄的信件给丹妮，用下流的言辞来侮辱她，劝她结束这段韵事，因为她丈夫早已将这件事忘得精光。

博雅取道宁波，很久才到达铁路线，所以三周后才来到衡阳。衡阳是湖南南部的小城市，位于五岳之一的衡山南方，它具有重大的战略价值，是坚固的军事据点，横跨粤汉铁路，敌人根本进不来。这里有一个军事总部和一个飞机场，千千万万的士兵使这座城市变成一个大军营。

博雅很高兴改变了环境，和男人为伍，又有新工作，又可观赏高山的风景，他再度快乐起来。虽然离汉口三百多里，他却觉得和丹妮很接近，而且再度得到自由，可以谈恋爱了。他在长沙收到转来的电报，旧日温情又在心中翻腾不已。他想搭车去汉口，但是要请假，而且三天内又要动身去桂林，如此时间便不允许。身为工程师，他半归"军事委员会"管辖，必须遵守军事纪律。委员会首领目前正在桂林等他们，他是留美的工程师，曾协助完成衡阳长沙铁路，费时极短，他对探勘团的指示就等于命令。

所以他拍了一份热情的电报给老彭和丹妮，告诉他们自己正在做什么，然后还写了一封信给丹妮。

第二天他收到她拍来的电报，说她很高兴得到他的消息，并问他有没有收到她寄往上海的长信。她说，他若没收到，请他一定要爱她原谅她，信里她解释了一切，是命运给他们带来这么多烦恼。她热切地问他能否去看她，并要求他确切的地址，使彼此的信件不至耽误，她求他尽可能多寄长信给她，直到重逢为止。

为庆祝佛诞，博雅随朋友们去参观南岳的岳神庙。他们遇上了一次空袭，有五十名佛教香客死于路上。第三天，他们动身了，一周后他在邵阳收到丹妮的第一封信：

亲爱的博雅兄：

我说不出此刻是多么欢喜。你从衡阳拍来的电报，直到彭大叔拿给我，我才相信。彭大叔说："他来了。"我不知道该说什么好，博雅，命运对我们太残酷了；造物主将人当玩偶来戏弄。

漫长的两个月中，我等待你的来信，却音讯渺茫。你没写信给我，总觉得你看不起我，或者你的女亲戚们说我的坏话。我眼前的世界裂得粉碎。我像一个走长路的过客，想进入一户人家的花园，园门却在眼前关闭了。想想我看到你走出舞厅不理我，心中是什么滋味！世界在我周围瘫倒了。头几天我恨你——是的，我恨你。但是我从来没有叫你"猪"；是玉梅那个傻丫头！不过现在我很快乐，你又离我很近，我要每天写信给你，至少尽量多写。玉梅正在笑我，不过我不在乎——至少玉梅这样想，她生你的气，现在还气呢——我要再做傻瓜。噢，博雅，我愿意跟你到天涯海角，就算我双脚走出泡来，双手爬得流血，也在所不惜。我知道你是我的生命；我愿意做你的妻子、情人或姘妇，只要能接近你就行。我对自己好吃惊，我以为自己恨你，没有你也能活下去，但是现在你的一封电报就改变了一切。只觉得你离我不远，使我又恢复了生命。我不得不告诉你，三天前我收到你太太的一封信，我寄给你的信在她手中，她写信来羞辱我。现在我们得面对一切了，她有权愤怒，因为我那封信就和现在这封差不多。我愿意对你摊开我的灵魂，就像我曾心甘情愿奉献我的肉体一样。你不肯听我的过去，你错了。你不知道我的过去，怎么能了解我呢？你不知道我曾陷入深渊，怎能明白你对我之重要？一个女孩出生，十七岁就成了孤儿。她漂离了"良家"社会，被男人的欲望击来打去。那个女孩子没有权利生活、恋爱，没有权利找一个丈夫，拥有自己的家吗？我需要家庭、幸福，与一位不轻视我、不把我当玩偶、能完全谅解我的丈夫，我特别是想得到同胞的尊重。于是你来到我的生命中。你能怪我爱你吗？我要你爱我，你也确实爱着我。后来的事情太令人不解，但是我要抛到脑后，以后无论发生什么，我绝不再怀疑你。我现在很快乐，和老彭在这儿，住在武昌城外洪山斜坡顶的一栋房子内，照顾十几位难民。玉梅的孩子出生了，但是她杀了他，因为邻居都说他是日本小孩。老彭改变了我，还教我不少佛教的东西。我现在明白他为什么如此快乐了，我很高兴你正为中国从事有用的工作。无论是什么工作，请把一切说给我听。你什么时候到汉口来？

　　这封信已够长了，我还没告诉你，和我同居的汉奸是怎么回事。他一切电报和信函都用我的名字收件，但是我不知他发出的信件也用我的名字。我发现他的行为，就离开了他。是我提供情报，他们才能突击那个地方。老彭知道一切。老彭瘦多了。献上满纸情意。

妹　莲儿上

/ 拾柒 /

　　五月里，抗战的都市汉口变成一连串活动的中心。有海报、游行和群众大会，军队和战争补给品也不断经过，使这座城市热闹非凡。山西、山东、安徽都有激战发生。日军沿平汉铁路推进，但是打了八个月，还是不能控制山西南边，山西的正规军和游击队已显出战斗的效力，不让敌人渡过黄河。津浦铁路上日军正由南京向北攻，由天津向南进。为了某一个难以解释的理由，敌人竟想在铁路交会点徐州会合，而不直接向西沿河直攻汉口，于是又花了六个月的时间。这对中国十分有利，使日军在长江战争中的损失增加了三倍。敌人低估了国军的抵抗力，仍想速战速决，结果一次又一次地犯了战略错误。

　　中国的危机已经解除了。蒋介石宣布，两个月内中国军的力量已达到宣战时的两倍。他正在参观各前线。在第一道前线上，我军都坚守国土。日军在二月四日攻下蚌埠，东京发出充满进攻性的声明，天真幼稚，被人引为笑谈：上述说二月十日到十七日一周内，中国军在平汉铁路和山西前线损失达"三万多人"，而日军只有"五十人被杀"。

汉口人看到新的战争设备运到北方前线，大家都欢欣鼓舞。中国空军由于苏俄飞机和飞行员抵达，力量增大。二月十八日汉口人看见一场壮观的空战，敌人的二十七架飞机被打下十二架。据说我军已放弃防守战略，改用进攻，四月里就现出成效了。国军撤换司令，由李宗仁和汤恩伯将军防守两条铁线前哨，胡宗南和卫立煌将军阻挡敌人接近黄河沿岸。蒋氏亲自指挥山西和河南前线。预料四月里徐州附近将有一场大战。

博雅的信件由衡阳寄来不久，老彭就离开那儿，住进汉口的一家旅馆。丹妮不知道，老彭决定离开是不是和博雅到内地有关，或纯属巧合。他把博雅的信件递给她，表情和她一样烦恼。"他来了。"他只说了一句，声音颤抖了。丹妮自己也很激动。博雅的电报很短，但是一字一句都意味深长："已随公路考察团到衡阳。一心热望见你。探勘归来后与你相会，长伴知音。博雅。""知音"显然是引两位音乐爱好者的故事，虽然用法很普遍，对丹妮却有特殊的意义。她眼睛湿润了，欢乐中竟没有留意老彭的心情。他们当时正在他房里，她跌坐在一张椅子上。

老彭看她流泪，满怀深情地说："我很替你高兴。"

"哦，最苦的一段已过去了，他就要来了。"她说。她咽下满口的幸福，嘴唇开始蠕动，仿佛一口口慢慢咀嚼幸福的滋味，就像老乡尝着精美食物一般。

"等他来，你就离开我们了。"老彭带着悲哀说。

"咦？彭大叔。我已经说过，我永远不离开你。"

但是他没再说别的。

她再去他房间的那天晚上，胸中充满热情和大计划。"如你所愿，博雅参与你的工作了，"她说，"有了他的钱，我们不但可救十几个难民，说不定可救上好几百人。你记得那夜在张华山旅社我曾向你保证——用那些钱来助人？"

"但愿他肯照你说的去做。"他的声音不如她想象中那么热心。

"但这是你自己的主意。"

老彭用怪异的表情看着她，似乎正想着心事。

"不错。"他终于说，"但是你应当尽快嫁给他。"

"是的。你在我家会永受爱戴，成为家庭一分子。"

他停下半晌说："世上有所谓个人命运。也许我们的命运不相连。也许我会到山上当和尚。"

丹妮大吃一惊："但是，大叔，我不许你这样！这种佛家观太恐怖了，也许不假，却很吓人。"

"我明白你的意思，但这样很难办到。有时持续一整年的安宁，却一天就失去了。丹妮，别把我当智者。有时候我也和你一样迷乱。"

丹妮终于明白，她许嫁之后老彭已爱上了她，她觉得很难受。他俩故作自然，却觉得很窘。

第二天他借口说要见裘奶奶等人，就搬到汉口一家旅社住了，但是她凭直觉知道，他是要躲开她。

在寄给博雅的下封信中，她写道：

> 我不知彭大叔怎么回事，他完全变了，他说要去做和尚，这不是他平日的作风。你知道他是佛教徒，但还吃牛肉哩。他只对助人有兴趣。现在他说要走，也许当和尚，他说他不舒服，两天前去汉口住旅社，一直未回来。他说要到七宝山去休养。他在这儿有好地方可休养，我替他准备他需要的食物，我简直觉得他想躲开我。佛道真是疯狂的东西。我昨天到旅社去，他很高兴瞧见我，我进去之时，他笑了。我问他："你要休息吗？"他说："是的。"我说："山上的人让你心烦否？"他说："没有。"他看到我似乎很快乐，临走时我问他："你要不要我再来看你？"他起先说"不"，后来又说："要，我很高兴看到你。"不知道他为何对我疏远了。他给我两百元，

叫我照顾几天难民。你知道他开这家难民屋完全用自己的钱，只有我又拿了一点。他说"游击队之母"裘奶奶在城里，他还得见另外一些人。但佛道是疯狂的。我希望他不要陷得太深。他显得悲哀。我仍然要说，我一生从来没见过一个比他更好、更仁慈的人，包括你在内，我知你也会有同感的。

妹　莲儿上

几天后，博雅从衡阳寄来第二封信：

亲爱的莲儿妹妹：

　　我上一封信就说过，我随一个工程师队同行，计划在内地筑一套公路系统。此行需几个月的时间。最多五月我就到汉口。

　　南岳所见到的情景我要和你说。昨天我和朋友去那儿，因为是佛祖诞辰，很多香客都老远来朝拜。沿路上看到了壮观的风景。南岳名副其实，巨大的岩石高耸入云天，一切都强壮有力。竹子高得难以置信，我以前从未见过。香客从各方涌来。我们由南而来，通向庙宇的路上，路旁坐满乞丐。假日的气氛很浓，有不少穿着鲜艳的女子和孩子，大都来自乡间。有几位有钱人乘轿子，不过信徒宁愿走路，有人三步一跪拜。艳阳普照，景致极佳，也有不少穿着浅蓝新衣的香客和着红裙的妇女，大家肩上都有浅黄的背囊。据说有些人穿着日后见神——也就是将来葬礼——的衣裳，好让神明认出他们。

　　"南岳庙"很大，有不少厅堂。我们到达主殿，有佛事进行着，菩萨却穿了新袍子。空中香味很重。和尚在诵经，里面挤满信徒，正在菩萨面前燃烛点香。

　　十一点半左右，朋友们建议下山到城里吃饭，一大群男女还在往山上挤。我们不知道有空袭警报，但山上人告诉我们了，不久听到呜呜声，也看到天上的小黑点。飞机不到一分钟都飞到头顶上，在那儿丢下几个炸弹。但山路窄，很多香客都躲在树林里避难，我和朋友都躲在竹林里，飞机怒吼，机枪也在我们头上咯咯响，飞机离地面只有两三百尺，引擎声震耳欲聋。我以为飞机走了，结果它们又飞回来，再用机枪扫射香客。

我冲出去，听到女人和孩子的尖叫声，五十码外一个露天空地简直像一个大屠场，那儿有二十个男女和小孩被杀，还有人受伤。

你在汉口也许见过轰炸，但这是我第一次的经验，我第一次看到日军的野蛮行为。屠杀一堆香客有何作用、目的、动机呢？敌人能有何收获？不错，是有一两个人穿军服，但不可能把鲜艳的衣服看错吧！敌人该认识他们所飞的地面，不可能没听过南岳，他们一定是奉命的，飞行员一定看到了奔逃的民众，他们没法躲开空中敌人的视线。

和尚出来把死者和伤者抬入庙内，一个奇怪的佛诞辰就草率地结束了。

这场战争的性质逐渐明朗了。我们的同胞无一处可免除致命的攻击。自从日军侵入满洲，我们已知他们的残暴，如今这些更以惊人的方法延持下去。我观察日军扫射香客后大家的表情。他们竟觉得理所当然！他们甚至不怪菩萨不保佑他们。外表虽看不出来，然而他们的确静静地接受了无法避免的事故，压抑的怒火却似乎深入灵魂里，因为看似平静，反而更令人害怕。反正死已死了；生还觉得幸运。这些农民具有一种高贵的特性，旧亚洲面对了新亚洲。我以为他们会害怕，仿佛看到《西游记》中的妖怪由空中跳出来，但这些农民无动于衷。真奇怪，这么骇人的灾难，由空中来的现代机械大谋杀，竟被视为理所当然。这些无知、顺从的农民看到了一个事实：死亡会由空中来临。他们已经看到了，他们也亲眼看到日本人带来了死亡。每一个识字的农民都知道，头上的飞机是日本人出来毁灭他们的妻子儿女的，这是日本轰炸机对他们说的。现在不管哪一省，没有一个人没见过日本轰炸机，沉默、压抑的四亿五千万人的怒火一定会成为历史上空前的巨大力量。这一定和我军的英勇表现以及全国的士气和团结有关。因此我国政府的宣传队乃是敌人的空军，它传到千百万不会读、写和报纸无法教化的人民眼中；轰炸机的声音像天上掉下来的广播，唤起民族仇恨，但未到尾声，未来几年我们同胞还将忍受这种空中大谋杀。由这些人脸上，我才获悉中国的某些特质，我们可以忍受空袭，就像千百年来他们忍受洪水和饥荒一样……

丹妮把信放入手提包，跑去看老彭。她带些干净的衣服给他。他的衣服一向由屋里女人洗的，王大娘说，把衣服送出去洗是一大罪过。她顺路去找秋蝴和新友段小姐，这位段小姐曾加入过蒋夫人的"战区服务队"。她们是终于抵达而轰动全市的广西女兵。五百位女兵走了大半段路，直到长沙才搭火车前来。

看惯了游行和女工作人员的汉口，战争气息天天升高，南京沦陷的惊慌已成过去，战争已显出长期抵抗到底的模式。最初的混乱也平定了，街上的难民亦消失了，分别被送到内地，大多由他们自己和各省亲人安排的。现在汉口天天有军队和战争设备通过，开往前线，还有工厂机械沿河往上运。每天有轮船进出码头，载着学生、难民、老师和工业设备到重庆。军事、政治和教育领袖不断地抵达，又转向前线，街上情况大改，有很多穿制服的男女出现——男女童军、空袭民防队、白衣护士、蒋夫人的战区服务队，以及三民主义青年团等。

这些人从哪儿来呢？这些组织如何形成的？怪的是这种组织还不

少，根据中国的作风，就是打了半年的全面战争，也无特别之措施；劳力不管制，粮食不配给，没有优先的划分，不控制资金，不规定物价，不强销债券，也无战争捐税，没有奢侈品税，不限营业时间，不招医士和护士，除内地各省也不征兵，征兵不征一般家庭。工业设备沿河往上运，各厂都如此。学生翻山越岭，没有政府强迫，而是他们想到"自由中国"去上课。女孩当护士参加战地工作也是自愿。千万人参加游击队，一无所有，只凭一颗热诚的心。儿童话剧队由六十多位男孩组成的，从上海出发，到各省宣传，是由一位男童组织及领导的。女孩在汉口和武昌之间的渡轮上大唱爱国歌曲，只因为可满足内心的愿望。

这些自发、自愿、个别的努力产生了全民抗战的可敬画面，以及团结和胜利的信心。显然一股巨大的历史力量——照博雅的说法——正发生了作用。政府的命令与这无关。战争打下去，只因人民从一九三一年开始就对日军的侵略产生愤恨，在政府命令下"保持冷静"，苦等了八年，现在终于和领袖决心奋战到底。全国对日军压抑的怒火几近疯狂，此刻像山洪暴发，平时小水滴积聚的力量，此时连钢铁和水泥都摧折殆尽了。

但是这五百位受过训练、全副武装的广西女兵出现，不是做战地服务，而是要参加战斗，她们几天内就开往前线徐州，就连这座饱经战祸的都城也为之轰动。

丹妮和朋友们去看她们的营房，然后又无拘无束地跑去旅馆看老彭。旅社很吵乱，有很多官兵和穿制服的男子过着军人假期中喧嚷的生活。

老彭一个人坐在房里。博雅的电报和他回来的消息使他心情受了影响，连自己都觉得意外。当初觉得自己会娶丹妮，他对她的关系立刻改变了。他将她比作自己的情人与未来妻子。他发现自己爱丹妮很深。晚上一起在灯下读佛经，开始他很困扰，后来带给他不少的乐趣。他知道她在房里照顾玉梅的孩子，他一天天地对她感情加深，当两人隔着婴儿的尸体四目交投时，他便知道自己爱上了她。

不那么敏感的人会毫无疑问地忽略这个情况，何况年龄已长，突然其中的讽刺性被他看出来了——居然四十五了还陷入情网！在年轻和热情的丹妮眼中，他永远是好"大叔"。但爱情是什么？知音挚友之间自然的情感和男女间的深情界限又在哪儿？现在佛家无私爱的理论是多么不可置信！当然他渐渐把丹妮看作个人来爱。否则如何爱？消除私念比消除爱容易多了。如果说自我观和殊相观是一切冲突及怨和恨的起源，它却也是我们知觉生命最强的基础。既然他认识了丹妮，就不能把她看成抽象的来爱，或者看成一堆情绪和欲望了。她的声音、容貌，她对他生活的关心——他如何用无私、无我的爱来面对她呢？

他怕自己，所以逃避她，如今他又渴望听到、看到她的声音、面孔，甚至她的微笑，她忙着琐碎的事，或一心照顾苹苹。自从那夜他提出要让她的孩子跟他姓以后，她不经心的话，她说了一半的低语，她呆呆的一句，甚至她唇部最轻微的动作都像电力般敲击着他的心。毫无疑问，他爱上她了。

丹妮和朋友进屋，他起身迎接。他刚吃完饭，碗盘还在桌上，他对丹妮的俏脸笑一笑，就忙着招待客人。

秋蝴在介绍段小姐。她穿着受训衣，一件棕色上衣塞在蓝工作裤里，外面加一件毛衣，头发短短的，露在帽外，小帽还歪戴着，很像美军的工装帽。她双手一直插在口袋里，和许多参政的少女一样，谈笑中充满少女的热诚，还有工作带给她的骄傲和自信，以及对如此穿着的一点秘密喜悦。

为了待客，老彭叫了几杯咖啡，但侍者忘记拿糖来。段小姐无法等下去，因为她要去上课。她觉得咖啡很苦，于是从桌上拿起盐罐，就在咖啡里倒了一点，大家笑她，她抓起胡椒，干脆加一点在咖啡里一起喝下去。

"蒋夫人说战区第一个原则就是随机应变。"她说着打了一个喷嚏，"不过我得走了！"

她抓起军帽，一面打喷嚏，一面道别，大步走了出去。

丹妮佩服地看着她。"她很好玩，"她说，"比起她，我们太文雅了。"

"真正的工作在战区，你是太文雅了些。"老彭说。

"我不了解，如我有工装裤，我走路也会像她一样快，那顶斜帽真可爱。"

两位少女坐回床上，丹妮把博雅的信交给了老彭。"野蛮！"他惊呼道，眼睛睁得很大，"居然用机枪扫射香客。然而博雅说的不错，在全国各地，日机正是日军酷行最好的广告。"

丹妮从未见过他如此动情。他的愤恨一会儿就过去了，但在那一会儿她看到了他的灵魂。她发现他的眼睛很大，和他宽大的额头及骨架十分相配。由于他平易近人，又微微驼背，大家很少注意他的眼睛。

"你要不要回到我们那儿？"她问道，"还是真的要当和尚？"

老彭笑出声来："这种时候不能走开，连和尚也来做战地工作。"

"我好高兴。"她热情地说。

"要做的事太多了。"他又说，"有一位北平籍的周大夫和太太一起来，他们自己出钱办了一所伤兵医院。裘奶奶目前在本市，她和她儿子由上海来替游击队募捐，我昨天见到他们了。她说，我们的游击队一冬都在雪山里打仗，很多人都没有鞋穿。我也许会跟他们到北方去看看。"

"你不会放弃我们山上的难民屋吧？"

"这是短期的旅行，我要换换环境。王大娘可帮你，她很能干，万一出了问题，大家会听她的。"他看了看秋蝴然后向丹妮柔声说，"丹妮，我想你没什么好操心的。你有秋蝴可以上山陪你。秋蝴，你肯吗？"

秋蝴表示默许地笑笑。

"你看到女兵没？"她停了半晌才问。

"是的，我看到了。昨天她们行军穿过街道，一大群人争着看她们。一共有五百人，全副武装！"

"噢！"丹妮不由地说。

丹妮和老彭对望了一会儿，那一瞬如闪电，不能也不该持久。

"谈到女兵，"他说，"裘奶奶告诉我最近在临汾打仗的事。几百个女人碰到一队日本兵，和他们打了一场。那些女人装备少，很多都被装备精良的敌人杀死。有些人逃走了，有一小队挤在一片稻田里。那些女人知道投降是什么结果，就自己分成两组，把剩下的手榴弹平均分配，趁日本兵走近之前互相投弹成仁了。"

听完，大家沉默了一会儿，然后丹妮说她要走了。

他们亲切道别，和平常一样。丹妮无意闯入老彭心中；这种情形最好保持自然。她无法确定他远行的动机。

客人走了，老彭静坐沉思。他不由感到愉快，他觉得本该如此，什么都不变，都不会有问题。丹妮对博雅的爱很清晰、明确。她对自己的感情纯真而自然，就算她嫁给博雅，两人的关系也可维持现状，他知道他不必怕她。但他对自己没有那么自信。他看了看房间四周，她离开了，但她的影子还存在。他看看她留给他的一包衣服，不禁颤抖低语说："噢，丹妮！"

"噢，观音姐姐！"他用心回想，眼前出现一幕幕他们在一起的镜头：在西山的树丛下她第一次吐露身世，她弯身在路边替他系鞋带……她乔装男人骑在驴子上，却更强调了女性化的轮廓……在天津旅馆那夜，她诉说她的过去……张华山旅社的那夜她坐在沙发上……现在她就站在他面前，双眼湿润了，中间隔着玉梅死去的孩子的尸体。他想起她的声音、明眸，她的一举一动与咬嘴唇的样子。哦，傻瓜！他知道自己当时爱上了她，也知道现在更爱她。活在"业"的世界里，他也逃不出"业"的法则。就算现象世界只是幻影，他对她的感情也非常真实。一个人愈伟大，爱情便愈深。

他想逃开她，结果却只是逃避自己，他要潜心于一千种活动，在战争和动乱的各种场面中忘掉自我。他决定随裘奶奶到北方去，或者跟任何要到前方的人同行。

/ 拾捌 /

　　博雅去了桂林，已十天没来信了。丹妮到了汉口，还常去看老彭。有一天伤兵的家属要游行，另外一天有一个公共聚会，裘奶奶要发表演说。丹妮对一切战争活动都有兴趣，尤其特别注意蒋夫人的战区服务队。经过秋蝴的介绍，她和段小姐已经相当熟了，她喜欢她玩笑的精神，也喜欢她所遇到的大部分年轻女工作人员。她们并非全如段小姐那么迷人。不过她们属于自己的一代。

　　她现在直接称呼段小姐的名字"段雯"。她们俩都是影迷，凡将要上演的好片都会成为她们俩最生动的话题，她们两周前就会知道什么片要上映，在哪家戏院，而且记得清清楚楚。段小姐通常白天很忙，都不能看日场，除了周末。不过丹妮有时傍晚会进城，有时候秋蝴也和她们同行。

　　有一次，她们晚上从戏院回来，顺便去看老彭，发现他喝得半醉。三个女孩子看看静静坐在桌边的他，便一声不响地离开了。

　　过了几天后，山上发生了一件事，使得老彭不得不回洪山。住在放棺材那间屋的老太太说她有重大的事要对老彭说。她近来身体很差，她和屋里其他的难民不太来往，好像是她的脑袋也和她的身体一样枯萎了。她问丹妮这几天怎么没看到彭老爷，丹妮说他要走了。老太太把那骨瘦如柴、黑斑点点又满是皱纹的老手放在丹妮身上，眯着眼睛看她。

"你是观音姐姐吧？我的老眼已昏花。做做好事，叫你叔叔来看我。我就快死了，我有事要告诉他。"

于是丹妮去告诉老彭，把他带来。

当他们进去看老太太时，她正躺在床上。她很高兴看到老彭。

"我要死了，"她说，"我活得够久啦，我是个老太婆，对世界没有什么用处了，听说你要走，所以我想要见你……"

她用脆弱、颤抖的双手支起身体，摸到头边的一个包袱。她慢慢解开布结，拿出旧报纸裹住的一个小包，抓得紧紧的，对老彭说："你是好人，彭老爷。你在我最后的这些日子里供给我吃住。我现在只有一件事要做，我知道我可以信任你。"

她打开那小包。

"我这儿有三百块钱，是我这一生的积蓄。你是否愿意替我买个棺材？"

"你不会死的，老奶奶。"老彭说。

"不，我的日子已经过完。我儿子不会回来了，我只等我的棺材，然后我就会死去。我能不能要一百块钱的好棺材？我不敢奢望像那两个一样好，但是我希望是硬木头做的。不需要很大。等我看到它，我就会安心地去了。"

他算算钞票。几乎都是北京改制前发行的，现在是一文不值，但是他却没有说出口。

"对，是三百块。"他说。

"你今天就替我买一个好棺材好吗？我要看一眼，一百块或一百二十块就够了。然后看谁愿意替我梳洗，就给他二十五块钱。我穿的这身衣服现在旧了，给我买一件衣服，对了，一件绸布衣裳、绸布裙子和一双新鞋。我这一辈子都没穿过丝绸。现在我的身子小了用不着很大的绸衣。你肯不肯替我办这件事呢？"

"如果这是你的心愿，当然行。我今天就替你买。"老彭回答说。然后他又说："你要不要和尚替你诵经？"

"不要。"老太太说，"菩萨都没帮我找到我儿子。花二十块钱替我下葬。我喜欢这山上的风景，就在这附近挖坟好了。我要谢谢你和观音姐姐给我这么安静的地方等待死亡。"

她直喘气，但是她还是继续往下说："我不想拖累你或任何人。把这些钱拿去，给我办一个像样的丧礼。大概还可以剩一百五十元左右。万一我儿子回来，就留给他。"

"你儿子是谁，他在哪里？"

"他名叫陈三。我不知道他现在在哪儿。这些年来我一直在找他，他始终没回来看看他的老母亲。他十六岁那年，我就失去了他。清王朝垮台的时候，革命军把他带走了。"

"他多大年纪？"

"现在一定四十多岁了。也许已当了父亲。也许死了，否则他会回来看他娘才对。我为他攒了这些钱，一文一文，一个子儿一个子儿积下来的，一心等他回来。如果他来，就把剩下的钱给他，把我的爱转给他，说我替他留下几件衣服——在北平的姚家小姐那儿——已经好几年了。"

"北平哪一个姚家？"丹妮突然感兴趣地说。

"他们住在王府花园，当时我替那家的三小姐做事。"

"那是多久的事了？"

"现在已有二十多年了。"她说着，就再也说不出话来。

老彭一年前还看到陈三，也听博雅谈起过这个失子的著名故事。陈三的母亲一直在姚家帮佣，他听说这个女人晚上辛辛苦苦为儿子缝衣裳，打算有一天找到他时给他穿；她每个月请假一次，手上拿着新衣，在北京街上游荡，拦住年轻人和士兵，希望能找到自己的儿子，结果总是失望地回来。有一天城里满是士兵，她确信儿子回来了，就向女主人请假，此后就失踪了，后来陈三回来，娶了孔立夫的妹妹。

但是老彭不知道这些人现在在什么地方，只知道他们参加山西的游击队了，他低声告诉丹妮。

"我们得拍一份电报给博雅。"丹妮说，"不过要先告诉她，可以使她有活下去的信心。"

老彭转向老太太说："我们认识北平的姚家。老奶奶，你绝对不能死。"但是老太太听不清楚。

"你儿子回来了，而且已成了亲。"丹妮在她耳边大声说着，"彭老爷在姚家见过他。"

老太太伸出摇晃的手，抓住丹妮。

"你说我儿子回来了？他还活着？他在哪里？"她惊奇地叫道。

"他还活着，"老彭说，"我们会替你去找他。"

老太太突然哭起来，不过哭声很微弱。脑袋和身子比平常晃得更厉害。

"他在哪里？你看到他啦？"她揉揉眼睛说。

"他很好，又高又壮，"老彭说，"他在北方。我们会叫他来看你。战争使你们母子分开，战争也会使你们团圆。我认识姚家，你儿子和他们成了亲戚。他娶了孔家的女儿。"

老太太把手附在耳朵上，眼睛盯着老彭，用心听他的话，然后她想起往事，就说："你是说他娶了孔先生的妹妹？她是好孩子，我也侍候过她。我们到哪里找我儿子呢？把我的钱寄给他。叫他带我儿媳妇来，看他母亲最后一面。让我看看他的脸，听听他的声音，我就是死也甘心。"她微笑着摇摇头，喘喘气又笑起来。

"现在还要我去买棺材吗？"

"要，先买棺材。我要等我儿子来才死。"

老彭到汉口拍电报给博雅，还买了一个上好的枫木棺材。

第二天棺材运到，陈妈亲自到前厅来看。她摸着坚硬的枫木表层，脸上充满骄傲的光芒。女人小孩都看着她，她笑着对大家说："这是上好的硬木，可以容纳我这身老骨头。"她叫人搬到她房里，常常看看、摸摸它，觉得很快乐。

老彭说他要留下来等博雅的回音。但是他在汉口那几天，病童苹苹已经搬到他房里。他睡在内屋，丹妮要经过那儿才能去看这位小病人。那天早上他看到丹妮拿着几朵山茶花进来，插在苹苹窗前桌上的瓶里。

午餐后，丹妮来看这位小病人。她的床靠近窗边，外面的叶丛反射阳光，使房间显得很亮。小女孩躺在床上，眼睛乌黑，脸蛋凹陷发红。她被棺材吓慌了，因为她看见它由前厅抬进来。

苹苹的小弟正在陪她。小女孩在床上教他算术乘法表。偶尔苹苹会停下来，让她小弟带头念。她看到丹妮进屋，笑着走向窗边。

"七乘七四十九。八乘七五十六。九乘七六十三。十乘七七十！这次我们全背完了。"两个孩子得意地笑出声来，丹妮也陪他们笑，但是她想起这两个都是没娘的孩子，从他们无邪的欢笑中却体会出小姐姐教小弟弟的悲哀。

"不过你不能太累。"她说。

苹苹说："谢谢你的花，你来的时候我睡着了，不过我知道是你放的。这个小淘气很聪明，乘法表他现在会背到七了，下面是什么？十二乘七八十四——后面的我就弄不清了。"

"你的脑子太灵活了，"丹妮说，"你现在不想睡吗？"

"不，来和我聊聊嘛。我今天早上睡饱了。"

丹妮坐在床边，叫小男孩出去，让他姐姐休息一会儿。

老彭在隔壁听到她们的谈话。

"你现在觉得怎么样？"丹妮问她。

"还好，打针对我有好处。只是我夜里还常咳嗽，到了早晨就好累好困。观音姐姐，你为什么那么漂亮？"

"那是因为你喜欢我的缘故。"

"不，是真的。我从来没见过像你那么漂亮，又那么仁慈的人。你救了我爸爸、我弟弟和我的性命。我希望长大能像你。你想我要多久才会好？"

"我不知道。你必须静静休息，吃些东西，多晒太阳，你就会好得快。"

"等战争过去，你一定要到靖江来看我们。我们自己有一座小房子和小花园。我们的房子面对一条河，就像这边一样，同样是长江，我爸爸说的。河里有一个叫作金山的小岛，上面长满了树木，没打仗前小孩子常在岸边玩耍。"

"你母亲和你们在一起吗？"

"不，我小弟出生的时候，母亲就去世了。等战争过去，你一定要来看看我们。我们不算富有，但是我要你看看我家。"

"好的，我会来看你。"

突然小女孩问道："你想我会不会死？"

"哦，不会的。你会成为漂亮的少女。你为什么问这个问题？"

"今天早上我看到棺材，心里好害怕。"

"别怕。那是老太太用她自己的钱买的。她很老，而你还是个小孩呢，别想这些。来，要不要再玩翻线游戏？"

苹苹衷心地愿意，两个人一面玩一面聊着。

"我希望长大像你一样好心，一样温和。我希望自己漂亮些，但是不可能像你。并且以后我要做护士，不嫁人，整天都是漂漂亮亮的。"

"你想得很好。"丹妮笑笑说，"不过你若是很漂亮，有人会爱上你，那你怎么办呢？"

"我还是不嫁他。"

"那你的心太狠了吧。"

"我听故事里说，一个恋爱的男人为见心上人一面，几乎要憔悴而死，等到见到了心上人就好了——这是真的吗？"

丹妮知道老彭在隔壁，就羞答答地说："也许吧，如果那个女孩子非常漂亮，而那个男人又很爱她，就真有那么回事。"

于是她们坐着一面聊一面玩翻线游戏，玩了一会儿后丹妮叫她多休息，不要再想乘法表了，说完就走出房间。

次日早上有一件意外的惊喜。陈妈一直打听消息，丹妮叫她要有耐心，因为她不能确定博雅是不是已离开桂林，是否已收到那封电报。这时玉梅进来找丹妮，说有一个衣着讲究而且很美的贵妇到难民屋要求见彭小姐，还有一个年轻人陪她来。丹妮到空旷的前厅去见他们。那位贵妇用好奇的眼光迎接着她，嘴角含着微笑。她穿着一件黑色的旗袍，丹妮一看就知道是上好的料子，手上拿着一个小山羊皮包，显然是上海买的。她年纪已接近中年，可是身材却十分完美。她有一股清新、独特的气质，成熟自在，却格外优雅美丽。陪她来的那个年轻人个子很高，肩膀方方的，轮廓挺拔突出，穿着中山装。

贵妇开口说话了，丹妮听出清晰的北平口音："我是曾太太，很抱歉如此冒失地跑来，不过我收到博雅的电报，叫我来拜访你。"

丹妮的心跳个不停，不觉地叫出声"噢"！

"你是彭小姐吧？我是博雅的二姑。这是我儿子阿通。"

丹妮迅速瞥了她一眼，微笑默认。

"哦，你是他的木兰姑姑！请原谅我这么失态。我从来不敢梦想——"她连忙去搬凳子，慌慌张张地把头发弄散在肩上，脸上显出困惑的表情。

木兰说："我昨天晚上收到这封电报，太兴奋了，今天早晨第一件事就是先来看你。"

"我们一直在等博雅的消息。"丹妮接过电报说。她看电报的时候，发觉木兰正静静地坐在那儿打量她，嘴边始终含着微笑。

"请到洪山难民屋看彭丹妮小姐，陈三的母亲在那儿。帮忙找陈三的地址。请把彭小姐当作亲人，替我约她去你家，认识她就会欣赏她。"

丹妮看到最后，脸上起了一阵一阵红晕。这已经超过她的期望了。她不知道木兰在汉口，她在上海的时候，博雅曾谈起他著名的木兰姑姑，语气中充满了家族荣耀和情感，还说她住在杭州。

"等你认识我二姑，你会以她为荣。"博雅说过。她本能地觉得客人这次来访关系着她和博雅的未来。

她兴奋得发抖，跑去找老彭。他进去带陈妈出来，陈妈一双老腿蹒跚地走来。

木兰站起身走近她，把手搁在她肩上。

"你是陈妈吧？我是木兰，姚家的二女儿。你记得我吗？"

陈妈用昏花的眼睛抬头看木兰，咳嗽着想讲话，眼泪却开始流出来。她掀起衣角，默默擦眼泪。木兰扶她坐在凳子上，她坐着还一直在流泪。

丹妮看出木兰很感动。木兰知道这个女人一生的历史，她三十年来一直寻找她的儿子，单独忍受命运对她的折磨。丹妮看见一滴同情的泪珠滚下木兰颊边，她弯身去安慰陈妈。最后陈三的母亲低声问道："我儿子在哪里？"

木兰用低柔的声音回答说："他很好。他在北方。我马上拍电报叫他赶来看你。"

"那要多少天？"

"如果他乘火车来，要一两个星期。"

老太太现在擦干眼泪问她："我儿子上次回来是什么样子？"

"他又高又壮。他娶了立夫的妹妹环儿。他们也许会一起来。"木兰尽力讨她欢喜说。

"哦，我有儿媳妇了！有没有孙子？"

"这我就不清楚了。你愿不愿意到我家去，等你儿子和媳妇来？"

老太太说她在这边很舒服。

丹妮低声告诉木兰，老太太已经买好棺木，天天谈到她的死期。她们扶她进屋，木兰看到新棺材，觉得很震惊。

"你能不能劝她离开这个房间，到你那儿住？"丹妮说，"她儿子发现她住在一间有三个棺木的房间里，心情会受影响。你如果有房间给她住，我们可以用轿子抬她下山。"

大家走过庭院，木兰又对老彭、丹妮和玉梅说了不少有关老太太的故事。丹妮兴奋地听着，同时看见木兰飞跃的眼神，很亮，带着心血来潮的有趣光芒，证明博雅的话一点也不错。她不断把头歪向一边，可见她保守的外表下埋伏着任性的精神。这是一个女子初见未婚夫女性亲人的本能反应，一种自然的化学厌恶感或亲近感，只有高级感官才能测量出来。丹妮听到木兰用清晰的口音说起姚家内部的故事，语气中充满自在文雅的魔力，心里不觉一阵兴奋。她见到宝芬和暗香并没有这种兴奋的感觉。木兰是地地道道的姚家人。丹妮立刻确定自己敬爱木兰，觉得木兰身上有一种令人亲近、富人情味而又热情的力量。

木兰显然对丹妮很感兴趣，不仅因为博雅打电报要她把她当作亲人，也因为她很高兴这位少女在这座优美的小山上从事慈善工作，尤其更因为她收到弟弟阿非的来信。他信里说到博雅的恋爱史和丹妮所遭遇的麻烦，他的口气充满同情，暗示博雅的太太也会出面干涉。

如今看到丹妮在难民群里的生活，木兰十分意外，心里不禁对她产生好感。姚家的女人中唯有木兰对姨太太不存偏见。她谈起家里的事，丹妮觉得她已经被对方看作亲戚了。

他们回到前厅，博雅迟来的电报刚好送到，他叫丹妮和木兰联络。木兰说好三天后要把陈妈接去她家，又对丹妮说："过来吃午饭吧，我想和你谈几件事。"丹妮知道这次见面对她也许很重要，就谢谢她，并欣然答应了。

大家好不容易说服陈妈离开那儿。第三天他们出发了，老太太坐在轿子里。大家浩浩荡荡地出门。老彭要回旅馆，玉梅也渐渐地恢复了元气。丹妮劝她到汉口玩一天，看看电影，还把金福带去，出发后才告诉他电影的事。陈妈听说她的新棺材放在屋里很安全，又不能载到木兰家，才依依不舍地撇下棺材走了。

他们十点左右到木兰家。这是一栋独院的住宅，有五六个房间，后面有一个小花园，在汉口郊区，面临汉水。此处兴起了一个商业区，大多数店铺和房子都是新的。老彭和其他人一起进城，木兰想和丹妮私下谈谈，也不坚持他们留下来。

午餐时分，丹妮见到了木兰的丈夫荪亚，她十八岁的女儿阿眉，还有参加安徽之役而得到一个月假期的儿子阿通。这是一个惬意的小家庭。大家告诉她，他们去年底离开杭州，一月抵达汉口，他们在路上找到的四个孤儿还留在他们身边。

木兰拍了一份电报到八路军总部转给陈三。游击队的主要特性就是流动性极大，谁也不知道要多久这封电报才能转到他手中。但是阿通告诉他们，游击队自有一套完整的电话通信系统；事实上，整个游击区的人民都是他们的通信线。就因为有这种情报系统，他们才得到极大的成功。

陈妈的故事唤起了旧日的回忆，不久一家人就陷入对往事的回想中，丹妮是唯一的外人，只好静坐一旁听着。木兰告诉孩子们，他们夫妇订婚时期荪亚非常害羞。

"我到你爸爸家，他一句话都不敢跟我说。"

"是啊，我订婚后，你母亲会尽量避免来我家。"荪亚说，"时代变得太快啦。"

"我去过你家。你记不记得体仁去英国的时候，我去你家，你问我要不要去英国，你整个脸都红了？"

"体仁是谁？"丹妮对身旁的阿眉低声问。

"体仁是我舅舅，博雅的父亲。"阿眉答道。

"真的，爸爸？你看到她会脸红？"阿眉问他。

"她的脸比我更红呢。"荪亚说，"新年去拜望她爹娘，她躲着不肯出来见我。"

丹妮静静分享这家人嬉闹的笑声。阿通对她很殷勤。"我听母亲说，你住在北平我们家。"他说。

丹妮点点头。

"房子还好吧，没有被日本人占去？"

丹妮终于有机会开口了。她告诉大家，她离开的时候房子还好。接着大家又问起上海的亲戚，问话人不断用"二舅妈"和"二婶"等名词，她为了搞清这些关系，可真忙坏了。听他们用这些称呼来提起亲人，而不用外人该用的称呼，她觉得很兴奋，也很荣幸成为姚家和曾家消息的传递者。这一切经验令她心里产生暖暖的感觉。

"大嫂好吗？"阿眉问道。

丹妮不懂。"她是指博雅的太太凯男。"木兰微压低了声音说。她只告诉丈夫阿非信里提到的博雅复杂的爱情。

丹妮停了半天，才带着不自然的笑容说："我一个多星期前才收到她的信。"没有人再问，她的尴尬过去了。木兰开始告诉大家丹妮在难民屋的工作，说得很起劲，第一次见面时丹妮所看到的微微矜持的表情已经消失了。木兰额前还梳着刘海，双手和指头不断做出优美的姿势。

午餐后，木兰带着丹妮到自己房间，为破旧的家具而抱歉，还解释说她不知道一家人会在汉口住多久。不过房间小巧干净，东面有一扇窗子，面对几株开花的桃树，使空气含满幽香。一张桌子搁在窗前，上面摆着几本书和书法范本，沐浴在窗外叶子映进来的绿光里。

丹妮穿着最好的旗袍来做客，是博雅替她设计的灰毛绒配淡紫花边的衣服，自从来到汉口就没有穿过，长袖下露出她的玉手镯。

木兰看到了，就问她："你爱玉石？"

"是的。这是我小时候戴上的，现在脱不下来了。"

丹妮还不大自在，怯生生翻着书帖："你学魏碑？"

"我有空就看看。有时候饭后练十五分钟，很能恢复、安抚精神。看着看着，就回到了另一个世界。"

"不过我认为只有男人才抄魏碑，而且是退休的老学者！"

木兰笑笑说下去："我年轻的时候很欣赏郑孝胥的大胆有力之字体，但是后来我舍弃它。我觉得太有精神了，毕竟只是感官的美，全是肉的动感和丰满感。于是我迷上魏拓体古典、超感性的气质。但这是比较难求的一种美。"

木兰开始问丹妮她弟弟信上所提的历史。"别怕我，"她说，"我也许能助你一臂之力。"

丹妮被木兰的善意打动了，就慢慢回答了几个有关她和博雅的问题。她以前和汉奸交往的故事引起了木兰的兴趣，而她害羞、迟疑的态度也赢得了木兰的好感。她发觉木兰不喜欢凯男，不禁松了一大口气。

"我这种处境的女孩子最难了，总有事情不对劲，我真怕女人。"

木兰露出打哈哈的笑容："任何恋爱中的女子都怕别的女人。"

"是的，不过我说的不止这些。我是指女人的社会偏见，她们老是害得我发抖。我知道我不是一般人眼中的好女人，我年轻时曾做过傻事。"

"人在年轻的时候大多会做些傻事，"木兰说，"等你在平静的老年回忆起来，才能自觉年轻、有精神。我现在四十多岁了，我但愿自己曾犯下更多年轻的错误，留待日后回忆。"

丹妮对木兰唇边古怪的笑容觉得很意外，也很好玩。

"但是你与众不同！"她几近抗议地说，"你有那样的家庭。"

"我并不如你想象中那样特殊。我也有风流韵事——压抑的韵事。那时候总是如此。"

她温和地看看丹妮："彭小姐，你有爱心，很大的爱心。"

丹妮抬眼看她："请叫我丹妮。你是第一个对我没偏见的人。"

"见了你怎么会有呢？我喜欢有精神、有浪漫情操的女孩子，她们不寻常，不完全是规规矩矩的女子，我想这一点是父亲遗传的。"

"我在你们北平的祖祠里看到了你父亲的遗像。"

"是的。他是一个伟大的人，也是一个道教徒。道家是不会有社会偏见的，我由父亲那儿学到不少东西。"

"你们有一个很不平凡的家庭，你和博雅具有同样的心灵气息，也许就是这一点吸引了我。"

"是的，我们家有一种浪漫的性情——只有我妹妹莫愁例外。"

对丹妮来说，这个发现比她到姚家做客更重要。在北平她见过王府花园，爱慕不已，但是现在她由木兰身上看到了姚家女儿和姚家本身的精神。她离开木兰家之前，还听到木兰说同意博雅娶她。

"博雅其他亲戚会怎么说呢？"她问道。

"博雅很独立。其他人没话可说，他只听我的。"木兰笑笑说。

丹妮来到老彭的旅馆，精神很愉快。一群人看电影还没有回来，侍者认出她是老彭的常客，准她进入他房间。她坐在一张扶手椅上，为发现木兰而欣喜若狂，也为一家人对她这么好而非常快乐。这和传统的歧视、男人间接的侮辱和她熟悉已久的"妻子的目光"完全不同。

她敬爱木兰。但是有两件秘密她不能也不会告诉木兰，一件是她怀孕的事，另一件是老彭的情形。

她一想到老彭，不禁满怀温柔，为他难过。这个心胸伟大的男子现在无疑正大大方方地退到局外，就像当初博雅还没来信时他会无私地建议保护她的名节一般。他甚至没有暗示他是自我牺牲，但是她知道。她要如何回报他无言的善意呢？是不是她太相信他对女人的抵抗力，以及这些年他与女人的隔离？是不是她太热情，她该不该继续对他热情呢？她热烈希望她婚后老彭还能成为家中的一员，她始终希望如此。

不久她听到金福和玉梅的笑声，他们随老彭一起进来。

为了让玉梅和金福享受一个假日，大伙儿到饭店去吃晚餐。他们点了汉口闻名的炸辣椒和蒸龟肉。

老彭听到几则战争的消息。山东省台儿庄东面的临沂有一场大胜仗，街上卖的号外登着李宗仁报捷的电文。

"你真要去北方？"丹妮问道。

"是的，裴奶奶大约一周后动身。她要到黄河北岸的冀豫交界处去。但是徐州附近将有一场激战，等我随裴奶奶去看过游击队，我就乘火车沿陇海铁路到那儿。"

"博雅来时，你回不回来？他五月会到。"

"我想会吧。"

"彭大叔，你一定要回来，请记住你离开我们到南京的时候我们所遭到的烦恼。你需要见博雅，一定有事情发生的。"她不能把心里的话完全说出来，说婚礼必须尽快举行，有尴尬的事情必须解释，还要安排离婚。她需要他帮忙，而且希望他参加她的婚礼。

"当然我会参加你的婚礼。"老彭仿佛已读出她眼中的忧虑，连忙说。

她用深怀感激的表情抬头看他，脸上带着一种镀金菩萨般俯视众生的悲悯。

楼上有顿足声和粗鲁的喧笑声。老彭抬头看天花板，不觉笑出来。

"你记得响尾蛇吧？"

"当然记得。"丹妮说。

"响尾蛇就住楼上，今天下午我们在楼梯上遇到他。"

"你会认不出他来的，"玉梅插嘴说，"他穿着全套制服，还带了一根大藤杖。彭大叔听出了他的声音。"

"他说他告假出来，不过没有人知道。"老彭说，"他现在也算军官了，还像以前一样爱摆架子，穿着军服像孔雀似的，后面跟着一个小兵，把侍者支来支去。他在走廊上告诉我一个故事，存心让大家听到。玉梅，你来说。"

玉梅巴不得马上说那个故事："没有人知道是真是假。不过他是军官了，我看得出来。他说敌人回来烧河西务村庄后，他带着一队年轻人加入了游击队。他说他们攻击一座日军占领的城市，他把敌人当猪来杀。日军反击，他冲出重围，又用大刀单手杀了三四十个。但是之后他没有回到同志身边。'我需要休息一下，'他说，'过了几天我的部下以为我死了，以为我被杀掉。被杀？罗大哥会这么容易被人杀吗？我只是跑到自己爱去的地方，一周后我回去，发现部下正为我吊丧。有蜡烛，还有宰好的猪羊。我走进去说：'嗨，弟兄们，你们在这边干什么？罗大哥活生生地在你们身边哩。'同志大叫，大伙儿真正饱餐一顿。他现在跟裘奶奶的儿子裘东在一起。他们的队员增加到五千人，遍布河北、河南、山西边界的八个地方。"

"难以置信！"老彭说，"他今天下午喝醉了，你听他在房间里大叫大闹的，我不知道他的钱是哪里来的。不过他真是一个好战士。"

　　说来难以相信，木兰由汉口拍出电报后，陈三就在山西东部的山区里收到了这一封有关他母亲的电文。几天后回电来了，说他非常高兴，急着见他老母亲，以补偿他不孝的罪过。他说他立刻带环儿动身，连夜赶来，不过他们目前在山西、河北交界的娘子关附近，通信不佳，敌兵又多，也许要十一二天才能到达铁路线上。但是他们会日夜赶路。

　　收到电文，木兰传话到老彭的旅馆。这是他动身北上的前夕，丹妮和女友秋蝴、段雯特地来给他饯行。

　　"万一难民屋需要用钱，银行有一个账户随时可以提款。"老彭对丹妮说。

　　"秋蝴和段小姐，你们一定要尽量多来看她，陪她。"他已经对她们说过四五遍了。

　　"一定要写信给我，"丹妮说，"我会挂念你。"

　　"我会的。"他的声音有点悲哀，"不过明天不必麻烦来送我了。我要跟裘奶奶一家人走，他们会好好照顾我。"

　　但是第二天她们都到车站去，连王大娘也去了，她说她不能让大恩人冷冷清清的离开，她代表全体难民来送他一程。

　　一大群热闹的民众赶来看裘奶奶。学生和其他团体的代表带了一批棉鞋、棉衣给游击队，交给她带去。丹妮第一次看到这位老太太。她年过六十，看起来就像一般的乡下妇人，但是她笑容满面，声音也带有年轻人的朝气。丹妮被引到她儿子面前，她和正要上前线的女兵握手，心里十分感动。

　　还有响尾蛇，他穿着制服站在月台上，嘴里叼着雪茄，手上还握一根藤杖，对每一个人鞠躬，很高兴这么多人来给他送行。

　　一支学生军乐队吹起一支曲子，周围充满兴奋的气氛。有人要裘奶奶讲几句话。她走上月台，响尾蛇高大的身躯傲然站在她矮小的身畔，接受着大家对他们的爱国行为及服务乡里所表示的敬意。"游击队之母"

说道：

"同胞兄弟姐妹们，我是一个乡下老太婆，什么都不懂。我不认得字，也不会写字。我只知道日本要毁灭我们的国家，我们必须和日本打仗。我知道所有人民都应该爱国，我只是尽我乡下妇女的本分。我丈夫太老了，但是我的儿子和两个女儿都参加了战斗。我们东北有一句俗话：'拆屋灭鼠，大干。'我还有一个儿子；他太小了，只有十四岁，否则他也会跟我去。我对你们的礼物很感激。蒋委员长给了我一千块钱，如果我们还需要钱或衣服，我再回来向你们要。"

这一段简单的话由这位晚年还上前线的土老太太用愉快、勇敢的口气说出来，不免令听者十分感动，也使有些人羞愧万分。等她说完，一个少女带头为裘奶奶和游击队欢呼，接着又高呼中国胜利，"游击队之母"对大家微笑点头，然后转身上了车。

响尾蛇被撇在月台上，他看了看观众，然后清清嗓子说："小弟我也不会读书不会写字……呃哼！小弟罗大哥，小弟……"

但是他的声音被骚乱淹没了，围着平台的群众已渐渐走开。老彭说，裘奶奶的儿子强迫响尾蛇离开汉口，因为他乱找借口为游击队筹钱，又行为不检，乱搞女人。

汽笛响了，老彭和大家握手。他两颊被泪水打湿闪闪发亮，高大弯曲的身子猛跨上车厢，没有回头。

火车慢慢开出车站，老彭的脸在一扇窗边出现了。丹妮跟着车厢走，然后狂奔，两眼也泛出泪光……

尽管有玉梅等人做伴，丹妮却突然觉得自己变成了孤单单一个人，肩上还负有照顾难民的重担。他们回到旅社，收拾老彭留下的几本书和一些衣物，然后她叫秋蝴负责带大伙儿回家，就跑去看木兰。

木兰全家都在，她把彭先生和"游击队之母"离开的消息告诉大家。

临走的时候，木兰要荪亚送她，还叫女儿阿眉一起去。于是丹妮随苏亚和阿眉走出来。在渡船上他们听到一群女孩子大唱"中国不会亡"，丹妮刚刚在车站看到那一幕，如今听到这首曲调和"中国不会亡"的字眼一遍遍出现，脊椎骨不禁一阵战栗。

她发现苏亚愉快又随和，她和害羞、敏感的阿眉也谈得很高兴。她带他们去看"抹刀春"，那儿离难民屋只有一里路，是三国的关公——中国最受欢迎的民族英雄，被奉为战神——磨他那把"青龙偃月刀"的地方，附近有一间关公庙。

他们到家，秋蝴迎上来说："苹苹病况加重了。"

"打针没有一点效果吗？"丹妮忧心忡忡地问道。

"我只给她打葡萄糖。有一种美国新药，但是一针要二十块钱左右。"

"别管价钱了。我们一定要弄到。"

她们进去看小病人，苏亚和阿眉也跟进去。苹苹的父亲古先生坐在床边，显得又邋遢又可怜。那孩子双臂和双腿都瘦得像衰老的病人，但是面孔却更灵气了。

"秋蝴姐姐，"她父亲说，"救我孩子一命。我们不能送她进医院吗？"

秋蝴摇摇头："她根本不该移动。医院也不如这儿安静、有条理，伤兵挤到了极点。我可以每天来看她，有一种好药，非常贵，不过观音姐姐说她会出钱。"

父亲看看丹妮，眼中充满无言的感激："自从我们出来后，这孩子吃了不少苦。我已失去她哥哥，你一定要救她。"

苹苹对客人微笑。丹妮走近她，用白如洋葱的纤细指头抓起她枯瘦的小手。她的小手软绵绵地搁在丹妮的手掌中。

"你要不要再捏我？"丹妮问她。苹苹已渐渐把丹妮当作母亲来看待。她常常玩弄丹妮手臂上的镯子，凝视那翠绿晶莹的光泽。有一次丹妮和她父亲说话，苹苹捏她的手腕，丹妮也没有反对。于是这变成孩子的一种游戏，也变成丹妮讨她欢心的一种简单的办法。苹苹伸手摸镯子，想再捏丹妮，笑得很开心。但是现在她的手指没有力气了。

"用力捏。"

"我没有办法。"她的手指松下来，一动也不动，"老实告诉我，我会不会死？"

"老实说，你不会。秋蝴姐姐要给你一种新药，就像魔术似的，是美国来的。"

"一定很贵。"

"是很贵。所以一定很好。"

"要多少钱？"

"一针要二十块左右。"

"那一定是很好的药。"小孩静静地说，"但是我们买不起。"

"你千万别担心。我会替你出钱。我会花一切代价把苹苹医好。你希望病好，对不对？"

"是的，我希望病好，长大像你一样。"小孩一个字一个字慢慢说，"我读到课本第八册就停下来了。我看过我哥哥留在家里的第九册和第十册中的图画。他对我说过几个故事，但是我要自己读。观音姐姐，等我长大，有很多事要做哩。"

"现在你不能说太多的话。"丹妮柔声对她耳语。

"不，我得把心中的话告诉你。观音姐姐，你答应战争结束后要到我家。我已经想好菜单了，有醉蟹和我们靖江的烧酒，我要把最大的鸡杀来请你。我知道要请你坐哪个位子，还有我父亲、翩仔和我哥哥——如果我们能找到他的话。方桌上要摆五个位子，不过我要跟你同坐一边。我要穿上红衣服，头上戴一朵茉莉花来招待你。我们坐着看日落，那边日落向来很壮观的。"

这孩子突然有力气说出一堆话，因为这些事情早就藏在她心中了，现在她直喘气，灵秀的双眼活生生看见别人看不见的情景。

"我要来吃你的大餐，不过你得静静休养，明天美国的新药就来了。"

"你先替我出钱，因为我要活下去。等我长大再还你。我会还的。"丹妮用力咬嘴唇。

"你哭了，"小孩说，"你为什么哭，观音姐姐？"

丹妮拭泪微笑："因为我爱你，替你高兴。新药对你一定有好处。"

"我已经把要做的事情告诉你了，现在我要睡啦。"

苹苹合上双眼。她的大眼睛张开时，似乎占据了整个脸部，别的地方都看不见了。但是现在她那又尖又挺的鼻子高高立在苍黄的脸颊上，正大声吸进维持生命火花的气息。有一次她咳得很痛苦，大眼睛张开了。丹妮俯身拍拍她，用手把她的眼睛合起来。

第二天秋蝴带来七千里外漂洋过海运来的新药，那个国家苹苹只在学校听过哩。药效像魔术似的，三天后她胃口大有进步，也不像从前那么疲倦，那么衰弱，力气也开始慢慢恢复了。

老彭走后第七天，日军再度轰炸汉口及武昌。自上次汉口空袭后，已经一个多月了。在中国抗战史上，三月二十七日的汉口空袭只是几千次空袭之一。博雅的统计表也许会记上"空袭：第三百二十九次"或"第五百六十一次"，但是人事却不像统计那么简单。

这次空袭虽然稀松平常，也许大多数汉口市民都已经忘记了，但是对丹妮、老彭和博雅的一生却造成极大的转变。人生复杂得不可思议。几个大阪制造的炸弹，用美国石油空运，落在武昌的一堆岩石上，却深深影响了一个目前还在五百里外的河南省的中年人和一个在千里外昆明途中的青年，我们以后就明白了。

三月那一天，几个小孩进来报告说，河岸上升起警告讯号。不久一声长长的警报证实了他们的话，大家照例准备躲进后面的林子。苹苹的父亲向来最先带孩子跑开。

"苹苹怎么办？"他问秋蝴。

"她不能移动。"

她父亲虽然很紧张，却决定留下来陪他生病的女儿。

两点左右，七十架敌机分几批来袭。高射炮不断向空中开火，飞机便维持在四千米以上的高度，在汉口和武昌投下几百枚炸弹，击中南湖、徐家坪和俞家头区，炸毁房屋，也炸死不少人。爆炸的地方离得很近，难民屋整个房子都震动了。

有一次炸弹落在洪山坡下五十码的地方，窗上的玻璃也震得粉碎，爆炸力很强，有一个大岩石裂开了，一块四五十磅重的裂片飞起来击中屋顶的一角，落在右边的院子里。

苹苹缩在床上，她父亲用手捂住她的耳朵，这时候石块穿透屋顶，把灰泥震开来，空气中充满厚厚、室人的尘土。

凭着本能的反应，古先生把女儿抱进怀里，冲过落下屋椽的浓密的尘土，来到露天中，往树林子奔去。他跑上东边的石阶，两腿摇晃，摔了一跤，身体跌在女儿身上，但他的双臂仍然紧抱着她。他慢慢站起来，把小孩抱进树林里。

空中仍飞着一股泥尘，大部分是由炸弹降落的地点升起来的，另外一小股则来自屋顶。

"怎么啦？"大家喊道。

古先生瘫软的双臂抱着生病的孩子，边走边晃，激动得说不出话来。大家一片沉默。

"苹苹受伤啦？"丹妮勉强装出镇定的口吻说。

"没有。"他把孩子放在地上，因为害怕和用力而一直喘气。他脸色变白，但是孩子的脸更白，只是毫无动静。秋蝴上前摸她的手。孩子眼睛吓得睁大起来。秋蝴和丹妮坐在草地上，尽量安慰她。

"翩仔呢？"苹苹问起她弟弟。

"他很平安。"大家告诉她。

飞机还在头上咆哮，附近的高射炮使空中充满连续的砰砰声，在山谷中回响着。没有人敢动。现在古先生说话了："砰的一声，有东西打到我们的房子上，屋顶落下来，我抱起苹苹，拔腿就跑。"

这时王大娘鼓起勇气进屋瞧瞧，回来说只有几个屋椽落下来，一块像男人帽子般大的岩石落在院子里，把石板敲裂，地上布满灰尘和碎玻璃。

"幸亏没有人受伤。"她说。

大家坐下来等了一个钟头，丹妮握住苹苹的小手。突然苹苹开始咳嗽，一丝鲜血由嘴角渗出来，沾红了草地。然后她躺回去，大声呼吸。

飞机走后，危机解除的警报响了，古先生实在软弱无力，就说："我不敢再抱她了。"

于是秋蝴和玉梅抬起她，一步一步慢慢地走下斜坡，把她送回床上。

大家的心还扑通扑通乱跳，屋里有一种紧张的气氛。苹苹现在舒舒服服躺在床上，蒙眬睡去，失去了知觉。

丹妮和秋蝴陪苹苹的父亲坐着，希望她能静静地睡一会儿，但是她的小手不断扭来扭去，眼睛又张开来。

"爹，我现在要离开你了，我刚刚看到我哥哥。我知道……"

但是她还没说完，一股鲜血就涌出来，渗出她的嘴角，把被单都染红了。她想坐起来咳嗽，但是浑身无力，只好让人扶起来。过了一会儿她身体又松弛了，大家轻轻地把她放回床上。她一动也不动，泪水由紧闭的双眼流了出来。

那天下午就一直这样。丹妮度过了几个非常痛苦的时辰，面对一个生命的死亡却不肯承认。孩子的扭动偶尔停一刻钟，然后又重新开始。秋蝴给她服下一点吗啡，翩仔被带出屋外，他们三个人静静地坐着凝视睡着的孩子沉默、动人的生死挣扎。

天黑了，晚餐时分暮色渐浓，孩子醒了一次，问道："为什么这么黑？"于是他们多点了几根蜡烛，好照亮房间。

现在丹妮看到她嘴巴动了，她想说话。丹妮把烛光贴近她的小脸，她眼睛张开，但是眼中的光芒却很遥远、很神秘。她一个字一个字慢慢说出来，眼睛扫视这一群人：

"这些人在这里干什么？我们家不在这儿，在长江下游……别哭，观音姐姐。等战争过去，我们都要回家。我还要学第九册哩。"

她的眼睛又闭上了。过了一会儿再睁开来，这次她似乎认得他们，心智也似乎清楚些。她对父亲说："爹，我现在要离开你了，别替我流泪，照顾翻仔。他呢？"

秋蝴去找她弟弟，等他进来，苹苹伸手抓他的小手。

"要做好孩子，弟弟。"她说，"观音姐姐会教你乘法表。"

翻仔站着不动，也没有说话，还不懂死亡是怎么回事。然后她要大家再点些蜡烛。

"观音姐姐，让我看看你的脸。"小孩看看丹妮，笑一笑，然后又闭上眼说，"姐姐，你很美。"

一道血丝不断沿着嘴角流出来，但是很稀薄，分量也很少，她已不再有感觉。几分钟后，她停止了呼吸。她的小生命像小小的烛光忽明忽灭，终于熄掉了。一条白手帕挂在窗边，临风摇摆。苹苹已进入永恒。

丹妮慢慢放开孩子的小手，哀痛太深，竟然流不出泪来。因为她一直和她这样接近，知道这孩子打算做的许多事情，那些奇怪的小事，比如继续上学啦，在靖江老家招待丹妮啦，如今她没有完成夙愿，也永远不可能完成了。她的死在她眼中就像一朵花被无情的暴风雨摧残，或者像一个未完成的梦境突然消失。因为苹苹也是风雨中的一片树叶，在世上旅程中小小年纪就被风刮落，现在单独飘走了，甚至飘得有些快活。她是如此充满希望，渴望美，如此喜欢玩这个游戏。路人会踩踏它，清道夫会把它扫开，却不知道它会包含这么多的美、勇气以及对生命法则的敬意。

"可怜的孩子，我们离家后，她吃了不少苦，都从来没有抱怨过。"她父亲说着，声泪俱下。丹妮再也忍不住了，也随她父亲放声大哭。

天已经黑了，王大娘进来说，她愿意下山到城里去买棺材。她父亲一文不名，一切开销必须由丹妮的荷包里掏出来。于是王大娘进城，金福提着灯笼一起去，九点回来，说棺材第二天早晨会送到。苹苹没有新衣裳，大家替她梳洗一番，穿上原来的衣服，一套退了色的蓝上衣和裤子，不过王大娘还替她在头发上插上她最爱的茉莉花。蜡烛点起来，屋里有吊丧声，但是翻仔还不懂得哭呢。她父亲坐了半夜，丹妮因为伤心而疲倦万分，就和秋蝴一起上床休息。

第二天一早，棺木送到了。几个村民自愿在屋后不远的地方掘了一个坟墓。丹妮把苹苹带出来的那本破旧、卷角的第八册课本和她们玩翻线游戏的那条细绳放在棺材里，明亮的旭日讥讽地照在墓前的一群人身上。女人们看到丹妮哭得比小孩的父亲还厉害，也不禁流下泪来。哭泣是会传染的，所以虽然没有什么仪式，这个小孩却受到了朋友和邻居热情的献礼。王大娘的邻居说："这孩子死了值得，有这么多人为她流泪。观音姐姐真是好心人。"

葬礼在十点前完成，但是丹妮一整天都无精打采地坐着，把别的事情都抛到脑后，就连落石压坏的房间也乱糟糟没有整理。

"如果她睡在她父亲房里，不睡东边那个房间，若不会受到惊吓，也不会死。"丹妮躺在床上，还在思考。

"别再伤心啦，"玉梅说，"谁知道，石头会打中哪个房间？"

不过事情往往很巧，每个小事件都受到千百种前因的影响。佛家"业"论的创始人一定早已看出遥远的事件间具有的因果关系。如果老彭不走，苹苹就不会搬到那房间，而老彭的远行又受很多因素的影响，包括丹妮怀孕、许婚，因此影响了他们彼此的关系。但是说得更简单些，如果和她素昧平生的隔海帝国梦想家不发动这场战争，苹苹就不会死，如果苹苹不死，丹妮后来也许不会到前线去。

老彭说得对。那天报上说一百多个人被炸死，还有一百六十个人受伤。但是灾祸的数字毫无意义。苹苹还不包括在那些受难者之中呢。战争的祸害不能用统计名词、死亡数目和炸毁财物的价值来衡量。苹苹的死使战争赔偿显得荒谬可笑。

/ 拾玖 /

　　木兰听说武昌被炸，洪山也被枪打到了，心里非常担心。第二天下午她带阿眉和忠心的老仆人锦儿一起来看逃难人的住所。

　　丹妮在床上睡得正熟。玉梅出来见她们，把孩子去世和那天早晨下葬的消息说给她们听，并解释说那天葬礼上丹妮哭得厉害，现在正补睡一觉呢。她们看到被炸毁的房间，由屋顶上的大洞可以望见蓝蓝的天空，地上的泥土还没有扫掉，破碎的柱子倒在路上。

　　王大娘出来和她们说话："有好心的彭老爷，就有好心的彭小姐。她简直像孩子的母亲，哭得像亲生儿子死掉一样。"

　　她们谈天，锦儿告诉玉梅她想见见太太常说起的那位小姐。玉梅就带她到丹妮睡觉的房间。

　　"真可怜。"玉梅低声说，"彭老爷走了，把这个地方交给她负责。只有王大娘帮忙管理。如果这栋屋子真的被打中了，死了更多难民，我不知道小姐要怎么办。"她贴近锦儿的耳朵说："她有身孕了。这样对不对呀？"

"你的意思是说？"

"是你们姚家的少爷，他还不知道呢。"

锦儿端详睡梦中的丹妮："还看不出来嘛。多大了？"

"三四个月。前些天她单独出去，在路上昏倒了。一个樵夫送她回来。"

锦儿马上走出房间，连忙找到木兰，把她拉到一边，小声告诉她这个消息。木兰显得格外惊奇，她立刻叫玉梅来，问她详细情形。

"小姐和姚少爷在上海常常约会。"玉梅红着脸说，"你是他的姑姑，所以我才告诉你。这里没有人知道，我也是不到一个月前才知道的，别让她知道是我告诉你的。你侄儿很久没写信给她了。"

"他们很相爱吗？"

玉梅又满脸通红："太太，我们不该谈这些事。不过他们相爱却没结婚！这些事情能让人知道吗？如果小姐知道这些事是我告诉你的，我想她会杀了我的。"

"他没有答应娶她？"

"谁晓得？这种事见不得人。不过除此之外我们小姐算是好心的人了。我本来就不同意。"

"依你看，她现在该如何是好？"

"依我看，照理那位少爷该娶这个女孩子，不过他已经结婚啦！"玉梅停下来，无法确定自己把丹妮的秘密告诉了别人到底对不对，她自己是不是真心希望丹妮嫁给博雅，"太太，你是他姑姑。你能不能把这件事告诉他？他听了会不会生气？"

木兰对玉梅天真的担心很感兴趣，渐渐由她口中探出丹妮在上海的一切情形，她对博雅误会啦，她烧掉绸巾上的海誓山盟等。然后木兰想了好一阵子。

不久丹妮醒了。她听到外面的声音，就叫玉梅进去。屋子被炸，苹苹又死了，使她无精打采，有气无力，她还不想起来，不过一听到木兰母女来看她，她很高兴，连忙要她们进去。

木兰母女和锦儿走进屋。丹妮支起身子坐在红木床上，身上盖着红毯子，眼稍微有点肿，头发披散在肩上。她微笑着，抱歉她们来时她睡着了，但是她的面孔显得苍白而消瘦。木兰从玉梅那儿了解了发生的一切，所以说话声音低沉而平静。

"轰炸一定吓着你了。彭老爷怎么北上，放下你在这个地方管理？"

"他要看看战局和游击队。他随裘奶奶北上——哦，我不知道……"她叹了一口气说。

"你需要休息，丹妮。到我家休息几天好不好？"

丹妮很惊喜但尽量不动声色说："不过我得照管这栋屋子。"

最后丹妮仍被木兰说服离开难民居住的地方，到她家住几天。她们叫王大娘进来，她马上答应让丹妮轻松几天，她和玉梅可以不费吹灰之力管理这个地方。有金福到木兰家传话，锦儿说她儿子也可以跑跑腿。当天下午丹妮就随木兰母女走了。

丹妮在木兰家愉快地住了四天。她脑海中老忘不了苹苹的死。她没有心情迎接今年的春天，但是春天却具有秘密的魔力似的，使她精神振作起来，还在她灵魂中注入一种不安。空气中满是春天的气象，骗得小花苞勇敢地冒出来，使得山里的杜鹃花尽情炫耀自己，叫起桃花，赶走寒梅，用温柔的彩笔画上垂柳的金丝。仿佛画家润了润毛笔，挥毫将武汉景色罩上一层浅浅的黄绿，然后再零零落落点上浓浓的粉红和鲜红。郊游回来的人手上都拿着花朵锦簇的杜鹃长枝，走过街道。

丹妮很高兴再回到城里，而且又住得离闹市那么近。和木兰一家人共处很愉快，无拘无束的。她和他们家人渐渐处熟了。木兰从来不让她晓得自己知道她的情况，丹妮也从不让她疑心。她穿着山上穿的宽旗袍。不过有时候她静静地坐在屋内，木兰可以看到她眼中茫然的神采。

博雅打来一份电报，说他已到昆明，要住两周左右。电报在此地和昆明间一来一往，没有让丹妮知道。有一天荪亚正要出去拍电报，丹妮听到了，问他要做什么。荪亚说他要拍电报到昆明，然后笑着不说话。

"拍给谁？"丹妮有点着急地说。

"当然是博雅啰。"

丹妮羞红着脸，没有再说话。又有一天她听说他们要拍电报到上海。

"这些神秘的电报到底是谈什么？和我有没有关系？"丹妮问木兰。

木兰用顽皮、奇怪的眼神看看她说："姚家有一个秘密的计谋，你用不着知道。"过了一会儿又用眼角暗视丹妮一眼，"你觉得我女儿怎么样？"

"我当然喜欢她。"

"我是说，你觉得她当伴娘好不好？"

丹妮脸色微微地发红："我不懂。"

"我是说她表哥的婚礼。他们是表兄妹，你知道的。"

"哪一个表哥？"丹妮已经猜到了，却故意发傻以掩盖内心的兴奋，同时对木兰投以不耐烦的一瞥。

"你猜不到？我们得考虑你们的婚事呀。"木兰终于含着玩弄、闪烁的笑容，把消息告诉她。

"婚事"一词对丹妮具有神奇的魔力，她仿佛乐呆了。喉咙因快乐而说不出话来，满脸感谢的神情。

"哦，曾太太——"她眼睛闪闪发光说。

"你还叫我曾太太？我马上要在博雅的婚礼上担任主婚人了。我故意让你惊喜一下。这些事应该背着新娘设计一番。但是我不想让你猜疑太久。"

"一切就这么简单？他太太？还有一切事情？"

"正在安排，阿非在处理。你还不谢谢你姑姑？"

丹妮高兴得流下泪来："我不知道该用什么来谢你。"她说。

丹妮惦记着洪山的难民住所，第四天回去了。到木兰家小住使她恢复不少精神，但是她一回来，马上感受到荒凉寒意的气息。屋子跟以前一样。老彭和苹苹就这样走了。老彭什么时候回来，这个地方又有什么结果呢？她感受到一种不如意，感受到老彭将要发生的不幸。她愈想到他的远行，愈相信是自己将他驱向自我放逐的境地。她不只想念他而已。如今他不在，他伟大的性格在她眼中更加清楚。他独自在他住的地方喝醉了，过去的事不断地回到她心中，使她很不好受。也许他现在独自在某一间旅舍中受苦呢。她偶然踏入他的房间，看到他的床铺和一捆衣服，心里对他充满柔情，也充满自责的情绪。博雅的电报和信件来时，她甚至没有停下来想一想她对老彭的亏欠是不是就此完结，他也和她一样把一切视为理所当然，静静地走开了。这种牺牲比他说要做她孩子的爸爸更令她深深感动。

她用心幻想着博雅回来时和她结婚的情景。她应该高兴，心里却没有这种感觉。不错，她要嫁给博雅；他年轻、英俊、富有，她会有一个和木兰一样舒服的家，她幻想着。但是她对博雅知道多少？他会替她设计衣服，带她出去让他的朋友看，她便一辈子成为他取乐的人。她突然觉得讨厌。她曾经喜欢、在上海也曾和他分享的爱情现在已不能满足她了。那天晚上在舞厅的打击已留下永久的疮疤，使完全是感官性的爱情令人生厌。她看到自己赤裸裸地在孳轮上旋转……

"你不是答应嫁给彭大叔吗？"玉梅说。

她想和玉梅谈谈，只是没告诉她木兰的打算。

"我们决定不结婚了。"

"怎么？你放弃了他？你放弃那个大好人！"

丹妮尽力安慰自己的良心。她去看苹苹的父亲，但是他们之间没有话可说，她想起苹苹的愿望，就开始教她弟弟乘法表，由八教起："二乘八等于十六……"但是仿佛听到苹苹的声音在耳旁，使得她再也无法教下去。姐姐已死，孩子不肯再学了。这不再是两个小孩子之间的游戏，却变成一种应付了事的教学课程。

半夜里丹妮有时会听到古先生为失去爱女而偷偷哭泣，那种悲音在暗夜的小山上真是不忍耳闻。她觉得这个地方实在叫人无法忍受。突然她体会出每次当老彭不在时，她就有烦恼。现在老彭若在这儿，这栋屋子又会愉快起来。

博雅由昆明寄来的第一封信和老彭由郑州的来信同一天收到。丹妮先拆老彭的信，这举动令她自己也大吃一惊。她读完两封信，一时明白了其中的道理。由博雅前几封信来判断，她知道他会写什么：一大堆名称古怪的高山河流，各山峰的高度，壮丽的风景，几座巉岩，分水岭，急转弯，使她觉得冷冰冰的。博雅的信她无法有兴趣再看第二遍，老彭的信却一读再读。后者给她一种温暖、人情味十足的亲切感和参与感。他信中提到玉梅、大娘和苹苹——他还不知道她死了——并轻轻责备她冷落了月娥，那个无精打采、上过基督教中学的丑女孩。他几乎没谈到自己，只说他已由黄河北岸的地区往回走了。

她觉得很吃惊，从此她对月娥也产生了新的兴趣，只因为那是老彭的心愿。日子一天天地过去，她发现这个很少注意到的女孩也教了她不少东西。为了讨好月娥，她看了一点月娥的《圣经》。其中一段如下：

> 我命你们互爱，如我爱你们。
>
> 为友舍命，人间大爱莫过于斯。

这句话又使她想到老彭，"爱"这个名词在短短的几分钟内产生了新的意义。

战争的狂热卷席了整个汉口。三月二十八日到四月七日，难以相信的大喜讯一天天由前线传来。国军和日军对垒，第一次凭较优的战略而击败他们。

预期的四月进攻结果出人意料，满城都被困住，剿敌的消息使人心兴奋到最高点。三月二十四日台儿庄附近的平原开始了一场大战，连续打了两周。这是上海之役以来最猛烈的战斗。敌人派出了十万精兵，包括山东调来的第五师和第十师在内，由北面分三路向铁路交会点徐州推进。

东面来的左翼军十五日在临沂被张将军和汤将军击败，这奠定了后来国军胜利的基础。两股主力军由津浦铁路南下。铁路到徐州之前，有一个向东弯的环形，很像英文字母"h"，两个底点落在东西行的陇海铁路上。"h"的直线代表津浦铁路，徐州就在最低点。弯弯的一笔向东勾，向大运河北岸的台儿庄弯去，运河横过"h"的两根长脚。津浦铁路西面有三个大湖，沿着整条直线分布。有一批敌军由直线下来，抵达韩庄，也在大运河北面。这里的地形渐渐高起，敌人不打算过运河。他们中央的主力军由临城向东打，顺着那一弯曲线南下，打算占领台儿庄。这种战略在技术上来说是相当高明的，因为从台儿庄附近的平原可以轻易包围到徐州。控制这儿不但切断了国军的右翼，也使敌人的左翼能和大军会合。

但是战略家订了计划，打仗的却是军人，国军让敌人的中央主力深入台儿庄的东北郊和东郊。三月二十八日敌人到了城门下，双方在城里打了一周的巷战，东郊和东北郊几次易手。国军一再被逼回运河南岸，后来再重新渡河，夺回外围的村庄。主力军在汤恩伯将军领导下，奋勇抵抗敌人最猛烈的攻击，国军右翼和左翼则静静地采取围攻的方式。左翼在敌人密集的炮火中渡过运河和西面的湖泊，沿着许多要站切断津浦铁路和桥梁，由泰安一路破坏了六十里。军方要三百人组织敢死队，却有八百人志愿前去，他们用手榴弹攻打台儿庄以北的獐头山，切断敌人的补给，把他们围在北面的峰县。三十日包抄已接近完成，敌人发现自己陷入进退两难的处境，食物和弹药都渐渐用光了。可怕的战斗已使敌军死伤一万五千人，达到全团兵力的四分之三；东西援军不顾一切赶来援助，由后方威胁台儿庄以北兰陵的国军。但是国军右翼在张自忠将军领导下猛追这支敌军，四月三日迅速出击，在兰陵将敌军消灭，解除了这一大祸根。

外面的包抄现已完成。四月五日国军第三度反攻，敌人已陷入密密的难以逃脱的死亡困境。只有几百人尚守住城市北角，弹药也快用光了。这时国军不断向城外几里的南罗、柳家湖和张楼围进。六日晚间，几百个余兵毫无纪律地反抗，却在外面的村庄被剿灭了。七日早晨敌军向北逃。参加此场战争的两万日军，活着逃出去的不到三千人，他们匆匆逃走，没有时间处理死人，也没带走受伤的兵。

日复一日敌军战败、死伤惨重、军队被围以及台儿庄附近城镇收复的消息造成了一连串期望的高潮。等敌军鼠蹿逃走的消息传来，汉口顿时变成喜气洋洋的城市。我军宣布这是开战以来第一次大赢日本，完全实现计划。

四月七日，武昌闹哄哄的。天一亮爆竹就响亮无比。七点半段小姐发狂似的跑到难民屋，带来她昨晚由收音机听来的消息。秋蝴陪丹妮过夜，老老少少都为这消息兴奋不已。男孩们拿一个汽油桶，一面敲一面跑下山坡。山谷中传来锣鼓和爆竹的声音。九点左右，爆竹声变成连续不断的音符。除了鞭炮，还有在地上爆炸然后冲入天空的"冲天炮"。

"到汉口去！"三个女孩子大叫说。

"我要喝得烂醉。"秋蝴宣称。

真的，全体难民都想下山，加入城中度假的人潮中。假是自己放的。没有学生上课，职员不上班。人群挤满街道，涌到广场中。男孩子们敲竹块、水壶、锣钹、铜桌面和一切能发出响声的东西。一切都是没有组织的，自动自发，喧闹、不整齐而且感情用事，不过本来就该如此嘛。

段雯穿着工装裤来了，丹妮和秋蝴也觉得该穿工装裤，行动比较方便。丹妮在头上扎了一条鲜红的头巾，三个人下山过河，走在街上，勾肩搭背往前走。

蒋介石对所有国军官兵、政党人员、各省市地方政府，以及全中国人民发表了庄严的声明：

> 各战区司令长官，各省市党部，各省市政府，各报馆并转全体将士全国同胞公鉴：
>
> 军兴以来，失地数省，国府播迁。将士牺牲之烈，同胞受祸之重，创巨痛深，至惨至酷。溯往思来，只有悚惕。此次台儿庄之捷，幸赖前方将士不惜牺牲，后方同胞之共同奋斗，乃获此初步之胜利，不过聊慰八月来全国之期望，消弭我民族所受之忧患与痛苦，不足以言庆祝。来日方长，艰难未已。凡我全体同胞与全体袍泽，处此时机，更应力戒矜夸，时加警惕。唯能闻胜而不骄，始能遇挫而不馁。务当兢兢业业，再接再厉，从战局之久远上着眼，坚毅沉着，竭尽责任，忍辱耐苦，奋斗到底，以完成抗战之使命，求得最后之胜利，幸体此旨，共相黾勉为盼。
>
> 蒋中正

尽管蒋氏发表这段文告，庆祝还照常举行。

午饭后三个女孩子来看木兰，她对她们的来访和她们无羁的喧闹感到吃惊。丹妮身穿工装裤，白白的笑脸在红头巾的衬托下显得很特别。但是使这几位年轻朋友感动的要算是木兰的女儿阿眉。

"跟我们出去。跟我们穿一样的！"丹妮冲动地说。

"妈，可不可以？"阿眉问道。自从姐姐几年前在北平的一次政治示威中去世以后，她母亲一直不许这个既害羞又敏感的女孩子参加公开的游行活动，对她有些过分地保护。不过木兰今天非但同意她出去，而且还答应她穿得和其他人一样。阿通到一家店里给妹妹买工装裤，木兰还在女儿头部和颈部系了条浅紫色的头巾，与她的绿衬衫形成很愉快的对比。

四个女孩在街上逛了一下午，她们愉快的装束和高兴的笑声引起了一部分人的注意。那是星期六下午，爆竹声稍微减少了些，街上却还挤得满满的。她们听说晚上有灯笼和火把游行，各工人、学生、军人、政府人员的团体都要参加。她们还看到一份"战区服务队"的通知，要征求志愿者到徐州去接战地孤儿出战区。

段雯说："我要去应征。"

木兰要她们四个人回去吃晚饭，饭后全家人陪丹妮和秋蝴出去，段雯则随她自己的队伍参加游行。旗帜、灯笼、火把、军乐队和穿制服大喊战斗口号的团体接二连三通过，旁边还跟着没有组织的庆祝人潮。段雯的队伍通过时，丹妮拉着秋蝴和阿眉陪她走，三个女孩子携着手大笑着走过一个个街区。然后她们退开，送阿眉回家，把段雯也拉出来。

木兰一家人已经回来了。丹妮进屋，木兰正兴奋地对陈妈朗读一封儿子拍来的电报。她转向丹妮说："陈三的电报刚由郑州打来，他两天后会来。他说你们的彭先生生病躺在床上。"

丹妮的脸色暗下来，木兰看出了她焦虑的神情。她瞬间下了决心。

她转向段雯。"我能不能跟你们的队伍北上？"她问道。

"我不知道。你是认真的？"段雯回答说。

"当然是。"

"也许会很危险，"木兰说，"你能受得了吗？"

"战区生活很艰苦。"阿通警告她说。

"但是我们已赢得胜利，日本人已在撤退了。我想看看前线的情形如何。"

午夜时三位女孩回到武昌，丹妮一句话也没说，老彭生病的消息使得她无法再狂欢。一切静下来后，她躺在床上，开始慢慢仔细地想。老彭一个人在郑州受苦，卧病倒在床上，她却只顾自己的快乐而弃他不顾。

两天后，陈三和环儿来了。苏亚及阿通到车站去接他们，女人则留在家里准备接待客人，丹妮急着探听老彭的消息，也来到曾家。陈三的母亲穿上她叫老彭买来当寿衣的新绸裳。火车没有按照预定时间进站，快吃饭的时候大伙儿才回来。两个钟头中陈妈一直出去倚门盼望。她进进出出好多次了，木兰真怕她年老的身子受不了相逢的刺激。她只有六十多岁，不过她的力量显然已差不多快用完了。为了等她儿子回来见她，她才没有倒下，如今她仍然勉强撑下去，比预料中多活了些日子。

"进来休息一下吧，"木兰说，"反正你的眼睛也看不到太远。等你儿子和媳妇来，你得显出最好的样子，静静地坐着。"

但是她仍不放心地坐在大厅中间的一张矮椅上，面对前门。她又开始谈起她儿子当年失踪的往事。"我还能记得他小时候的样子，我还记得他小时的模样，我还记他小时的声音。不过我要给他些什么呢？现在我能给他什么呢？"

最后阿通终于冲进来叫道："他们来了！"

木兰向前走到老太太身旁。不久陈三跑着进来了，环儿跟在后面。陈三一眼就认出他母亲坐在椅子上的特别坐姿，他跪倒在地，手臂搁在老太太膝上，大声哭出来了，环儿也跪在旁边。

老太太的泪流了满脸，伸手去摸儿子的头发和埋在她膝上的脑袋，又用手摸一摸他宽大结实的肩膀。她一句话也说不出来，弯身闻他的气息，仿佛他仍是小男孩子一样，就好像要把她衰老的生命加入他的头发、脑袋和耳朵里。然后母子都伸手把对方的手紧紧握住。

陈三拉起母亲的手来亲吻："哦，妈，你的不孝儿子回来了。"

"孩子，起来，让妈仔细看看你。"她终于说。

他站起来说："这是你的儿媳妇。"环儿仍然跪着。

"来，让我看看你。"陈妈说。

这时环儿才站起来，走向老太太。

"环儿，我知道你。你是一个好女孩，也是我儿子的好妻子。你母亲好吧？"她的声音明亮清楚得奇怪。

"她去世了。"

"你嫂子莫愁呢？"

"他们夫妇现在郑州。"

环儿拉了两张矮凳子，她和陈三就坐在母亲膝前，陈三开始诉说他回姚家以及他结婚的经过。全家人都进大厅来，站满了一屋子，看这对母子的团圆。

但是过了一会儿，陈三仍在讲述这段故事时，他母亲眼睛却忍不住地合上了。头在他手掌中松下来，失去了知觉。

荪亚上前看她，把她儿子扶起来柔声地说："她大限已到。别太难过，她盼望了那么久你才出现，现在她心愿已了，安心地去了。"

但是陈三伏靠在母亲身上痛哭，尽人子本来该尽的本分，用手拍着前胸哭泣着，谁也无法安慰他。"我甚至没有机会听她说晚年是怎么度过的。"他流泪说。

"最重要的是她死得快乐，心满意足。"环儿安慰丈夫说。

"她最后一段日子过得很安详。"木兰说，"这点，你该谢谢丹妮。"

木兰告诉他老母亲被发现、照顾以及她事先买好棺材的经过。陈三正式重谢丹妮，叫她彭小姐，还说他是去年认识老彭的。现在陈三抱起母亲的小身子，把她放在一间侧屋内，环儿跟在后面。他偷偷吻母亲的面孔，很久很久，眼泪滴了她满脸，最后环儿才把他扶起来。

曾家准备了丰盛的大餐迎接他们，但现在只端出几盘菜。木兰一直叫陈三吃，虽然他不该吃太多，不过他饿得要命，就吃了好几碗。

饭后丹妮把他母亲留下的三百块钱交给他，并解释说："你母亲说，这是她这一生中，一文一文、一个铜板一个铜板为你积下来的。彭先生临走前把这小包交给我。"

"棺材是谁出的钱？"

"彭先生。这些大部分是旧币，现在已一文不值了。你最好留作亡母的纪念。"

陈三的眼睛看着小纸包——他母亲一生无尽母爱的象征——不禁又泪流满面。

然后丹妮问到老彭，陈三说他们在南下郑州的火车上相遇。老彭在河南北部不小心着了凉，又是一个人出门，无人照料。陈三把他扶进一间旅馆，但是他急着见他母亲，第三天只好放下他走了。

如今丹妮的心意已决。她必须去找老彭，在他孤独病倒的时候去安慰他。这是报答他对自己以及其他许多人善行的表现。

第二天，陈三跟环儿、丹妮一起上洪山抬棺材，锦儿的丈夫也陪同前往。次日举行葬礼，陈三和环儿住在木兰家服丧。

段雯第二天早晨来告诉丹妮，急着去看胜利现场的志愿者太多了，她们恐怕难以如愿，这使丹妮大失所望。第一批的七个女孩已选定，段小姐榜上无名。除了战区服务队，很多不同工作的人员也纷纷争取前往机会，要带礼物给战场的士兵，还有很多记者要去采访军官和士兵亲口说的故事。

大家开始把此次战役的经过连在一起回想。三月二十八日日军大炮在台儿庄东北面的城墙轰出几道缺口，城墙是泥砖做的，像古强盗的山寨一样厚，但是留有枪墩。从那一天到四月五日，巷战连续发生，国军奋勇地把敌军挡在城市东北角。日军一天天在枪炮掩护下增加兵力，结果都被消灭了，他们似乎特别不擅于在夜间打肉搏战。有时候整排日军的脑袋都在暗夜里被中国人的大刀砍下来。战斗常常在一间屋墙的两旁发生，双方都想利用同一个墙洞。有一次，一个日本兵把刺刀插入国军这一边，一个中国兵抓住刺刀，紧紧握住，战友们则绕过屋墙，对敌人丢了颗手榴弹。国军放火烧日军碉堡，日军却在晚上烧自己的碉堡，怕在暗夜里受到攻击。十四天里国军奋勇抵抗敌人的野战炮和重炮。没有一间房屋是完整的，城外的东部变成像河流的血道。国军的精良装备也扮演了重要的角色，俄国轻坦克和德国的反坦克大炮相继运来。二十七日敌人的十七辆坦克碾过该城，但是一个国军炮兵单位前一天下午就开到了，十辆坦克还没到市郊便被挡回去，有七辆来攻城，其中六辆被德国反坦克大炮一举击毁。受伤较轻的两辆被拖走，四辆留下来，变成国军的目标。最后敌人用飞机运弹药。等最后的一堆弹药被国军炸毁，包抄也完成了，外围的日本守兵只好匆匆地撤退。

丹妮打了一封电报给老彭，三天后有了回信，说他的病不算什么，请她不必担心。但是他仍然留在郑州，由此可见他还卧病在床，不能启程前往徐州。

几天后，段雯下午来看她，带来她要北上的好消息。第一批志愿者拍电报来说，她们正带四十个孤儿回来，台儿庄和徐州一带的村庄，城镇里还有许多孤儿。有关单位立刻派第二批前往，段雯是最早申请的人中的一个，和其他五位一同入选，两天后出发。

"我能不能跟你去？"丹妮问她，"我要看看前方，我自己也要收容几个孤儿。"

"我们带孤儿回来，再分发几个到你那儿去。"

"不，我要自己选择。我希望找一个十岁左右像苹苹一样的小女孩。"

"好吧，也许你可以同车走。等我们到战地，你再来找我们。我们的队长田小姐见过你，知道你在此处从事的工作，我来对她说。"

一切就这样决定了。

大伙儿第三天就要动身。丹妮告诉了木兰，她听了表示反对。

"你不该去，"她说，"博雅马上就来了。"

但是丹妮很坚持。

"我一定要去。"她说，她的语气很坚定，"第一批人来回只花了十天，我可以在他到达前赶回来。何况彭先生在北方，我要说服他在博雅到达前跟我一起回来。得有人照顾难民居住的地方，他们俩也有计划要讨论。你知不知道，自从去年彭先生和我离开北平，他们就没碰过面？我还希望自己带回几个孤儿。"

"我相信博雅发现你做战地工作，会大吃一惊。"木兰脸上挂着无可奈何的微笑说，"但是快点回来，有一个婚礼等着你呢。"

那天早晨丹妮动身了，身上穿着她喜爱的淡紫色哔叽上衣和工装裤。难民屋交给王大娘和玉梅照料，木兰答应必要时助她们一臂之力。环儿穿着白孝服，跟阿眉一起来送丹妮。秋蝴也来了，丹妮高高兴兴地跟大家道别。

/ 贰拾 /

　　第二天下午丹妮到达郑州，和同伴安置好旅馆之后，立刻去老彭的旅社找他。"我该说谁找呢？"胖职员好奇地看着她问道。

　　"我是她侄女。"

　　"他告诉我们，他连个亲人都没有。"

　　"他不想惊动我们，所以才不让他家人知道。他病得很重？"

　　"他十天前从北方来，大部分时间都躺在床上。我会派人送你上去。"

　　一名侍者带丹妮上楼，穿过一道黑暗的走廊，在最后一间房侍者停下来敲门。没有人回答。侍者把门打开，才五点，房间却很暗。丹妮蹑脚走进去，只见百叶窗拉下来，只有几道光射在墙上。她看到老彭的大头和乱蓬蓬的灰发搁在小枕头上，他双目紧闭。她无声无息走到床边，静静地看着他。他睡得很熟。

　　丹妮心里一阵抽痛。她静悄悄、无声无息地贴近床边，凝视这个在她眼中无惧无嗔、为她做过许多事情、如今却为她而独居在这里的男人。

　　她打量房间。这是一间很小的长方形斗室，只有一床一几，桌上放一个盖子缺了口的旧茶壶和两个小茶杯，摆在茶迹斑斑的托盘里。一张旧木椅上堆着老彭那一件她所熟悉的旧蓝袍和那个她看他上街带过许多回的手提袋，以及一小堆干净的衣裳。由北平一路陪他们出来的那口熟悉的皮箱静立在新式搪瓷洗脸槽附近。床铺放在屋子中央，简直没有空间可走到屋子那头去开关窗子，墙上的光圈映出他脸部优美的轮廓，随着他的呼吸一起一伏。他没有看过他卧病在床的样子，如今他静静安睡，她突然觉得他瘦削的面孔是那么高贵，起伏的胸腔里含有一颗伟大的心。

她确信博雅说要来以后，他完全变了，变成一个伤心人。如果博雅不来呢？这个人会成为她的丈夫。她确信他爱自己，他睡梦中呼吸很平静，醒来会有什么想法呢？她弯下身子，看到他前额闪亮的线条，汗淋淋的。她想摸摸他的额头看看有没有发烧，但是不敢去摸。她能为他做什么？她喉咙一紧，连忙拿出一条手帕，轻轻捂住嘴巴。轻微的响声惊动了他，他眼睛立刻睁开来。

"彭大叔，是丹妮。我来啦。"突然她喉咙哽咽，最后一句话还没说完声音就颤抖了。

老彭又惊又喜地凝视她。

"丹妮，你什么时候来的？"他的声音低沉宽阔，她听起来好熟悉。

"刚到。你为什么不让我知道呢？是什么病？"

他用力坐起来："没什么。你为什么要来？"

丹妮含泪笑笑："哦，彭大叔，看到你真好。"

老彭看到她眼中的泪水，怔了一秒钟："丹妮，我还好。告诉我你为什么要来？"

"因为我知道你病了。"

"不过，你没收到我的信吗？我说我很好嘛。"

"收到了。不过信是本城发的，你说过你要去徐州，所以我猜一定有缘故。我好替你担心，非来不可。没有人照顾你吗？"

"不，我不需要人照顾，不过在新乡着了凉。上星期我还起来过。后来又病倒了，不知怎么没力气爬起来。"

"你吃什么药？"

"我用不着吃药，我斋戒，只服甘瓠茶。一两天就会好的。"

"哦，你何必一个人跑到这个地方？"她话中带有哀怨、责备的口吻。

他咳了几下，叫她开灯。这时她看到他身上穿着白布衫，面孔瘦了一点，但是其他方面和以前没有两样。他甚至故作愉快，掩饰病情，尽量多走动。他现在对她的装束感到不解。

"你不高兴看到我？"丹妮走回椅子边坐下说。

"丹妮，你在我眼中还是一样，就是这副打扮也没有差别。"老彭说。他满面笑容。

"你何必到这儿来呢？"两个人同时问道，他语含抗议，她则满面愁容。

这个巧合使彼此都觉得很有意思，他们对望了一会儿，表情快活而自信，告诉彼此他们很高兴重逢。

"彭大叔，我不得不来。你走后出了很多事。我们的房子在轰炸中被落石打到，苹苹死了。"

他问起细节，她一一告诉他，然后继续说下去："发生了不少事情。博雅五月会来，他已离开昆明。你一定得回去，你走后那个地方就不一样了。"

明亮的电灯挂在床头天花板上，直接射入他的眼睛里。她发现他举起一只手臂来挡光。

"是不是电灯刺眼？"

"没关系。"

丹妮拿出一条手帕，绑在灯罩四周："喏，不是好多了吗？我待会儿再弄得好一点。"

"告诉我，博雅什么时候来？他信里说些什么？"

"哦，普通的事情。没什么内容。"

"你没告诉他……我意思是说……"

丹妮避开他的眼光："没有。他信里全是谈他的工作，云南这座山高六千尺，贵州那座山高七千尺。没什么好看的。一整页谈滇缅公路——全写那些，你知道我的意思——没什么女孩子爱读的热情、切身的内容。"

丹妮坐在那儿，告诉他许多事情，说陈三归来，他母亲去世，汉口庆祝胜利，以及她如何随段小姐等人前来。她不确定自己出发时他还在这儿，或许要到徐州才能找到他。

"她们什么时候动身去徐州？"老彭问。

"明天。我想我们会带几个孤儿回去，但是我不跟他们走，我其实是来看你的。"

不知怎么她说这句话的时候竟脸红了，眼睛也迎上他的目光。彼此的眼神和他答应做她孩子的父亲时一模一样。她猝然把眼光转向别处，默默不语，有点窘。她看看他那堆衣服，尽量找话说。

"你为什么把干净的衣裳放在那儿？"

"比较好拿。除了皮箱也没有别的地方可放。"

丹妮起身，开始在小房间里踱来踱去，但是步伐松散，又坐回椅子中。老彭问她现在是不是还不想吃饭，又叫她自己点饭菜吃，但是他本人坚持要斋戒养身。侍者进来，她叫他拿一张绿纸和几根针来弄灯罩。她一面等饭菜一面上前拉开百叶窗，现在天已黑了。老彭看她默默站在窗前，陷入沉思中，身影和暮色相辉映。他有一种奇怪的感觉，总觉得一件不寻常的事情正在发生，他的命运和她紧紧连在一起，她会永远在他左右。

饭菜送来，丹妮没有发现，也许是没注意吧，还静立在窗前，双手插在裤袋里，仿佛正要解开一道教学难题似的。又过了三分钟，老彭说："你的饭菜要凉了。"

她终于回过头来，满脸肃穆。她没有劝他吃一点，拿起碗筷自顾自沉默而机械地吃着，偶尔看看他，心里显然有一番挣扎。吃完她走到洗脸槽边，洗好碗不说话，由他枕头底下抽出一条手帕纸，将洗好的碗擦净。

弄完后，她拿起用人送来的绿色包装纸和别针。她得跪在床上，才能在灯罩四周别上罩纸。她一直很焦急，怕灯光照到他的眼睛。

"如何？"完成后她问道。

这时候他才看到她的笑容。

然后她拿出粉盒来扑粉，就在床尾向南而立，那儿灯光没有被绿纸遮住。老彭由床头阴暗的角落凝视她。她眉毛下垂，脸上表情很庄重。

"你为什么要来？"她听到他说。她看不到他的脸，但他似乎语含责备，甚至有点生气。

她向他这边瞥一眼，咬咬嘴唇，没有说话。

现在用人送来一壶热茶。她仍然没有说话，化完妆，走向床边的茶几。她倾侧茶壶，破壶盖掉进了茶壶里。但是她继续倒好两杯茶，递一杯给他说："别生我的气。"

"我没有生气。"他说着，正式谢谢她。

屋里的气氛顿时充满紧张。

然后她动手捞落在壶里的盖子。茶很烫手，她只好绕过床边，倒掉半壶茶。弄了五分钟，她终于用发夹挑出壶盖。

"你有没有线？"她说着，几乎被自己的声音吓一跳。

"在皮箱里。"

她找出一条长粗线，拿起茶壶坐在圆椅子上。她在幽暗的绿光中把线穿过盖孔，牢牢系在铜钩的两端，然后终于打破沉默："他姑姑已经安排婚礼，等他一来就举行。我明白她还费心安排了离婚的事宜。"

老彭半晌不说话，然后说："我很高兴听到这个消息。我会尽量去观礼。"

她还低头玩着手里的线，用低沉、庄重而热情的口吻说话："告诉我，你为什么要离开汉口？"

老彭双眼没离开那个绿纸罩，回答说："因为我要看看前线。"

她打好结，现在正用牙齿咬掉线尾。她转过眼睛正视他说："这不是真话，我知道这不是真话。"

"那是为什么？"

"这句话和我来看你的理由一样不真实。请你对我说实话。是我们听到博雅来内地的消息，你故意离开洪山，避不跟我见面。"

他双眼凝视她的面孔，现在离他这么近，她的眼睛含情脉脉。

"请别这样，丹妮。"他说。

但是她用哀怨、几近痛苦的声音继续说下去："我们别再装了。你躲开我，因为你要自我牺牲，让博雅娶我，你在折磨你自己。那天晚上我看你一个人喝得烂醉……从那夜开始我一刻都没有平静过。彭大叔，告诉我你爱我。"

"为什么你要我这样说呢？"

"因为我现在知道自己爱的是你。你曾答应做我的丈夫，我曾答应做你的妻子。后来我们收到博雅的音讯，你就逃开躲起来。你错了，你现在正折磨我哩。"

老彭愣住了。但是她没有注意："我真傻。我以为我爱博雅。"

"你当然爱他，你就要嫁给他了。丹妮，"老彭声音颤抖地说，"我承认为你痛苦过。但是你又能叫我如何呢？你为我难过，因为你看到我吃苦，但是，我曾想忘掉你，却办不到……不过一个月后你就是博雅的妻子了。忘掉此刻的傻话，你不了解自己，你会为现在说的话而后悔。"

"哦，彭，"丹妮说，"我不是说傻话。我知道自己爱的是你。"

"不行，博雅是我的朋友。你们俩都年轻，他爱你，他完全了解你。"

"但是我并不完全了解他。我完全了解你，哦，彭，吃饭前我站在那儿看窗外，一切全明白了。博雅爱的是我的肉体。我知道他对我的期望。但是我不能再做他的姘妇了。我可以看见自己嫁给他的情形，虽然结了婚，我仍然只是他的情妇，供他享乐，屈从他的意愿。不，我对自己说，他爱的是梅玲，也将永远是梅玲。在你眼中我是丹妮。是你创造了丹妮——我的名字和我的灵魂。你看不出我变了吗？你不知道我该爱的是你？"

说完这些话，她把头伏在床上哭起来。

"你使我很为难。我卧病在床，你千万别乘机哄我。"老彭语气坚决，却伸手去摸她散在棉被上的头发。

她抬头慢慢说，表情显得又高贵又疏远："你不知道我站在窗前干什么。你曾和我谈过顿悟及觉醒，我描述给你听。我望着暮色中的屋顶，但是心思却飘得很远很远。我想起苹苹和陈三他娘的死，突然一切都在我眼前融化，变得空虚起来。苹苹、陈三他娘、博雅、我自己和凯男的形象都不再是个人，我们似乎融入一个生死圈中。禅宗的顿悟不就是如此吗？说也奇怪，我的精神提升起来，充满幸福——发自内在。从现在起，我能忍受一切变故了。"

老彭沉默了半响。他们的手慢慢相接，老彭抓着她的小手好一会儿。丹妮俯身吻他的大手，滴了他一手的眼泪。

"哦，彭，我爱你。救救我吧，别让我嫁给博雅，别生我的气。"

老彭的声音含含糊糊，眉毛深锁，似乎觉得自己进退两难很可笑："丹妮，我没有生气。不过你得了解我比你更为难，博雅是我的朋友，我不许你这样。你一定要嫁给他，我不准你考虑你对我的这份情感。"

她热泪盈眶："但是我爱你。哦，彭，我爱你脸上的每一条皱纹，你说爱不是罪恶。"

"但是这不一样，别傻了。你一直真心爱博雅，他的电报由衡阳拍来时，我从你脸上看出来了，现在你体内又有他的孩子。这是不行的。"他的声音很严肃。

"可以，哦，我求你，你明白我体内有他的孩子，你还好心说要娶我。现在你仍然可以这么做。"

"不过那是说他万一变心的时候，现在他要来娶你了。"

"他也许会变心，"她惊叹道，"为什么我就不该变？他怀疑我，你从来不怀疑我。我告诉你我为什么决定来找你，你的信和他的信同一天到达，我发现自己先拆你的信——这是一瞬间随意的选择——但是我一发现，我知道自己对你比对他爱得更真。读完他和你的信，我知道原因了。他的脑袋、他的思想离我千里远。他的信特别缺少温暖，全是谈他自己的活动。当然他是在说我们的国家，但我需要一些切身的东西。你不谈自己，却谈我，谈玉梅，谈秋蝴，谈苹苹，甚至谈月娥。你说我冷落了月娥—— 一个和任何人相同的灵魂。你知道我听你的话，和月娥交朋友，觉得很快乐，只因为是你要我做的。博雅怎么能了解这些呢？你谈到我们洪山的难民屋，使我觉得它很温暖、很可爱，给我一种亲切和参与的感觉。木兰说她已经一步步安排婚礼。我吓慌了。所以我不得不来看你。"

"丹妮，"他微露倦容说，"仔细听我说。我知道你爱博雅，等你见了他，你也会知道。那时你就明白自己真正的心意了。你的烦恼是怕恢复从前的身份——怕再当崔梅玲。但是你现在是丹妮，也可以永远做丹妮。我若帮过你什么忙，那就是教你这样做。你曾训练自己的大脑忘掉博雅。等你嫁了他，你也可以训练自己忘掉你对我的爱。你现在够坚强了，不但能维持自我，甚至也能领导博雅，带他前进。"

丹妮没有听见他的话，她又俯身哭泣，把头趴在床上。

"太迟了。"老彭坚定地说。

"不迟。你不能把我赶离你身边。我们回去，我会坦白告诉他我爱你，这不是你的错。如果你容许我爱你，我会承担一切谴责。"

"不行。"老彭坚持说。

丹妮看出自己无法改变他的心意，又俯身痛哭。

"别哭，丹妮。"他说，但是他声音颤抖，用手轻拍她的头部。

她抬头看见他的面孔湿淋淋的，就抬起一双哀怨的眼睛看着他说："我知道我们彼此相爱。我们别拒绝这份爱情。"

她跪着的身子站了起来，坐在床上，面孔贴近他，突然侧身在他脸上吻了一下。

"别生我的气。"她退开说。

丹妮和老彭的问题没有什么结果。丹妮硬要表明爱意，把一切说开，老彭则不肯放弃原则。她表面上听他的话，一心等见过博雅再说，她相信自己可以说服他。她已经甩掉"大叔"二字，只叫他"彭"。不过这次表白却使一切自在多了，他们继续以忠实老友的姿态相处。

丹妮留下来，告诉段小姐她过几天等彭先生复原能旅行的时候，再去徐州找她们。三天后，两个人搭上火车，四月二十五日抵达徐州。所有旅舍的房间都被值勤的军官和公务员住满了。段小姐她们住在徐州女师，经过特别的安排，彭先生也分配到一个房间。学校学生早就搬走了。丹妮则和蒋夫人的战区服务队住在一起。

砖质校舍不算大，却有一个可爱的花园，种满果树，鲜花盛开。有几个女孩子到台儿庄附近的灾区去过，由炸毁的村庄带回十五六个孤儿，还带回一肚子她们在路上看到、听到的故事。

不过最精彩的却是广西女兵亲口说的故事，她们有一部分住在女师。这五百位女兵上个月曾通过汉口，也参加了台儿庄之役。她们穿着正规军的灰色军服，敌人很难看出她们是女兵。但是肉搏战一开始，她们的叫声马上被人听出来。她们肉搏的肌力比不上男人，半数女兵被一个日本骑兵旅消灭。从此女子兵团就解散了，不许参加战斗，但是剩下来的人留在前线，制服保留，从事其他的战地工作，抬伤兵，在乡村做战地宣传。

丹妮急欲知道博雅到汉口的消息，就拍了一份电报给木兰，把他们在徐州的地址告诉她。两天后，丹妮意外地收到博雅本人的电报，他听木兰的话，已经由重庆飞到汉口。

"你看他急忙赶回来和你结婚。"老彭告诉丹妮。

第二天又有一封电报拍给老彭和丹妮，叫他们在徐州等他，他一两天就动身来看他们。两个人都明白，博雅是战略分析家，不会不来看战场，何况他们俩又在这儿。

博雅到汉口，立刻去看木兰，住在她家。他听到不少丹妮在难民屋工作的情形，阿通和阿眉告诉他庆祝台儿庄大捷那夜丹妮等人的打扮，他大笑不已。阿非已和凯男商讨离婚等事宜，他也听说了。木兰偷偷告诉他，丹妮怀了身孕。

他满面通红，眼睛避开了一会儿。"我猜大概是这么回事，"他说，"你才这么快安排婚礼。不过是她亲自告诉你的？"

"不，她一句话也没说。是那个和她住在一起的乡下姑娘告诉我的。"

"玉梅。"博雅说，"我得去看她，亲自问问。"

于是第二天早晨，他赶到洪山。木兰、陈三和环儿陪他去，因为丹妮不在的时期，木兰也负责照顾难民屋。

博雅尽量找机会单独见玉梅。玉梅一直防着他，但是博雅找了不少借口，又和颜悦色地哄了半天，她终于说："姚少爷，好人做到底，我告诉你，不过你不能告诉小姐是我说的。我从来没见过这么老实的小姐——你还是有妇之夫哩。我也没见过一个小姐这么急着等你的信。嗬，有人让你亲近了她，你却把她忘了整整三个月。"然后她压低了声音，低头看着自己的脚说，"她有喜了，想想她多担心。"她告诉他丹妮那次昏倒的事，又恢复正常的口吻继续说："她还没有你的信息。"

"老实说我不知道，她没有告诉我。"博雅辩解说。

"一个小姐怎么说得出口？"玉梅由眼角看看博雅，又说，"幸亏你终于来了，小姐放心不少。否则你的骨肉就要跟别人姓了。"

博雅十分困惑："跟别人姓？"他惊呼道。

"当然，你要小姐生一个没有父亲的孩子吗？"

"那是谁呢？"

"你猜不出来？小姐每天晚上到他房里去研究佛经。有一天晚上她告诉我她的问题解决了。你听过像彭大叔这么好心的人吗？"

"你是说他建议娶她？"

"你觉得奇怪？他总是做好事。不过别人绝不肯这么做。"

"她接受了？"

"你想还会有其他可能吗？但是小姐始终只想着你一个人。等你的信一来，我问小姐彭大叔怎么办，她说当然是你忘了她，他才会娶她。我从来没见过像彭大叔那么单纯的人。"

玉梅的消息使博雅愣住了，几乎没听到她下面的话："现在你算算月份。你是一个正经人，等小姐回来，不就是生米已煮成熟饭，不可能推脱了。"

"是，是，当然。"博雅阴沉地说，"彭大叔为什么到北方去？"

"谁知道？他先到汉口一家旅馆去住，后来又到北方去。小姐听说他病了，就去找他。但是我不希望你以为他们之间有什么暧昧。小姐一心想着你，若是换了我，我不会这样。"

听到最后一句话，他苦笑着说："如果你是小姐，我知道你绝不会嫁给我。"

"我不会有幸嫁一位少爷，如果有，我一定不选有妇之夫。"她迟疑了一会儿，笔直地盯着他说，"但是我得告诉你——小姐说我一定要告诉你——是我在电话中叫你'猪'，不是她。"

博雅咯咯笑起来。他谢过她，心事重重地回到木兰他们那里。

博雅决定到徐州去看丹妮和老彭。他心里着急，无法再等了。他要看看丹妮从事战地服务是什么情景，他要弄清她和老彭间确切的关系，他更想研究台儿庄附近的战场和地形。

说也奇怪，他临走前对木兰说："继续办离婚。但是先别准备婚礼——至少等我回来再说。"

五月三日傍晚时分他抵达徐州。他拍电报说他要来，老彭郑重地对丹妮说："你对他要公平，否则我对你会起反感的，你必须压抑你对我的感情。"

丹妮静坐聆听，无动于衷。突然她发火了，"我办不到，"她断然地说，"你难道看不出他来我一点也不兴奋？我硬是没感觉，这都怪你。你第一次自我牺牲，我并不爱你——我很感激，也深深感动。但是你第二次自我牺牲，避开我，离开汉口，我看见你一个人卧病在郑州的旅社，一切全是为了我，我就爱上你了。"

"但是，丹妮，记住我说的无私之爱，想想博雅，不要想我。就是你们结婚，我也会快乐，他没有你就快乐不起来，你太自私了。"

"是的，我自私，因为你使我看到了另一种爱，因为我不再满足于他给我的那种爱情，因为你改变了我，你使我自尊自重——内心也变好了。他从来不如此，从开始便这样，我现在知道他了。他要娶我，把我打扮得漂漂亮亮，在朋友间亮相，拿很多钱给我花，我知道。我从来没见过一个人比他更关注自己。梅玲也许令他心满意足。丹妮，你的丹妮却不会，彭……"

"你在他面前千万别叫我彭，叫大叔。"

"我不干。"

老彭的脸拉下来："丹妮，别害我太为难，我确定自己不能娶你，你得尽量对他恩爱些，自然些……"

丹妮自觉无能为力了，她疲倦地说："好吧。我嫁他，但是我还会继续爱你。"

博雅来的那天，徐州整天下雨。两个人到车站去接他。

"哦，博雅！"丹妮带着老朋友的笑容说。

博雅在月台上拥吻她，丹妮不反对，但是没有回吻。他毫不意外，她总不能当众这么做呀。他穿马裤和雨衣，她觉得他一点都没变，只是留了两撇整齐的小胡子，面孔也晒黑了，但是她发现他皮带上有枪套和一把新手枪。他热烈地和老彭握手，然后转身打量丹妮。她穿着工装裤、头上围了一条红头巾。他迅速瞥了瞥她的腰部，不再纤腰楚楚了。他想起玉梅的话："生米已煮成熟饭。"

车站在城北，和市区隔着一片空地和泥屋，三个人由车站的明灯下走出来叫黄包车。

"子房山在哪儿？"博雅问道。

"我不知道，你呢，彭？"丹妮回答说。

博雅注意到他们俩亲密的口吻。

老彭说他不知道，而且听都没听过。

"你要去子房山？"一个抢生意的黄包车夫问道，他显然很高兴赚一笔长途车资，而不想只跑几段市区的短路。

"不，我只是问问。"博雅说。

"你为什么问起子房山？"丹妮问他。

"你不知道？那座山就在徐州城外，是根据秦代大战略家张良张子房而命名的。"

他们叫了三辆车，子房山其实很近，白天看得见，现在却隐在暮色里。

车夫指指左侧说："就在那边，离另一个车站——津浦铁路的车站——只有几里路，在城市东郊。如果你们想去，我明天带你们去。"

"你没听说过，丹妮？"博雅对前一辆车上的丹妮大喊。

丹妮把戴着围巾的头转过来说："没有。"

"不过徐州是历史上很多大战役的战场，北面的沛县就是汉高祖的出生地。"

丹妮读过项羽和刘邦打仗的故事，他们俩争夺大秦留下来的江山。这是《史记》最著名的几篇，也是学校最爱选的范文。汉高祖是沛县人，她和他一样清楚，但是她不说话，陷入沉思中。

到了女师，大家叫博雅与老彭同房，里面还有一张空床可睡。大家吃了一顿简单的晚餐。丹妮看出博雅还是和以前一样喜欢她，他甚至迷上了她的战地装束，他的态度也和上海时期一样温暖，一样亲密。丹妮茫然地看着他，她不如以前诚恳，博雅看出她眼中具有他以前没看过的态度和哀愁。说也奇怪，她坐了没多久便借故告辞了。

老彭和博雅坐在床上聊天，熄了灯，雨丝打在窗外的树叶上滴滴答答响。

"我听我二姑说她怀孕了，今晚上看得出来。"

"是的，她一直想你，这点使她更担忧。你当时为什么不写信？"

"你知道邮件误投的经过。"博雅牵强地说。

"我从来没见过比她更痴心的爱人。"

"谢谢你照顾她。"博雅打住了，"哦，她真可爱，真可爱。"

"我想你要快些，她说你姑姑已经安排婚礼，不久新娘的情况就掩饰不住了。"

"是的，当然。"

他们继续谈别的事情，老彭不久就听到博雅平静的鼾声。

第二天，春雨稍歇，但是天空还没有放晴。因为不能出去，丹妮就过来聊聊。她还穿着战区工作的制服，唇上点了胭脂，头发照他喜欢的样式绑起来，比头一天还要漂亮。

"我二姑对你欣赏得要命。"博雅骄傲地打量她说，"她说如果她现在还是少女，她就要学你这样打扮。"

"把你一路的见闻告诉我，"她对他甜笑说，"你一定见到了整个西南。"

"这只是初步的探勘旅行。"他说，"但是过去两个半月我跑了六千里。"

他开始散散漫漫说起南岳的美景和昆明的湖泊，但是不久就愈说愈有力，简直灵感泉涌。他在西南最远到达大理，但是满口尽是"起伏进入四川平原的云南分水岭和夹在怒江、澜沧江之间的怒山和四蟒大雪山——上述两江滚滚流入西康境内"。

"西康在哪里？"丹妮天真地问道。她上学的时候，西康还没有设省，没有人听过这个地名，它现在仍是西藏东边的一个少为人知的省份。博雅想起他上海的女亲戚对地理一无所知，觉得很好玩，就问她："我考你地理，你介意吗？"

丹妮看看他说："当然不介意。"

"贵阳在哪里？"

事实上丹妮对西南已经很熟了，因为她一直看地图，想追踪他的旅行路线。西康远在他行程的西面，她才没有注意到。但是今天她有点气他要考自己，她不知道宝芬、暗香、罗娜和凯男都曾接受同样的测验，所以她诙谐地说："万一我不知道呢？"

"哦，你不知道？"

"那是贵州的省会。"

"哦，你比凯男强多了。"他惊叹道。

丹妮很不高兴。

"你知道，我在上海问过我姊姊、姑姑、罗娜和凯男，只有宝芬知道贵阳在哪儿。"

丹妮这才觉得好受些。

"我再问你一个问题，贵州省在哪儿？"

这是一个很难答的问题，也许会难倒很多中学或大学生。

"我为何要回答这种问题？"丹妮敏锐地看看他。

"我在'考新娘'——这是老规矩。"他大笑。

"你错了，"她说，"老规矩是新娘考新郎，从来没有倒过来的。万一我不会呢？"

"我只是开玩笑。你可以回答，也可以不回答，随你高兴。"

"我该不该回答他的问题，彭？"丹妮转向老彭说。

"你如果会，为何不答呢？"

"好吧，贵州在四川东南，广西以北。"

"稍微错了一点。"博雅纠正说，"它当然是在广西正北方，但也在四川正南方。大多数人都以为它在四川东南。"

"咦，我也这样想。"老彭插嘴说。

"由某一方来说，你俩都对。你们知晓，整个贵州是东西向，和四川相接，所以我说它是在四川正南方。不过四川刚好是一大省份，东角向南斜到云南省内，所以你们说整个贵州省是在四川省东南，也没错。但它们的西边不相连，是分开的。"

"现在我配不配当新娘呢？"丹妮的口吻微微带刺。

博雅笑出声来。"不，不，"他说，"你知道看地图的大技巧就是寻找弯弯曲曲的角落及长形地。譬如我们现在在哪儿？"

"是徐州呀。"丹妮声音加快了，眼中闪着轻侮的光芒。

"不错，问题是我们在哪一省？"

"当然是河南。"

　　这个问题更难了。徐州台儿庄区位在山东、河南、安徽、江苏四省的交界处，徐州恰好在江苏那片狭长、容易错过的长柄中。

　　"不，在江苏省，抱歉。"他的声音高高在上，得意扬扬。

　　"现在我没资格当新娘啰？"

　　"怎么啦，丹妮？你若不喜欢，我们就不问了。"他发现她有点神经紧张。

　　"丹妮，我有个建议。"老彭笑笑说，"你嫁他以后，应该裁一件拼花被，用橘红、蓝色和绿色拼起来，代表中国地图上的省份，每天早上铺床以前仔细研究研究。"

　　"现在我能不能考新郎？"丹妮问道。博雅听出她语气很苛刻，以为她是为测验而生气，于是他和颜悦色地鼓励她考问。

　　"当然，不过只限于地理方面。"

　　"好，我想想看。"丹妮慢慢说。那天她刚看到报上希特勒进军奥国的一则报道，上面有一张中欧的地图。

　　"捷克斯洛伐克在哪儿？"她问道。

　　博雅的地理常识只限于中国，不过他对这个地名稍微有点印象。

　　"当然是在德国以东，奥国以北。"

　　"不完全对。它的西半部在德国的北部和东部，嵌在里面。当然大体来说，你有权说它在东部。"

　　她得意地轻笑，但是语气显得很不友善。

　　"你怎么知道得那么清楚？"他大笑说，"你真棒，你可以考倒我哩。现在再给我一次机会。"

　　"好吧。不过是地理以外的问题——人情味较浓的问题。"

　　"说呀。"

　　"老彭多大年纪？"她问道。

　　博雅困惑不解，甚至有点惊慌："哦，四十七八吧。"

"你错了，我恐怕要考倒你啰，他四十五岁。"她的声音带有决然的胜利感。

博雅脸红了，自嘲一番："你知道有时我们会把最要好的、最亲密的朋友的年龄忘记。"

这次的谈话在博雅心中留下一个坏印象，比丹妮心中更甚。她强调老彭四十五岁是什么意思呢？她的整个态度，尤其是这句胜利的口吻，也许暗示一种警告，要他把眼睛放亮些……一个四十五岁的男人并不是不能恋爱呀……

说也奇怪，我们接受了佛家所谓"因缘"二字，"因"如果加上女边就成为嫁娶之事了。事实上两字发音完全相同，意思是说良缘天注定，或者由符合事物规律的某些因素所决定，不管前因是多么微小、无形，也不管事件显得多么偶然。

提出因缘论的古作家知道人事是由药房天平般精细的法则所控制，俗话说"天道分毫不爽"。丹妮不高兴、敌对的口吻是她对过去为博雅受苦的一种发泄，现在她不知不觉地对他报复。如果说他发现丹妮对老彭比对他亲密已稍嫌晚了点，那只是因为他先考虑自己的工作和计划，丹妮离开上海后他没有立刻到汉口来，或者没有至少稍微早一点来，如今便遭到了自然的结果。如果他不怀疑丹妮，至少分开的头几个月他会写信给她。如今他为另一个疑窦而痛苦，这次是切身的问题了。

那天傍晚雨停了，博雅跟他们到一家饭馆，但是他对丹妮的态度似乎变了，变得更亲热、更体贴。在餐桌上他一直握她的手，似乎觉得有再追她一次的必要。他将她当作新娘，也当作恋人，点菜的时候先问她爱吃什么。也许因为那天早晨她不自觉地用语言或行动暗示她和他平等，这和她在上海对他说话那种甜蜜、热心的态度完全不同。因为他知道她为孩子焦虑以及等他的经过，觉得十分歉疚，也许想补偿一番吧。老彭对他说的话使他百分之百信任她的忠诚，他该马上娶她。

于是三个人在餐桌上吃得很快活。博雅问起丹妮的朋友和他们为难民工作的情形。博雅和老彭又对面畅饮，同北平时期一样，不过现在是依约来内地共酌了，而且这次又有丹妮做伴。

老彭为他们的婚礼而干杯，和博雅对饮，丹妮只轻轻用嘴唇碰了一下酒杯。

"哦，对了，我忘了，"博雅说，"我有一样东西要给你看。"

他缓慢地由口袋里掏出一个皮夹。正在掏的时候，一件东西掉下来，丹妮看出是她寄给他的一封信，有点脏，四角也磨破了。

"是我的信。"丹妮惊叹道。

"是的，我随时带在身旁。有一样东西我要拿给你看。"

他打开皮夹，拿出一块仔细折好的红绸巾，也就是他那份爱情的誓言。丹妮满脸通红。他慢慢打开，对丹妮爱怜地说："看，我叫律师公证了。"

她的眼睛一亮："你什么时候办的？"

"在上海的时候。"

"我以为你在上海已把我忘得一干二净了呢。"

"怎么会呢，莲儿？我不管走到哪儿，都把这块布带在身旁。"

丹妮为自己烧掉另一块而歉疚。她一直盯着他，但是表情很平静。

"来，唱一曲给我听，好不好？"他转向老彭说，"你有没有听过她唱大鼓？"

老彭说没有，丹妮说她不想唱。"曲高和寡"，她引用典故说。见到红绸她虽感动，却还是采取自卫的态度，话里暗示博雅不可能了解她，以及她和老彭分享的战地工作。但是博雅继续缠她。

"分别这么久，这是我们三个人第一次团聚，好不好吗？"他的声音很柔细。

丹妮和气地瞥了博雅一眼，终于唱了一段，声音发抖，然后三个人就各自回房了。

第二天早上天气迷人，博雅想去看台儿庄。他们都没去过，但段小姐她们曾接过三十个孤儿回学校。台儿庄来回一整天，他们的两辆小车，只能载七八个孤儿。今天他们又到台儿庄北郊，想多接几个孤儿然后转回汉口。

徐州到台儿庄约三小时的车程，他们经过绿油油的小麦田，小麦如浪花一般在春风中飞舞，雨后的空气清醒爽快。他们十点来到这座大泥墙林立的小城市。很多官兵坐在运河旁，有人抽烟谈话，有人洗衣服，还有人取来运河水，在露天煮水喝。

这座小城其实是前线的一部分。自从一个月前日军撤退后，战斗仍一直进行。敌人退到北面二十里的峰县丘陵区，增援比较容易，为了挽回大败中失去的"面子"，他们经津浦铁路和台潍公路从山东调来一大批兵力。但是国军也一再增调兵力来本区。战线时前时后，村庄和丘陵地也几度易手。两天前台儿庄以北五六里的倪口曾发生激烈炮战，头天晚上东边十里的莲房山有一场激战，一直打到早晨。其实国军和日军的战线仍然乱纷纷嵌入彼此的战线中。

一群人在运河岸边下了车，因为浮桥力量不够，无法通行。离桥旁几步就是西门，城门还有一个旧石板，上面刻有"台城旧址"字样。一条小铁路通向城西，三层楼的南站上面两层已经全毁了。

城里没有一栋房子是完整的。瓦砾几乎淹没了街道，只有一条路清理过，通向北门的路上到处是破家具、破布、焦木箱等，每隔几码就有泥砖和木板的路障残迹，挡在行人面前。

大伙儿来到一座半毁的庙——大成殿，里面的军官认识战区服务队的制服。

"你们今天要再接几个孤儿回去？"一个军官笑笑。

队长田小姐点点头。

"你们可以北上到倪口。这两天那边毁了不少人家。"

但是博雅想多看看战争现场，最后说好他只到北面两里处的柳家湖。博雅了解邳县在本城东南方，那地方和名学者兼战略家的张良有密切的关系，徐州的子房山便是依照张良名字而取的。他也是中国第一个游击队的创建者。博雅对这位英雄的一生始终感兴趣。张良的祖先在战国七雄之一的韩国担任官职，韩被秦攻灭，张良卖尽家产，谋刺暴君，后来终于成为汉高祖首席幕僚。张良晚年退休，便成道家信徒，使博雅对他更有亲切感，因为他祖父便是如此。他想起历史上的道教信徒一直是最好的战略家和行政人员，那是他们冷静、有眼光、心胸开阔的原因。

走出北门，他们看到一片绿油油的小麦田，不久又经过四辆日本破坦克。到了柳家湖，他们发现大家参观的目标是一个日军冢，上面的木柱标出，一个冢内埋了五百到七百人。

博雅、丹妮和老彭在柳家湖就掉头回去，和那些女孩分开。两辆小车装满孤儿，他们三人则自找交通工具回城。

回到城里，他们吃了自备便饭，博雅尽量找机会和军官聊天，每一位参加过上个月那场战争的军人，都对此津津乐道。他们说到敌人撤退的经过，脸上总是绽出笑容。只有一身破军服和皮带使他们显得和一般农夫不一样，其实他们就是普通的农民；他们穿草鞋，仿佛还在田地里工作似的。

博雅说要往东走。

"你最好别走太远，"一位军官说，"山区有战事。"

如果注意听，远处的枪声依稀可闻。

"战事离这儿多远？"

"在慈湖和莲房山之间，离这儿大约十里。"

"我们不走那么远。"

"贴近大运河，你们就安全了。"军官说。

他们开始沿一条大路向邳县走去。那是一个美丽的春天下午，他们优哉游哉向前逛，尤其丹妮又在他们身边。山间不时传来枪炮声，带来一种紧张的气息。这里曾是最猛烈的战争现场，田里到处是弹坑，一路堆了不少空弹药箱，一小队一小队穿灰制服的军人由他们身边走过，往邳县开去，汽车则来去两方都有。一架日军侦察机在他们头顶飞过，博雅很高兴，这是他第一次到前线来。

他由皮带中拿出手枪，指着飞机大笑："但愿我能打下空中那只小蜻蜓。"

大约一小时后，他们看到公路上有一个石制的牌楼，立在一个村庄村口处。弹孔、残垣、断树都是几周前战斗的证人。

他们看到一棵树被弹火烧焦了一半，另一边却长出嫩绿的新叶来。"这是中国的象征。"老彭说。

他们走了四五里，丹妮筋疲力尽，博雅建议改走公路，去看看那石碑。

"你走到邳县会否太累？"博雅问丹妮，"还是我们在这村子逗留一下就转回头？"

"邳县有多远？"

"大约一小时，我怕你吃不消。"

如果他们到了邳县，那晚上就来不及回徐州了，于是三人决定到村子去休息。

通往小村的幽径上有一个大炮坑，如今充满雨水。丹妮开始绕路走，但博雅说："不用，我抱你。"他对她显得特别恩爱。她不好意思地抗拒了一会儿，他抱起她时被她轻轻踢了几脚。

一个月前战斗结束后，村民已各自回家。

不久，三个人坐在一间房间，和一位老太太谈论战役。这时一小队骑摩托车的国军突然进入村子。

"你们要想不挨枪子儿，最好都离开这儿。"一个军官大叫说，"有一个日本骑兵单位正下山来，我们要在这儿拦击他们。"

平静的村子马上变了。男男女女和孩童匆匆收拾衣物、被褥和贵重的小东西，打成包袱带在身边。

"快走。"那位村妇对丹妮说完话，赶忙奔出屋外。茶壶还在烈火熊熊的炭炉上呜呜作响。

他们来到公路上，又看见三架敌机在空中盘旋。步兵自好几个方向列队通过小麦田。

博雅上前和军官说话。今天上午他曾看见过这几个人到达孔庙，知道他们是随着战区服务队来的。军官很客气，却有些不耐烦。

"我们该去哪儿呢？"博雅问他。

"沿着运河边走。"军官干脆地说。

老彭对博雅说："借辆脚踏车载丹妮，她也许没法走那么远。"

"你怎么办呢？"

"我可以走路。"老彭平静地说。

军官忙着指挥部下。他没有时间去管老百姓，但是老彭上前低声对他说那个女人怀孕了。中尉看看她，心烦地摇着头。

"好吧，推一辆脚踏车走。不过你们为什么来这地方？这是前线哪。"

他指指一辆脚踏车，老彭上前去推给博雅。他慢慢地脱下了长袍，折叠好放在后座，给丹妮当垫子。

"我们不能撇下你，"博雅说，"我们还是都走路吧。"

"上车，别争啦！"老彭笑笑说，"我会跟来的。"

枪声愈来愈近，村民匆匆地分两头逃走。

丹妮含泪静立着："我们三个人一起躲到田里去吧。老彭不走，我也不走。"她说。

"别争啦!"老彭几乎是生气了。

博雅和老彭把丹妮扶上老彭替她铺的座位,她的表情很痛苦。她痛哭失声,又跳下来。

"你疯啦?"老彭气冲冲地对她说,"你要关心我,就得听我的话,上车抓紧他,我马上就过来找你们。"

丹妮满脸的绝望与痛苦,含泪看着老彭。

"小心。"她低声说,声音颤抖了。

"沿运河来找我们。"博雅跨上脚踏车,老彭替他扶稳。

"小心走,别摔下来。"老彭愉快地说,仿佛没什么事发生一般。他站在一旁看他们离去,"再见。"他叫道,"我会来找你们。如果我在徐州赶不上你们,那就在你们的婚礼上找我吧。"

丹妮哭得更厉害了,双手抓着博雅的腰,居然抖个不停。脚踏车愈骑愈快,他们听到后面村子的机枪声,随后是喊叫声和马儿奔驰声,丹妮发出一阵尖叫。

在转弯路口她双手一松,差点摔了下来。博雅停下来,深呼吸,回过头用忧郁的眼光望着她,突然间明白了:"现在你得抓牢点。"他再次出发,只听她在身后闷声低泣。那一刹那他才明白她爱上了老彭。

他们离开村庄约一里后,枪声似乎仍近在耳畔。一群士兵躲在田里,散布各处。他们又沿着河岸走了一里左右,现在战斗声显得远些了。

路边有个炮弹坑,积满了雨水。博雅停下来,带丹妮钻到田里去,把脚踏车搁在路边。她仍在大声哭泣,伤心欲狂。

他们蹲在麦田里,小麦只有两三尺高,但是路边有一块斜坡使人根本看不到他们。丹妮坐在地上哭得可怜,博雅默默地看着她。

"万一他死了……"她终于揉揉眼睛说。

"千万别担心,他会平安的。"

突然他们又听到马蹄声,博雅从麦秆间偷偷向外张望,有十一二个日本骑兵正在沿河岸走来。

他掏出手枪站起身，骑兵离他们一百五十码，他弯下身亲吻丹妮，然后大步穿过田野。

"你要干什么，博雅？"她抬头大叫。

他没有回头，跑上去直挺挺地站在路上。

"博雅！回来！"她大喊道。

此时他回过头做手势叫她蹲在地上，然后笑了笑。丹妮依然跪着，一时间吓傻了。骑兵向他们开来，扬起一片尘土。她看到博雅向前行，笔挺着身子，手上握着枪。骑兵离他们只有二十五码的时候，他动手开枪。第一个骑兵应声而倒。炮弹坑的积水溅得老高，他的马儿后退乱冲。日军开始还击。博雅慢慢选择目标，又开一枪，接着他的身子晃了晃倒下了。

丹妮吓得目瞪口呆。骑兵冲过他刚才站的地点，并没停下来。他们一走，她立刻跑上小路。

博雅躺在路边，面孔朝下，枪还握在手里。她用力将他扳过来，鲜血染红了他的内衣。她翻动他的时候，他的双脚交叉着，她轻轻把他的脚放下来，博雅痛得尖叫一声，一只马蹄已将他的大腿踩得碎裂。

"噢，博雅！"她哭喊道。

他睁开眼，茫然地望着头顶上的蓝天。

她低头一面哭一面叫他的名字。

"丹妮，别哭，"他张嘴低声说，"嫁给老彭。"他停下来，又费了很大气力才再度开口："我的钱都给你。把我们的孩子养大。"他指指口袋，露出最后的笑容说："这儿——我们的誓言！"

他闭上双眼，头垂到一边，停止了呼吸。

丹妮盯着地面，无法明了眼前的一切。

她大约如此坐了半小时，时间和空间已失去一切意义。然后她被一个熟悉的声音唤醒："丹妮！怎么回事？"

她一回头，看见老彭向她奔来，衣服被风吹拂摆动着。他看到博雅的尸体，不禁跪倒在他的身旁。丹妮默默地看着他。

"他死了？"

她点点头。

老彭回头指了指三个日本兵的尸体，其中一个半淹在弹坑的积水中："这些呢？"

"他杀死了他们。"丹妮说，"我现在没法告诉你亲眼看到的情景。"

一股深浓的悲哀涌上老彭心头，他泪如雨下，因为想强忍住泪水，嘴唇也颤抖不已。

战争过去了，奉命来探查国军方位的日本骑兵，如今已遭拦截驱散，活着的纷纷逃命，国军狙击手开始在麦田里站起来集合。丹妮坐在地上等着，双腿软弱得站不起来，老彭出去叫一群士兵来看三个日军的尸体，解下他们的弹药和制服。他们问三个日军如何会被杀，这块田里并未埋伏狙击手呀。

丹妮指指博雅的尸体说："是他杀的。他站起来和他们打，单人用手枪对抗十二名骑兵。"

士兵听到博雅的死因，自愿抬起他的遗体。他们说，回徐州最快的方法就是找两条船到南方十五里处的赵墩，然后再到陇海铁路搭火车。

士兵沿河下去，半小时后带回一艘小渔船。他们把尸首搬上船，丹妮在一旁痛哭，老彭则沉默得如死人般。

渔夫对未遮掩的尸体很害怕，船上一名十岁的小女孩吓得更厉害。这艘船是邳县来的一户难民所雇的，这家的老母亲体衰多病，正带着小女儿和两个儿子——一个已成年，一个十八岁，是商人阶层的瘦弱少年——一起逃难。"你不能收这些人的钱，"一位下士对船夫说，"这个人杀了三个日本兵，他是为国捐躯的。"

老彭感谢了这些士兵，要他们将脚踏车带回去还给军官。小船沿着运河南下，丹妮立刻瘫倒在地。

过了很久她才坐起来，脱下红头巾，叫老彭盖在博雅脸上，然后和那位生病的老母亲说话。

"你们要去哪儿？老伯母？"

"我们怎么知道呢？炸弹炸穿了我们家。我告诉我儿子，我不愿出来，但是他们硬要带我走，说邳县不能住了，距战场那么近。"

小女孩缩在她母亲的身旁，背向着尸体，一直瞧着丹妮。

"我五十六岁，已经算是高龄了，"老母亲又说，"就是为了甜儿我才答应出来，她还那么小。"

小女孩指指船边用绳绑住的一块门板。

"那是我们的前门，"她说，"我们把铺盖放在这上面，我哥哥抬着我娘走。"

"你看我这一条老命！"母亲说，"我不能走，要我儿子抬。他们带着母亲怎样出门呢？我这身老骨头岂不是他们的一大累赘？"

小船由渔夫和他妻子慢慢地向前划，老彭估计要到半夜才能走完十五里。但是渔夫不情愿载尸首，日落后就不肯划了。老彭说，国军虽然说了那些话，但他钱仍是照付。

"哦，不，我不收钱，他是为国捐躯的。"

但是渔夫妻子插了手，她说他们愿意连夜划到赵墩，一方面多收些钱，一方面也好快些摆脱那具尸首。

丹妮躺在一块木板上，但是睡不着。老彭坐在她身边。她将博雅壮烈成仁的经过说给他听，不过在陌生人面前她不能说出博雅的动机与临终遗言。这时候她想起博雅曾指着他的口袋，要他们拿出里面的东西。老彭上前摸索，将找到的东西给丹妮瞧，有一张地图，一封给丹妮的旧信和一个皮夹，里面装着一些钱和他那块留有山盟海誓的绸巾。

过一会儿，丹妮又同那位老母亲与小女孩说话，小女孩苗条瘦弱，有一对像苹苹一样的大眼睛。她说她随战区服务队到战场附近接孤儿，还谈到蒋夫人，小女孩惊叫道："你见过蒋夫人！"

她母亲也很兴奋，说："甜儿，我年老多病。我不能长久照顾你，你只会拖累你哥哥。我何不通过这位好姐姐，把你托给蒋夫人照顾？"

甜儿的大眼睛转向丹妮，苹苹就是这样看她的。

"哦，你肯把她交给我？"她大叫道，"你愿不愿意跟我来，甜儿？"

小女孩缩进她娘的怀里。

"甜儿，你若肯跟这位好姐姐去，你就会看到蒋夫人。你娘再高兴不过了，去找她吧。"

"到我这儿来。"丹妮把手臂伸向小女孩。甜儿在母亲怂恿下慢慢羞怯地走上前，丹妮把她抱在膝上。

天黑了，船夫说他们还要走八九里。他们不可能划上一整夜，最后他同意划到半夜，第二天一大早出发，在天亮以前走完所剩下的一小段路。

博雅的尸首占住了半截船头，船上没有足够的空间让大家全部都躺下来，不过他们设法蜷曲在黑暗的小房间内，小女孩和她哥哥都睡着了。

这时候丹妮终于把博雅的临终遗言低声告诉老彭。在那陌生的黑夜里，这段话似乎难以置信，博雅的尸体盖着脸躺在他们身边，却显得好遥远。

最后丹妮哭着睡着了，她的抽泣声与渔夫船桨的拍水及河水拍击船侧的声音交织在一起，小船在月夜里向前滑进。后来水声停了，老彭知道他们已靠泊岸边，这时候他才蒙眬地睡去。

一切都是静悄悄的。

过了一会儿，他突然被扑通的水声给吵醒，好像有人掉下水了。他伸手找丹妮，摸着她的手臂，她还没醒来呢。

月色迷蒙，岸边的柳树映在水里，他四处张望。他看到小女孩睡在她身旁，但是原来老母亲躺卧的地方却只剩下了一团被褥。他伸手摸摸，老母亲不见了。

他叫醒那两兄弟："你母亲走了，我听到有落水声，但是太迟啦。"

她儿子爬到船头，跨蹲在博雅的尸身上，一心搜寻水面。但是他们只看到一道愈飘愈远的涟漪，在美得出奇的银光下闪闪发光。

船夫和丹妮被两兄弟的哭声吵醒了，只有甜儿还静静地在做她的美梦。

船夫点起一盏油灯，微光照在这群悲伤凄切的乘客身上。

此刻不得不改变计划，两兄弟不肯再走了，他们说要上岸。运河这一带水流和缓，他们说一定能找到母亲的尸体正式安葬。另一方面老彭和丹妮却急于带回博雅的尸首。

凌晨，大家把甜儿叫醒，告诉她这件不幸的事。她哭得和她哥哥一样伤心，丹妮尽量安慰她，劝她跟自己走。

别离的场面太悲惨了，连船夫和他妻子也为之落泪。晨风很冷，丹妮用手臂搂紧甜儿，叫她哥哥放心。她又转向老彭说："给两兄弟一点钱，要他们安葬母亲后再到汉口找我们。"

"当然。"老彭说。

船夫的妻子着实想不通，老彭竟然拿出他在博雅口袋中发现的两百块钱，交给了甜儿的哥哥，还把他在汉口的地址交给他们。

这时候小女孩觉得好受了些，大家的别离也轻松多了。太阳还没有出来，船夫拿起船桨，他们就与岸边伫立的两兄弟告别。

天亮时分他们抵达赵墩。他们付给船夫三十块钱，但是他妻子见老彭有很多钱，不太满意。她一直说载尸体要多收费，最后船夫气冲冲地骂她，她才闭嘴。

老彭去买了一具棺材，叫人送来，博雅的尸体就匆匆放进去。丹妮坐在运河上大哭，学很多妇女那样用头去猛撞棺材。她伤心已极，手臂碰在棺材上，终于将玉手镯弄断了。她看看断裂的镯子，把它和红头巾一起放在博雅手边，然后叫人找了条蓝毛线，打一个结戴在头上，表示为他服丧。

他们打算先把棺材运抵徐州，搭火车大约需两小时。但是棺材没有加漆钉好，站长是一个四十开外的矮个子，为人稳重保守，他不肯载这具棺材。他们只得在这座原始的村庄内找间小店住下，将棺材加漆钉好，那要花上二十四小时，否则就得雇一辆卡车，他们所剩的钱又不够。

他们和站长吵了半天，站长怕犯错，不肯破例。他们告诉他死者昨天才杀了三个日本兵，是为国捐躯的，车程又只有两个钟头。最后站长答应打电话到徐州铁路局请示，终于获得许可，四点他们就带着棺材和甜儿上了火车。

到达徐州，听说段雯一伙儿昨夜看他们三个人没有回来，十分担心。但她们不能再等下去，就带着四十多位孤儿们先走，只有段小姐留下来。

他们发电报给木兰，简单地告诉她事情的经过。在徐州的时候，丹妮打开博雅的手提箱，发现一本旅行日记夹在其他物品中，日记一直写到他离汉口为止。日记的内容某些方面出乎她意料，不像他的信，里面包括许多他思想的秘密，也常提到她，都是用最亲密的字眼。最后几页中有一篇——四月二十八日——显然是他和玉梅谈过话后写的，内容如下：

　　今天去洪山。噢，我真是大笨蛋！莲儿一定变了不少，她已超越我了。我还得尽力了解她——佛道啦、她对战地工作的兴趣啦。我简直觉得配不上她了，不过我最气自己的是玉梅那番话。她的话令我双颊发烫，原谅我，莲儿，从今以后我要尽量使自己配得上你。我瞎了眼，如果我没来内地，也许我早就失去她了。我相信她至今仍爱我。不过万一她不爱我……我绝不娶别的女人，也不可能爱别人。但愿不太晚。

丹妮一言不发，他赴死的动机比先前更明显了。她决定不拿日记给老彭看，便含泪收进自己的皮箱里。

他们和段雯、甜儿一起运棺材回汉口。一路上老彭和丹妮静静地坐着，彼此很少说话，各自想着心事。

木兰全家戴孝来接他们。丹妮一看到木兰，又泣不成声。木兰立刻瞧出丹妮的倦容，要她暂住在她家。丹妮一到家就完全崩溃了。第二天她发高烧，一直胡言乱语。

木兰又惊慌又难过，叫人去请老彭，他目前正留在汉口料理博雅的丧事。老彭来了，面白如纸。他进去看丹妮，丹妮还迷迷糊糊的，木兰把他带进另一间房间，以便单独谈话。沉默了半晌之后，她问起详情。他告诉她博雅去世的经过，也提到现在由丹妮在保管的他们的爱情誓言。

"我们要怎样替她安排最妥当？"木兰说。

老彭深深叹了一口气说："最重要的是她有孕在身。"

"如果是男孩子，他就是姚家唯一的男性曾孙。我弟弟阿非只有女儿。我们可以使婚姻合法，但要这么年轻的女孩守寡实在很难，一切须得由她来抉择。不过就算她宁愿保持自由之身，我也会好好供养那个孩子。"

老彭想了良久，然后说："如果她同意，最好让小孩姓姚。我们可以安排一项简单仪式，叫她当着亲友面前和博雅的灵位成亲。不过我们当然不能替她做主，叫她守寡。等她好一点再说吧，跟她暗示一下，看她的反应如何。"

"如果她同意，就要赶快办。我们得把葬礼甚至讣闻耽搁一下，因为通知上得印上寡妇和亲族的名字。"

第二天丹妮的神志清醒多了，不过人还躺在床上，软弱无力。木兰对她说：

"丹妮，我必须和你谈谈。博雅死了，我们必须替你和孩子着想。如果你愿意，我们可以使婚姻完全合法。若是男孩，他就是姚家唯一的男孙，姚家会以你为荣，我也很荣幸与你结成亲戚。若如此，我们就得在讣闻上印你的名字。不过你若宁愿维持自由身，我们还是很乐意供养博雅的孩子。想一想再通知我，好好想清楚。等你决定了，就选择戴孝发结的颜色，我就明白了。"

丹妮躺在床上，神情迷乱一言不发。姚家花园的大门为她开放，木兰也站在那儿迎接她。过了一会儿她说："让我和彭先生谈谈。"

老彭来了，丹妮慢慢伸出手，把老彭的大手紧紧握住，两人静默了一分钟。她的过去、现在与未来全都凝聚在那短短的一刻里。那一刻她觉得她得需要两个人所有的力量才能做个重大的决定，而这个决心又确定了很多事——她对博雅的旧情和对眼前男子至爱的矛盾，她对死者的义务，她与生者未来的计划，以及她对尚未诞生者所负的责任。

老彭先开口："丹妮，你真苦命。你知道我唯一的兴趣就是帮助你，为你尽最大的力量。我们完全误解了博雅。他的爱是真诚无私的至爱，他为爱而死……"

听到这句话，丹妮泪流满面。过了一会儿他又说："丹妮，现在你很难思考，我仍然愿意娶你。但是现在我们应该为他的小孩着想，他并没有配不上你。你若愿意做他的寡妇，婚事可以在讣闻发出前生效，这个经验你受不了，我也受不了。但若你真的明了佛道，你应该会有力量忍受今后的一切。"

"但是你呢？"丹妮软弱地说。

"我会撑下去。想想你在郑州旅馆里的领悟，要勇敢，丹妮！不久你就会有了孩子，他会充实你的人生。一心替别人工作，你就会找到高于个人悲伤的大幸福。"

"我还能参加你的工作吗？"

"为什么不行呢？经过这一回，你我必须努力去找寻更高的幸福。"

次日上午木兰看到丹妮发上的蓝结换成了白色，知道丹妮已下了决心。他们匆匆准备，婚礼要在第三天举行。

为了使场面隆重，老彭特地请董先生来主持。董先生当时正在汉口访问，老彭知道他也是佛教红十字会的董事。时间急迫，"召灵"仪式必须在葬礼前举行，选定的吉辰是傍晚六点。厅上挂了两个白灯笼，上面用蓝色写着"姚"字，灵牌圣龛前点了两根白烛。圣龛上是博雅的放大相片，四周绕着白绸的丝带。

在司仪的引导下，董先生面向东南而立，随后祈祷，在灵牌上点一个朱红印。点完之后，司仪宣布第二道仪式，叫人将灵牌放入圣龛。然后司仪请新娘出来。丹妮走出东厢，由玉梅扶持，身披白孝服，眼神黯然，面孔苍白悲凄，有如一株映雪的梨花。她慢慢走到圣龛前，依照木兰所提的古礼，对博雅的灵位鞠躬两次，木兰收养的一名孤儿替代神灵，替已故的新郎回鞠了两个躬，简单的仪式就告完成。

董先生在结婚证书上盖印之前，先含着庄重的微笑对新娘说："我解过不少秘密，只有你成功地避过了我。我以为你一直在北平呢，如今我在这儿找到你了。恭喜。"

玉梅坚持要出席婚礼，就应邀担任证婚人之一，另外还有老彭、木兰和苏亚。她在证书上自己的姓名上头画个圈，一颗颗热泪夺眶而出。丹妮看到，不禁痛哭失声。

六月时节，丹妮返抵洪山，继续从事难民屋的老工作，一身白衣，为夫服孝。姚家决定给凯男五万块，了结了她跟博雅的婚姻关系，现在丹妮也有足够的资金开展工作了。

时间一月一月地过去了，丹妮逐渐恢复了元气。分娩时刻将临，她下山住在木兰家。九月一日，敌军正向汉口进逼之际，她生下了一个男孩。

同时甜儿已光荣地取代了苹苹在丹妮心中的地位，他哥哥也设法来洪山与大家团聚。洪山的难民屋一片安详，老彭和丹妮在共同的奉献中找到了意想不到的幸福。

博雅的坟墓就在附近，墓志铭是丹妮选的，老彭也表赞同。那是佛教名言，而且是全世界通行的圣经诗句：

　　为友舍命，人间大爱莫过于斯。

图书在版编目（CIP）数据

风声鹤唳 / 林语堂著；张振玉译 . —长沙：湖南文艺出版社，2016.9
书名原文：A Leaf in the Storm
ISBN 978-7-5404-7714-1

Ⅰ.①风⋯ Ⅱ.①林⋯ ②张⋯ Ⅲ.①长篇小说—中国—现代 Ⅳ.① I246.5

中国版本图书馆 CIP 数据核字（2016）第 182249 号

著作权合同登记号：图字 18-2016-155

上架建议：名家经典·长篇小说

A LEAF IN THE STORM
By Lin Yutang
This edition arranged with Curtis Brown Group Ltd.
through Andrew Nurnberg Associates International Limited

FENGSHENGHELI
风声鹤唳

作　　者：林语堂
译　　者：张振玉
出 版 人：刘清华
责任编辑：薛　健　刘诗哲
监　　制：蔡明菲　潘　良
特约策划：王　维
特约编辑：尹　晶
版权支持：辛　艳
营销支持：李　群　杨清方
装帧设计：利　锐
出版发行：湖南文艺出版社
　　　　　（长沙市雨花区东二环一段 508 号　邮编：410014）
网　　址：www.hnwy.net
印　　刷：北京天宇万达印刷有限公司
经　　销：新华书店
开　　本：880mm×1230mm　1/32
字　　数：300 千字
印　　张：11
版　　次：2016 年 9 月第 1 版
印　　次：2017 年 6 月第 2 次印刷
书　　号：ISBN 978-7-5404-7714-1
定　　价：36.80 元

质量监督电话：010-59096394
团购电话：010-59320018